U0856792

花农

李保均——著

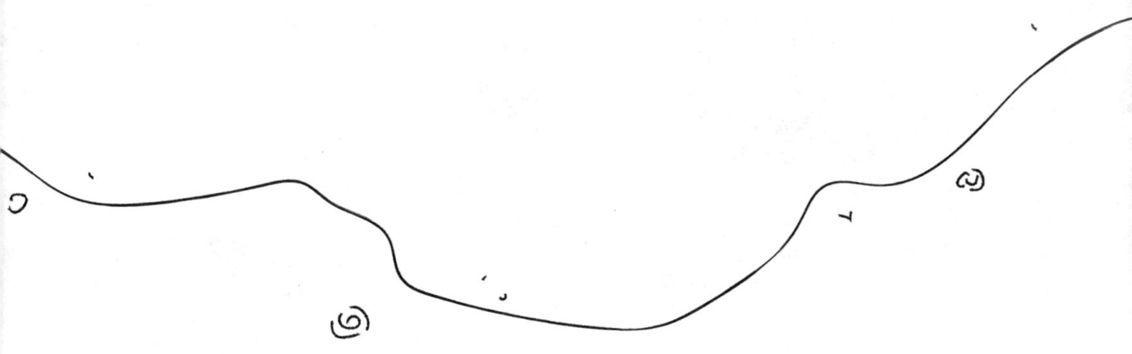

四川大学出版社

项目策划：黄蕴婷
责任编辑：黄蕴婷
责任校对：欧风偃
封面设计：青于蓝
责任印制：王　炜

图书在版编目（CIP）数据

花农 / 李保均著. — 成都 : 四川大学出版社，2019.10
ISBN 978-7-5690-3149-2

Ⅰ. ①花… Ⅱ. ①李… Ⅲ. ①长篇小说－中国－当代 Ⅳ. ①I247.5

中国版本图书馆 CIP 数据核字（2019）第 241978 号

书名　花　农
Hua Nong

著　　者	李保均
出　　版	四川大学出版社
地　　址	成都市一环路南一段 24 号（610065）
发　　行	四川大学出版社
书　　号	ISBN 978-7-5690-3149-2
印前制作	四川胜翔数码印务设计有限公司
印　　刷	成都市金雅迪彩色印刷有限公司
成品尺寸	160mm×235mm
插　　页	1
印　　张	23.5
字　　数	360 千字
版　　次	2019 年 11 月第 1 版
印　　次	2019 年 11 月第 1 次印刷
定　　价	93.00 元

扫码加入读者圈

◆ 读者邮购本书，请与本社发行科联系。
电话：(028)85408408/(028)85401670/
(028)86408023　邮政编码：610065
◆ 本社图书如有印装质量问题，请寄回出版社调换。
◆ 网址：http://press.scu.edu.cn

四川大学出版社
微信公众号

目　录

袖珍曹操 一

（一）

这个突然冒出来的洋妹妹柴心，引起了柴久思半大不小的反感。

她显然是英国柴氏集团的“特派员”和说客。

柴久思的妻妹石天玫也有同感。面对着来自英国的黑眼睛高鼻梁的漂亮大学生，这个“学富五车”、思想极具攻击性的石天玫，甚至突然想起司汤达《红与黑》中于连·黑索尔所云：“无论什么人，一旦踏上英国的国土，他的智慧便失掉了百分之二十五的价值。”

天玫一面对这位来自异域的阔小姐充满好奇，觉得其不乏可爱之处，一面又觉得她顽固地劝大哥回归柴氏的那种自以为是、自作聪明的滔滔不绝，是愚不可及而又不自量的。

她忍不住用方言说了柴心一句：“幺妹儿，提猪脑壳进庙门，你送礼，不先看看这是哪个沓沓*么?”

这件轰动全村的事并未影响这个从大学毕业的长期担任农村小学教师的柴久思的平静安逸的生活。

柴久思对农村小学教育的热情和专注不是一时的权宜之计。他和妻子石梅一样，是出于对农村这群小学崽的热爱和对教师职业的钟情。他的这种思想的形成与环境的影响有密切关系。首先是妻子石梅，她始终忠于对教师——这个阳光底下最灿烂的职业的信守，在农

---

* 沓沓：四川方言。“哪个沓沓”即“哪个地方”。

村小学的教室里默默耕耘着。还有就是老泰山大人石敢当，这个瘸着一条腿的老红军大队支书为群众利益坚定拼搏和无私无畏的巨大的精神力量对他的感召。特别是在他感情深处视为自己父辈亲人的赵楷行老教授对他潜移默化的深刻影响。赵楷行教授出于对新中国的热爱，在中华人民共和国成立的第二年就回了国。柴久思所读大学的校长许琦在钱学森归国后作报告时曾说过，钱学森是赵楷行这类无声无息、默默归来的众多学人的代表，而不是唯一。这个赵教授对柴久思的言行起着指南针的作用，特别在师生感情上，他们已经融为一体，柴久思把他看作自己做人做事的导师。此外，农村社员们对柴久思实实诚诚的关心爱护和尊重，与农民相处如家人，使他已经逐渐习惯了又教书又劳动的农村生活。

柴心千辛万苦从英伦来到这个穷乡僻壤，找到难得一见的哥哥，用她那标准的盎格鲁一撒克逊英语，夹杂着歪七扭八的普通话，毫不见外地翻过来覆过去重复着在柴久思看来是十分幼稚的宣讲和劝说。——其实她完全可以直接全程用英语说话而不必搭配上那蹩脚的普通话，因为在座听她“演讲”的柴久思、石梅和天玫等人的英语听说能力与她相比，不出乎其右，也“出乎其左”，是完全听得懂的。

——她的说辞，就全当是“对牛弹琴”吧，我决不会回归柴氏，决不会认这个父亲。

柴久思如是想。

时在二十世纪八十年代初，一个美丽的春天。

（二）

当柴心来造访柴久思的时候，那些沉埋已久的往事又涌上了柴久思心头。

柴久思之父柴任之是著名英籍华商，其所经营的家族企业——柴氏华懋集团有限公司涉及房地产、酒店、生物制品、制造业、电子业等多项业务，身家过亿。柴任之的第二任妻子露西去世时，他们的女儿柴心不过十岁。柴任之的妹妹柴枫，也就是柴久思和柴心的姑姑，婚后丧夫，遗留一子，名曰胡丕。此时柴枫的半大不小的生意已倒闭关张，便应哥哥之约，来到柴家照看柴心，忠实地辅佐哥哥。接着，柴任之病逝，她又依着哥哥的嘱托，管理着柴氏企业这个庞大的财富王国。

公司上下皆知柴董事长与前妻还有个儿子在中国大陆，但不知所踪。柴任之临终面嘱柴枫要找到儿子柴久思，使之回归柴氏。

现在，公司高层流传着柴枫欲将柴氏传与其子胡丕的风言风语。柴枫派她的代表，侄女柴心，来到了这个穷乡僻壤的大石垭村。

（三）

柴久思之父柴任之的结发妻子杜书娴出身名门，二十世纪三十年代，其父是天津商会会长、天津盐业公司董事长、南开大学校董、著名篆刻家。他把在南开大学念英语系的女儿书娴看作是掌上明珠、未来的希望，一心想培养她当一个像宋氏姐妹那样的名媛，早已给她物色了国民政府高官之子作为乘龙快婿，只待女儿一毕业，就完婚。

但就在她上大二时，学校里来了个仪表堂堂、名士派头十足的客座教授柴任之。他每月两次给三个年级的学生开讲座，上大课，专讲中国辛亥革命后的外交史，全程用英语讲授。他的学问、风度、教态、表达和幽默的气质，都深深吸引了情窦初开的书娴。书娴深为他动情，进而为他痴迷。她一次又一次地单独找他询问各种问题。经过一年的接触，柴任之由对她的好感而产生了爱慕之情。但是，当柴任之了解到她的出身，立即感到二人差距太大，必不为彼家庭所接受。果然，当书娴父亲发现了女儿的恋情时，立即调查了这个教授的出身。原来他是一个苏州绸缎庄掌柜的儿子，社会地位低下，当然也没有什么重要的人脉，大学毕业后曾去英国剑桥读了个硕士学位，之后到南开做客座教授，甚至连个正式教职都没有。这样的人怎么能配得上他的书娴？

他便找书娴面谈，断然不允许他们有任何来往，甚至动用黑社会，拿着冷枪快刀威胁柴任之，不准他再见书娴，并限令他一月之内滚出天津，否则让他永远消失。

柴任之是一个受过现代全面教育的青年，哪里会在这种蛮横愚蠢的恶势力前低头？

两个热恋中的年轻人一见面，柴任之就把她父亲的做法和盘托出，明确而又热烈地说："我们面临现在的处境有两个选项，一是两人就此永别，各不相见。但是，我绝对不会违背自己的感情，向这种无理威胁低头，因为我爱你，而且永远爱你，你是我遇到的第一个，也是最后一个！我要一辈子爱你，保护你，为你负责，为我们今后的家庭负责！我非常知道，你也爱我，绝不会离开我。既然这样，我们为什么要投降?！因此，第二个选择就是逃婚。我们在无数的文学作品中和现实中看到过这种故事，现在轮到我们了。你表个态吧！——但是不准说不同意！"

书娴深深为柴任之的话所感动，眼泪一下涌了出来。她原本自感对他的爱远强烈于他对自己的爱，但想不到，这个稳重多才、令自己无比崇拜的老师竟然如此坚定。而他这样做的结果，就是"滚出天津"，就是失去体面的工作，就是失业！这得有多强烈的爱、多大的决心啊！

书娴什么也没说，扑到他怀里，紧紧地拥抱着他。

书娴说："任之，我不回去了，什么都不要了。我们现在就走！"

柴任之立时毫不犹豫、毫不含糊地答道："这是目前最优的选择！在前几天接到你家里的死亡威胁时，我就与外交部的一个老同学联系，他愿意介绍我去中国驻英使馆做文秘实习员。我在剑桥拿的那个硕士学位起了重要作用。我们明天就走，你今晚就别回去了！"

"他们要是追来怎么办？"

"等他们知道我们消息，我们已经在伦敦结婚了。"

（四）

杜书娴就这样违父母之命，和家庭割断了关系，嫁给了柴任之这个穷书生和准外交官，并在一九三四年生了柴久思。一九四〇年，柴任之被任命为中国驻英使馆文化参赞。

当时第二次世界大战正处热战阶段，德国大肆轰炸伦敦，为了妻儿的安全，柴任之把妻儿送回了国，当时书娴还不到三十岁。柴任之每月定时给书娴寄生活费用。然而不久，柴任之和妻儿在战乱之中断了联系，柴任之寄了很多信，皆无回音。

接着，外交部正式告知他，书娴已去世，孩子不知所踪。

在外交部通知他妻子书娴已去世的三年之后，柴任之在异国他乡的落寞之中与英国外交部的二秘露西结婚了。按当地法律，妻子去世，应有医院或居留地居民管理部门正式的死亡通知书。柴任之想，外交部口头通知能不信吗？但因无文字通知，他只能以已分居三年为由，单方面办理离婚，同时与露西结婚。后来他们双双辞职，在露西家族的巨大财力支持下开始创业，逐步发展成著名的大华商。

书娴得知柴任之结婚的消息时，立时昏倒在地。这真是晴天霹雳！一点预兆也没有就发生了这种关乎一生的天大的事。她不相信。一再去信，但柴任之音信全无。她跑到外交部哭诉，要求给予回答，但外交部说，柴任之已离职，还劝她说你年龄也不大，另外找个人家，好好把孩子养大，开始自己的新生活。她回到家，疯了似的把与他有关的一切纸张撕了个粉碎。

书娴一病不起。柴久思眼见家庭发生了这么大的变故，他在恨那个狠心的父亲的同时，对母亲尽了一切孝心。时值一九四六年，柴久思已经十二岁。

柴久思从小在英国生活学习，回国后又进了教会学校，学了一口纯正的英语。在他转入高中时，母子二人来到成都，住在孤老姨婆的老宅里。两年后，姨婆去世了。

书娴不止一次对柴久思说：“孩子，家里这一切你都看到了，你爸不要我们了，外公那儿，我也没脸回去了；孩子，妈就剩下你了，你可要给妈争口气。没有你爸，我们也要活下去！”柴久思从小就埋下了对这个不仁不义、毁了母亲一切的陌生男人仇恨的种子，这个种子绝不会随着时间的推移而消失！

他心里默念着：以后在任何情况下，也不能认这个父亲！

而书娴本出身大户名门，从小养尊处优。大二时嫁给任之，丈夫很快升了官，她也过的是少奶奶的优裕生活。她并没有什么求生的本领，但为了教养这个孩子，为了他能上高中、上大学，她学会了也习惯了吃苦。她白天为人缝纫、洗衣，还送蜂窝煤、捡垃圾、卖废品，晚上去打扫菜市场，捡一些菜叶，几年没买过菜。一个收废品的大爷看她可怜，就让她在废品站给垃圾分类，每天给她五角钱工钱，免去她天天到处跑动的辛苦。

（五）

柴久思是一九五二级的外文系本科生。

我国高等教育肇始于十九世纪末，在二十世纪上半叶逐渐发展。一九二八年，全国高校在校学生为二万五千一百九十八人；一九三〇年，高校在校学生人数上升为三万七千五百六十六人（文科生占百分之七十五，理科生占百分之二十五）。新中国成立的一九四九年，全国有各类高等学校二百零五所，在校学生十一万七千人。

一九五二年，全国高等院校进行了调整，全国统一高考也在这一年开始。

就在这一年，柴久思考入了四川一所重点大学的外文系本科。

解放后的大学给学生的学习创造了良好的条件，不仅免收学费，而且免收住宿费，只收少许书本、用水、用电等学杂费。学生每月交十元伙食费即可，师范学院是连伙食费也是免交的。柴久思有志于当“教咕咕”，本拟上师范的，但当时师范学院没有外语专业，因而转投了这所知名的历史悠久的综合大学。

（六）

儿子上了大学，为了交上这每个月十元钱的伙食费，书娴每天早晨四点就去菜市场帮菜贩下菜分菜，打扫卫生，八点过又开始拉架子车在大街小巷送蜂窝煤，后来，又专给废品站垃圾分类。有几个月，她实在是筋疲力尽，眼看到月底了，柴久思的伙食费还差四元钱，她是真没办法了！她死了的心都有。

那个废品站的老头子对她说：“她孃孃，在这周围还有比你更苦的。再苦，也得活下去！你看隔壁那个汉子，为了给他老妈看病，隔三岔五地去卖血。你再恼火*，也还没到卖血的地步吧？凑合着过，把儿子养成才，才是正理！”

说到儿子，那是她的希望，她的骄傲！她觉得儿子是个语言天才，从小英语就说得好，将来一定有出息。等儿子大学毕了业，他们一切都会变好的。

她拖着病恹恹的身体在医院卖血。当把卖血换的四元钱交到儿子手里的时候，她昏倒在儿子怀里。

这一切都是背着久思做的。她只对他说，她在街道工厂里糊火柴盒，来钱可容易呢。

柴久思时常背着母亲去打工做零活，尽量减轻母亲的负担。

一九五五年，他终于熬到了大四。

但杜书娴最终没有挨到儿子大学毕业。在她咽气的时候，她叮嘱儿子的是：“一要老实做人做事，二就是你爸虽然不认我们了，但他是你亲爸，你还是柴姓，答应妈，不要恨他……”

书娴长期以来想不通的是，任之如此爱她和他们的孩子，怎么会忍心抛下他们？其中的原因，她永远也不会知道了。

但是，孩子是柴家的亲生骨肉，柴姓是不能改的！

废品站的老头听说书娴死了，来看柴久思。老头说：“一个好女

---

* 恼火：四川方言，“日子难过”的意思。

人，好母亲！她走了，她对得起你这个儿子！”老头把这些年来她捡菜叶、扫垃圾、送蜂窝煤、卖血……一五一十全给久思说了。久思哭倒在妈妈灵前。他，心在流泪，在流血。

他同时在想，这一切都是那个爸爸害的！

老头还对他说：“说起来，你妈还是过去的大户人家，也是享过福的，难得她能受这么多的苦。她男人真不是人啊！你在学校，不知道你妈受了多少屈辱。当时街坊们都把她当反面教材，说她是国民党反动官僚的小老婆；说，你看那个捡菜叶的女人，才四十多岁，就像个老太婆了，就因为她年轻时不守规矩，和一个野男人生下了一个私生子，被男人甩了，受一辈子苦，真是一失足成千古恨呀……有些事，你也是看到过的。”

老头的每一句话都刺激着他的神经。妈妈这一生，叫那个狼心狗肺的父亲给毁了！

（七）

母亲死后，柴久思立时失去了生活来源。他再一次向班长曹梦得提出助学金申请。

曹梦得推说上面不同意，以各种借口，委婉而又断然地拒绝了。

曹梦得有个绰号——袖珍曹操。这个袖珍曹操可是一个厉害角色。遇到他，柴久思算是倒了霉了！

曹梦得这个名字起得有点怪。说是在他出生前一天，他爸做了一个梦，梦见第二天老婆要给他生个儿子。果然，他老婆第二天临产，给他生了个儿子。他爸喜出望外，以为这是梦中得子，便给他起了曹梦得这么一个文绉绉的大名，却并不在乎“中国第一大奸臣”曹操的名讳曹孟德与他儿子名字同音。

不过，这名字非常好记，过耳不忘。

曹梦得祖籍浙江余姚。他五短身材，身高不到一米六；人稍偏胖，倒八字眉，流露出一股英气，单眼皮的双眼却目光如炬，毫光逼人；浓密的三寸短发，配上他那扁平脸，倒显得线条分明，像煞小人书《水浒传》中的梁上君子鼓上蚤时迁。他从少年起就立志出人头地，精忠报国，光宗耀祖。他出身贫农家庭，但命运不济，爹妈过早去世，从上高一就自力更生，利用空余时间打工赚钱，再加上学校少量的助学金，勉强读完了高中。

曹梦得从来不以自己贫下中农出身为荣。他觉得贫下中农无非就是“贫”，贫有什么好？没有这个贫字，他爸妈能那么早就病死？没有这个贫字，他能天天为吃饭着急奔命？你看班上那些家里拿工资的，家里当官的，生活学习、衣食住行多么滋润！他下决心，一定要通过自己的努力赛过他们，比他们强，不是说吃得苦中苦，方为人上人吗？肯信自己就该一辈子吃苦，成不了人上人？他一定要甩掉那个“贫”字！

曹梦得绝顶聪明，学解课题点子多。各门功课的成绩，时而柴久思第一，时而他第一，二人形成竞争之势。有时大家在一起玩，他会出一个鬼点子，把人整得哭笑不得。他跟柴久思等同班同学下象棋，曾一人与六人同弈而大获全胜。他为人狡猾多思，加之那中等以下的身材，和那副时迁式的扁平脸，特别是他那引人注目的曹梦得的大名，班上好事者不由得给他取了个“袖珍曹操”的雅号。

其实，那时的大学生，时兴取绰号，哪个又能除外，就是像柴久思这类没什么特点的同学，也落了个“柴大官人”（小旋风柴进）的雅号，仅仅是因为他姓柴。甚至连女同学也逃不了这遭厄运，一位胖大而漂亮的女生，竟被取名曰“航空母舰”，你说这要人到哪说理去？而且关键是，同学们人人安之若素，从无人提出异议，更无人抗议。有一次班级女子篮球比赛，本班篮球队第五人迟迟未到，这时只见一胖大女生炸雷一般喊道：“本尊航空母舰来也！”

这时敌我双方竟全体为之鼓掌欢呼。

曹梦得以他根红苗正的出身，更以他积极和激进的表现，成了系领导眼中的大红人，大一第二学期就被任命为班长。这时他在大家面前说起话来，已经颐指气使，真有点人上人的意思了。

他还在读高中时，便利用暑假，从县返乡积极参加土改工作。当时土改工作队需要一个有文化的青年人整理材料和了解当地情况。他当时切身感受到自己家庭及广大贫下中农在土地改革中的欢欣鼓舞，非常积极地投入余姚土改，努力配合工作组工作。曹梦得这个在读高中生，并没有受过多少土改政策的教育，在暴风骤雨的土改情势推动下，自觉不自觉地做了一些违反政策的事，却自以为是阶级觉悟高、立场坚定的表现。他的一项表现自己立场坚定的典型事例是“大义灭亲”，把出租小土地的姨夫划成富农。

（八）

袖珍曹操曹梦得的姨夫甄石解放前就在县中当中学语文教师，直到土改。土改工作队里的几个队员都是他的学生，曹梦得本人也借这关系到县中上过学，而且少不了十天半月要到姨夫家去打一顿牙祭。在同学们眼里，甄石就像袖珍曹操的亲爹一样。

解放前夕，甄石用多年的积蓄在家乡买了几亩地，租给当地农民耕种，收取租金；自己寒暑假也回去参加一些劳动。这些，曹梦得自然是知道的。一九五〇年、一九五一年土改时，甄石这种情况引起了工作队的注意。划什么成分，大家拿不稳，把文件拿出来，反复比量。一九五〇年《中华人民共和国土地改革法》规定，在土地改革时，对革命军人、烈士家属、工人、职员、自由职业者、小贩以及因从事其他职业或缺乏劳动力而出租小量土地者，不以地主论。其出租土地不超过当地每人平均土地数百分之二百的，均保留不动；超过标准的，征收其超过部分的土地。如该土地确系其本人劳动所得购买，或鳏、寡、孤、残疾人等依靠该土地为生的，虽超过百分之二百也酌情予以照顾。实行这一政策，有利于缩小打击面，早日恢复和发展农业生产。

工作队中甄石的两个学生认为甄老师属拥有少量土地不能自行耕种而将土地出租的人，应划为“小土地出租者”，类似于富裕中农或上中农。工作队本想顺水推舟，就这样定下来，也算是对甄老师多年教学工作的回报，也便于甄老师继续当他的教师，于是找到袖珍曹操说，你去实地调查一下，写个材料，这事就了了。

谁知袖珍曹操六亲不认，在报告中说，甄石本人基本不参与劳动，与划富农的条件相当，应划富农。而且言语间颇有威胁意味，说我不能因为他是我姨父，就包庇他，土改工作队应该站稳立场。在当时那种疾风骤雨式的阶级斗争形势下，谁又敢涉包庇之嫌？工作队的几个队员认为可划可不划的应该不划，但最终同意了队长和曹梦得的意见，把他姨父划为富农。

他姨父一家立马变成了专政批斗对象，教师做不成，回家务农去了。

（九）

曹梦得的积极表现得到土改工作队的肯定和信任，在他高考之前，工作队以乡政府名义写了证明，说该同学出身贫农，在土改运动中立场坚定，工作积极，政治可靠，高考中应优先录取。

他报考的是远离家乡余姚的四川省的这所全国知名的综合大学。当时教育部直属国家重点大学，全国只有十二所，这所大学就是其中之一。

土改的短短经历使曹梦得的思想有了无形的变化。在思想学习生活会上，他简单地用在土改中斗争富农地主的方法，向他的老师们的“资产阶级思想”和“封建主义思想”猛烈开火，对学生中的柴久思也大揭大批，说他从小在教会学校上学，深受帝国主义思想影响，其父是国民党外交官，又受到官僚资本主义思想影响而拒不交代和自我检查。曹梦得的积极表现，得到领导的多次表扬。

（十）

在这个过程中，他得出了一个结论，只要思想激进，敢于斗争，紧紧靠拢上级领导，特别是他的顶头上司，就能事事皆顺。

作为班长，班上许多重要的事，按规定须向系主任赵楷行教授请示。但在他眼里，赵楷行，一个海外归来学人，一个资产阶级知识分子，是个没有实权的人物；实权人物是一个一九三七年参加革命的老干部——系总支书记王方。他时时处处随附王方，有事无事找王书记谈学生工作，热衷大谈阶级出身对人的思想影响，特别是剥削阶级出身对人的潜移默化的影响，谈对党的方针政策的领悟和心得，很得王书记的好感。他的目的是要总支书记王方记住他的贫下中农的良好出身，记住他是一个思想可靠的优秀学生干部。

果然，后来总支书记王方力排众议，直接支持曹梦得提前留校做了系秘书。

这样，曹梦得就提前一年毕业，从一个大三学生变成了“曹老师”，最重要的是，他从此有了铁饭碗，提前拿到了高于全额助学金四倍的工资。他终于甩掉了贫下中农里那个他讨厌的“贫”字！

他自感，似乎已经完成了从贫农阶级到“人上人”的蜕变。

（十一）

袖珍曹操曹梦得对柴久思一向反感。

他常想，像柴久思这种出身官僚家庭的人怎么也能被招进外文系？他有什么资格申请助学金，要求公家出伙食费供他上学？他当年当小少爷时享尽人间富贵，怎么玩不转了？风水轮流转，他该尝尝“人下人”的滋味了！人民政府的钱是给那些贫苦出身的困难户准备的，不批准柴久思的助学金申请，这是他作为一个班长应该坚持的原则。

当初，柴久思参加外文系高考，得了高分。校招办看了他的档案，认为此生虽外文成绩突出，但家庭出身不好，有不明海外关系，外文系不宜录取他。

刚回国两年的图书馆学专家、系主任赵楷行教授爱才心切，知道了这个情况，说：“这种外语水平特别好的学生不录取，考试还有什么公平可言？他的出身背景，与他本人有什么关系？”他找了总支书记王方，后来干脆又找了许琦校长。

许琦校长是来自晋绥的革命老干部，他礼贤下士，很尊重知识分子；他的作风和品德赢得了学校广大师生的敬重。大家口耳相传的一件事是，解放初，在老干部中刮起了一股离婚风，好多离家多年，在战场奋斗的老干部都同家乡的原配离婚另娶。而这所大学的教师和干部看到的是：许琦千里迢迢回到山西老家把在家乡为他默默尽孝多年的小脚妻子接到了大学的校长住宅小院。

这就是那个人们时时可以看到的解放后很难一见的小脚老大娘，校长夫人。

赵楷行一九五一年从美国回来，就是许校长接待他的。许校长对他生活、工作做了多方安排，使他顺利创建了本校的图书馆学系，并担任图书馆学系系主任。由于他在美国哈佛有英美文学的任教经历，许校长又自然地让他兼任外文系系主任。

许校长对赵楷行说："教授啊，录取一个学生还要找我？这件事，按你意见办就是了。但是，一些行政琐事要少管，应该把工作重点放在学术建设上和人才培养上。"

在赵楷行的坚决主张下，在许校长的亲自过问下，柴久思入了学，班长曹梦得却处处排斥他。

柴久思优秀的外语才能和成绩在年级名列前茅，这也令曹梦得不快。

（十二）

从大四上学期开始，柴久思没钱交伙食费，失去了进食堂吃饭的资格。

柴久思感到生活已走入绝境。他不得不时时旷课去建筑工地搬砖、和泥，当小工。

但他从来没想过要退学。不，再困难也要毕业，否则就对不起过世的妈妈！

（十三）

一次，他在图书馆借书，听管理员对赵馆长讲，新进的两本英文杂志上有两篇弗洛伊德的重要论文找不到翻译，中文系学生做毕业论文急着用。当时正在看书的柴久思听见了，迟疑片刻，走到管理员跟前，毛遂自荐说："我可以试试!"

赵楷行馆长，这个早年毕业并执教于哈佛的大学者，看了这个学生一眼，理也没理，顾自在想请哪个老师来翻译。他自己近日太忙，抽不出空。

其实，柴久思还是他当年坚持收进来的，但并未同他见过面。

柴久思放大了声音："我能行!"

馆长无可无不可地把杂志拿给他："你先把原文念给我听听!"

谁知道这柴久思并不念英文，而是直接用汉语把英文口译了出来，这使留美归来的馆长大吃一惊，问："你叫什么名字，是哪个系的，现在几年级?"

柴久思毕恭毕敬地答道："我叫柴久思，是外四的。"

赵馆长似乎恍然大悟，想起了这个几年前入学有争议的学生。

赵馆长说："你把名字写一下，是哪三个字。"

柴久思服从命令。

"噢，你就是柴久思。清楚了。"

赵馆长当即把翻译任务交给他，要求他四天之内交稿。柴久思却说："两天够了。——这能算勤工俭学吗?"

馆长笑了："噢，你是说酬劳呀，有，有。交稿时按翻译稿费计算。"

时逢周末，柴久思当天也没课上，又开了一个通宵夜车，第二天又工作了一整天，星期一一早就找馆长交稿。周二，馆长对他说："我审阅了，译得不错。现在学校提倡勤工俭学，这次你可以领六元的工资。以后还有翻译任务，但不要影响正课学习。"

他欣喜若狂！大半个月的伙食费没问题了！

他给赵馆长深深地鞠了一躬，无比感谢地说："谢谢，非常谢谢赵馆长!"

馆长和颜悦色地说："谢什么，这是互相的。图书馆和中文系的那些学生还应该感谢你呢。不过，我不明白，你真的需要这点稿费吗?"

柴久思站在那里，不说话了。

旁边看书的同班同学对赵馆长说："馆长，柴久思要断炊了。他没领到助学金，又没其他伙食费来源。这稿费是他的救命钱，他现在一天只吃几个红苕，正准备离校去当小工呢。"

赵馆长不再问什么了。他已想好，绝对有办法让这个优质学生有饭吃，完成学业。如果他仅因为不到十元的伙食费就辍学，那就违背了自己当初坚持招他入学的初衷了。

（十四）

赵馆长有个学生的家长在市文化局当副局长，他找到赵馆长，说文化局新建了一个大型文化活动中心，是仿照皇城内的明远楼建造的，可以演出、跳舞、放映电影、吃饭、品茗、下棋，是招待重要客人的，请赵教授作一篇赋，刻在大映壁上，也算是提高文化品位的意思。赵楷行高中毕业后即留学美国，并无很深的国学底子。他不想管这事，欲一推了之。

但他突然想到了柴久思。柴久思是外文系高年级的，且从他的翻译文笔看，他的国学底子是不错的。试试吧。他找到柴久思，耳提面命。柴久思曾广览类书，从小熟读《蒙求》《古文辞类纂》及古文用典入门书《幼学琼林》《龙文鞭影》等，熟知各类文史典故，加之他有较好的文学写作修养，便跃跃欲试，遂对赵馆长说："我试试吧。如不能用，作废就是。"

柴久思先是坐上这位副局长的小车一同来到明远楼建地所在，对建筑的里里外外做了认真的观察和记录，去图书馆查阅了两天资料，对成都皇城内的明远楼及原建筑的用处和内涵做了详细了解。

四天之后，一篇《明远楼记》交到了馆长手上。赵楷行阅罢，大喜过望，全文曰：

明远楼记

慎终追远，民德归厚。是楼原建于成都，乃贡院会试之所，明经取士之地。盘龙大照壁为金榜题名之处，正门上悬康熙御书“天开文坛”巨匾。

重修明远楼，以怀德追远，昌明文化。登此楼，只见飞檐出甍，四面临窗；槛外有天光，文光射北斗，窗中见云影，爽气挹西岭。重门洞阚，美榭玲珑；天地自成文，名楼有专美：不能席芳草，镜清流，观鱼凫，然可饮名茗，弄琴棋，作书画；雾失楼台，月迷津渡；梁祝楼台会，阁上有清声，真无我之境也。取明远之意，而不计其形，所谓远水无痕，远人无目也。长风万里凭栏饮，从此可以酣高台。明镜止水以澄心，寄霁月光以待人，其斯楼之意趣欤？

有巢以后，上栋下宇。融群艺文化、食文化、茶文化、戏文化于一体，既可享口腹之乐，又可陶冶性情；既可健身，又可养目，洵乎美哉。仁者乐山，智者乐水，仁而智者乐于此也。近水楼台先得月，向阳花木易逢春；以美酒宴宾，以美食会友，其意可表也。知人则哲，佳宾鉴之。

是为明远楼记。

那副局长读罢连称：“高，高，实在是高！”赵馆长忙称这是请他人所作，该作者不愿署名。

这个活动中心的经理姓黎名资中，一向对高校知识分子尊崇有加，自己也时而舞文弄墨，写一写古诗词，是一个有较高文化修养的干部，读此文连连称“绝妙好辞”，立时奉上一百元润笔费，并说：“不成敬意，望笑纳。”黎资中把钱交给这位副局长，副局长又转交赵馆长。赵馆长心想，局长果然大财东也。当他把钱交给柴久思时，柴久思竟不敢收，连说：“太多，太多了！”

一个月后，这个副局长又交来一个任务，说他的老同学、自贡卫生局局长来明远楼聚会，看了《明远楼记》，竟出了一个奇怪的题目，请他无论如何找《明远楼记》作者“赏脸”。原来自贡自古产盐，做菜用盐无度，大小菜馆，居家饮食，无不重盐，所以全国各地食者大众在说炒菜太咸时，便调侃称这是“自贡师傅的手艺”。其后果是自贡居民常见慢性病发病率在全国排在前列。卫生局想作一篇“讨盐讨咸”的文章，请赵馆长安排关照。这可难住馆长了。他首先觉得这种怪题如何能作，但既然人家指明要前作者执笔，他便只好又找到柴久思。柴久思并无把握，唯馆长之命难违。三日后，该文交到。只见该文写道：

讨盐檄

华夏泱泱，美食之邦，食色性也，盐为味王。《礼》曰盐人，无盐不臧。调味盐导演，烹饪自有方。汉晋词赋咸滋味，颂盐不缺好文章！然则，中餐口味重，高盐求辛香。高盐乃公害，减盐勿彷徨。因盐味美，巫蜢敲门，开门揖让，累日暴殄，久而人伤，习惯上瘾，高盐才香，有如毒品浸入骨，毒瘾发作难抵挡。“盐多必失”害者众，皆因心理不设防。

诱使人发胖，多病现身上，心脑血管病，害尔不商量；毁肝坏肾脏，骨质疏松胃溃疡；引发癌病变，丧心又病狂。高盐发百病，乖戾何猖狂。

呜呼！千古一阙，讨盐义章。力倡低盐，美味如常。《内经》云“上工治未病”，科学用盐，身强体壮。良有以也，驱高盐之交响；岂徒然哉，说盐害之大防！为丛驱雀，恭行天罚，吊民伐罪，以除孽障。以生为体，医学为缰，以减为德，厚德载康。

看了此文，赵馆长觉得这是一个才子，动了要把他留在学校的念头。

馆长又转交来一百元钱，尽管柴久思生活上很需要这些钱，但他还是坚决拒绝了。在馆长的坚持下，他留下了五十元。这使馆长不得不耽误时间把钱寄了回去。

曹梦得对赵楷行教授看重柴久思愤愤不平，对赵楷行这个他心目中的资产阶级知识分子更生反感，认为这是二人如蚁附膻，同气相求。他总盯着赵教授和柴久思不放。

有一次，他去赵楷行家，发现他桌子上的一堆书中有四五本系图书室的善本书，而系里明文规定教师每次借书不得超过两本，赵楷行这不是以权乱政吗，还怎么领导教师？他转身就去找了王方书记，说这不是为人师表的行为；还说有一个女生常去赵楷行家里帮师母做事，单独向赵教授请教，与他长谈，在学生中影响很不好。

王方书记一听，当即严厉批评了曹梦得，说："用这种流言蜚语损害一个有名望的老教授，是违背党的政策的，你不去制止，反而添油加醋说来说去，这不是正派的作风！系上有规定，因科研需要，年纪大的教授可以多借书；至于女生去赵老师家，这种正常的师生往来，有什么值得大惊小怪的？"

（十五）

与此同时，有个学生向赵主任反映，他去新华书店买书，看到书店门口有人跟店员吵架，他走近一看，原来是系秘书曹梦得义正词严、非常气愤地抗议店员诬蔑他偷书。曹梦得说自己还没来得及交钱就先被拦下了，这是诬赖好人！后来，曹梦得非常气愤地说："这书我不买了！留给你当纸钱烧吧！"这个学生说，看那样子，曹梦得拿不出买书的钱，是且战且退。赵主任您可以了解一下，究竟是怎么回事。但系主任赵楷行并不愿意管此事，说这类事不在他的业务范围之内，而且告诉这个学生："你当时在现场，就应该把是非弄清楚。事后你来告状，大不可取。而且，同学，显然你是有倾向性的，那么，请问，你有什么证据举报他人呢？"

但赵教授心如明镜，相信无风不起浪，这个学生的报告，绝不是空穴来风。

此事又加了一层，益发引起他对曹梦得人品的怀疑。

赵楷行毕生行端守正，最见不得狗苟蝇营。

由于曹梦得提前留校，当了系秘书，系主任赵楷行教授一者不愿意与袖珍曹操共事，二者认为应以自己的专业为主，坚决要求调离外文系。于是，许琦校长便建议学校任命赵楷行为图书馆系系主任兼图书馆馆长。

曹梦得那种做派，使大家不由得把袖珍曹操这个假曹孟德与历史上那个“宁教我负天下，休教天下人负我”的真曹孟德联系起来。

有一次吃饭时，饱读文献资料、熟悉历史人物的柴久思不经意地说：“你们去查，历史上真有个袖珍曹操。”

真有个袖珍曹操？

有同学马上查出了这个历史人物的来龙去脉。

（十六）

清康熙年间有个翰林编修，名叫何焯，字屺瞻，号义门，苏州吴县人，是古版本鉴定专家，刻有《义门先生集》《义门读书记》。何焯最初以布衣身份受聘于工部尚书王鸿绪，后由直隶巡抚李光地推荐给康熙皇帝，深得康熙皇帝的赏识。康熙四十一年（一七〇二年），以拔贡生身份应召入京当了皇八子的教书先生。第二年康熙赐他举人身份参加考试，又特许殿试，他竟中了个进士第三名，可算是平步青云。

却说当初康熙帝很多嫔妃中，有一位卫氏，为内务府包衣出身，典型的奴才身世，但她聪明伶俐又外貌姣美，在后宫对皇上小心翼翼，阿谀承欢，为康熙生下皇八子胤禩。这个皇八子长相出众，很讨康熙喜欢。为了抬高他的位置，康熙将胤禩交给身世相对较高的惠妃抚育。胤禩虽身世较为卑微，但他自幼就聪明机灵，跟何焯攻读，学了不少权谋之术，从小工于心计，不甘居人之下，想要有朝一日承继大统。所以他倍加努力，长大后学识风度兼优，并且儒雅风流，慎重大度，颇有王者之气。

八子胤禩终于在康熙五十二年（一七一三年）被封为贝勒，署内务府总管事，可以说大权在手，不可一世。这时何焯的投机攀爬的心理大为膨胀，便与八子胤禩上下其手。在太子胤礽被废后，八子通过何焯，广与大臣结交，谋夺嗣位。

由于何焯在朝廷里弄权谋私，为人阴狡，朝臣无不嗤之以鼻，因其身材矮短，又因其具有曹操的阴诈，长于计谋，朝臣便恶贬其人，为他取了个“袖珍曹操”的名号。此名号除他本人不知，朝廷内外，无不传当笑谈，视之为狗矢。

袖珍曹操依附皇八子胤禩，使尽阴谋诡计，为胤禩争夺帝位出谋划策，深得胤禩好感，胤禩暗忖一旦得手，必重用何焯。在与皇四子争夺皇位的过程中，皇八子太过急切，引起康熙皇帝的警觉和反感。他寻得皇八子结交何焯等外臣图谋皇位的证据，震怒之下，将何焯逮捕下狱，抄了他的家，削去他一切官职。康熙六十一年（一七二二年，雍正继位的前一年），何焯在郁愤中去世。此一史实，在清史中有明确记载。柴久思果然广博，历史上确有个袖珍曹操“名扬”清史。

柴久思暗自思忖，曹梦得这个袖珍曹操与历史上的何焯在性情、作为、人品上还真有点相似。何焯与曹梦得，其谋私、害人、往上爬的身影似乎如影随形。至于大学生袖珍曹操日后会怎样，是他不愿去想的了。

他只觉得同学们给曹梦得起这个绰号，简直是神来之笔。

（十七）

一九五六年，就要大学毕业了。

大学毕业生的工作是由国家统一分配的。分配方案大致是在离校前几天，集体宣布。基本上是分了就走，不会个别谈话，征求意见，学生也不会闹意见，赖着不走。

班长袖珍曹操已提前留校，并参加了毕业分配领导小组。虽然柴久思业务出色，学习成绩优秀，但很多分配指标不适合他。比如外事部门。当时，对外文系下达的分配指标中是有外事部门的，其中特别注明，要求外语口语成绩优秀。从业务上看，柴久思是最符合要求的，但曹梦得说，仅反动官僚出身和有不明海外关系这两条就把他限制死了。当然，他也就不适合留校，或去科研单位了。可以想见，他最适合的单位就是去文化馆或教中学了。

果然，在宣布名单时，袖珍曹操大声念道：“柴久思，温阳县文化馆。”

下面同学发出一阵惊异之声。

大家一致认为这是全班最差劲的分配单位。全班同学里，十几个分配去了四个大专学校，七个留了校，三个去了外交部，有的去了研究院所，有的去了政府部门。分去县上的就这一个。

但一散会，柴久思就立即打点行装，和同学们开着玩笑说：“兄弟伙们，不要忘了来吃脐橙哟！”

原来温阳县的脐橙全国闻名。

（十八）

就在当天晚上八点，外文系办公室发生了激烈的争吵。

原来，已离任的老系主任赵楷行把系秘书曹梦得找来，说要了解一下毕业分配情况，认为对柴久思的分配不妥，图书馆系和图书馆外文部很需要人，希望学校珍惜、爱护人才，柴久思的分配以留校为宜，你曹梦得做不了主，但可以向上反映。可是曹梦得油盐不进，说根本不可能，名单是由学校拍板确定的，而且已经公布。

赵楷行问：“这样分配的依据是什么？”曹梦得并不说柴久思出身问题复杂，而只说他旷课打工、译稿赚钱，“表现不好”，等等，“再说，这是工作需要，县上开展文化工作也需要大学生嘛”。赵楷行对这种虚伪透顶的回答，用英语愤怒地骂了一句：“All my eye！”*

赵楷行摔门而出，直奔许校长家，直截了当地谈了自己的要求：现在图书馆多年积累的外文书籍堆在那里没人清理，都长了毛了，他点名要求外文系的一个叫柴久思的品学兼优的毕业生到图书馆工作。

许校长听明白了赵教授谈话的主题，想了一下，给赵楷行倒了杯水，十分友好地说：“赵教授关心图书馆建设，应该支持。您是要一

---

* All my eye：英文俚语，意为“简直岂有此理！”

个分配名额是吧？这有什么困难吗？”

赵楷行答道：“外文系那个系秘书曹梦得说已分配完毕，此人已分配去温阳县，这是不能更改的。”

许校长说：“那么，这个学生走了没有呢？已经去报到了吗？”

“可能明天走。”

“没走就好办。您稍等一下。”

许校长拿起电话给分管学生毕业分配的副校长打了个电话，说：“外文系有个叫柴久思的毕业生，请他明天到图书馆赵馆长办公室报到。你协调一下，作为正式分配名额下达。请你立即通知外文系，说明这是学校的指令，今晚就通知到学生本人，并直接把报到通知单发到学生手上，希望这个学生服从分配。”

校长放下电话：“解决了。您看这样行吗？”

赵楷行问道：“许校长，你难道不想了解一下我为什么一定要留这个学生吗？”

许校长笑了，答道：“赵教授，据我所知，你在四川没有亲戚老表，也没有故旧上下，这个学生肯定是你需要的人才，这我还要问吗？不过，大教授，你这一闹，惊动可不小啊。”

（十九）

柴久思在新的岗位上兢兢业业，全力以赴，努力认真地完成着学校和赵馆长交给自己的工作。

一个常来学校图书馆读书的师范学院外文系的女生石梅引起了赵馆长的注意。图书馆阅读室中午是不闭馆的。这个学生，常常中午啃个馒头，连水也不喝，直到天黑了才走。有一次，他顺便拿一个搪瓷杯给她，说：“前面保温桶里有开水，你自己可以去倒。”但石梅知道那是供给员工饮用的，她怎么好意思去“占这个便宜”，忙说：“谢谢，我不渴。”

赵楷行知道她的想法，就说：“你愿意给图书馆帮点忙吗？在中午和晚饭前，协助管理员把图书室里学生们放乱了的外文期刊归类还原摆好，可以吗?”

“应该，应该，没问题。”

“这样的话，我也给你一个权利：你可以去喝开水。”

石梅心想，这个大馆长，连读者喝水这么小的事情都要管，而且这样细致暖心。

她对外文书中不懂的地方就大着胆子去求教他。

有一次，赵馆长对她说：“我给你介绍个老师吧，他什么都懂。”

他把天天来图书馆的柴久思介绍给她。

这个柴久思真的无所不知。她问一个句子，他会举十个例句加以说明。再说，他那英语口语，太标准了，她有时竟听不懂。因为师范学院老师的口语是另一个样的。

（二十）

不久，石梅留在师范学院任教了。

这样，两人相处了一年多，由赵馆长亲自证婚，他们结了婚。

赵馆长的关心和爱护真是无微不至，自己何以为报？柴久思内心想：那就全心全意努力搞好自己的业务吧！

（二十一）

一九五七年十月，已经毕业留校做教师的石梅收到乡下大队文书的一封信，说她老爸近日腿上旧疾复发，连床也下不了，高烧不退，生活已不能自理，要她快回家看看。

石梅读罢，大吃一惊。她年幼丧母，父亲为了把她养大，不再娶亲成家，长期一人在家务农，为大队的事、家里的事，一天忙到晚。三四年来，她自己在外上学，完全没有尽到一个女儿应尽的责任。

她立刻找到柴久思，态度坚决地说：“父亲的病是常年劳累造成的，完全不是我回去三五天能解决的问题！我留校后，曾劝他搬进城，老人家却坚决守着那个支书位子不放，说没合适的人接班，他不放心，自己也离不开农村的生活，说什么也不愿意搬到城里来。我在大学学的这点知识，种好田，教个小学，够了。我要守着他老人家，给他看病，不能再让他受这个罪。你就留在大学继续教书，不要辜负了赵馆长对你的栽培和希望，寒暑假回村里看看我们就行了……”

“我要是不呢？”

“你打算跟我离婚吗？”

柴久思忍不住大声笑了起来：“同志！我下午回答你行不？我记得我看过一篇文章与这事儿有关，请稍候。”

下午，久思拿来一本杂志给石梅看。他说：“听说过妇唱夫随吗？我跟你回去！但我们回去不是当农民。两个大学老师去生产队赚工分？我们回去可以一边照顾老人，一边在农村小学教书。我长期生活在大城市，从家门到校门，连农村样子也没见过。好歹我现在也是个‘资产阶级知识分子’了，正需要向劳动人民学习！咱们可以一边照顾爸，一边‘劳动改造’，一边在农村小学教书，一边过田园生活，何乐而不为？我跟你跟定了！”

“真的假的呀？”

“君无戏言！”

“这意味着，你得辞职，今后要自己挣工分，自力更生，自己养活自己，你行吗？”

“你行我就行！”

“我可是自小从农村长大的。你不要后悔！”

“你先看看这本杂志。”

这本杂志是一九五七年的《人民教育》，上面有篇文章强调贯彻党的教育方针，加强和加快民办小学，特别是在农村民办小学的建设，“这已经成为我们今后一项十分重要的工作”。

久思胸有成竹地说：“咱们回去办学，这可是党和政府的号召！”

对久思的这种想法，石梅除了惊讶，就是佩服了。

（二十二）

这个柴久思可是个说到做到的狠角色！

他立即向赵馆长把家里情况和自己的打算做了说明。他本以为赵馆长会挽留他，劝阻他，甚而批评他，万万想不到这个习惯于在哈佛的办公室里喝自助咖啡、以大学为圣地的大知识分子，竟稍一思索，立即作答："这是一个不错的选择。这与当初歧视性的分配是性质完全不同的。自觉地做一个农村教师，为农村孩子们提供高水平的教育，这是我们应该提倡的。这样做，其本质与教大学生没有区别。发展教育，培养人才，最重要的就是从小学起始。在农村发展小学教育，更是有多种重要意义。我很高兴你们能自觉地做出这样一个决定。一个人一辈子只要坚持做一件事，哪怕是一件平凡的事，只要于社会有益，他就是一个成功的人，一个大写的人。哈佛的很多高才生，毕业后选择去偏远的农村工作和生活，甚至远赴非洲去做志愿者，没有工资，没有职称，一心只求服务。他们认为把所学知识用于最需要的人，是自己的本分。党和政府不是也在号召知识分子到农村去，与贫下中农相结合吗？你去吧，祝你们一切顺利！"

赵老师的这些话影响了柴久思的一生。

临别时，赵教授把从美国带回来的一个小巧的半导体收音机送给柴久思，说："在乡下，这个用得上。"

柴久思和石梅分别在本单位办了手续，踏上了回乡的路。他们担心，家里这个大队支书可不像哈佛教授那样见解独到，父亲会把他俩大骂一顿，说不定会赶他们回去。他耳畔又响起赵老师那句话：

"一个人一辈子只要坚持做一件事，哪怕是一件平凡的事，只要于社会有益，他就是一个成功的人，一个大写的人。"

（二十三）

时过境迁，多少年过去了。

柴久思老少一家的生活发生了不同凡响的巨大变化。

在改革开放的大好形势下，柴久思主持的石敢当经济开发公司各项经营管理有方，公司有了很显著的经济效益。

不熟悉柴久思的，只知道他是一个始终坚持在农村办学的、媒体经常报道和表彰的普通农村教师。熟悉他情况的人知道，他是一个多面手，在办学的主业之外，还是一个国内数一数二的大型芳香油厂的创办人，以及一个建材业的大亨。

只是他并不坐镇指挥。他把这些业务委托给公司，由妻妹石天玫代表他参与管理。他的这个管理理念和模式，现在看来也是很先进的。

这样，他就可以把他亲任校长的七星小学办得更好，同时，也才有时间和精力筹划办更多更好的农村小学，才能不违初衷悠哉游哉地履行一个小学教师的职责。长时期当过教师的教书先生都有这个经验：当一名教师是很幸福而快乐的事。

（二十四）

柴久思没忘记培养他的母校，他在那里学到了知识，那里有他的老师，有他相濡以沫的图书馆——他永远是母校的儿子。他决心为母校做点事情。

柴久思怎么也忘不了，在他因为领不到助学金而即将断炊之时，图书馆的赵楷行馆长让他翻译论文，给他稿费；毕业时又把他留在图书馆系工作；赵馆长平日里时时地对他的教学、业务和思想表现提出意见，进行耐心的指导。他更忘不了老馆长介绍他和石梅结为秦晋之好；忘不了老馆长始终关注着他的翻译及其出版；就连他能入学，也全靠老馆长的力荐。一日为师，终身为父——他在赵馆长这个老教授那里感受到了无比温暖的父爱。

（二十五）

这天，柴久思刚从小学回家，就收到赵楷行馆长的信。他急忙打开。信中，赵馆长说他的长孙启明因胰腺癌不治去世。柴久思大吃一惊！他立马开车，当天晚上就赶到赵馆长家，问清了情况。赵馆长说，启明上个月就住院了，病得很重。医生说，胰腺癌是最难治的一种，国内没有治这种病的有效药。哈佛的老同事立马给赵楷行联系了哈佛医学院附属癌症研究院的床位做手术，劝他立即赴美。但是赵馆长在数十万美金的医疗费面前止步了。他们决定在国内医院动手术。手术后，国内缺乏相应的精准特效药物配合治疗。医生说美国有一种靶向药，一粒一百二十美元，每天两次，每次一粒，连服一个月，可以一试。但赵馆长放弃了，决定采用的是常规康复治疗。不到一个月，启明还是去世了。

医生对久思说，如果当时采用进口药做术后治疗，是有可能治好的。

柴久思明白，赵馆长不是信不过这种进口药，是用不起。

（二十六）

赵楷行教授的长孙启明这年二十二岁，大学刚刚毕业。他学的是核物理，北京物理研究所已来函同意接受他所在本科学校的推荐，收他读硕士。启明是一个品学兼优、非常自律又有上进心的孩子，他经常找久思请益，每次到大石埡来，都抢着干农活。启明还给小学生上了一堂物理课，他强调，知识是灌溉进去的，要让小孩从小知道物理，只要有个印象就行。“过去私塾教几岁的童子学孔孟，他们能懂吗？大了就懂了。”

想到这个逝去的好孩子，久思不禁流下眼泪。他悔恨自己对赵老师照顾不周，孩子生了这么大的病，自己竟然不知道！药费和手术费，他可以出啊！可赵老师就是不开口！

他无比悔恨自己失去了报答老师的机会！

他彻夜难眠，启明活泼、诚实、有礼的乖孩子的身影一幕幕在眼前闪过。他为自己未能对启明尽到应尽的一点责任而深感后悔和自责。

久思坐起来，提笔写下了一篇悼文，就作为他心中的墓志铭吧，留给自己，留给启明，也留给赵老师。

悼启明

算促何遽，英年早殇。悲夫！音容尚在，瘗玉心岗。我心孔郁，情不能已。启明个性飞扬，聪颖精敏，专业物理，又好中外哲学，写笔记二十万言，我皆详阅，不禁惊诧，是子长大必为堪用干才。呜呼！正待出师，何去之急！启明对父母孝悌，对师长尊恭，对同辈谦和，更有报国之志。其于哲学笔记中留有“苟以核心写天地，不以丹青留虚名”，核心者，以核物理报国之心也。宏愿未了，竟作永诀。呜呼哀哉！

铭曰：和悦忠实，非雕而纲。品学兼优，无愧族望。壮步云程，竟此停航。寄予爱悫，写我心伤。忘年之谊，永享永藏。

当时柴久思的经济能力已非昔比，借着这个机会，他先行后报，为赵老师、师母及启明买了一块墓地。启明就葬在这里。

（二十七）

不久，柴久思又筹资加捐款一千八百万元为母校建了一座外文图书馆。柴久思对学校唯一的要求是，这个图书馆以老馆长的名字命名为“楷行图书馆”；赵馆长虽退休了，但建议聘他为终身荣誉馆长，使赵教授发挥专长。学校也欣然同意。但是赵馆长坚决反对以他的名字命名图书馆，他说：“‘图书馆’这三个字本身就是最好的名字。图书馆是学生读书的地方，不是给个人扬名立万的纪念碑。但是荣誉馆长我乐于接受，这可以发挥一些余热。”

赵馆长一家经研究，同意久思把馆长正上初二的孙子送到英国去留学。

（二十八）

值得一提的是，在柴久思与学校会商赞助项目的多次联系中，同他联系的一个副校长旁边总跟着一个基建处处长。说起来，这位处长可是一个老熟人，他的同班同学，他的老班长——“袖珍曹操”曹梦得。多年过去了，往事如烟，他们两个似乎同时失忆，谁也不提老同学关系，客气又亲热地谋划着柴久思对母校的赞助计划。柴久思感动又谦虚地聆听着这位处长在酒席筵上对柴大官人这个老校友给母校做的贡献的称赞和感谢。

（二十九）

柴久思理顺了各项工作之后，以公司名义先期拨款三百万元，在图书馆学系设立“楷行奖学金”，主要用来支持贫困学生上学，也是支持大学教育。奖学金的分发，由赵楷行教授最后裁定。

同时，柴久思为赵馆长在校外建造了一座占地二百六十平方米的别墅，尽管久思本人仍然住在大石垭那间住了二十多年的老屋里。

而帮他管理赵馆长这所住宅从选址、建筑到装修等一应事宜的正是曹梦得。当初建这所别墅时，久思完全不知道怎么操作，他不得不求助曹梦得。基建处处长曹梦得说：“你只提个规格要求，其他你不要管了。我们基建处有建筑设计师，会为你设计好图纸，一个月后你来看图纸。同时，我会选择最好的施工队，一切保证让你和赵馆长满意。”

在建房和装修过程中，久思共去了三四次，每次都看到曹梦得现场指点，处处提出严格的要求。这使他完全放心了。他明白，曹梦得是认真在做事。有一次，他去看装修，已过晚上八点。他听到二楼上曹梦得正在与施工队争吵，原因是工人在装踢脚线时，用的是木材，他坚决要求打掉，换成大理石。施工队长说，大部分都装好了，不可能再换，“这样折腾，我们得赔本!”曹梦得从黑皮包里取出图纸和施工合同，要求坚持按合同办，必须换，否则，就不付余款。施工队没话说了。

（三十）

在曹梦得的严格要求下，别墅高质量地建筑和装修完成了。

交房时，柴久思和他的妻妹，也是他得力的助手天玫，同曹梦得一行三人驱车来到赵楷行家。三人对老师行礼如仪。

曹梦得先向赵教授介绍了天玫，说：“这是久思的妹妹。是本校七七级外文系的，也在久思公司任职，她很崇拜赵老师，说要来见见赵老。噢，老师、师母，请您跟我们去看一栋房子。”没等二老明白过来，他们已把二老拉到别墅前。久思把钥匙交给师母，说：“师母，这套房子是孝敬你们的。您进来看看。”赵楷行仍不明就里，对久思说：“怎么回事？谁的房子？为什么给我们?”

曹梦得把柴久思的现状和心意说了一遍。赵楷行致了谢，但说：“这房子我不能要。学校几十年未修房，现在缺房的教师那么多，我住的房子已经很好，又搬进这么阔气的房子，这不合适。”

天玫在一旁断然言道：“赵馆长，房子盖好了，您住也得住，不住也得住。”

一句话把师母说笑了。

石天玫外貌秀丽健美，说话做事，快人快语，敢做敢当，行事干练，又饱读诗书，思维敏捷缜密，是柴久思的好助手。她大四时，因父亲、兄长病重，农小又急缺教师，便步了老姐的后尘，甫一毕业，就申请分配回乡，成了一名活跃的农村教师。改革开放后，又同姐夫哥柴久思开拓创业。说她是个女中豪杰，也不过分。

（三十一）

曹梦得忙补充道："赵老，您老人家两耳不闻窗外事，没见学校现在大兴土木吗？南园、西园、梅园、净楼，这几年都拆了，建成高层教师住宅楼了。您住的那栋老屋是四十年代黄季陆当校长时住的，早该拆了。您就行行好，搬过来吧。"

此事过后，柴久思已逐渐改变了对袖珍曹操的看法：此人做事踏实负责，能力强，他升官自然有他的道理。

当柴久思对他的认真细致、不辞劳累表示谢意时，曹梦得说："说不得了！我对赵老师，还有你，有愧啊！这就算是对赵老师尽一点孝心吧！"

这是曹梦得委婉的道歉。柴久思为曹梦得的谦恭所感动。要知道，当年那些声色俱厉地批判别人的人们，谁向谁道过歉？而曹梦得今天能做到这一点，使他不由得感慨系之。

（三十二）

柴久思突然接到赵馆长的一个电话，说曹梦得被捕，判了四年刑。他那个比他小二十岁的妻子很快和他离了婚，变卖了家里所有值钱的东西，带着他们九岁的儿子去了深圳。

这女人太狠了，带走了他们唯一的男孩子，对曹梦得来说，这是让他断后啊。曹梦得出身农村，传宗接代的传统观念十分浓重，判走了他的儿子，就是要他的命。

柴久思第二天一早就乘车直达赵馆长家。赵馆长一五一十把曹梦得的问题说清楚了。

（三十三）

曹梦得当基建处处长期间，正是学校大发展时期，学校由“文化大革命”后期的四千多个学生增加到两万多人，教师人数也激增。学校于是大兴土木，一面利用寒暑假期扩建原有的一、二、三教学楼，一面又建了第四教学楼、文科楼、外语学院楼、经济学院楼、新的图书馆，还有很多高层教师宿舍，整个学校变成了大工地。当时哪个大学不是如此？在这种建校热潮中，设计公司、建筑公司、建材公司，等等，哪一家不想从中分得一杯羹？于是一些公司向学校基建部门的大小头目行贿送礼，上下其手，贪污腐败之事屡屡发生。作为基建处处长的袖珍曹操，不仅受贿，而且贪污，经省、校职能部门查处，经法院审理，曹梦得清退所得以减轻刑罚，被判四年有期徒刑，同时开除党籍和公职。

袖珍曹操这是自毁人生啊！

他年轻时就以贫下中农的“贫”字为耻，时时想做“人上人”，这种向上爬、苟富贵的人生观害了他。他在政治运动中以整人为手段以求一逞，这种品质和德行害了他。地位、权力、金钱，对他来说，是三位一体、缺一不可的追求。他即便这次不出事，以后也要出事。

（三十四）

赵教授很感慨地对柴久思说：“学校办学，不仅要用人，而且要管人、教育人。干部出问题，反映了我们对学生、对干部这方面教育的缺失。你还记得我曾经告诉过你，我上中学时学校的校训是什么吗？一个很一般的口号：‘不敷衍，不作弊。’就这六个字。但它是做人的守则。不敷衍，就是认真、负责、进取；不作弊，就是廉洁、正派、自律。它陪伴了我一生。”

他接着说：

“我是三十年代在保定著名的育德中学读的中学，校长是河北著名教育家郝仲青，教导主任是教育家、书法家李涤支。我记得很清楚，那六个字是教导主任李涤支以他那刀錾斧凿般的隶楷合一的特有书法刻在学校映壁上的：师生进校第一眼看见的就是这六个大字。郝仲青校长还亲自谱曲，把它编成校歌，正歌和副歌歌词就只有这六个字，教大家在晨会时唱。

“抗日战争时，在日军轰炸声中，保定育德中学迁往河南西峡县。郝仲青校长在这里又建了河南的育德中学，李涤支仍任原职，随行的仍然是‘不敷衍，不作弊’这六字校训。

“李涤支老师由于屡次把进步的学生送往延安参加革命，被河南国民党警备司令部下令缉拿。他在地下党的安排下连夜逃往西安。西安七贤庄的八路军办事处把他隐蔽在西安东郊康家堡一个小汽油厂当书写员。那时，他在桌边土墙不显眼的边角，贴上自己手书的这六字校训：他把它看作自己做事为人的准则，不论是在学校，还是在社会。后来在育德老校友支持下，他又创办了西安育德中学并任校长，校训仍是‘不敷衍，不作弊’这六个字，也可见育德中学是何等重视这六个字，把它视为办学之道。西安一解放，他就主动把这所私立学校捐献给政府，唯建议，望保留这六字校训。

“你们如果现在去保定和西安，找到这所学校，仍然可以看到墙上这六个大字。李校长本人更是这六字校训的身体力行者。他一生做事认真负责，正直清廉，他去世时，留给家里的只有三十八元钱，但育德中学却为社会、为国家培养了成千上万的人才。‘不敷衍，不作弊’这六字校训远没有现在各个大学、中学的校训那么响亮，但它是一个人做人的底线和根本，失去了它，小则失信于人，大则危害社会。我们上中学所受到的这种做人的基础教育，使我们受益终生，而我们现在应加强的正是这种教育。曹梦得如果能以此六字自律，结果何致如此？但我们现在议论这些，为时已晚了。”

（三十五）

赵馆长和柴久思二人同时感到，他们未能及时向曹梦得指出他一心向上爬、求富贵及处世敷衍作弊这种思想的危险性，因而对他的犯错也是负有责任的。

已经七十多岁的老馆长谈起这一切，亦为之黯然，对柴久思说道：“我们去监狱看看他吧。”

柴久思本意也是如此。他本想劝阻年迈的赵老师，说他一个人做代表就行了，但赵老师对于学生的关怀本性是不能劝阻的。他能理解赵老师的这种心情。

对赵老师来说，那即使是一个罪人，也仍是他的学生。

做了一辈子教书先生的赵老师有一个基本观点，是他经常给青年教师讲的。他说：“只有不合格的教师，没有不合格的学生。学生犯了错误，一定是我们的教育出了问题。”

（三十六）

狱警传曹梦得去探视室，说有人看他。

谁呢？这时谁还能来看我？老婆跑了，学校没关系了，那些科员们唯恐沾上关系说不清，那些公司大小老板更是弃我如敝屣。谁会来看我？

他怎么也想不到，对面等着他的是他当年毫不留情地整过的两个人。他虽然后来帮过他们，但那只不过是些许的补过而已。他心想，当年他亲自参与，一心想把柴久思划为右派，还追他后台，叫他揭发赵馆长，企图把赵馆长也打成右派。虽然未能得逞，但这些事，换谁也没法忘掉。

灰头土脸、耷拉着脑袋的曹梦得对他们说：“我这是罪有应得，是报应，我没脸面对赵老师和老同学。谢谢你们来看我，但以后别来了，赵老师那么大年纪了，千万多保重！”

赵楷行苦口婆心地对他说："人这一生，少不了有个跌宕起伏，有时还要摔个大跟头，但要有勇气面对。不要灰心、绝望，自暴自弃。没什么，四年，不过是一个大学本科的时长，出来重新开始，以你的能力，依然可以为社会做贡献。"

曹梦得很感动地说："学生谨记赵老师的话。老柴，我有个事，想求你帮忙。这是我必须办的一件事。请你先收下这五十元钱，我只有这么多了。要办的事与它有关。探监时间有限，一时说不清，具体的，我会写一封信告诉你，四五天以后寄到，你关注一下。我知道你很忙，我们俩也没有什么私交，按说这事我没资格麻烦你。但我现在走投无路，只有找你了。先谢谢你了！"

（三十七）

柴久思回到成都，马上同石梅通了电话，又同天玫作了研究。他们一致决定，请赵楷行教授手书他奉行的那六个字的校训："不敷衍，不作弊"，由石敢当錾刻于一大块大理石上，把它立于七星小学、七星中学正门映壁之前。

（三十八）

五天后，柴久思果然收到一封厚厚的信。他打开信封，先看到一个小纸条，这是从邮局寄钱的收据，背后有收钱人的姓名和地址。

他开始一字一句地认真细读这封信。没看几行，他就被信中的内容深深吸引住了。

那是一个长长的令人唏嘘的故事。

解放前夕，曹梦得上初中时，因为个子矮小，形象丑陋，家中贫穷，同班同学时常欺负他。同村的同班女同学任碧荷，家里田多地多有作坊，家境比较好，时常关照他，经常带吃的给他，不准同学欺负他，像看护小弟弟一样。其实曹梦得只是个子小，论年纪，还大任碧荷两三岁。他渐渐对她有一种亲切的依赖感。

有一次，几个高年级同学无缘无故地欺负曹梦得，先是夺他的书包，然后抢他的铅笔。铅笔可是曹梦得的宝贝，他只有这一支！他夺回了他的书包，这可激怒了那群小狼崽，几个人对他又踢又打。这时任碧荷路过，眼看他们欺负曹梦得，这个个子比他们高半头的女生，过去不由分说连推带打，赶跑了他们。但曹梦得的铅笔已经被他们折成三四截了。没铅笔怎么写字？他不禁哭了起来。这时，任碧荷从自己书包里取出两支铅笔交给他。他不要。她说："你用吧，我家里还有。你没铅笔怎么写作业？"

到了高中，任碧荷出挑得亭亭玉立，不仅身材高挑，相貌也十分出众，特别是那双大眼睛配上白皙的肤色，更有一种吸引人的美丽。而曹梦得却总长不高，他在任碧荷面前，免不了自惭形秽。但任碧荷同他自小在一起，看惯了他那样子，从没有半点看不起他。她经常买点铅笔、笔记本送给他，有时把家里做的甜粑粑带给他；他则教她做数学题，有时把带来的午餐红苕塞给她。有一次镇上演社戏，他们一同去，但回村时，天已黑尽，曹梦得不放心她一人走那么远的夜路回村，却不敢同她走在一起，怕同学看见了，说他是癞蛤蟆想吃天鹅肉，造谣生事，伤害任碧荷。他便远远地跟在她后面，见她走进了家门，才转回家。第二天，在课桌上，她留给他一个条子，上面只写了三个字：谢谢你。

她知道，那个在她身后远远地送她回家的矮个子，不会是别人，定是曹梦得。

后来，发生了好多事，曹梦得始终保存着这个小纸条，那是他这辈子收到的唯一的"情书"。

（三十九）

高三时，土改开始了。他做土改的志愿兵，也就是"义工"。这个出身贫农的积极分子，一个不留私情地把亲姨夫划为富农的积极分子，在参与核实任碧荷家的成分时，沉默了。她家确应划为地主，这又有什么办法呢？

他不知道，是不是自此就要同她家划清界限？

一切都改变了，任碧荷家的大院住宅被分了，一家三口被赶进村边一个破茅草房。

这一年，任碧荷停学了。她得回去劳动，她得侍候得病的爹妈。

曹梦得那时阶级觉悟很高，他在极其激烈的思想斗争中，下决心在思想感情上同任碧荷划清阶级界限。

有一次任碧荷在村口碰见他，他问她，怎么不上学了？任碧荷那双无比深情、美丽又忧郁的大眼睛，噙着泪水，望着他，什么也没说。

他看得出来，那眼里充满了祈求。哪怕他说一声客气的安慰话也好啊！

可是他什么也没说。

他转身走了。

（四十）

一九五二年夏天，曹梦得考上了大学。也是在这个夏天，任碧荷一家实在过不下去了。先是父亲病死，接着家里断粮，母亲想着把任碧荷嫁了，总能收些彩礼，渡过难关。但任碧荷死活不同意。她妈大略已猜得到碧荷的心意。她已实在没有办法了，决心背着碧荷，在曹梦得上大学前夕，找到曹梦得。她不敢说要他娶碧荷，但想求他把碧荷带进城，去当个杂工，做个保姆，有口饭吃就行。能活一个算一个啊！

但她没想到曹梦得回答得这么毫不犹豫："这怎么行？我是去上学，我有什么办法给她找工作？"

任碧荷的妈妈不知道，这个曾经常去她家的任碧荷的好同伴，已经把她看成地主婆了。

他也不清楚自己为什么把话说得这么生硬，这么无情。"唉，她怎么会生在这么个家庭里呢？"想到这儿，他心里似乎又平复了。

但是晚上他翻来覆去，睡不着，脑子里总闪现着那双扑闪扑闪的大眼睛，那又细又长的身影，特别是最后一面，她那双噙着泪水含着无声的祈求的双眼，他永远不能忘记。

想起这双眼，他就觉得自己是一个罪人，内心充满悔恨。这也许是他这辈子，回首往事时，永远使他自责的事。

当时，任碧荷才十六岁。

（四十一）

十年过去了。曹梦得有一次回老家过年，跟妈一起去赶场，在集市上看见一个衣着破烂的村妇蹲在那儿卖鸡蛋。地上是个破篮子，里面装着十来个鸡蛋。他忽然感到这个人有点面熟。他妈见他在看这个卖鸡蛋的，就催他快点走，说去晚了，就割不到好肉了。

他们往回走时，他问他妈，刚才那个卖鸡蛋的是谁，好像有点眼熟。她妈倒是回答得明明白白："那是任碧荷啊！说起来，这女子命好苦。"

任碧荷她妈长年生病。她已经快二十了，不知是不愿嫁人还是嫁不出去。后来她妈病在床上，连抓中草药的小钱都没了。一个媒人做媒，说对方四十多，年龄大点，但成分好，是个贫农，愿意出三百元聘礼娶她。

谁知这个人竟是一个叫不出名字的"熟人"，她一看到这个又脏又丑，看起来比她爸还要老的男人，就直犯恶心。自己才二十岁，怎么能嫁给这样一个老男人！

这时，她第一个想到的是曹梦得，她多想去听听他的意见啊。

但是，她不能看着妈病死，那三百元彩礼或可救妈一命。

于是，她"迫不及待"地把自己卖了。三百块！

结婚后，这男人学会了喝酒，醉了就打老婆。任碧荷长得漂亮，她男人见村里小伙多看她两眼，或者她同哪个男的搭个话，都要打她一顿。那男人特别恼恨的是，一两年了，她也不给他生个娃。他对任碧荷，醉也打，不醉也打。她实在受不了了，有一次找到村长，说要离婚。那男的知道了，回去对她就是一顿暴打，一脚把她踢倒，她头撞在房柱上，昏了过去。等人醒了，眼睛却看不见了，成了一个睁眼瞎。后来慢慢地，只有一只眼还能模模糊糊地看见个物件影子。那男的也没落好下场，冬月喝醉了，一人去河里打鱼，掉河里淹死了。

“现在任碧荷就跟她老妈生活在一起，不知是她老妈养她，还是她养老妈。她家连猪都喂不起，就靠卖几个鸡蛋换点盐巴钱。只是这任碧荷都二十五六了，生活那么造孽，但样子却偏不见老，眼虽瞎了，但那双大眼睛还是那么水灵。她恐怕这辈子也难再嫁了，不生娃，又是瞎子，成分又不好。唉，好好的一个女娃儿，就这样完了。你还记得吗，你们从上初中到高中都是同学，她经常到咱家玩，那是多乖的一个女子哟！”说到这儿，言语间仿佛有无尽的惋惜。

曹梦得想，若是当年把她带进城，或是干脆娶了她，她的命运何致如此悲惨？本来，他俩从小就要好，互相信任，互相帮助，她那么漂亮，却从不嫌弃自己。

自己啊，真是猪油蒙了心了！

此事以后，任碧荷开始收到一个匿名人的寄款，每月五元，这么多年，从无中断。这五元，在农村，就是救命钱！后来任碧荷母亲去世，她就一个人艰难地生活着。

但任碧荷再怎么绞尽脑汁想，也想不出是谁这样长年累月不断地匿名给她寄这五元救命钱！有几年，周围饿死了多少人，但她有五元钱！这五元钱，使她免于一死！

曹梦得在给柴久思的信中写道：“我求你帮忙，把我交你的这五十元，分十个月，按纸条上的地址寄给她，这个千万不能中断，也千万要保密。她是个睁眼瞎，没什么生活能力。但我对你主要的请求还不是这个，而是这五十元寄完了，请你继续帮我每月寄五元钱给她，直到我出狱。出了狱，我把她接进城，我养她。寄去的钱，算我借你的，我出狱后，一定奉还。老柴，看在同班一场的份上，请你一定帮这个忙！”

柴久思看了信，非常感动，眼睛也湿润了。

这个袖珍曹操，人性未泯，还算是一个有情义的人。

他把这个情况跟赵教授谈了。柴久思问教授：“您是怎么看待曹梦得的变化的?”

教授说:“马克思说‘人是社会关系的总和’,一个人的人格形成受多种的因素影响。曹梦得一方面出身贫下中农,有阶级觉悟,但他缺乏党的政策观念,‘左’的思想对他影响比较大,同时,他的向上爬、改变自己地位、想成为‘人上人’的极端个人主义思想又使他以‘左’为阶梯,从而形成了一种损人利己的偏执人格;但同时,他幼年受苦的经历,又使他对无害于他的弱者有一种同情怜恤之心,这就是‘人之初,性本善’的那一面。记得美国作家海明威说过:每个人都是一个月球,有一个别人看不到的黑暗面。这没有什么值得奇怪的。随着时代的变化,正确的政治思想观念和现实的遭遇使他认识到了自己的误区。从他的变化我们可以看到一个具体人的人格形成的复杂性。”

教授最后说:“总的来说,一个人只要懂得悔恨,就坏不到哪里去。曹梦得能变好。”

(四十二)

柴久思立刻给曹梦得回了信,完全答应他的要求,请他百分之百放心。

受人之托,忠人之事,他立马采取了行动。

柴久思立即找到妻妹,那个做事雷厉风行的天玫,把这件事的来龙去脉和盘告诉她,请她立即行动,尽快找到任碧荷家,说明情况,要不惜一切代价,把任碧荷带到成都,治好她的眼睛。

天玫费尽周折,在千里之外的乡下一个破烂不堪的草房里找到任碧荷。她简单同任碧荷作了交谈,说受别人委托带她去治眼睛。

在天玫的操办下,三个月后,任碧荷的视力基本恢复了。

柴久思对天玫说:“任碧荷有高中文化,身体健康,可以安排在我们公司,找一个合适的工作,这事也交给你了。”

这天晚上,天玫问她的学历,她说读到高中。

“那你会算账吗?”

“我会打算盘，小学初中，我学了好几年。全县珠算比赛，我是初中组的冠军呢!”

“这么多年没摸算盘，你没忘吗?”

“那倒不会。从小学的手艺和知识，想忘也忘不掉。你会忘记游泳吗?”

“那我们比赛一下。我用计算器，你用这个珠算，看谁快。”

“咱们还是都用珠算，我怎么能比得过机器啊。”

“不，就这样。试试。你要赢了，我就把这个计算器送给你。”

“好吧。”

天玫出了四道含有加、减、乘、除的多位数计算题。二人计算的结果每次都相同，但每次都是任碧荷快。

天玫高兴地说：“碧荷姐，我雇你了！你先到一个公司任出纳，愿意应聘吗?”

“你真的要我了？你是逗我玩吧?”

“我现在给你写个条子，去公司找这个人，请他先批准你提前领一个月工资，去买些日用品。记住，要先把协议书签了。”

任碧荷不由得兴高采烈，整个人一下变得精神起来。

但是，是谁委托天玫给她治的眼呢？天玫怎么不告诉她呢?

（四十三）

从带她进城到给她安排工作，整个过程，任碧荷都非常配合。任碧荷不知道最应该感谢谁，她觉得，这些好人，都是她最应感谢的。

最初，天玫是为了让她平静地治疗，所以什么都没谈，现在眼治好了，她可以说了。天玫抽时间把这件事的完整经过告诉了任碧荷。

“这么多年，月月给我寄钱的匿名人原来是曹梦得，他一直没忘记过我啊!”她心想，“岁月可以作证，他就是我的救命恩人！我怎么报答这个好人啊?”

但是天玫没有把曹梦得关在监狱里的现况告诉她。

天玫也在想：“难道就为了中学毕业时他那无情的拒绝吗？这是

多么持久真诚的悔罪啊!”

赵教授说得深刻：一个人只要懂得悔恨，就不会坏到哪里去。

(四十四)

任碧荷一再对天玫称谢。天玫说：“碧荷姐，你真漂亮，我喜欢你！你听过‘徐娘半老，风韵犹存’的话吗？你真应了这句话了！你的性情也极好。不过，你心理上自卑的阴影必须抹去。你不要把那个什么出身总和自己挂上钩。对你的帮助，也是为社会尽一点责任，所以你不要总把谢字挂在心上。这一切都是曹梦得的安排，我们管他叫‘袖珍曹操’，因为他点子多，有计谋。你看，坚持这么多年寄钱，月月如此，纹丝不露；但所有这一切，他只是尽一个老乡、老同学的责任。你不需感恩，你要把腰杆挺起来，堂堂正正、理直气壮地生活下去。你不欠谁的，而且以后再也用不着别人给你寄钱了，你将有一份你的工资。跟那五元比，这可是一份高薪呢!”

当着天玫的面，她背过身去，头埋下来，哭出了声。

任碧荷终于问了这个问题：“你怎么总不告诉我，曹梦得在哪儿呢？我怎么才能见到他呢?”

天玫说：“行啦行啦，别催啦，过些日子我带你去看他就是。”

(四十五)

这段时间，任碧荷渐渐同天玫熟了，完全信任她了。这天吃了晌午，她找到天玫说：“天玫妹子，我想趁上班前抽时间回老家一趟，一是把房子和家里的地安排一下，更重要的是我要把我男人的坟规整一下。我领的这一个月的工资够了，从隔壁村里窑厂买点砖把我男人的坟圈一下。天玫，说起来，我那男人是个苦命人，他人并不坏。”

“他不是喝醉了，常打你吗?”

“我就都对你说了吧。这其实不能全怨他。婚前他并不喝酒，也不乱花钱，所以他才能存得下这娶媳妇的三百元钱，这是他一条鱼一条鱼抓出来的。他打人，这是双方的事。我也是有责任的。”

“你是说，你也有错，他打人有理吗？”

“不知道。我当初同他结婚，图的就是那三百元的彩礼，是为了拿钱救我妈的命！我是自卖自身。不这样，一个‘地富’子女又能怎样？但我心里想着的是曹梦得。我见了这个老男人就犯恶心，坚决拒绝和他同房。这样，他就渐渐开始喝闷酒，后来就借酒劲打人。他越打，我就越不准他挨我。外面人不是说我生不了娃吗？我从来不对外说我们是一个锅吃饭，各过各，他对外也说不出口。

“这样，直到他打瞎了我的眼。队里有人喊我去告他，我没去。我不能去。我这是该。这事以后，他也不强迫我了，也打得少了，但不久，他就在堰塘里抓鱼淹死了。就这样和他过了两年。我说这些，你也可能不信。说起来，是我对不起他，他是拿一二十年的辛苦钱换了个假婚。我这次回去在他坟上烧点纸，把坟圈了，立个碑，写个名字，也算我们夫妻一场吧。”

天玫暗自思忖，这个任碧荷实际上还没有行过周公之礼！

（四十六）

任碧荷上班的第一个周日，天玫约她去看望曹梦得。

天玫先给任碧荷买了一套公司高级职员的套装，带她做了一个时髦的发型，把她打扮得非常标致。任碧荷自己都认不出自己了。

天玫找到柴久思，说明天带任碧荷去看曹梦得，问他去否，柴久思说：“这场人生的悲喜剧，我这个看客，焉能缺席？”

他们一行三人，先是拜会了赵老师，说明了原委。赵老师和师母都非常感动。

老馆长和夫人，还有久思，都是头一次见任碧荷。他们想不到这个在穷苦的农村饱受命运摧残的人，竟是如此标致。

赵楷行教授想，久思受一个罪犯之托，如此尽心，而这个人仅仅是一个没有任何私交，甚至没有任何好感的旧时同窗。

赵楷行明白，柴久思这样做，是为了让曹梦得在狱中不自暴自弃，是为了使他对未来怀有希望，是为了促使他下决心改邪归正，是为了让他争取减刑，早日出狱，开始新的生活。

他是在拯救一个人的灵魂！

他觉得，只有具有这样品质的人，才称得上是一个合格的教师，一个育人者。

这是赵楷行内心发出的声音。

（四十七）

天玫在汽车上向任碧荷谈了曹梦得的问题，使她思想有个准备。

当曹梦得在探视室看见他们一行三人的时候，首先是任碧荷叫出了声："曹梦得，我是任碧荷！"

曹梦得简直认不出这是任碧荷，她似乎还是像中学时那么漂亮，那双大眼还是那么明亮。但是，那是他的幻觉，那是遥远而缥缈的过去。

天玫把一切都向曹梦得说得清清楚楚，特别重点谈了对任碧荷的工作安排。

曹梦得双眼模糊了。那是真的感动，他的人生观，他的思想观念，他的处世哲学，一切的一切，那是真的痛悔。他在无比感谢他们的同时，从内心下定了要彻底改变自己的决心。

这一切都写在他的眼睛里。

久思看得见！他没什么说的。

大家沉默了片刻。无比标致又温柔的任碧荷忽闪着那双明亮透彻的大眼睛看着曹梦得，轻声细语地说："袖珍曹操，一个好听的名字。你记好了，我希望在外面不用等你四年。从今往后，我每月来两次，每次交你五块钱，这刚好是你每月寄给我的两倍。现在你收下这五块钱，这是第一次。这点钱供你日常花用，用不了，就存起来，以后会有用场的。"

曹梦得双眼模糊了。

最后，柴久思从上衣口袋里取出那五十元钱，说："袖珍曹操，这五十块钱还给你，以后再也用不着寄了。你留着它作纪念吧。”

（四十八）

但是，无论是赵教授还是柴久思，使他们感动的，只是袖珍曹操的表象，曹梦得现在的悔过和感恩确实是真诚的，但以后会怎样，他们没有想。他们忽略了曹梦得在农村长大，深受农村传统农耕文明那种根深蒂固的传宗接代观念的影响。他已过了五十岁，而任碧荷也过了生育年龄，怎么为曹家留后？

在这几年的劳累与寂寞中，时时折磨着曹梦得的，就是这个魔障。

苦水玫瑰 二

（一）

一九七七年二月间，欧阳钦寒假时，父亲欧阳远对他说："放寒假了，你去南姜县大石垭看看石敢当石伯伯，也了解一下农村，这也是向贫下中农学习的一个机会。"

欧阳钦是一九七三年入学的工农兵大学生，一九七六年毕业后，留校当了一名英语基础课教师。

他父亲欧阳远是省委组织部副部长。

欧阳钦要去的这个县在四川东北方；这个村上不着天，下不着地，是一个穷困山村。大石垭属英牟公社，在南姜县光雾山南缘，和陕西汉中交界。光雾山山体为圆锥状的花岗岩、大理岩、石灰岩和白云岩构成，峰体浑圆，重峦叠嶂，林泉密布，偶见洞穴，幽深神秘。至深秋时节，浩瀚的光雾山，林海叠翠，千沟万壑，满目红叶。伴着秋日的步履，起初是零星的红叶在层林中点缀，渐渐地，一片片金黄、橙红、深赤的色彩，伴着细雨的朦胧、山风的氤氲，更有鸟鸣的旋律、山林偎依的风韵，真是怎一个美字了得。

这里气候温和湿润，四季分明，属亚热带大陆性季风气候，年降水量多达一千二百毫米以上，年平均气温约十五摄氏度，最宜生长玫瑰。

大石垭村原是英牟公社三大队，坐落在一片浅山深丘区，山坡上披红戴绿，一片又一片的玫瑰开得正旺，四野弥漫着令人心醉的花香。

（二）

欧阳钦坐了一天汽车，又在这高高低低的丘陵田间步行了三个小时，眼看要到了，却不知不觉走进了一片玫瑰花田里，直感香气袭人，不禁摘了一枝，边闻边走。

突然间，听到一声断喝："喂，你怎么随便采花，你是花蝴蝶呀？"

花丛中突然冒出一个十七八岁的姑娘，高高的个子，细细的腰身，太阳底下，在玫瑰映衬下，脸白白的红红的，亮丽、秀气、健康，青春气息逼人。

"哟，遇见七仙女了！"欧阳钦吃了一惊。

"花蝴蝶？未必她说的是《三侠五义》里的那个采花大盗花冲？"

活见鬼，听见叫他"花蝴蝶"，脑子里竟蹦出了《三侠五义》。《三侠五义》里有个人物叫花冲，绰号花蝴蝶，人称"采花贼"。这可是骂人的话。这类武侠小说如《小五义》《七侠五义》《峨眉剑侠传》《蜀山剑侠传》等，解放后早已禁印，他是从文化厅的一个干部子弟家里偶然借到的，一个乡野女子怎会读到它？也许是听错了。

"对不起，我迷路了。请问三大队大石埡村怎么走？"

"一直往前走就是。"她只顾剪枝，头也没抬。

"你刚才说我是花蝴蝶，我没听错吧？你读过《三侠五义》？"他没事找事地问。

"怎么啦？只准你们城里人看毒草呀？"口气呛人。

她怎么一眼就认准自己是个城里人？

他无言以对。后来才知道，那本书是她赶集时从旧书摊上用四个鸡蛋换的。

"你背那么大一个包，里面有书吗？"她问。

欧阳钦顺手从包里拿出一本查良铮翻译的人民出版社出版的《拜伦诗选》。她认真看了片刻，说："你是大学生吧？"

“算是吧。学外文的。”

“噢，是外文系，对吧？那你怎么还读译本呢？”咦，她居然还知道“外文系”，还说出了“译本”这个“专有名词”。

她只顾翻着书，忽然说：“这几首我会背！”

“你说什么？”

“我背给你听。”

他便拿着书看她是否真的会背。他只以为她能念出书里的汉字就算不错了。

“我就背《致 M. S. G.》前面这十来句吧，你可以对照中文看：

When I dream that you love me, you'll surely forgive;
Extend not your anger to sleep;
For in visions alone your affection can live, —
I rise, and it leaves me to weep.
Then, Morpheus! envelope my faculties fast,
Shed o'er me your languor benign;
Should the dream of to-night but resemble the last,
What rapture celestial is mine!
They tell us that slumber, the sister of death,
Mortality's emblem is given;
To fate how I long to resign my frail breath,
If this be a foretaste of heaven! *”

“Oh my god!”** 他大惊失色，“她真的会背，而且背的竟是英文原作！”

“你也是大学生？”

---

* 要是我梦见你爱我，且莫惭，/休要责怒睡眠；/因你的爱只在梦中出现，——/一梦醒来，我空余泪眼。/睡神啊！快迷昧我的情志，/使我全身陷于昏倦，/愿今夜好梦相比昨天：/像仙境一样魂绕梦缠！/也是死亡的预演；/天国若也似这种滋味，/愿死神早临我的心间！

** “Oh my god!”表惊叹，意为“天啊！”

这女子突然笑出声来，指着坡下的稻田说："我是早稻田大学的！噢，我还没问你，你到三队有何公干？"

"我找石敢当石大伯。"

"噢，找他？这大爷我熟。大学生，你能用英语对话吗？"

"也许行。凑合吧。"他含糊其词地回答。她一下子特别高兴，接着就时而英语时而汉语地说起来。欧阳钦以他大二的水平，很少能插上嘴。

"喂，大学生，别光我一个人说呀，蛤蟆落进米桶里——你怎么不出声（升）呢？"

她接着说："你以为我们种花是为了闻香味呀？它可以换粮换钱。陕南有人过来收，去做花茶，做糖果点心。我们也有米吃了。"

"前些年上面不管呀？"

"天高皇帝远。我们用赚的钱给大家买粮，所以公社睁一只眼闭一只眼。带头的就是你要找的那个大伯。——遇见能说英语的，我太高兴了。"

在这个穷乡僻壤，真是怪了，她怎么会说英语呢？要知道，从一九五〇年开始，大量英语老师都转教了俄语，中学也一律教俄语。她不太可能是在中学学到英语的。

他由衷赞赏她："你英语说得真好！"

"四两棉花——弹（谈）不上。"她反而不好意思了，脸上飘过一片红晕。他从来没见过女孩子害羞，更没见过女孩子因害羞或不好意思而脸红，只觉得这女娃儿好秀美。

欧阳钦问她怎么学的外语，她没回答，却高兴地问："你叫什么呀？我叫天玫。"

"我叫欧阳钦，这本书送给你吧。"

"三月的桃花——谢了！——那我就喊你欧阳哥吧。"

欧阳钦从来没有听过用这种句式致谢的，他听惯了那种有口无心的干巴巴的"谢谢"，来到乡下，仿佛来到了另一个语言世界。后来，欧阳发现，这个天玫说话常用当地的一些土语、谚语和歇后语，听着挺舒服的。而且他还发现，她说话，另有一个"毛病"，就是总喜欢引经据典“掉书袋”，这成了她“语言性格”的一部分。他们班上也有同学有这个嗜好，其实，在这群小知识分子圈里，这已经是一种“话语常态”。但那是在大学校园里啊，这是在农村，所以他总觉得怪怪的。但后来久而久之，也渐渐习惯了，自己也有意无意之间拽起了文，掉起了书袋。

他不知道，天玫这一习惯，是从他姐夫哥柴久思那里学来的。

天玫一边翻书一边说：“你找那个石敢当石大伯干什么呢？”

“不干什么。就是看望看望。”

“他认识你吗？”

“噢，是我父亲叫我来的，父亲还给他带了一件皮毛裤，说他腿不好。他们家有地方住吗？”

“有，有。你不马上回城吗？”她显得意外的热情。

“我可能要多住几天。”

她听了，竟然高兴地说：“欢迎，太欢迎了！”

这个不期而遇的神秘的漂亮女孩实在是太可爱了。她处处透露出山野女孩子那种率性、开朗、大方，乃至大胆和无所顾忌，特别漂亮的是那双眼睛，时不时微微眯起，眼角稍稍高吊，眉宇间流露出一种魅人的妩媚和秀气、稚气和温顺、率真和羞涩。

（三）

欧阳钦好像不太想马上走开。

“你最后学历是什么？”他实在憋不住他的好奇。

“高中。”

“没上大学呀？”

“我倒是想上——到哪上啊？下乡的，返城的，那么多考生还没上，我？下辈子了！”

（四）

他换了一个话题："这里风景真美。"他望着远处不高的山。

"那山里我们放了两头羊。我姐夫身体不好，需要吃羊奶。"

"以后我们到山上看看。别说英语了好不好？我的水平不行。你能带我去石大伯家吗？"

"你沿着这条小路倒右拐，再走一里路的样子，树丛里有个石板房子，旁边就是他家，会有一个大白狗迎接你。我地里忙一天了，满身稀脏，要到山垭下石塘里把套衣洗了，你自己走吧！"

他只好自己走了。走出几步，他回头大声说："真的，你的英语水平可以到外交部当口译了。"

"乌龟打屁——冲壳子哟！"* 被一个大学生恭维，她从心里高兴，但嘴里却撂出了这么一句。

这山野女子很讨人喜欢，他不禁如是想。

（五）

欧阳钦来到石板房前，忽然一条凶猛的大白狗狂叫着扑过来。屋里的石大伯忙把狗招呼住。欧阳钦说明他来的原委，并立即把父亲的信交给石大伯。石大伯看了非常高兴。

欧阳钦忙取出皮裤送给石大伯。石大伯很感动，喃喃地说："欧阳部长还惦记着我这条腿。"

这是几间简陋，甚至有点破旧的草房，屋里黑洞洞的；堂屋里摆满了锄把、犁头、粪桶、筲箕、箩筐之类，墙角堆着一大堆玉米棒子。

"谁来了？"里屋传来一个男人微弱的声音。

"欧阳部长的老大。小钦，你进去看看姐夫，他叫柴久思，身体

---

* 冲壳子：四川方言，指吹牛皮、说大话。

不好，走路不太方便。”

他进了里屋。好大一间草屋，里面很亮堂，四壁堆满了书。他扫了一眼：起码有一半是英语书，而且是很漂亮的精装书。

一个中年男子躺在床上。床边放着一副拐杖，就是手臂夹在两边辅助走路的那种，已经让手磨得黑乎乎的了。

这个姐夫问了一声，就不开腔了，只顾看书。他注意到，那是一本外语书。

柴久思在离家不远的大队小学也就是村小教书，因腰腿不好，每天拄着拐杖去上课。

正跟石大伯寒暄着，天玫带着那条大白狗呼啸着跳进门来，大声说：“爸，有个大学生找你，来了没有？”

欧阳钦从里屋出来，瞪大了眼睛：“你爸？”

“是呀，你找的这个老头就是我爸。”

石敢当说：“你们倒先认识了。天玫，去给客人收拾房子。我去打酒。先烧水，把茶泡上，城里人喜欢喝茶。”说罢，他办事去了。

天玫问姐夫：“大姐呢？还没下课呀？”

她姐叫石梅，在公社民办小学教书。

欧阳钦看房子并不多，便说：“有地方住吗？给你们添麻烦了。”

天玫诡谲地指了指屋后，对他说：“你就住在那儿——在我们家老二上面！”

“老二？”

“你听，老二在向你打招呼呢！”他听到猪的哼哼声。在猪圈上面有个高高的木架子，上面铺着木板，显然，那就是他的床了。

但她那声调，好像是在捉弄他。

他爬上猪圈上面的“阁楼”——那个木架，弯着腰铺“床”。

“我们这儿，粮食是老大，管饭；猪是老二，管油盐酱醋。”她说。

石大伯回来了，他责备地瞪了天玫一眼，把铺盖从“阁楼”上取下来，放在隔壁石板房的床上，说：“孩子，你睡的这个床就是你爹当年养伤时住过的。”

父亲给他讲过，一九三二至一九三四年红军在通、南、巴建立革命根据地，与刘湘的二十一军打了好多次仗。有一次父亲受伤，白狗子*到处要抓红军伤员，为掩护父亲，石伯伯腿上还挨了一枪，子弹至今也没取出来，留下了腿痛的病根。他和妻子把父亲藏在这个石板房的一个夹层里，让父亲躲过了敌人的追杀。石伯伯当时也参加了红军，但因腿伤，就留下来了。他是这个地区资格最老的党员，有很高的威望。

不知怎么的，看着这石板屋，欧阳钦思想中油然出现了一种崇高的情绪，对大伯产生了亲切和尊敬的感情。

就这样，欧阳钦住了下来。

这个石大伯，大名石敢当。他原名石砣砣，叫起来很不好听，长大了，因他为人仗义胆大，不惧地方恶霸，敢于主持正义，后又随红军跟川军二十一军干仗，深得乡亲赞佩。当地多石匠，所敬石神，名曰石敢当。乡亲们便把这名字叫给了他，他也觉得这名字比那个"屎（石）砣砣"好听多了。

（六）

平时天玫带着欧阳钦去田间劳动，收拾玫瑰花，在自留地种菜，打猪草喂猪。天玫非常热衷于说英语，欧阳被她拖带着，英语的口语能力也大有提高。

在交谈中，她还对欧阳进行了关于玫瑰的知识启蒙："你不太明白我们为什么这样喜欢种玫瑰。"

"你说说看。"

"那你听着：玫瑰用途很广，经济价值也很高。玫瑰花是做糕点、酿酒的花材；玫瑰油是香烟、香皂、香水和高级化妆品香料的主体原料；玫瑰花和根还可以入药，有顺气和血、疏肝解郁的功效。同时还可以美化环境，花开季节，香气浓郁，素有玫瑰花开十里香的美誉。

---

* 当地人称川军部队为白狗子。

明白不？我们种的玫瑰花有本地品种，有外地品种，本地品种多，但质量差一点，外地玫瑰花叫苦水玫瑰，学名大红袍，也称红衣教主，是从甘肃永登苦水乡移植过来的，品质最好。姐夫哥还专为它作了一首诗，我背给你听：

生性贱，品格衎。形烂漫，性本善。花鲜红，烈火锻。香气浓，色光艳。苞饱满，枝狂狷。刺尖利，幸勿犯。抗病害，生命健。花之冠，金不换。

这诗作得好吧，大学生？”

（七）

有一次，天玫发烧，就是不吃药，小病熬成大病，烧得说胡话，家里人老的老，病的病，她姐石梅身体也不好，只有靠欧阳了。欧阳便同一个青年村民用滑竿把她抬到公社医院大门口高台阶下面，然后欧阳安排村民去街上吃面，自己背着天玫进了医院，找医生开药。医生说是肺炎，要在医院住几天。欧阳便留下守护，让村民回去了，叫他顺便给石大伯带个信。

欧阳在公社医院服侍了她整四天，才算把病治好。回家时，天玫难得很温柔地、小鸟依人地说：“欧阳哥，谢谢你。”

“你怎么不说‘三月的桃花——谢了’？”欧阳打趣地说。

“语言环境不同嘛！”天玫答。这可是一句文科大学生才说得出的用语。

虽然他们只相处了半个月，但那种亲昵的感情却越来越浓了。

有一次他们在月亮底下猜谜语，看着天玫苗条、丰满、健美的身材和清澈明亮的双眼，欧阳钦突然产生了一种莫名其妙的感觉。天玫也从来没有和男孩子单独相处过。他身上那种淡淡的香皂味和嘴唇上浅浅的茸毛，有时会使她觉得他对自己有一种异样的吸引力。

这以后，天玫也主动侍候欧阳，给他端饭，倒开水，甚至有一次给他打了洗脚水。欧阳受宠若惊，忙说："折煞我也，折煞我也。"但心里却受用之极。天玫第一次侍候一个男孩子，心里有一种甜甜的滋味。

天玫读了很多书，知识修养、为人的成熟度都远在同龄人之上。但她毕竟生活在山乡农村，农村的风习的熏染使她仍然还是一个充盈着山乡野气的农村女孩。

有一次五六个女孩、媳妇在地里劳动，说起她们前日看的背媳妇闹新房，越谈越粗俗大胆。

这里的结婚风俗是新郎要从新娘家把新娘背来，不兴骑驴、坐轿子，而且闹洞房三天无大小。一个媳妇说，她就看见新媳妇远房的大舅子拉开新媳妇的领口把一盅玉米倒进去了。

她说："你们这些大姑娘可别让人背呀，背了就成了人家媳妇了。"

另一个刚结婚不久的说："不光我们这里这样，电影《烈火中的青春》里，有一个解放军背房东的一个病昏的十七八岁大的女娃子去抢救，后来那个女娃儿天南海北死活要找到那个战士嫁给她，说他背过她。"

"后来呢？"

"你们没看啊，后来找到了，但战士不准结婚。"

"后来呢？"

"后来她就跟着部队走，战士打到哪儿，她就跟到哪儿。"

"后来呢？"

"后来她千里迢迢跑到他老家去等他。"

"后来呢？"

"后来解放军战士牺牲了。"

大家不吭声了，似乎有无限的惋惜。

那媳妇又打破了沉默："你们可要抓紧呀，凡遭背了的，就早点办，要不，后话可难说了。"她故意盯着天玫说。

大家似乎一下恍然大悟，起哄道："天玫遭那大学生背了看病，没见那大学生对天玫是丁丁猫想吃樱桃——眼都望绿了。他就是你男人呀！”大家嘻嘻哈哈一阵喧笑。天玫一下扑过去，和大家扭闹在一起，然后涨红着脸，落荒而逃了。

（八）

吃了早饭，天玫说：“今天给玫瑰花浇粪，你挑得动吗？”天玫把一根扁担递给欧阳钦，说：“溜溜转转，不如摸摸看看，摸摸看看，不如亲自干干。跟我下田去吧。”

她指了指院子里两个大粪桶。

“没问题。哟，这扁担咋是圆棒棒啊！”

“我们这儿都这样。茅厕里栽韭菜——将就屎（使）吧。”

他哪儿干过这个。一天干下来，双肩红肿疼痛自不必说，连腰也直不起来了。但他却装作劳动英雄的样子。

天玫却嘴不饶人：“别装了。吊颈鬼打扮——死爱面子，累惨了吧？不过劳动态度很端正，你这个大学生不错，挺能吃苦，是个干农活的胚子。只是这粪香你受不了吧？”

她说对了，累点还行，但这一身粪臭却让他很难受。

“没关系，我带你去山垭下石塘里洗洗。”

（九）

天玫经常和女伴们在这杳无人迹的池塘里游泳。她也常一个人来。她觉得自己欣赏自己是很快活的事。她会慢慢脱去衣服，轻轻把水撩到身上，舒心地观摩着自己，抚摩着自己光滑无比的皮肤。她自感比书上那些女主人公漂亮。她们无非穿了很漂亮的衣服。

她家里有很多书，她不清楚这些书是怎么来的，她只记得，从小时候她家就不断收到大量从英国寄来的中外文书籍。书是她姐夫的姑妈在国外托朋友从英国寄来的；姐夫他爸抗战时是国民党驻外大使馆的文秘，退下来以后，因为做过国民党的官，就没敢回大陆，后来到英国和新加坡经商，成了富商。他打听到自己儿子在大学里工作，媳妇石梅也出身外文系，他能做的就是多寄些书去。书从英国寄是最可行的，英国是最早承认中国的国家之一。但不久，他就因病去世了。临终，他委托长期住在他家的亲妹妹柴枫不断给柴久思寄书。他的真实意思是用寄书这种方式保持他们之间的无言的联系。

柴久思的姑妈柴枫，丈夫去世后就一直寄住在哥哥柴任之家。柴任之的宝贝女儿柴心十岁时，母亲去世，她是在姑妈柴枫的养护下长大的。柴枫忠恳地守护着哥哥巨大的财富王国。哥哥去世前，甚至把遗嘱的内容都告诉了她。

柴久思夫妇都是懂英语的，这些书成了他们最好的朋友，特别是在后来艰苦的农村生活中，翻译这些作品，为他们艰难的生活增添了一抹亮色。

（十）

大姐和姐夫从小就限制天玫下地劳动，尽量逼她抓时间学习。她们强迫式地教她学英语：在家里跟姐姐、姐夫只能说英语，不能说汉语；不说，就挨姐夫训。石梅总是护着天玫，说这是旧社会的教育方法。但久思说："古今学有所成的人，哪个不是教鞭下熬出来的？郭沫若小时候，他妈在私塾窗外眼见着私塾老师用竹篾条抽他，回转房间，流着眼泪跟家里人说：'不打不成人，打到做官人。'你以为郭沫若这个文学家、历史学家，是天生的吗？石梅，天玫是块好材料，训得出来！"

久而久之，好像见了姐姐、姐夫，天玫就只会说英语了，所以她从小练就了一口好口语。这在六七十年代，特别是在农村，是根本见不到的，简直是奇迹。

令天玫自豪的是她有过目不忘的超好记性。慢慢的，她感到在家里唯一的享受就是看书了。她读了大量的历史方面的书，也读了大量中外名著。她十来岁就能读英语小说了，而且，她读的，一定是好多人没读过的，她家里的外国小说大多是早年的原版书。

特别在青春期，她不由自主地对那些描写爱情的小说感兴趣，像

《少年维特之烦恼》《茶花女》《简·爱》《安娜·卡列尼娜》《呼啸山庄》等；她甚至把英国作家劳伦斯的小说《查泰莱夫人的情人》也偷偷读了。劳伦斯一九二八年私人出版了他最有争议的，也是他最后一部长篇小说《查泰莱夫人的情人》，是西方十大情爱经典小说之一，因有大量情爱描写，在英美及我国长期被禁止发行。英美等国直到二十世纪六十年代初才解除对此书的禁令。当时她只觉得好奇而已。到了十六岁，天玫的潜意识里已经开始受到了《包法利夫人》《简·爱》《安娜·卡列尼娜》《呼啸山庄》等书中的爱情启蒙。但实际上她与异性并没有过任何情感经历，更没有任何对异性的渴望，因为她还没有同任何一个具体男性有过情感上的个别接触。有的，只是朦朦胧胧的想象。

在水塘里，当她观摩自己的身体时，她会产生一种莫名的适意。她抚摸着自己那白白的膨胀的肌肤，感到了它的弹性；也许它因过于饱满而显得白得透明。印度的诺贝尔奖获得者泰戈尔在小说中写一个逃婚的十八岁成熟少女的皮肤“嫩得向外渗血”。按小说家言，那叫“血脉偾张”，那叫“吹弹即破”。多好的浓发啊，“我要永远留着它”。她陶醉在自我欣赏之中。是的，她没有穿过漂亮的衣服。但在宽大的旧衣里面却是谁也比不了的高贵无价的美胴。她享受着自己对自己的欣赏，忽然想起小说《查泰莱夫人的情人》中的一段话：

显而易见，爱情，肉体之爱，已在她们的身体上留下烙印。这种爱，令这些男女的身体发生了细小却可以察觉的变化。女子变得愈发美艳，愈发圆润，少女时代平淡无奇的生硬消失了，取而代之的是时而忧愁时而欣喜的丰富神情。

她一边擦拭着自己圆润的美胴，一边胡思乱想着这些话，自己也感到莫名其妙，仿佛思想里有了鬼似的。

（十一）

天玫领着欧阳钦来到水塘边。欧阳钦原本以为不过是丘陵地带常有的那种小水塘或小泥塘。嚯，在这旷野无人的深丘背后，竟是一个三面石壁一面漫坡的一亩多大的清澈的湖，这让他心旷神怡。能在这里面游泳，可真是天大的享受啊！

这个大石塘，是祖祖辈辈的石匠们打石料凿成的。

只听天玫说："你把外衣洗了，石头上晒一会儿，省得回去洗。"

"快呀！"天玫催他。

又拾掇了一会花，湿衣快干了，直到太阳下了山，他们才高高兴地回去了。

再后来，这里成了他们常来游泳的地方。

（十二）

这天，很晚了，天玫也像那几个"老二"一样睡沉了。欧阳和石大伯在院子里乘凉。欧阳问他，天玫的外语是怎么学的。

"说来话长——"欧阳听石大伯讲着那长长的故事。

民国以来，川军从来勇于内斗，自蔡锷讨袁始，四川军阀就越打越热闹。这些军阀头子各自都有一个传神的"歪号"，二十三军军长刘存厚是"刘瘟牛"，二十一军刘湘是"巴壁虎"，二十九军邓锡侯人称"水晶猴子"，二十四军刘文辉叫"多宝道人"，杨森叫"羊子"，范绍增是"哈儿"*，王陵基叫"灵官"，唐式遵则是"瘟猪"……他们打起仗来，特别在成都，在市街上干仗，像煞演川戏，有大批好看热闹的市民扶老携幼到城头前来观战。后来各路大王统统败在刘湘手下，熊克武、刘存厚、杨森、邓锡侯，甚至连刘湘那个吃过日本寿司和生鱼片的小幺叔、多宝道人刘文辉，也在二刘之战之后，被刘湘赶

---

* 哈儿：四川方言，指"傻子"。

到西康。一九三三年，最后一次四川军阀混战，以刘湘全胜收牌。刘湘坐拥四川，不可一世，其名号是：国民革命军第二十一军军长，四川善后督办，四川“剿匪”总司令，四川省政府主席。

刘湘笃信巫教。当时四川有个创立了“一贯天下道”的著名巫教教主、人称“刘神仙”的刘从云，投到刘湘门下，后来成了刘湘的军师。所有的军政要事，都要经“刘神仙”扶乩决定。

“刘神仙”在刘湘支持下成立了道门军队。他筹集信徒入道礼金二十三万银圆，购回德国步枪三千支、手枪两百支，由三千道徒做士兵，成立川军二十一军模范师，号称“神军”。到一九三一年，“神军”已扩大到一万四千人，由“刘神仙”直接指挥。

再加上刘湘在嘉陵江上有几艘冒黑烟的钢甲船，组成了军阀中的唯一一支“海军”，而刘湘也就成了名噪一时的“陆、海、空、神”四军司令。

一九三三年十月，工农红军入川，建立了川北通南巴革命根据地。一九三四年秋天，刘湘召集第二次“剿匪军事会议”，当了“四川‘剿匪’军事委员会委员长”。后来指挥“六路会剿”的，就是这个“刘神仙”刘从云。

“刘神仙”刘从云走马上任后，向红军举起了指挥刀。由这个军事上完全外行的神汉来指挥十几万人马作战，当时上海《申报》说这“实在是滑天下之大稽”。

（十三）

“神军”与红军激战川北。红军中欧阳远指挥的一支部队就参加了其中一次重要战役。在战斗中，欧阳远受伤，刘神仙出二百大洋要抓这个红军“头目”。当时“神军”抓住了刚参加红军的石敢当年轻的妻子，妻子刚生下女儿石梅。刘从云亲临军帐，设坛扶乩，祭出铡刀，要她交出欧阳远。

刘从云凶神恶煞地吼：“你男人石砣砣已经被打伤，跑不了了！有人看见那个红军消失前就在你家周围。你只要交代那个受伤的红军连长藏在哪儿了，就放了你，也不再追拿石砣砣。你要是不说实话，你们一家都得上铡刀！你到底说还是不说？”

石敢当妻子对刘从云怒目而视，一言不发。刘从云恶狠狠地叫道：“不开腔是不是？水鞭！”只见几个恶狼一样的“丘八”* 端出一盆水，用马鞭沾了水，用死力向她抽去。石敢当妻子痛昏过去，待她醒来，接着打，她又昏过去。

刘从云疯了一样嚎叫：“死婆娘！你说还是不说！”

石敢当妻子当然知道欧阳远在哪儿，正是她和丈夫把欧阳远藏在了自己家石板房的夹层里。她也知道，丈夫正瘸着受伤的腿领着一队红军在抓刘从云。

“不说！你是不想活了！”刘从云冲过去拿大刀对着石敢当妻子的一条腿就是一刀。

这次，她没有昏过去，而是开了口：“你砍死我，有红军给我报仇！我男人跟红军正在抓你狗贼！你们龟儿，一个都跑不脱！”

这时刘从云听到了远处的枪声。气急败坏的刘从云，一枪打死了石敢当的妻子，然后带着这股败军四散逃窜。

欧阳远在石家得到很好的保护和治疗，后来随部队出发，投入新的战斗中去。

欧阳远临走时，把十块袁大头放在石梅的襁褓旁说：“石砣砣！大嫂是英雄！红军永远忘不了她！可怜这女娃儿，两个月就没了妈。老石，你腿上伤重，我们不能一起走了，你一定要替嫂子把这女子养大，我就是她干爹！红军打了天下，我来接她，要不就对不住救我的嫂子，她那英雄的妈妈！”

欧阳远与石砣砣一家结下了生死友谊。

---

* “丘八”即“兵”。“兵”字上下拆开，即“丘”“八”二字。

（十四）

解放后，欧阳远多次要接石梅进城上学，她爹石敢当怕给欧阳部长一家添麻烦，坚决不放人，说是还是农村好，一样上学，大了一样有出息。

实际上，当时家里生活越来越苦，石梅上到高一就休学了。

至于天玫，那是石梅捡回来的。一九五九年二月间，两个从陕南流落到这里的一对高高大大的年轻夫妇路上生了个小女孩，实在没办法了，要送给他们，还说："从此以后，我们永不再来，行行好，你们就收下吧。"

石梅喜欢得要命，死活要留下这个脖子下面长了个美人痣的小女娃，说是她带。因为这里到处长些野玫瑰，生命力很强，其中最好的是走方郎中从甘肃永登县苦水乡移植过来的"苦水玫瑰"，它能在最恶劣的条件下生存并开出最漂亮的花，石梅就给她起名苦玫，但又觉苦字不好，于是改为天玫，取天甜同音之意。

但村里姐妹们却喜欢叫她苦水玫瑰。

实际上，这个女娃儿还真是石梅从小一手带大的。当时石梅已经二十五岁，可以当她的妈了。但石梅自己还没小孩，怎么能年纪轻轻的就先抱个娃儿？她觉得还是当个大姐姐好。所以天玫从小就管她叫姐——这可真是个"老姐姐"了。

（十五）

一九五一年，欧阳远下来视察，路过这个县，顺便去看望了老战友石敢当，见到石梅，很惊喜，他没忘记自己当年说过"我就是他干爹！"这时石梅刚刚十七岁。他这些年从来没有忘记当年石敢当的媳妇为保护他，死在白狗子的枪口下。现在看石梅这么大了，非常喜欢她，临走时，好说歹说，要把石梅带进城。

欧阳远安排石梅在工农速成中学补习一年，又保送她进了师范学院外文系。一九五六年毕业后，欧阳远把她安排进师范学院外文系当教师，后来因常去柴久思工作的大学图书馆查书，石梅认识了柴久思，又在图书馆赵馆长的介绍下，与久思结了婚。

（十六）

石梅夫妇两个回到乡下，一晃五六年过去了。从天玫会说话起，他们有空就把天玫带上，教她说英语，平时说话也一律只许用英语，哪怕结结巴巴，但天天不断。柴久思有时上完课回到家，因腰椎间盘骨质增生，痛得躺着不能多动时，便叫天玫给她读英语小说。

后来久思走路不方便，就拄着双拐，无论是严寒酷暑，还是雨雪交加，从没缺过课。

柴久思从小学读到大学，是标准的科班出身，有着丰富的知识积累和学养；至于石梅，她在上工农速成中学时就把自己的志愿定位为光荣的农村教师，在师范学院又受到系统的师范教育。他们没想到，现在真的能在这穷乡僻壤发挥一个教师的作用，更没有预想过，给这些可爱的农村孩子们作启智教育，会得到这么大的快乐。他们甚至想，如果有朝一日让他们在原来的大学和现在的农村小学作选择，他们一定会选择留在这里，“要说给社会主义教育事业添砖加瓦，还得从这里开始!”

他俩不约而同地想。

（十七）

柴久思夫妇把剩余时间和精力集中在教天玫学习上。由于天玫的文化程度已经远超过同年龄的小学生，便在家教她。特别把重点放在英语训练上，还有就是加强阅读指导，因为他们知道，知识会在阅读中无限地增长，遇到难题会在阅读中无师自通，阅读可以天然地增强理解力，柴久思深受其益，深有所感。其中，英语是一个重要工具和中介。而且，他们想，应该让天玫有个一技之长，把英语学好，将来可以做个翻译什么的，也多一条生存出路。天玫的英语就是这样学起来的。

石敢当接着对欧阳钦说："你久思哥脊椎有病，腿和腰天天痛得要命，只是不开腔，不喊叫。你姐说他夜里常痛得一会儿坐，一儿会躺，没法睡，第二天一早还拄着拐杖去村小上课。这得有多大的毅力！"

欧阳问："大哥这病是可以动手术治好的，他去过医院吗？"

也许他们说话声音太大，把天玫闹醒了。

天玫披上衣服走了出来，听他们在说大哥的病，便接上欧阳的话茬，说道："大哥早在书上把这病的病因、治疗方法搞得一清二楚了，他何尝不知道去成都的大医院。"天玫接着说："大哥查了百科全书和家里的中外医书，这些书我也看了，说大哥的病就是典型的腰椎间盘突出症。这是由腰椎间盘退变，纤维环破裂，髓核突出刺激或压迫神经根、马尾神经造成的。他痛的部位是腰和背，大腿后外侧、前侧，小腿外侧至跟部和脚背；肢体经常麻木。这是由于大哥做农活累的，比如弯腰剪枝、下田插秧、挑水担粪等。大哥刚来时，以为身体无灾无病，做农活太使力。其实，他从小就是个大少爷，一直在学校上学，连体育锻炼都很少参加。我们也忽略了这一点。发病后，家里能做的治疗都做了，像大姐给他按摩推拿，请人针灸，服偏方中草药等。大哥当然知道这根本不起作用，但痛得厉害了，可以当心理安慰。大哥也给他老同学去过信，请他们咨询熟悉一点的医生，怎么可以先把疼痛缓解一下。老同学回信说，医生请他到成都去住院检查，医生说，一般讲，根除的方法只有手术。像他这种病史较长，疼痛剧烈，特别是腰部和下肢疼痛症状严重，难以行动和入眠，肌肉萎缩，肌力下降，行走困难，神经受压，神经根麻痹的，必须手术才行。"

欧阳说："那为什么不去住院动手术呢？"

"大哥不愿去，他说在家用保守治疗是有效的，现在的痛是可以忍受的。"

"真的吗？"

"你说是真的吗？他怎么能说真话！实际上他的痛是进行性的，

越来越重。他不去成都看病动手术是因为他知道家里出不起这医疗费，大哥没有公费医疗。”

石敢当说：“石梅曾考虑把家里这一房子书卖了，总能得点钱，可是你哥坚决反对，说再难也不能卖书，这些书还要留给天玫看。再说这乡下，连个收废纸的都没有，把书卖给谁？”

欧阳说：“我回成都给家里说一下，大家一起来解决大哥看病的问题。”

天玫一听急了：“别！千万别！爸看大哥实在痛得恼火，也这样提过，想找你家借钱把手术做了。大哥大姐坚决反对。他们不愿意给你家添麻烦。”

（十八）

一个多月过去了。欧阳和社员们一起，给玫瑰花施肥、剪枝、除草，在大家精心劳作下，玫瑰花田绿油油的，就等开花了。这一切，都无形地增强着欧阳对土地的感情，对劳动的感情，对苦水玫瑰大红袍的感情，对社员们的感情，特别是对石大伯的感情。

第二天一大早，他们去山上看羊。他们把羊从圈里放了，往山上赶，所谓山，也不过五六十米高，山坡上的花花草草很繁盛，空气中满是好闻的青草气息。天玫拿着本英语小说躺在草地上津津有味地读着。欧阳一边看着她，像欣赏一幅画，一边拿出口琴，一曲接着一曲，吹着一些节奏明快、热烈有力的当时的流行歌曲。天玫放下书，欣赏着难得一听的真人演奏的美妙音乐。她放下书，看着高高的蓝天，心想，上大学真好啊，他怎么什么都会啊！

欧阳钦忽然靠近她坐下，拿出一个笔记本，在上面写了《诗经》里的四句诗：

有美一人，
清扬婉兮；
邂逅相遇，

适我愿兮。

他拿给天玫看，只是想表示一下自己的内心感觉，原以为她看不懂，但出乎意料，天玫抿着嘴笑了一下，略一沉吟，也写了《诗经》上的四句：

相鼠有体，
人而无礼；
人而无礼，
胡不遄死。

欧阳感到脑壳上像被撞了个青头包。

“你也读过《诗经》呀！”

“什么叫‘也’呀！会背一点，大姐逼的。‘不学诗，无以言’，不知道么?”

是的，她在姐姐、姐夫的指导和强制下读了古今中外很多书，使欧阳钦一点也显摆不起来。

她把野花一朵一朵插在头上，忽然站起来，朝欧阳说：“欧阳哥，请你把这几朵花帮我插稳。”

说着，她把双手高高扬起，放在脑后，那胸脯便明显而突兀地挺出来了。

这完全是一种潜意识的关于美的炫耀。一个身体健康、心理发育成熟的女孩子在自己心仪的异性面前去显示自己性感的美，这连蝴蝶、孔雀都知道。

他走近她，闻到了这个少女身上夹杂着野花小草香味的肤香。他深深吸了一口气，止不住心里一阵急跳。他不由自主地伸出双臂想去圈住她。

她的第六感使她突然神经质地像惊兔一样往后一跳，来到崖边，说：“别向前走！否则我就跳了！”

他呆若木鸡，动也不动了。这时，反而是天玫眼里飘过一层失望的薄云。

欧阳此时尴尬地回转身坐在一块大石头上，不由得脑子里冒出了印度作家迦梨陀娑《沙恭达罗》里的话："少女的心事真不可理解呀！一方面盼望着美酒，一方面又不敢接人家献给她的杯子！"

天玫心里在说："你要真的过来，我未必跳下去殉节呀？真傻得可以！"

这时她不由得冒出了一句："死脑筋！外公死儿——你没舅（救）了！"

欧阳好像没听清楚："你说什么？"

"我说我是你老舅！"天玫答道。

（十九）

在他同天玫的相处中，他多次感到天玫语言表达的个性特点，动不动就掉书袋，引用书中的一些文句，这可能与她读了很多中外古今的书有关，也与她超好的记性有关；还有那满脑子的民谚，常常一开口就溜出来了。把书面语言和民间语言结合起来，这或许正是天玫的天性和能力。反正不是缺点吧。欧阳也觉得，语言是表现个性的，一个人多一点个性，有什么不好呢？反正，这比学校里小组讨论时，大家人云亦云、众口一词、枯燥乏味的八股调生动多了。

欧阳对这里愈来愈有家的感觉。他同天玫一起，下地，劳动，喂猪，看羊，种花，做饭，他觉得这是他从未经历过的幸福的生活。

日记风波 三

（一）

虽然“四人帮”被打倒，“文化大革命”结束了，但部分边远地区的农村干部还未完全跟上时代的脚步。一九七六年的十一月间，有人向县农业局反映，大石垭大队副业搞得很起劲，农民家家有余钱，户户有余粮，“我们可不可以也这样办?”对大石垭的做法，农业局早已耳有所闻。他们那样做，有没有什么政策问题呢?

“四人帮”刚打倒，一些问题农业局回答不了，到了来年二月，他们决定还是去调查研究一下。也可能是他们并不重视这个问题，也可能是等上面的政策，他们应付差事式地派了一个没有什么级别的“小干部”钱文前往远远的大石垭，并嘱咐他，如无大问题，就地解决一下，“不要当空头干部”。

一九七七年蛇年正月十五刚过，钱文下乡了。

这时欧阳钦和天玫一家还浸润在新年的乐和之中。

钱文，中专毕业，家住成都边龙泉驿山上的姑妈家里，老家在川北，祖籍江西涿水，是个江西老表。因他的钱姓沾了个“金”字，祖籍涿水又沾了个“涿”字，便与《水浒传》里的那个涿州人金毛犬段景住沾上了边，当时同学便把那个金毛犬的绰号送给了他。金毛犬段景住在梁山排位大聚义时，排在第一百零八位，在梁山反水归正、征讨方腊时，淹死在杭州外海，被朝廷追封了个义节郎，在《水浒传》里也算是个正面人物。但钱文对把这个正面人物的绰号安给他很不满，不准同学乱喊，原因在于金毛犬段景住是盗马贼出身。他心想，家里虽然祖上穷困潦倒，但后来，湖广填四川时期，移民到四川通州府，不出十年间便渐渐从贫农变为中农，到解放前几年已经是一个不大不小的地主，和盗马贼没有半毛钱关系。

钱文行政级别虽然不高，连个小官也不是，但下到农村，在农民群众中却高高在上，声色俱厉，一开口就训人。他这种张扬态度，很让久思、天玫、欧阳钦和其他社员群众看不惯。

钱文这德行，其实与他的“找问题”的指导思想有关，更与他思想跟不上形势有关，也与他已过了时的、时时想证明他这个出身不好的干部的坚定立场而宁“左”毋右的个人主义思想有关。

（二）

他一到大石垭，就住进一个贫农家里，与农民同吃同住同劳动。经过深入了解，他发现这个大队副业经营搞得太出格，什么种玫瑰卖花，打石器，搞豆腐作坊，建集体养猪场……与发展以种植粮食为主的集体经济导向不符。他直接严厉批评石敢当这样搞是走什么道路的问题。

钱文在农民中、大小会上反复批评大石垭大队。石敢当哪里会把这个自以为是大干部的小青年放在眼里，钱文只管说，石敢当只管听，不说是，也不说不是。

石敢当老老实实给钱文解释说：“钱同志，我们这个大队，是浅山区，土质不好，但适宜种植经济作物。六一年底，我听从陕南回来探亲的孃孃们说，那边收购玫瑰花，咱大队的土壤气候，种玫瑰花最合适，能赚大钱呢。咱大队原本就长玫瑰花。我去陕南作了调查，带回好多优质玫瑰花苗花种，接着全大队山坡、石缝上到处都栽上了玫瑰花。接着就有了显著收益，家家喂了猪，肥也多了，庄稼长得就特别好。农民有钱花，有粮吃，都说党领导得好。公社还表扬了我们因地制宜，改变一穷二白面貌的做法。你咋能说这些都是错的呢?”

钱文哪里听得进去，他说：“你们大队这样搞就是错误的。事实摆在那里，你们树了个不好的榜样，说直接点，就是一个坏典型。”

他想起了办公室领导的“不要当空头干部”的话，决定做点实事，要他们把玫瑰铲了，全种上红苕等粮食作物，粉房、豆腐坊等一律停办。

这怎么行！早气坏了旁边的石天玫。“四人帮”都打倒了，这个小干部怎么还搞“左”的那一套！所谓卖石灰的见不得卖灰面的，听钱文指手画脚，她就气不打一处来。她说道：“你是领导，我们惹不起，横竖都是我们错。捡根芭茅花就冲进大营，说是来调查研究，向贫下中农学习的，实际上是像过去那样整老支书的黑材料，是瞎指挥！谁看不出来，你是城隍娘娘害喜——怀的鬼胎！你知道社员们怎么欢迎你吗？说‘乌龟请稀客——来了个王八’。这可不是我说的。”

钱文鼻子都气歪了，秀才遇见兵，有理说不清，有什么办法？

天玫回转去，把她今天怼钱文的事对欧阳说了。欧阳说：“痛快！就应该让他知道社员的态度。什么时代了，还搞批资那一套？有病！”

（三）

但钱文对柴久思很尊重。他看见屋里那满壁的英文书，在思想上就趴下了。石敢当的这个女婿原来是个大学教师，自愿下乡支农的！

现实中还真有这种人！

有一次柴久思问他：“你怎么只学到中专，不考大学呢？”

钱文答道：“考了，没考上。家庭出身不好。”

柴久思把这个县里面不请自到的青年农村干部当作朋友。柴久思和蔼而真诚地对他说：“拿破仑说过：‘在巴黎，人们因马车而不因品德被人重视。’他说的是封建贵族社会的价值观念。高尔基又曾说过：‘在纽约，一个有五百块美金的人比有五十块美金的人好十倍！’他说的是资本主义社会中人的价值观念。可是在过去有些人的观念里，上述两种价值观念都具有了更完备的形态：人的出身就是一切。出身成了评判人的标准。这是根本违背党的政策的！这种意识形态，早该改了。”

柴久思本是把他当朋友谈心的，但钱文却一本正经地说：“柴老师，你不感到你的这种思想有点出格吗？”

“一个人要忠于自己诚实的思考，而且——你读过席勒的《斐哀斯柯》吗？那里面有一句话用在这里，是何老婆子嫁给姜老汉儿——姜何氏[*]：‘你们总不能把我挂得比绞架更高。’就是错了，你这个大干部来办我，民办小学教师都不让当吗？”他淡然而亲切地说，止不住笑了。实际上，久思在想，怎么这个干部思想没什么变化啊，这不是现实生活里契诃夫《装在套子里的人》的那个胆小怕事、顽固守旧，棉花塞着耳朵，脸也躲在大衣竖领里的别里科夫吗？

钱文感到，那个和他作对的石天玫不仅从她姐夫那里学到了外语和各种知识，而且也学到了他的思想乃至性格。

钱文不禁问柴久思：“柴老师，这个天玫的性格是不是有点偏激？她这样以后是要吃亏的。”柴久思心想，天玫这是是非分明，坦荡直率，难道都像你这个大干部那样，思想落后于现实，窝窝囊囊，才有出息，才对路么？

但他嘴上没说出来，而是劝他少惹她，少在她面前对大队工作挑三拣四，没事找茬儿。

他说：“这个天玫，眼里揉不进沙子，又能言善辩，是那种越战越勇型的。她把对立面看作一种反作用力。她说她读过一本《阿里自传》，上面写拳王阿里每逢比赛，总要先出钱收买一些人当观众，作为给自己喝倒彩的人，比赛时，给他起哄，羞辱他。这样，他战胜对手的欲望就能被激发起来，肌肉膨胀，精神达到最佳状态。天玫就是这种性格，天生不怕挑战。她说挑战能激发她的斗志。她对什么工作都有这种心态。你要想平平安安完成你的调查研究，最好离她远点。”

（四）

说得邪乎，钱文才不信，“一个农民女娃子，又能怎样？”钱文想。

---

* “姜何氏”在四川方言里音同“刚合适”。

钱文以“钦差大臣”的身份抓着石敢当和大队不放，自作主张，硬要他们砍掉玫瑰种红苕，今后也不准大搞副业经营。

钱文觉得他这样做会得到群众的支持。有一次他同一个老农摆谈，问他，提出的办法怎么样？谁知那老农竟然说了这么一句：“四川猴子要你们河南人来牵嗦？”

（五）

天玫觉得钱文在这里，就是个祸害。

这天晚上，她约了欧阳悄悄来到大队部，用老爸的钥匙打开房门，她要看看钱文在材料上是怎么写大队和老爸的。他们翻开钱文的又旧又破的笔记本，突然在笔记本的封套夹层中看到一张纸。他们拿起来一看，不禁大吃一惊。

这是不折不扣的变天账！

这是一张草纸，上面写满密密麻麻的名单，把哪家农民土改时分了他家多少地、多少东西全写了下来，如：张柱子家分槐树坡东三亩七分；张家富家分辗房；张狗子家分槐树坡西二亩三分，张大春家分石坪北三亩三分；张秋至家分牛一头、木犁一个……共写了十七家。末尾说“以上是本村农民分走我家之土地”，甚至还写有“红军欠袁大头二十元，米二石”，连土地革命战争时期红军打土豪分田地时抄走他家的东西，他都写下字据留给后人。

原来他爸是个老地主，人死心不死，真是反攻倒算想瞎了心了！

条子上叮嘱这个条子的保存者“文儿”把它保存好，切不可丢失。

（六）

第二天一早，天玫、欧阳二人没跟任何人打招呼，用了半天时间径奔县委，找到县委办公室，把来龙去脉说了个清清楚楚。天玫说：“钱文一下来，就扭住大队支部书记老红军石敢当不放，胡整，这是为什么？屁股决定态度。你们自己看吧！”

这时她不紧不慢从手中展开一张发黄的纸，然后又说："这张草纸是我们从大队办公室钱文的这个笔记本里无意中发现的，上面写满了名单，把农民土改时哪家分了他家多少田土财物全记下来了。这不是反攻倒算的变天账又是什么？"

县里有干部出了这种事，县委十分吃惊，感到斯事重大！

县委认为，此事如果是真实的，就不是什么一般的思想问题，而是政治问题了。

县委立即派人去大石垭，要立刻调回此人，进行严肃处理。

（七）

县委派公安干事姚起同欧阳和天玫一同来到大石垭，找到了钱文。

姚起黑着面孔对钱文说："这张纸，你见过吗？哪儿来的？谁写的？"

钱文一见，吃了一惊！这张纸夹在自己用了几年的一个厚厚的日记本的封套里，自己早就把它忘了。

但他无可辩解，那是父亲写的，上面有"文儿"两字。

父亲去世时，他才十岁，父亲写的这张纸，他就一直留着，顺手塞在这个厚日记本里，上面有父亲的笔迹，也算是留个纪念吧。

怎么会在他们手里呢？

他不开腔。

欧阳不客气地说："钱文，你知道这是什么吗？这是被打倒了的地主阶级留下的变天账！我们亲自从你的笔记本里查出来的，你还想狡辩吗？"

"你凭什么翻我的日记本？"

"这不是日记本，这里面记的全都是整人的黑材料！都什么时候了，你还这样搞！"

姚起说："都别说了，钱文你现在跟我回县！"

姚起办事，真够谨慎的。一个人带钱文走，他半路上跑了怎么办？欧阳正好要回成都，他就约上欧阳同行。

欧阳就更绝了——他竟用一根麻绳把自己同钱文的手腕拴在一起。

钱文对欧阳恨得牙痒痒。“真把我当逃犯了？我犯了什么罪了？你偷翻我的日记，成心想害死我！”

他知道，这个他并未放在心上的纸条子，一旦公之于众，那就是变天的罪证。他后悔没把它烧掉！哪知欧阳竟把它翻出来，还交到县上。

他们上了回县城的汽车，仍是两个人手拴着手并排坐在汽车上。这真是奇耻大辱！

“龟儿子！有朝一日，要你不得好死！”钱文愤怒至极地在心里骂。

钱文回到县上，接受了审查，承认他保留了父亲写的变天账。对县上对他所有的分析、批评和指控，他不辩一词。

（八）

县上把问题审查清楚之后，并没有处分他，也没有开会批判，只是认为这种政治上不可靠的干部，不适合留在县行政。他会开车，便安排他去一个养殖场开中型东风。

他有时是拉生猪去屠宰场，有时是去拉农民卖的幼猪。干了一年，甘肃永登有个做生意的远房叔叔钱抗美介绍他去一个个体汽车老板那里开客车，工资比这里高，而且不必在这里抬不起头受窝囊气。

他瞒着家里辞了职，奔了永登。

到永登，一见这所谓的客车，不过是跟国营运输公司大客车低价抢生意的私车，车子又破又旧，哪是人开的？他马上后悔了，这破车低价拉客，路上出了问题，他负不了这个责任。那私车老板为留住他，就写了一个协议书，说明：如因车子机械故障引发的一切问题由车主负责，与司机无关。这样，他才留下开这辆倒霉催的老牛破车。

大学梦圆 四

（一）

欧阳钦回到成都，非常兴奋地向父亲欧阳远、母亲杨薪谈了自己在大石垭的见闻，特别谈到石伯伯有个女儿，就是石梅的妹子，不仅思想好、劳动好，而且有着英语特长，她的口语比我们老师说得还溜，她现在的水平，当个口译毫无问题。

“她是哪个学校毕业的？多大了？”欧阳钦的介绍显然引起了欧阳部长的注意。

“她五九年二月生，今年才十八，什么文凭也没有。其实，她应该到大学里去深造。她不上学，可惜了！”

半年后，报上发布了恢复高考的重大消息。

我国一九七七年恢复高考。一九七七年高考会集了从一九六六年停废高考至一九七七年之间十一年的高中和初中学生，加上一九七七年应届高中毕业生以及极少数将于一九七八年毕业的优秀高中生，总共累积了前后达十三年的考生。这是从一九六六年五月开始“文化大革命”后的首次高考，从理论上说，在“文化大革命”中上山下乡的一千七百万知识青年，都可能成为报考者。

这是千军万马过独木桥啊！

（二）

有一天，欧阳远对儿子说："你上次说的那个石天玫可以参加今年高考啊。"欧阳钦急忙说："爸，我正要跟您谈这个事。今年七七级招生，听说有的学校对特长生有特招政策。"

他父亲欧阳远马上作了纠正："不要相信谣传，什么特招，打胡乱说。你知道七七级高考有多少考生吗？要想上大学，必须硬考，以前推荐的方法行不通了。从十月二十一日新闻媒体发布恢复高考的消息，到十二月上中旬考试，还有五十多天复习时间，要在这上头想办法。"

欧阳钦这时已经在校当了一年英语基础课的教师了。他急忙对父亲说："我必须回大石垭。只有向学校请个长假了，爸，这事你可得出面，否则我没那个本事请长假。语文、地理、历史，我辅导她，外语她没问题。这个天玫不是一般的聪明，她的记性又特别好。我保她能考上，我可以向您立个军令状！"

欧阳一到大石垭，不容分说，便拿出一堆复习资料，拉天玫过来，研究学习计划。

只要天玫一扭上劲，那学习热情比天还高。本来姐姐、姐夫是天然的辅导老师，但他们还要给孩子们上课，哪能全力辅导天玫。现在由欧阳这个老师全天候地、不离不弃地辅导，岂不是天大的好事。而且，这四五十天的厮磨，也大大增进了他们的感情。欧阳教天玫，特别带劲，有时看着她的眼睛，竟嘴巴说不出话来，直把天玫脸也看红了。而天玫听着欧阳磁性的男中音，越学越兴奋。

（三）

上面考虑到考生中大部分人在十年岁月里失去了学习机会或荒废了学业，为缩小考试规模，便于考生的复习和报考，不少地区采取初试通过后再报名高考的办法，对考生做了初选。

欧阳"带队"，领着天玫来到巴中，先参加地区的初选。啊，多少个教室！多少个考生！欧阳一看这阵仗就有点怯了。这么多人，还仅是本地区初选！但那天玫却是个天不怕地不怕、越战越勇的角色。特别英语测验，简直太小儿科。没有什么意外，她通过了初试。接着是七七级正式高考。欧阳讲给她的那些内容，她早已烂熟于心，各科考下来都自我感觉良好。唯那英语考题，使她最感兴趣，她只用了一半时间就交卷了。监考老师以为她是不会做，要交白卷。

她出了考室，几乎把“一九七七年高考英语笔试试题”给欧阳背了一遍，如：

Ⅰ. 将下列词组译成英语

1. 一门外国语　　2. 肩并肩地
3. 两位解放军战士　　4. 听收音机
5. 向贫下中农学习　　6. 北京第五中学
7. 感动得流下眼泪　　8. 6700 多米长
9. 在不到三个月的时间里　　10. 赶上先进单位

这些题天玫顺口就来，想都不用想！

又如：

Ⅲ. 改错

1. A reports will be giving by Comrade Li tomorrow.
2. China is one of biggest countries in the world.
3. When we were in the countryside, the commune members teach us how cut wheat and transplant rice.
4. We study hard for the revolution.
5. My sister is tractor driver. He often come to see me.

久思姐夫哥给大石垭小学高年级出的题也比这个难啊。

还有：

V. 将下列句子译成英语

1. 我们要练好身体，保卫祖国。

2. 我母亲像我这么大时，就是一个童工了。她每天被迫干十二到十六个小时的活。

3. 昨天李明病了，没有去看电影。

4. 中国人民用洋油（foreign oil）的日子一去不复返了。

5. A：几点钟了？

B：七点一刻了。

A：该上学了，我们一道走吧。

6. A：你还没有找到那些羊，是吗？

B：不，找到了。我昨天下午就找到了。

7. 昨天我们正在地里干活的时候，天开始下雨了。

这几乎同我们给大石垭学生们出的题一模一样。难道这些题能难倒我石天玫吗？

再比如：

将下列短文译成英语：

我是红星公社的一个新社员。两年前离开城市到农村去插队落户。在贫下中农的帮助下，我提高了政治觉悟，学会了各种农活。今年一月，党支部叫我去当小学教师。从那以后，我一直教语文。我多么热爱我的工作和我的学生啊！

为了达到四个现代化的伟大目标，党号召我们青年人学习科学技术。现在我正在参加大学入学考试。我希望能考上大学。我一定为革命努力学习，争取做到又红又专。如果考不上，就回到农村去，在三大革命运动中更加努力工作。我将为把我们的祖国建设成为一个伟大的、现代化的社会主义强国作出贡献。

啊！这不就是我们时不时挂在嘴边上的吗？出这样的题，是给本姑娘送分啊！

（四）

但是，对荒废了多年英语学习的考生来说，题目仍嫌陌生。但这不影响他们的总体成绩，不影响他们日后的成就。

啊，伟大的一九七七！你成就了多少专家、学者和商界精英！你是人才的摇篮，是一千七百万知识青年的梦想，你是历史永远的记忆！

（五）

这次高考通过初试筛选减少了考试人数，最后实际参加高考人数为五百七十万人。最终录取二十七万八千人，录取率不到百分之四点九。这二十七万八千人中，包括四万名各类大专班录取的学生。一九七七年高考创造了一九五二年新中国实行统一高考以来最低的录取率，也是中国有了现代大学教育之后最低的录取率。

百分之四点九，低比例意味着高质量！

这些优质录取生中，石天玫便是其中之一。

（六）

天玫终于接到了录取通知书，当她弄清楚这不是梦境而是真实时，她的心情满是明朗和激动，那是一种从心底泛起的难以抑制的喜悦和兴奋。一句话，就是兴高采烈！

上大学毕竟是她一直以来的憧憬和梦想。她终于要成为一个真正的大学生了，一个外文系的大学生，一个理想专业的大学生。

在临行的头天晚上，她拿着录取通知书，扑在石梅怀里，抽泣着哭了起来。

（七）

天玫入学不久，便引起了同学们的注意，一是她那出色健美的外貌，二是她那突出的外语口语表达能力。女同学开始私下羡慕地议论着这个衣着朴素的苗条的大个子的出众的才能，而男同学则不识相地找些莫名其妙的理由来搭讪或献殷勤。

学校团委举办纪念五四学生运动演讲比赛，分普通话组和高年级外语组两项，班上同学哄闹着给天玫报了高年级外语组，尽管她不够资格。

班主任老师便紫（她总爱批评人，指责人，男同学背后叫她“鞭子”）对天玫印象特别好，和团委研究，建议她做外文组的主持和报幕，要求她先后用英语和普通话讲一讲演讲比赛的宗旨，还要讲一下五四爱国学生运动的伟大意义。便紫老师把自己压箱底的连衣裙给她穿上，把自己会男朋友时穿的时髦的半高跟鞋给她穿上，又给她涂了腮红，描了眼线。端详着自己的这个杰作，她感到，这女生真是太出色了。

当主持人那天，由于化了妆，天玫像换了个人似的。别说外班，就是本班的也认不出她来了。瓜子脸更有型了，她平时扎两个现在很少见的又粗又长的辫子，在台上，变成了一泻千里的披肩长发。平时总是穿一条干干净净的军裤，又肥又大，像杨朔写抗美援朝的小说《三千里江山》中所说的：朝鲜人穿的裤子都是大裤裆，“里面可以放个大西瓜”。她那穿着实在谈不上什么美观。

而台上，一袭连衣裙，将那裹不住的美“暴露”无遗。

她站在台上，亭亭玉立，容光焕发。

经过便紫老师那么一鼓捣，大家认不出来了。这是谁呀？哪个班的呢？个子高高的，穿着半高跟鞋，有一米七五了。连衣裙穿在身上短了点：她本来就凸凹有致，那马蜂腰把挺起来的胸脯衬托得云里见山，偏偏小号连衣裙又把那胸脯提高了一两寸，加上长长的顺溜光滑的披肩发，使她的身材更见妖娆健美。台下那几百学生，一片鼓噪喧哗："哪班的呀？怎么没见过她呀？"

她用普通话和标准的英语先讲了比赛的意义，又讲了比赛的规则，熟练而又流畅地一口气讲了有十分钟。

反应最大的还不是她所在外文系的同学，而是那群中文系的才子们。下了晚自习，寝室熄了灯（那时学校为了省电，十点统一关灯，连路灯在内，只有公共厕所闪着几点淡黄色的灯光）。有个寝室，八个人不约而同地议论起今天的演讲比赛，特别是对那个主持人和报幕员啧啧称奇，有的说这分明是一个天生尤物，但他们一致同意应该用"美艳"二字来形容。

这时有人提议用形容女性美的成语做"接词"游戏。一个接一个往下说，第一必须是形容美女的，第二必须符合此人实际。于是他们一个接一个地向下说：绰约曼妙——娉婷婀娜——轻盈健美——丰韵娇嫩——妩媚性感——柔美婉丽——娇柔矜持——千娇百媚——国色天香——闭月羞花——沉鱼落雁——秀丽端庄——桃腮杏脸——香肌玉肤——丰润冶丽——典雅高贵——小鸟依人——剪水双瞳——神仙玉骨——夭桃秾李——倚姣作媚——玉碎香残——一顾倾人城、再顾倾人国……还有什么柳眉、杏眼、桃腮、樱桃小口，等等，照鲁迅的忘年交、老文学家唐弢的话就是"在人脸上摆水果摊子"。

他们无意间把天玫妖魔化了，但也足可见，这天玫在男生心里是个厉害角色。

这时有个睡上铺的叫道："停，停。读过茅盾的《子夜》吗？里边写一个十六岁的女少的胸脯像扣着的两个小馒头。这说的是谁呀？"

"就是她！"大家鬼呼狼嚎起来。

这时调干生老大哥室长说："睡觉，睡觉，不准往下说了，越说越不像话了。"

刚才那个同学却叫道："我看老大哥刚才说的那个词才最出格。河里的王八莫笑鳖，大家都在泥中歇哟！"

（八）

天玫在大学这四年，像海绵吸水，如饥似渴地抓紧一切时间用知识武装自己。因为外语早已达标，她省去了很多学习外语的时间。她补修了政治经济学、中国语言文学和历史学。一九七七级这届学生，还没有设置第二学位，如果实行学分制，可以获取多学位，一位老教师说，那个石天玫最少也能拿两个学位。

在学校，她还担任了班上的学习委员，这些历练大大提高了她的工作能力。

这些广博的知识对天玫日后的工作和成长有重要的作用。

“我是你的，你拿去吧！” 五

（一）

天玫记得她第一次到欧阳钦家的情景。当时欧阳钦分在财经学院任英语基础课教师，有时回家住。

欧阳骑自行车把她搭回来，一进家门就喊道：

“妈，家里来了个不速之客。”

“阿姨，”天玫不好意思地生硬地打了个招呼，脸也红了。

“你叫什么？”

“天玫。”

“你就是石大哥的那个老二吧？”

欧阳钦差点笑出声来：天玫她们家管猪才叫“老二”呢。他记得他第一天到天玫家，天玫就告诉他：在村里，粮食是老大，管饭；猪是老二，管油盐酱醋。

欧阳钦的母亲杨薪很惊诧，这个如此苗条、漂亮、健美、一说话脸就红的女大学生就是那个来自穷困山区的农村姑娘？这完全是一个大家闺秀啊。

欧阳钦母亲早就听欧阳介绍过这个又聪明又读过许多外文书的姑娘，特别喜欢她，尤其惊异于她的外语能力；在日后，她那言必称希腊、语必道孔孟的引经据典的本事，使父亲欧阳远也很有好感。

“天玫，喝茶吧。”杨薪倒了杯茶，态度友好而亲切。

欧阳钦赶紧说：“这可是部长级的二级花茶，八角钱一两呢，里面有茉莉花，所以叫花茶。云南、陕南的许多花茶，放的是玫瑰花，就是你们那儿产的那类苦水玫瑰大红袍，比这二级花茶还香呢。”

他的话，引起了天玫的兴趣。她知道，她们种的玫瑰是陕南人收去做茶、做点心的，但她从来没见过用花做的茶和点心。她好奇地品了一口：“这茉莉花茶好香啊!”

杨薪对天玫说：“你爸好吗？你姐姐、姐夫都好吧?”

“都好。家里欢迎你们去呢。叔叔好久没去了，他红军时代住过的那个石头房子还在呢。”

杨薪换了个话题，对欧阳说：“你弟明天回来，他腿拉伤了。”

欧阳忙说：“班超经常扭伤，没关系，叫他先别回来就是。”

杨薪猜，欧阳钦是想留下她啊。

那可不行，家里有个大小伙子，把个女娃儿留家里，机关大院会说闲话的。

（二）

班超身高一米八九，一九七七年考入体育学院，是个根红苗正的革命后代。在机关大院里，谁都知道他是个出身决定一切的“血统论”者。

对班超来说，这种血统论与他个人的经历有着密切关系。班超的伯父在剿灭川西土匪的斗争中，被匪首李鹏举打死。这个李鹏举是大邑邛崃一带作恶多端的大地主恶霸，解放后打起“反共起义救国军”的旗号在地方上肆虐一时，广大穷苦农民恨之入骨。李鹏举为了震慑农民，竟然抢走班超伯父的尸体，打开天灵盖，浇上油，点了天灯，强迫农民参观。欧阳远带领解放军部队活捉了李鹏举，送公审后，对其执行枪决，人民群众莫不拍手称快。班超父亲和欧阳远是亲密战友，二人有约在先，今后二人生子，如一男一女，就结为亲家，如同是男娃，就是兄弟，同是女娃，就是姊妹。一九五六年，班超一岁时，他父亲参加四川内江至宜宾的内昆段铁路建设，沿途山高谷深，在一处“摔死山羊盘死蛇”的路段，为保护战友和工程机械，他不幸牺牲，后被评为烈士。班超母亲不久也病逝。欧阳远践约，把不到两岁的班超抱回家，视为己出，于是，班超就成了欧阳的弟弟。就这样，欧阳远把班超像自己儿子一样抚养成人。班超从小在阶级斗争与阶级教育中长大，学校常把他的家史作为阶级斗争的活教材，对学生进行阶级教育，这使他一时一刻也没有忘记祖辈种在他心中的对阶级敌人仇恨的种子：他几乎是本能地认为剥削阶级是人民的公敌，其子女身上也埋藏着剥削阶级的劣根本性；这一点在强大的无产阶级专政的威慑下，常常是隐蔽起来的，而一旦环境发生变化，便自以为得计，本性就会暴露出来而逞一时之凶。他骨子里就是这样看待剥削阶级出身的同学的。

欧阳钦对天玫说："班超比我小一岁，你又多了个哥。"

班超和哥哥欧阳钦及天玫，三个人很快成了好朋友。

（三）

这年"五一"国际劳动节，欧阳、天玫参加完"五一"大游行，欧阳请天玫回家吃饭。

天玫乐得从命。欧阳钦张罗着，在家里摆了一桌席，无非鸡鸭鱼肉之类，虽无山珍海味，可是却有两瓶五粮液摆在那里。欧阳兄弟俩使坏，想把天玫灌倒。但他们不知，天玫他爸，那个老石匠，是个吃干胡豆下酒的角色，天玫从小就时不时跟着喝几口，养成了好酒量，在农村，谁家办喜事，都稀奇请她去凑热闹，直把那些拼酒的大叔二哥三舅子，个个喝得东倒西歪，她却啥事没有。

欧阳兄弟没有领教过她的厉害。他们一家人说说笑笑，好不热闹，欧阳兄弟不断给天玫轮番敬酒，天玫来之不拒，但那边兄弟俩却找不到北了。

晚上十点过，组织部秘书张联来了。杨薪一家很信任他。他们认为在那么多下属中，在"文化大革命"中，张联没有变。他被迫揭发的材料是省委大院大字报中已公布的材料，而且他说的也是发生过的事实，他没有歪曲瞎编，无限上纲上线。他对杨薪说："中央最近发的文件，是地厅级以上干部看的，我给欧阳部长拿来。”

张联见天玫在家，便不请自去，进了欧阳钦的房子。这时张联一副大秘书的样态：“天玫，见张叔叔也不谢谢呀！”

张联接着对天玫说：“有许多关于你家你还不知道的事，你愿意听吗？”

欧阳钦代为回答了：“洗耳恭听。”

张联说：“前些年，从乡上到县上不是总有人瞎嚷嚷，说石敢当走资本主义，是个‘四类’。‘四类’就是敌我矛盾。但你爸一直还是大队支书，就没变过，更别说被打倒、被批斗了。你知道这是怎么回事吗？

“当时，凡是把农村支部书记定为四类的，一定要上报。欧阳部长当时已进革委会，他在上报的材料上，作了结论式的批语：‘石敢当的做法属困难年间的生产自救，定四类不妥。’当时地、县都支持这个意见，保留了他的支书职务。没有欧阳部长批的这几个字，你爹这个‘四类’帽子跑得掉吗？还有，最重要的是这个批示，保住了你那片大红袍，要不，它早就被得铲得一干二净了！”

听到这里，天玫不能平静了，她双眼里流露出了一种亲切又激动的神色。

张联接着讲：“我还没说完。你记得，你从小家里就源源不断收到从英国寄来的中外古籍名著，那是你姐夫的生父托人寄的。你姐夫的这位生父可不是一般人物，他是英国华侨，是新加坡数一数二的大房产商，在新加坡有一条华人街，有一半是他的。他想方设法打听到你姐夫的下落。他们唯一可做的就是寄书，在业务上给你们以支持。那些书被扣查时，欧阳部长知道了，明确指示放行，后来又给学校打招呼把书转寄大石垭，再后来，人家就直接把书寄大石垭了。要不，你在那个穷乡僻壤，怎么可能读到那么多中外名著？欧阳部长这样做，表面看，是关照一个和他有着特殊关系的家庭，但实际上体现了党的政策精神！”

天玫这个人本来不深沉复杂，思想常是线性的，这些事实很容易擦亮她的眼睛，使她萌生感动。她开始感到这个欧阳叔叔是好人了。

张秘书接着说："天玫上大学了，自然可喜可贺！但是你知道是谁首先提议你的外语好，应加以培养，积极安排你复习高考的吗？是谁亲自找到欧阳钦学校给他请长假，让他到大石垭给你作辅导的吗？你从来就没想过这些问题吗？所以我说，你再怎么聪明，脑子还是少了一根筋！"

没等天玫说话，张秘书提着公文包跟欧阳部长告了别，径自走了。

（四）

班超说明天一早有训练课，骑着自行车走了，临行，母亲杨薪朝他喊了一声："喝了酒，慢点骑！"

杨薪对天玫说："你别走了，天这么晚了，你又喝多了酒，就住家里吧。"又支使欧阳钦住到班超房里，把他自己房间给天玫收拾出来。

天玫站在那里欲言又止。

杨薪显然很兴奋，她眼神里流露出的是对儿子和这个漂亮女大学生满满的爱意。

她进屋拿出了一个皮箱，对天玫说："这是我五一年到五三年间做的一些连衣裙，样式是从苏联流传过来的，当时叫'布拉吉'，料子是从东欧进口的花布。当时，我们为了加强我国和这些兄弟社会主义国家的友谊，就支援他们，进口了大量花布，所以那时学校和机关男男女女都时兴穿这种花布做的衣服。我也响应号召，带头做了好几件，但很少穿。当时的样式比较肥大，但你穿可能还小了点，你换上试试。"

天玫哪见过这个呀。但她不好拒绝。她进欧阳钦房间换了一件样式最朴素的。

片刻，她出来了。

杨薪和欧阳钦惊呼起来：这个压箱底的布拉吉穿在她身上，真是太漂亮了；由于略嫌短小，绷紧了她那健美的身材，收起了她本来就细细的腰，高高的胸部似乎要胀破衣襟，白白的小腿也完全显露出来。

杨薪很欣赏她的美，也很得意："孩子，谁都有年轻的时候，我们那时穿上也是这个样子呢！"

天玫接话："阿姨年轻时肯定很漂亮！"

杨薪越发喜欢这个美丽可爱的小姑娘了。

杨薪离开客厅回屋休息去了。

（五）

他俩来到欧阳钦的住室。欧阳坐在天玫身旁。

天玫说："欧阳哥，有一个问题我不明白：张联秘书说了句半截话就走了。我当时备考、复习、参考，不都是你一手包办的吗？"

"但最早提出你参加高考的，是我爸。"

"那么，他又为什么积极主张我参加高考呢？"

"因为他知道你外语有特长，值得培养。"

"我又没同他说过外语，她怎么知道我英语好呢？"

"现在才问呀！欧阳远是我爸呀，天天见面的。我把我在大石垭遇见你的情况，特别是你说外语的本事，一五一十全给他说了。他当时吃惊地碰倒了茶杯！明白了吧？是我向他交的这个黑材料！"

欧阳是真心对我好啊，欧阳叔是真心想帮助我啊。

天玫想起了欧阳陪伴她的日日夜夜；

想起了欧阳为了保证她的复习时间，给她端茶送饭；

想起了欧阳一字一句的耐心解说；

想起了时不时想跳起来抱一下他的冲动……

此时此刻，天玫突然想扭过去亲他一下。

但是，她打住了。

他们各自回到自己房间休息去了。

（六）

第二天下午，杨薪对天玫说："以后星期天，学校没什么事，你就在家住，院子里的空地，你教欧阳帮我整一下，种点花，种点菜，怎么样？"

时间一天天过去。周日，他们一起看书，天玫读英文书比看中文书还翻得快，欧阳则虚心向她学习英语口语。他们一起做饭，一起洗衣服，一起打扫院子。他们还在杨薪的建议下，在院子里开了一块菜地。种"庄稼"，天玫可是内行，她使起锄头，又有劲，又得力，欧阳简直帮不上忙。他妈在旁边看着，眼里充满了赞赏：这女孩子，又好看，身体又特好，在城里还真少见。她不禁想道："儿子要能娶上这么个媳妇，是多好的美事。"但她说不好儿子是不是对她的脾气，天玫对干部子弟有没有偏见。天玫是个有主见、有个性的人，与一般的女学生不一样。恐怕谁也做不了她的主。她又想，如果他俩能成双成对，两家亲上加亲，多好的事啊。

她明白，这事不那么简单。天玫听她姐的，石梅会同意吗？石梅和久思一向避讳同他们家的这种关系。这里面不排除知识分子那种不愿意攀附高级干部的清高。

现在什么都说不准。关键是看他俩的感情，她想。

但是，天玫对欧阳钦流露出的那种特有的亲切，是瞒不了她的眼睛的。

（七）

这天，欧阳和天玫累了一天，晚饭后，两个人先后洗了个热水澡，天玫穿上了布拉吉，各自回到自己房间。天玫躺在欧阳钦宽大舒适的大床上怎么也睡不着。这些天，一切的一切，如此地突然和出人意料，一幕一幕从眼前闪过。在大石垭亲切相处的日子，又在她的眼前浮现：

他们在玫瑰田里最初的相遇；

他们在玫瑰地里吹口琴；

他们在玫瑰地里读书；

他们用英语对话；

他们一起给玫瑰施肥；

他背她去公社看病；

还有在山坡上她暗暗憧憬着他的拥抱。

这时她耳朵里又响起村里那些少女同伴和农村媳妇的呼喊：“那大学生背过你，他就是你男人啊!”

……

这美好的一切，又浮现出来了。

她满脑子都是健康、帅气、诚实、不多言多语的欧阳钦，乐山的大佛——这是一个值得信赖的老石（实）人！她抱着欧阳的枕头呆坐在床上，闻着一个青年男子身上好闻的令人沉醉的气味。

（八）

欧阳钦也毫无睡意。

这些日子他想到他和天玫在大石埡最初相处的亲切和互相吸引的友爱，禁不住心跳。

那个生动可爱、美丽动人的天玫总在脑子里挥之不去。

天玫穿着布拉吉光彩照人的一举一动，使他神魂颠倒。

天玫是太美了。

他拿了一瓶开水给天玫送过去。他敲门，把水瓶放在茶几上：“你夜里喝水吗？这个茶筒里有花茶。”

说完，他扭头向房门走去。

就在这时，他听见身后急促的脚步声，没等他回过身，天玫奔过来，已紧紧抱住了他。

“喂，喂……你要勒死我呀!”

他扭转身子更紧地把她抱住。

天玫喃喃用英文说：“我是你的，你拿去吧。”

这句可是有典故的。在小仲马的《茶花女》里，那个被贵族青年亚芒爱得要命的玛格丽特，因无比感动而对亚芒发出这样的声音。玛格丽特受够了那些贵族和富翁们的欺辱，他们每个人都说自己爱她，但目的只在于猎色，在她贫病时，一个一个躲去，只有亚芒一如既往。当她在病床上再一次听到亚芒的真心示爱时，她从心底发出了这种天使般的呻吟。

天玫是用英语说的；她不好意思用汉语说出这几个字。

遗憾的是，欧阳钦没读过这本书，似乎理解不到这句话的深刻寓意。或者，“出身名门”的他，不想在自己家里对这句话的伟大内涵作出应有的猜想。

这里，欧阳钦缺乏的不是道德感，他缺乏的是勇气。

他只是更使劲地抱住她。

这时，天玫用英文在他耳边复述了泰戈尔的《飞鸟集》中的一句话。她轻声说：“我不能选择那最好的，是那最好的选择我。”

欧阳用热烈的亲吻堵住了她的嘴。她喘不过气了。

片刻，她推他回房间去了。

他回到房间，双手扶着书架，动也不动，在那里发呆，直到挂钟的时针从“1”走到“2”。

（九）

早餐见面时，欧阳钦和天玫面对面坐着相视一笑，似乎都为昨晚自己的冲动不好意思。不同的是，天玫的脸像红云彩飘着一样，更增加了她的美丽。

这天晚上，欧阳钦等母亲关门睡了，已过子夜，悄悄推开了天玫的门。天玫并未关门，她企盼着她想象中发生的一切。

他一进门，两个人就贴在一起了。

这几天，天玫天天穿着封着领口的衣服。杨薪说：“布拉吉多好看啊。穿这么个大褂子不热啊。”

她不知道，天玫从脖子到胸口像拔了火罐一样，出现了一个又一个红印。

事情哪能瞒过欧阳的妈。她似乎看出了点什么，当天中午她对儿子说：“天玫是妹妹，也是客人，不能欺负别人啊！”嘴上这样说，但心里满是欣喜。

他们这样甜蜜地在家生活了一周。天玫心里说：“自己活了二十多岁，有了这几天，死也值了！”

欧阳对天玫有了新的认识。人在逆境时，易嗔也易默，顺境时，易嬉也易朗。天玫的天性毋论场境，皆时而嗔默，时而嬉朗：全凭一时的心情。她的性情便同那玫瑰一样，含苞时便是嗔默，吐蕊时便是嬉朗。欧阳觉得，如实地把天玫看作一朵含蕾欲放的玫瑰便可。她流露出的嗔怒，在欧阳看来，那是玫瑰的本性的另一种可爱。更别说她现在的柔情似水了！

“只问耕耘，不问收获” 六

（一）

有一次，天玫同姐夫、姐姐谈大学毕业后仍回大石垭教书的想法，她说：“那里的小学生们在等着我，姐姐、姐夫的担子太重，也该回去给你们减减负了。”

石梅说：“现在谈今后的工作，还为时太早。你现在应该集中精力，把学习搞好。”

这时，不知怎的，天玫突然想起了那个笔记本里藏着变天账的钱文。她问姐：“那个钱文后来怎么样了？当时说他是一个阶级异己分子，现在看来欠妥。我那时，太意气用事，看问题偏激片面。”

姐夫柴久思沉默地听着，若有所思地对天玫说：“钱文可能因为你们揭发的这个材料而倒霉一辈子。”

不过天玫还是不愿彻底认错，她说：“钱文盼望变天，他又在政府部门工作，把他作为阶级异己分子揭露出来，有什么错吗?”

姐夫柴久思皱了皱眉头，面无表情，言道：“你们的‘战果’很辉煌，可是做法很卑劣。”

欧阳和天玫瞪大了眼睛：“你说我们什么?”

姐夫若有所思地放慢了语速：“中国历史上向来有王道和霸道一说。王道就是汉代刘向说的‘本乎人情，出乎礼义’，处世顺势而为，较为温和讲理；霸道便是崇尚行使强权，蛮横无理，为所欲为。你们这些小将却偏偏只学会了霸道，得势便猖狂。这方面，历史上有一些很有趣的故事，你们可以用来思考比较一下。《史记·秦始皇本纪》上写秦始皇出游行至湘江，遇上大风大浪，就下令刽子手、行刑队三千人把湘江神庙所在的整座山的树木砍光伐尽，以示问罪。与秦始皇这个德行类似的还有公元前的波斯王薛西斯。他率战舰出征，遇上了大风大浪，就下令武士给大海施以鞭刑。何等霸道和威风！明太祖朱元璋读《孟子》，看到'君之视臣如土芥，则臣视君如寇仇'，认为这是大逆不道之言，竟下令废除孟子在孔庙受祭祀的资格。真是不知天高地厚，狂妄到了极点。现在的好多事情就是这样。你们得势就把这些霸气学到了。你拿到了钱文的材料马上对他施以鞭刑，这是典型的霸道。那只是一张死亡了的字纸，而且，那个记录是钱文父亲所写，与钱文何干？如果不是你们偷翻别人的日记，它会永远躺在那里。它可能只是钱文保存的一件收藏品，一个在中国土地改革史上有一定价值的展品。钱文是疯子吗？他保存的这个纸片是为了变天以后收回土地的变天账吗？他会认为整个中国还会回到旧社会吗？除非他的思维还停留在灵长目的幼年阶段。孩子！这是你们变态的想法。不管你们出于什么动机，想用这种手法把钱文打倒——难道你不觉得这种做法卑劣吗？事实上，好多人，就是这样被戴上各种各样帽子的。"

她惊诧了。她没有水平同姐夫辩论。

石梅这时接过话头，不失教师本色，用讲课的语气，心平气和地讲起了苏轼。她说："这里还有个个人修养问题。苏轼有一次和一个大和尚论禅。和尚说：'你心里有屎，看别人就是屎，你心里有花，看别人就是花。'"

"那么，苏轼怎么说呢？"欧阳钦和天玫问。

"苏轼并未再说什么。只是他后来屡遭贬黜，受王安石及同僚排斥，却能泰然处之，生活中怡然自得，在诗词之中表现出一种坦荡、豪放和大气。这也许正是那位大和尚的禅理使然吧。"石梅接着说："但我并不完全同意大和尚的禅理。花就是花，屎就是屎，好就是好，坏就是坏。但大和尚有一点是对的：对人要多从好的方面看，要与人为善。对人，对社会，都该这样，这实则是一种人生修养。你们那种得理不饶人、以其人之道还治其人之身的思想我是不同意的。"

从学理上欧阳钦和天玫显然没有理由不赞成这种见解。但他们似乎不约而同地认为这种人生哲学，用之于为人处世，似乎有点犬儒主义，显得庸俗和世故。

柴久思似乎看出了他们的想法，便慢条斯理地对他们说："传统文化中的许多东西，前些年都被当时的流行文化踢到爪哇国里去了。其实里面有许多是中华文化的精髓，比如'中庸之道'。宋朝开国宰相赵普被称'半部《论语》治天下'。在这半部《论语》中，核心内容就是一个'中'字，即为人处世要中至、中行、中正，不偏不倚，公正合理，去极端，剔偏激，礼为先，和为贵，然后才可强民族，兴国家。《礼记·大学》中说：'古之欲明明德于天下者，先治其国；欲治其国者，先齐其家；欲齐其家者，先修其身；欲修其身者，先正其心；欲正其心者，先诚其意；欲诚其意者，先致其知；致知在格物。物格而后知至，知至而后意诚，意诚而后心正，心正而后身修，身修而后家齐，家齐而后国治，国治而后天下平。'这种修身、齐家、治国、平天下的道理的核心就是中庸。一个人连周围关系都处不好，还做什么大事？你们要修身养性，就是要学点中庸，通人情，谙事故，识大体。"

天玫打断久思，说："这不是让人学无是非的圆滑世故吗?"

久思接着说："你们常说别人的'世故'，也即温和、圆熟的待人接物的处世思想和方法。谙世故，不是无是非，不是明哲保身，那是对中庸的曲解。它是'和为贵'，是'己所不欲勿施于人'。这同明是非并不矛盾。春秋时，管仲与鲍叔牙为友，一起做生意，分成时，管仲要多分一倍；同作战，管仲辄居后队，还兵又为先驱。旁人无不议论。鲍以其老母在堂谅解之。管仲后来对人言：'生我者父母，知我者鲍子也。'二人终成生死之交。但管仲并不隐其短。后来管仲病危论相，言及鲍之短，云：'鲍叔牙见人之一恶，终身不忘，是其短也。'最终也没有推荐他为相。这就是是非分明、公正廉明的君子之交。在人生修养上，我们都该以古人为镜，以正衣冠，以修性情。《老残游记》中，老残曾言道：'天下大事，坏于奸臣者十之三四，坏于不通世故之君子者，倒有十分之六七也。'你们以为'不通世故'

就是正派好人么？这里的‘通世故’就是与人为善，就是团结、妥善。学会为人处世，你们就要从团结钱文开始。可是，这个人已经没消息了。”

这似乎并没有完全说服天玫。天玫说：“但我仍然不能同意让这种圆通去消融人的个性。在我读过的文学作品中，书中的典型人物，都是充分个性化的，以前把讲个性批为宣扬个人主义，以至于文艺作品中的人物也没有了个性，千人一面。现实中的好人往往八面玲珑，圆滑世故，成了谦谦君子。”

久思未等她说完，插言道：“这是不同的两个问题。我也赞成青年人应该有个性，比如天玫，你就很有个性。但这种个性要融于社会，特别是现在，生活在现实中的青年人，性情偏激、极端，不容人，不为别人考虑，所以还是多讲一讲圆通、中庸、与人为善，好一点。应该把这看作一种修养，你们少的正是这种修养。至于文学艺术作品中的人物，没有个性，便没有生命，它讲究的是艺术的个性，那是另一个问题。”

（二）

天玫心里明镜似的，知道大哥有非常明确、鲜明，甚至是强烈的是非观，但同时，她的思维方法和语言表达与他们不同。而有时爱钻牛角尖的天玫又觉得大哥的很多说辞过于抽象，在逻辑上充满了中庸，不像自己这样旗帜鲜明。“反正我自己对客观世界有自己的看法，何必去推敲一个已定型了的‘思想家’的思维逻辑呢？”

“事实上，很多人学问大了，就总会陷入悖论，比如人们都知道顾炎武的名言‘天下兴亡，匹夫有责’，但是他又说‘国家兴亡，肉食者谋之’，‘匹夫’又无责了。到哪说理去呢？”她想。

不过，总的说来，她真实地佩服大哥的学问和做人的修养，仰望他的人格。

（三）

大家常说大哥和天玫说话喜欢“掉书袋”。但就天玫而言，她觉得自己并非有意在卖弄知识，只是不知怎的，话讲到那儿，记在脑子里的那些书中的句子自己就蹦出来了。她只觉得那样说才过瘾，或许，这已成为她性格的一部分。周围姐妹们开玩笑说她“上知天文夺亮瓦，下知地理掏阴沟”，她还挺得意呢。

大家觉得她有点显摆，但大哥讲话同样引经据典，大家却觉得那是一个大学者的语言习惯。谁叫她那么年轻，脑子里就装了那么多东西，又喜欢把它们抖搂出来呢？

引经据典掉书袋这个特点，对柴久思写论文却大有助益，成了他的论文写作的一大优点。改革开放后，柴久思以他特有的政治敏感和洞察力，作了三篇经济学论文，有两篇都发表在学报上。他的论文之所以引起学报的注意，第一是因为论点的鲜明性、前瞻性和深刻性；第二是它的学术性，而学术刊物编辑判断论文价值是看你是空口说白话呢，还是引经据典、言之有据。学报总编郑崧讲过，编辑们审阅稿件时有一个习惯，首先看末页，先概略地了解你的引注。久思在每篇论文后面的备注都多达三十余条，古今中外，无所不包。而且，他是首位在原著中原文引述西方经济学诺奖作者言论的作者，以致编辑不得不把论文转交给深谙英文的图书馆赵馆长去审阅。先看引注，这其实是学术刊物编辑看稿的通例，它会第一时间向编辑提供关于这篇论文内容质量的基本信息。谁说引经据典掉书袋不对呢？

而这一点，石天玫似乎天生就会，说话总喜欢引用。她觉得，读了书，表达不出来，那不等于没读吗？语言是思维的物质外壳，没有语言，连思维都不存在了，又遑论其他？这个观点，她记得是在大学一年级上语言学概论时符芝老师引用斯大林的观点时说的。符老师是个著名的语言学专家和方言学专家，她不仅学问做得好，而且上课讲的普通话，对天玫这种只会讲川普的学生来讲，那就是音乐。符老师主张大学生要能说会写，出口成章。她说，你即使饱读诗书，但表达不出，在四川谚语中，就是“茶壶里煮饺子——倒不出”“乌龟有肉烂在肚皮头”，后一句，符老师是用四川话说的。

（四）

天玫有次同欧阳谈及久思大哥说的那些话，欧阳说：“久思大哥的话很深刻，这是做人的修养，我们一时做不到，但可以把这作为修身养性、安身立命的标尺！”

天玫良久沉默不语。

欧阳接着说：“你在大哥身边长大，对这点，应该比我体会深。”

天玫答道：“你只知其一，不知其二。大哥说的这些，自然对我是有影响的。他让我从小就读各种书。这些书对我的影响更全面，更深入。说真话，我认为他说的是中国的传统文化的一种类别，可以指导人的修养，但并不是每个人的性格、性情都要这样。在我读的中外小说中，和大哥说的就不同；像《三国》《红楼》等等，每个人都有不同的性格和修养，这正是它们吸引人的地方。冰心在散文集《山中杂记》中说：‘假如世界上的人都是一样的脸，我必不愿见人。’俄国十九世纪伟大诗人莱蒙托夫在听到评论家把他说成是‘俄国的拜伦’时，他便在诗中写道：‘不，我不是拜伦，我是另外一个！’他要保卫他的个性。我就做不到那种温文尔雅和与世无争，也做不到大姐那样温良恭俭让。我做不到这种统一的个性修养。玫瑰花漂亮吧？但同时它身上还有让人生畏的刺。至于文学艺术，唯其有了不同的个性或独特性，才有了文学和艺术的价值。比如，四大名旦梅兰芳、程砚秋、荀慧生、尚小云同是京剧大家，同是旦角名派，这是‘同’和‘似’，但他们各自有自己的个性化的风格特点：梅兰芳华贵雍容、绚若舒锦、仪态万方，如凤彩鸾章，讲究的是个‘绚’字；程砚秋清丽秀娟、激越婉约、诡雅异俗，如大雅扶轮，表现的是个‘异’字；荀慧生幽深娇嗔、娉婷俏拔，如深亭幽榭，显示的是个‘幽’字；尚小云尔雅刚健、淳朴妩媚，如和光同尘，讲究的是个‘淳’字。这是他们似中之不似，同中之相异。又比如言菊朋、马连良、谭富英，同演一个京戏中的诸葛亮，同是老生，这是相同和相似；不同的个性化把他们区别开来：言菊朋的隽逸清俊，马连良的潇洒闲淡，谭富英的浑厚持重。同一个孙悟空，郑法祥演得像称为猢狲的大猕猴，杨小楼演得像成了精的仙猴，李少春演得像最善跳跃的大狐猴。这种变异起始于事物的相似比较，在这种相似性思维之中，二者相较，找出演员的特长和个性特点，与某一程式化舞台人物的差异，可以发现和产生丰富多变的不似，同中有异，异中有同，事物发生变异，而新意也就出乎这种似与不似的个性化之中。我并没有看过这些大师的戏，但我看过不少关于分析他们艺术表演的理论文章，我非常赞同这种艺术个性化的主张。艺术如此，其所本的生活难道就可以两样吗？”

欧阳似乎对此有异议：“我赞成青年，包括你我，应该有个性，有各人的相异和不同，但不赞成把自己的个性变为不容于人、强加于人，甚至凌驾于一切之上的所谓强人和强势。《水浒传》里的‘强人’，就是强盗。你要做《水浒传》里的这种强人吗？”

欧阳顺便攻击性地幽了她一默。

但天玫并不接受这种调侃，而是一本正经地说：“高尔基在剧本《在底层》中说：‘活在世界上做一个人，是最好不过的职务了！’我不赞成这种说法，这是一种‘为了活着’的哲学，一种犬儒主义哲学。当然，我也不赞成睚眦必报、争强斗狠。但我更不赞成以忍气吞声、逆来顺受、无所作为来修身养性。强势有什么不好？一个民族要强盛，其个性则必强势。成吉思汗的父亲在部族战争中俘虏了两个敌人，其中一人骁勇无比，且誓死不降，其名曰铁木真；父亲便以其名为儿子取名铁木真。因为他的思想中唯有勇敢二字，而没有其他忌讳。这种单纯的骨子里的思想，就是强势！唯唯诺诺，打你左脸，把右脸伸过去，你以为我们应该去实践这种‘马太福音’吗？”

天玫这时感到自己言语太生硬，或许太自以为是了，于是她转圜过来，退一步作了解释：“我可能说得绝对了。大哥他老人家，像刚才说的那些，给我说过多次了，所谓‘老树看花’，我们还是应该认真听，认为对的，全盘接受便是。我们最好换个话题。”

天玫读书，中外古今，广有涉猎，而且她特有的大象般的记忆、理解力和独立思考能力，使她具有同龄人少有的强势的话语权。

欧阳说不过她，但他觉得她的那种是非清晰、爱憎分明、做事果断、浑身玫瑰刺的性格似乎并没有不妥之处。自从认识她之后，她的种种作风，正是她的这种性格的表现。她比一般同龄人成熟，这是因为她又同时接受了久思大哥、石梅大嫂的儒学的思想影响。在这样一个环境里，天玫的思想性格得到了全面的熏陶。这种性格，在农村中少见，在他认识的人中也不多见。这可能正是她的优点，自己为什么去批评指责她呢？

（五）

欧阳想了想接着说："所谓'疲马不渡渑水'，人们以为大哥也许年纪大了，面对汹涌的波浪，宁愿默默以一己微小之力，并以此求得自安。完全说错了！这不是大哥的精神。他在七星小学给自己找到了最好的位置，为社会作贡献，以之保持自尊、自强和自励，在这里，他获得了生命力。人们天天在说为社会主义教育事业奉献，大哥从来没有这种高调，而是克服着身体的病痛，拄着双拐向学校走去，勤奋不懈地'只问耕耘，不问收获'，一步一个脚印地前行，这是疲马也要渡渑水啊。这是一种别一样的坚强和修养，这与退避三舍、明哲保身完全不同。我们最好多从大哥自身的经验出发去思考他的见解，或许正好可以弥补我们的另一面的欠缺。"

"我知道，这就是花农精神，我比你清楚。"

他们不得不从内心景仰这位学富五车的文学家和哲人。他们更折服于他性情上的深沉和思想上的艰深。他们觉得自己应该像大哥一样做一个正直的、有学问有思想的人。应该说，欧阳和天玫人品上的优点，正来自这种环境的影响。

（六）

他们曾好奇地询问久思和石梅，他们主动要求下乡回村后办学之初的故事。

他们想起了大哥摆的那些龙门阵。

久思说，当年所谓“办学”，就是办“私塾”而已，就是家里几个人加上队上会计，教几十个农村孩子。

久思说起了当初办学的坎坷。

自然，也回忆起了他们充满成就感的种种细枝末节。

他们回到家乡大石垭村，第一件事就是用板车拉父亲去公社医院看病，先是办手续让父亲住院，吃药打针退烧，然后中医西医齐上阵，治疗他的腿。他们在医院陪了父亲一周，父亲病情大为好转，可以回家疗养了，便把父亲拉回了家。他们轮流给父亲又是按摩，又是做好吃的，特别是石梅，恨不得把这几年欠下的对老人的照顾，全补过来。

他们住定之后，不断有乡亲们来探望他们，有的是请他们读信的，有的是请他们写信的，有的是来看稀奇的，说支书家老大学成，大学毕业回来了，还带回来一个爱人，是个大学教授。乡亲们认为，凡是教大学的都叫教授。他们这次回来，一是为老爹尽孝，二是回乡办学，这下村里娃儿有救了。有七八个老乡对他们说：“娃儿早过了上学年龄了，没法上学。最近的公社小学也要走两个小时，一早一晚，谁也不放心让孩子去上学。你们回来就好了，可以在家门口上学读书了。”

（七）

孩子渴望读书，家长渴望办学，这就是现实！

这件事给柴久思很大激励。党和国家培养自己成为一个大学生，是为了什么？还不是为人民服务！农民群众如此需要自己，说明真是回来对了。

柴久思和石梅希望父亲找一下乡政府，申请办学。柴久思和石梅拉上板板车，叫父亲坐在车上，到了乡政府反复诉说孩子没学可上的处境，说再耽搁下去，这群孩子会成为新文盲，请政府拨款，在大石垭村建个小学，满足周围三个大队孩子们上学难的问题。乡里领导对村支书石敢当尊敬有加，生怕这个老红军村支书发脾气，但老是只管拐弯抹角地讲述现在申请办学的点有好几个，都批不了，一是乡上没钱，二是教师没人。“我们有什么办法？未必我们不知道不少农民娃儿失学？”

石敢当说：“如果办学地点和师资问题解决了，乡上能不能及时下文件批准成立小学？”

乡长说：“老支书，办学校哪有那么简单的事？办小学不比开理发店。要房子、地、教室、操场、桌椅板凳，还要有合格的教师，然后是教师的工资。老支书，你提的要求我们备个案，条件成熟了，就支持你们办，你看这样行不行？”

石敢当没话说了。

他知道，自己碰了个软钉子。

在场的柴久思和石梅不便于多插嘴。但听乡上领导这么一说，他们反而心中有数了。

不是说，“条件成熟了，就支持你们办”吗？那么，我们就边上课边创造条件。

他们回到家，就立即商量办学的事。柴久思认为小孩学习片刻不能耽误，是不是想办法弄个教室，先把这十来个孩子教起来？石敢当说：“那就只有先把咱家的堂屋腾出来当教室。”石梅说：“上哪些课？教材呢？”柴久思说：“你傻呀，先教识字，再加上算术。你教不来呀？”

石梅说：“在家里办，那不成私塾了？可以暂时先这样，但还是请爸在大队里找像样的地方。”

不用贴安民告示，只让家长互相转告一下，第二天，十来个家长就领着孩子来了。这些孩子有十来岁的，有七八岁的，还有五六岁的。他们本来只是看看，如能行，就报个名。谁知，柴久思马上喊大家义务劳动，把堂屋里的犁耙、水桶、锄头、箩筐等一应农具搬到外面房檐下，把堂屋打扫干净，然后给家长们说："今天孩子们来了，就别白跑一趟。现在就上第一堂课，没凳子，我站着讲，你们站着学，好不好?"只听孩子、家长齐呼："好!"

这些家长想，由这个大学教授给孩子上课，心里的高兴哪是一个"好"字喊得完的!

（八）

村支书是地方"最高长官"，他自有他的办法。

他看中了村里的石家祠堂。祠堂里有五间房子，有几张桌子，几条开会时老辈子才有资格坐的木条凳，还有个七八十平米的小院坝，搭个台子，树个旗杆，就可以升旗。他找到族里老辈子去说这件事。他没把握。记得当年，大队想征用祠堂作大队部，都被这些顽固无比的老辈子顶回去了。但石敢当比他们还顽固，反复说："你们这些老大人，就看着自己的孙辈们没地方读书，像你们一样当一辈子文盲啊!"晓之以理，动之以情，再加之他这个老红军支书的威信——总之，校址解决了。

至于教师，现成的。石梅教历史、政治，久思教语文、地理，把大队会计拉来教算术。至于体育课，那柴久思，从小学到大学哪年不学体育?照着当年学的教就是!只有音乐课暂缺了。

不管上面批不批，先让学生学起来再说。

这个小学还有一个特色，那就是学生从一年级开始就学英语。别忘了，那二位可是大学英语专业出身。

至于教师工资，大队决定，教师上课计百分之八十工分，农忙时全校停课，教师参加劳动，给计百分之二十工分。

柴久思为学校取名为七星小学。

他们一面上课，石敢当一面到乡上县上跑手续，过了大半年，正规的小学办起来了。

学校只设一个校长，就是石敢当，也体现大队党支部对小学的领导。柴久思任校长，那是后来的事了。

但学生人数却不见长，宣传好一阵子了，几个大队也都知道了，但上学的还是只有二十几个人。

石敢当对他们说，农村不比城里面，到了学龄，就急着报名上学，你们最好走门串户，到周围几个大队有适龄儿童家里去调查研究一下，做点动员工作，有了学校，没人上学，咱们办学就等于个圈圈。

老爸的话提醒了他们。“咱俩这是守株待兔，‘闭门办学’，是老爷学校呀！真以为是‘树起招军旗，就有吃粮人’么！”

“咱们走，下去，找学生！”

（九）

第一家，他们来到三小队石顺家。他家有个十岁的女娃儿，一家四口人，就认识人民币上的几个字，标准的文盲户。他们一见两个大教授大驾光临，忙不迭招呼拿板凳，说：“听说了，你们给娃儿做好事，我们感谢不赢！但是老二五岁太小，老大十岁了，过了年，就许给别人了，不在家了！枉费了两位老师的好心！”

“才十岁就出嫁，那不是童养媳吗？”

“家里就这么点粮食，老大吃长饭了，送走老大，才能保住老二，哪有心去上学？不客气说，二位老师走错门了，我们家没人上学，真是太对不起了！”

这种情况，哪是久思、石梅两个能解决得了，能讲道理，说服得动的。

识相点，施礼告别吧。

第二家，他们来到二队的郑仁家。这家有两个失学男生，一个十岁，一个七岁，但郑仁说，这两个孩子是家里的全劳力，老二要照顾妹妹，老大要去地里挣工分。郑仁媳妇身体不好，靠郑仁一人，这个家咋个维持得起走？他俩去上学，谁挣工分？没工分，家里吃啥？

柴久思二人仍然没法回答。只说些学文化重要之类的话，你以为能打动他们吗？走吧。

第三家，是三队的魏良家，他家有个八岁女童，正是适龄儿童。这家家境不错，父母二人身强体壮，女儿也聪明伶俐，见了他们来，老师长、老师短地呼着，嘴很甜，吵着马上就要跟老师去上学，而且这女娃儿，竟“自学成才”，跟村里会计学了几遍，就会背“九九表”了。凡是队里给自己家里算工分账，魏良两口子不出面，就让这女娃去，一五一十，她全记在脑子里，跟队上算的分厘不差。有时，她看会计给其他家打算盘对账单，会计算盘还没有打出来，她就把结果先说出来了。后来，会计为了省事，也为了提高工作效率，干脆每次结账时，把她叫来，他读社员每年每月的工分数字，由她心算，他念完，她也算出来了，比打算盘还快。有的社员不信，怕算错了——那可是他们的口粮啊。于是会计用算盘重打一遍，仍然是不差毫厘。

所以队里都称这女娃是“神算子”。

但魏良两口子断然拒绝送小孩上学，他们的道理是：女娃上学有什么用，再聪明，也就是算个账，以后结了婚，生了娃儿，还不是个农村妇女，谁见女娃儿上学升官发财了？

魏良有句话没说出口：大队支书石敢当的女儿石梅，又有省里的干爸，又上了大学，现在还不是回到农村当娃娃头儿，教孩子识字挣工分？

魏良有一套“女娃儿上学无用论”，这岂是柴久思、石梅几句话能说服得了的？

但他们依例还是讲了好多大道理。没用也要讲，起码，那边站着一个漂漂亮亮、冰雪聪明的小女孩，正睁大眼睛，津津有味地听着！

她叫魏荠荠。这里常用野菜起名，名字贱，易养活。这里到处是野荠菜，天气再干，它也长得好好的。

见了这个小孩，他俩很高兴，只要小孩愿意学，他们一定有办法招她入学：他们一定能说服魏良两口子。

（十）

他们还访问了几家，都答应尽快入学。

他们觉得没白跑，很有收获。天快黑下来了，他们往回走。

走到山坡下，看见小路上一捆柴在向前移动。他们忙走了上去，原来是一个十来岁的小孩背了一大捆柴，完全把人遮住了。只见这孩子光着脚，腿肚子上有个两寸的化了脓的伤口，腿肚子肿得圆圆的，手臂上也有伤。他吃力地向前挪行，柴久思二人忙过去，帮他抬了一下背上的柴，但只听小家伙竟吼了一声："别动，弄不周正了，还怎么背？你们帮我背回去呀？"

石梅仔细看了一下这个孩子，面很生，怎么从来没见过他呢？

石梅问："你几岁了？"

没回答。

又问了一遍。

"十一岁。"

"你叫什么？"

没回答。

又问了一遍。

"我叫折耳根！"

"你住哪儿？几队的？"

没回答。

"你爸呢？"

"死了！"

"你妈呢？"

"死了！"

"就你一个人呀？你愿意上学吗？"

"上学？什么上学？不愿意！听说了，你们从城里回来抓不识字的小孩去上学。"

"不是抓，是请。请你去上学。学了知识，将来成为有用的人才，才能做大事，才能有出息。”

“别给我讲这些，我不懂！我不去上学，不去！”

这孩子怎么这样！

不上学，起码态度也不应是这么反感，甚而敌视吧？

他们回到家，首先给石敢当谈的就是这个背柴的小孩。

石敢当自然什么都知道。他说：“这娃儿是三队石川家的，你们就放弃了吧，政府都拿他没法！他八九岁就独自跑到县上要饭，做讨口子，后来做了摸狗儿*，两三年被抓了四五次，抓了放，放了抓，少教所就关了两次。这次是少教所把他送回来的。不是送到石川家，而是送到大队部，交给我，让我帮教，我送他回家。当着我的面，他爸妈千恩万谢，感激政府对折耳根的管教。”

“他有爸有妈？没死？”

“这娃儿是扯谎，说的话没一句是真的。我刚一走，他爸妈就关起门来，拿烧火棍把娃儿打得皮开肉绽，身上到处是伤口。腿上的口子发了炎，肿圆了，也不去医。这娃算完了，你们还想让他上学？这娃儿咱躲都躲不赢，还招到学校里，这学还能办吗？不要一个老鼠屎坏一锅汤。这事想都别想。至于其他人，都可以做工作。我们本来就宣传不够嘛。”

（十一）

柴久思和石梅同时意识到他们的错误！他们把在农村办学看成是给农民造福，是对农民的赏赐，是降福于民；他们意识到，自己大错特错了。他们应该躬下腰身，把上学的道理仔细讲给农民听。幼时，他们都读过武训办义学的故事。武训不是跪求学生来上学吗？陶行知在四十年代物价飞涨、教育经费紧张的时期，曾提出‘跟武训学’的口号，艰苦办学。久思至今还记得几句武训《义学歌》：“扛活教人欺，不如讨饭随自己；别看我讨饭，早晚修个义学院。”“离家三丈

* 摸狗儿：四川方言，指小偷。

三，叩头拜苍天；誓志办义学，心比金石坚。”“我要饭，你行善，大家修个义学院。穷孩子，来读书，叫那些富人看一看。”自己少的就是这种谦恭的精神。一个个把孩子请进学校，请孩子们上学，这才是具体地为人民服务。这些，自己怎么就忘了呢？归根结底，是因为自己长期以来生活在优裕的大城市的知识分子圈子里，有一种莫名其妙的优越感，离开农民群众十万八千里，不了解他们的生活，也不了解他们的真实想法。

应该更谦恭、更真诚地对待孩子，对待学生家长，对待自己所从事的事业。

自己不是上帝，孩子们才是上帝。

两个受党教育多年，彻底的唯物主义者不约而同这样想！

（十二）

他们第一个要找的就是石川家的折耳根。他们拿上从城里带回来的碘酒、消毒纱布，来到石川家。一家人都在，一见他们来，石川一家人忙说：“谢谢你们了，我们娃儿不上学，家里的事忙不完，对不起，对不起。”好像要逐客了。

但柴久思和颜悦色地对折耳根妈说：“请你打一盆温热水过来。”她不知道这是什么意思，站着不动。

石川说：“叫你打你就打，还不快去！”

水打来了。石梅招呼折耳根坐在床沿上，她和久思蹲着，给他卷起裤腿，轻轻用棉纱给他擦拭腿肚上的伤口。然后涂上碘酒，用消毒纱布轻轻把伤口包好，然后对手臂上的伤口也涂了碘酒。最后，把他的臭脚丫子洗得干干净净。

这一下，可把石川吓坏了，人家是大队书记的女儿，两个大学教授，给折耳根这支又脏又臭、脓血模糊的烂腿洗脚上药。他们急得直喊：“使不得，使不得！值不得，值不得呀！”

柴久思说：“石川大嫂，折耳根的腿发炎了，如不治，就得截肢，就是要把腿锯掉。你们以后千万不能再打孩子了！再说，折耳根当年跑到县城去，那也是饿的！他已经认错了。孩子嘛，谁有不犯错的时候！好了，我后天上午来换药，小孩生命力强，用不了几次，就恢复了，你们放心！”

“不能让你们跑了，让他自己去。”

“不行，他的腿不能走动，特别不能再做打柴这种重体力劳动。孩子才十一岁，你们当牲口使唤，他不是你们亲生的呀？”

一句话把石川媳妇眼圈说红了。

石川说：“不要折耳根自己走，我后天背他到石大伯家去。”

“这样很好，我们赞成，亲爸就是亲爸！”

“不过，你还是直接背到学校来，上午我们都在学校。”

（十三）

这天晚上，折耳根躲在床上想着在南姜的日日夜夜。记得自己先是走到公社，然后混上汽车到了南姜。一天没吃饭了，先是乞讨。要饭要不到，怎么办？他偷拿了第一个锅盔，然后就开始了小偷小摸的日子。

有一次，他刚刚偷了一个钱包，里面有二十元钱，突然被一个十七八岁的瘦长个子抢了过去，说这是他的地盘。瘦长个子把他打了一顿，钱也抢走了。后来，他知道这个瘦长个子叫乌贼，是这里的一个贼头。他觉得在南姜活不下去了，正准备回家，就被抓进了派出所，关了两天，见他年幼，又无甚大事，把他放了，但他在乌贼的裹胁引诱下，没有能回成家，继续当小偷。派出所接连抓了他几次，见他老毛病不改，只好把他送进了少管所。但少管所是个对已满十四周岁、未满十八周岁的少年犯进行管教的地方。折耳根未满十四岁，少管所把他关了两天就放了。第二次，派出所又把他送了进来。他在少管所住了三天，上了三天学。上午做操、学文化，下午劳动。管教说，这里是对你们少年犯的最好的学校。学好了，回归社会，做个有用的好人。折耳根没进过学校，他这是第一次“上学”，这样的学校，没有自由，一切都是强制的，强制学习，强制做操，强制劳动。提起学校，他就害怕。

（十四）

第三天，父亲背着他来到学校，学生们一下围了过来，有的说，你看，人家有病还坚持来上学。

学生们看着柴老师和石老师，打来热水，给他洗腿洗脚，洗手臂，搽药水，包扎。有个学生多嘴："你腿上那么大个伤口，腿也肿了，你怎么负的伤？"

折耳根不开腔。他爸石川沉吟了一下，含含糊糊地说："是上山打柴摔伤的。"

柴久思也本想应付一下就没事了，但他马上意识到现在应该对孩子进行一次诚实教育。

他说："他的伤不是打柴摔伤的，是因为他犯了错，他父亲打的。同学犯错，对不对？"

同学答："不对！"

"那么爸爸打孩子对不对？"

"不对！"

折耳根听了，心里很感动。他第一次尝到了实话实说的快意！父亲打得这么重，他心有怨恨，他感到老师用真话替他解了气。

这时，他突然听他爸石川说："我一时糊涂打了孩子，我不对，我向孩子道歉，保证今后不再打孩子。"

石川被柴久思和石梅感动了，他说的是真话！

折耳根听了，第一次跟爸爸认真地说："爸，我以后再也不犯错了，你放心吧。"

柴久思说："那么，你们也先别回去了，坐在教室后面，咱们上课。"

"起立！"

"老师好！"

"同学们好！"

老师提问，同学举手回答，老师讲解。

原来上学是这样啊，这跟少管所完全不一样。

过了半个月，折耳根腿全好了，可以自己上学了。

折耳根上课很专心，对小同学也很照顾。

柴久思对同学们说："现在班上已经有四十二个人了，要设一个生活委员，负责安排值日，安排大家中午蒸饭、烧开水，还要安排打扫清洁。这任务可不轻，要代替老师做很多事，要年龄大一点的同学，我提议折耳根怎么样？"

只听下面一片"山呼海啸"。

"好！同意！"

折耳根吓了一跳，自己怎么配当学生干部，而且又是为老师分担责任的这么重要的生活委员，急忙说："不行，不行，我不够资格。"

柴久思说："大家表决，说他够不够？"

"够！"

下了晚学，折儿根回家给父亲石川说了，石川无比感动："孩子，这个学校，能教人变好，全体同学都信任你，你可要好好表现啊！"

（十五）

柴久思和石梅还要找来上学的是那个魏良家的神算子魏荞荞。在他们走访的这么多家里，只有魏荞荞上学的愿望最强烈。

他们再一次到了魏良家。

柴久思说："你这个女娃儿，外号神算子，在数学上有特殊才能。好好上学，将来能成人才。她能上大学，当教授，当医生，当数学家，也会彻底改变你家的穷日子。你们当爹妈的就情愿把一块宝贝藏起来，然后像石头一样，随随便便地扔了？在城里，有千千万万的女大学生、女干部、女医生。你看石梅石老师，她原来也是村子里的，但上了大学，留在大学当老师，就是你们说的教授，在学校教大学生。这次是照顾老爸的病自愿辞职回来的。在农村当老师，也很光荣呀。难道你算定荞荞将来就只能做个农村家庭妇女？你们这是会生不会养，耽误娃儿的前程啊。”

魏良两口子没话说了。两个大学教授，人家是见过世面的，这样重视咱孩子，还会有错？去上学吧。

他们同意了。

（十六）

两年后，他们从赵教授送给他们的收音机里听说达川地区要举行儿童心算比赛。他们为魏荠荠报了名。

荠荠在学校学了两年算术，她的数学成绩得到了很大的提高。

比赛前，他们约上生产队会计一起，按照竞赛规则和出题形式，对荠荠进行了紧张的“大运动量”培训。

石梅亲自带荠荠来达川。参赛的学生多数是高中生、初中生，只有几个小学生。

魏荠荠就是其中之一。

比赛现场是个封闭的大厅。参赛人数有三百人。考试的方法分初赛和复赛，初赛由考官在四十秒钟之内读八组四位数，进行加减运算，读完数字，谁把答案写得又正确又快速，谁即为得胜者。初赛选二十名，这二十名再进入复赛。

这些参赛者，他们的学习习惯是趴在桌子上，看着纸上写好的一组一组数字心算，但这次考试是由考官用比较快的速度将数字大声念出来，只念一遍。考生要在考官读完数字后立即报出答案。这难不倒荠荠，这一套，她在生产队早就练过千百遍了，屡试不爽。会计喊她来算工分时就是会计一边念数字，她一边心算，从来没算错过。现在考场上竟然用的是读数法，这不正是自己的长项吗？

而只习惯于看着试卷答题的考生，速度就跟不上她了。

初赛结果出来了。

奇迹！生产队会计培养了个心算第一！

复赛是初赛前二十名到另一个教室进行。这次是十组五位数加减，仍然是由考官宣读，速度更快。

考官刚说完最后一组数字，荠荠第一个交上了答卷。

又是第一！

这一下，七星小学可出名了，这个小学出了心算天才，她才十岁。

她拿着奖状和一百元奖金回到家。魏良两口子心花怒放："老师说得对，孩子还是该上学呀！"荠荠说："这都是老师教得好，奖状我留下，这一百元奖金，咱不能全留下，我建议拿三十元交给学校，分给同学，行不?"

"行，行！荠荠想得周到。"

（十七）

七星小学得奖这事，在报上登了，电台也广播了，说七星小学是个穷困乡村小学，校址就是一个祠堂，但两个大学生，坚持在这里教学，培养出了像荠荠这样的优秀学生。

千里之外一直关注着柴思久和石梅动向的赵楷行教授在报上看到了这个消息，喜不自胜。他立即给柴久思寄去一千元，作为他们改善办学条件的资金。他把钱寄到南姜县教育局转七星小学收，而并不寄给私人。

教育局把这看作一件大事。局长说，咱们县一个民办小学取得这么好的成绩，还引起一个大学老教授的关注，产生了良好的影响。局长急忙打电话给七星小学所在公社，由公社通知七星小学派人来取款。

（十八）

一千元！这在当时可是一笔巨款！谁去取款？柴久思这几天身体不好，一直发烧，不便成行。

柴久思同石梅商量，熟悉南姜县的，现成的，有一个，就是折耳根。他在县城里混了两年，来回路也熟，心也细，可以委托他去。但石敢当不同意："一千元，这可不是闹着玩的，不是试验品；折耳根这娃儿，自小扯谎偷摸，少管所、派出所都是挂了号的。他要是在巨款面前动了心，跑了不回来，谁负得起这个责任？怎么对得起你们赵老师？如果你们实在没工夫取，那么，还是由我这老腿跑一趟吧。”

柴久思决心已定，说：“爸，那么远，你去，还得找一个人陪护。就叫折耳根去吧，他行。这小子身板硬实，地也熟，就这么定了吧。”

学校给折耳根准备了一大口袋馒头，交给他从公社到县上的来回路费，仔细向折耳根交代了任务，其他没多说。折耳根也没多想。倒是他爸心里反复叮嘱他千万仔细点，别把钱弄丢了。

他相信他的儿子，学校相信他的儿子！

到了教育局，折耳根取出盖着七星小学“关防大印”的介绍信和盖着柴久思私人印章的说明，拿到了汇款单。但是邮局见取钱的只是一个孩子，就不让取，说是让学校领导来，折耳根又找到教育局。由于这次心算大赛七星小学出了名，所以他们相信学校派出的这个代表。小学生又如何？那个心算第一名的魏荠荠还不是个小学生！教育局专门派人陪折耳根到邮局去，说这款不是寄给私人的，是寄给学校的，学校可以派代表来取。

钱取到了。教育局干部帮折耳根把钱藏在内衣胸口处的口袋里，放心地走了。

（十九）

这一切都没有躲过那个贼头乌贼的注意。其实折耳根一到县城，就被小贼发现了，立即报告给了乌贼。乌贼一直派小贼监视着他。他想不到这小子一年多不见，竟捞到一条大鱼，搞到一千元的巨款！

乌贼下了命令，不能让这家伙溜了，无论用什么办法，都要劫下这一千块。

折耳根竖着耳朵，四面观望着，小心地向车站走去。当他走到一个巷口，乌贼带着两个小贼，突然出现在他面前，叫他留钱走人，要不就要他的狗命。折耳根眼看逃离无门，灵机一动说：“乌贼大哥，好久不见了。我这一千元得来不易，你总得给我留点。我给你四百，我留六百，这样总行了吧？”

乌贼说："还算识相，给你留一百，其余留下!"

就在他们三人围拢过来，放松了警惕，准备拿钱时，折耳根突然猛地向前跑去，直奔他熟悉的派出所。三个人紧追不放。到了派出所的门口，折耳根和乌贼三人都停下来了。折耳根知道进了派出所就安全了，还可以马上报案，把乌贼抓起来。但聪明的折耳根马上意识到，此法不可行。自己可是有前科的，进了派出所，身上有巨款，派出所马上会问："你这钱哪儿来的?"说不定会把钱没收了。

想到这里，他不敢进去了，他便对乌贼大声说："我现在就去派出所举报你们！要死大家一起死！你们再不走，我可要进去了!"

乌贼一伙只好悻悻地走了。折耳根见他们走远了，急忙从另一条路到了汽车客运站，买了票，马上上了汽车落了座，就等汽车开往公社。

但是，就在汽车开动的前一分钟，乌贼上了车，坐在最后一排，双眼死死盯着他。

折耳根想，唯一办法就是到了公社，下车就跑，家乡这条路他可熟！一到站，未等车停，他就从车窗翻了出去，撒腿就跑。待乌贼等车停好下车时，折耳根已经跑得无踪无影了。

但折耳根总觉得乌贼还在后面追他，他紧紧护着钱，拼命往家跑。从公社到学校，这可是两个小时的路。他不顾一切，只以为后面有一头野狼在追他，一口要吃掉他身上的钱。这一千元，他不能丢掉一分钱，他要把这一千元毫厘不少地交到柴老师手上。

下午四点过，同学们要放学了。

这时大家突然看见一个人疯了一样撞进校门，扑通一声倒在地上，人已经昏过去了。

这是折耳根呀！石敢当、柴久思、石梅三个老师和几个同学立时围了过来。荠荠端来一杯水递给石梅老师，石梅蹲下去把折耳根扶在自己怀里，慢慢地给他喂水。片刻，折耳根醒了，但他的手还紧紧捂着左胸。他一时不知道这是在哪儿。

直到柴久思对他说："折耳根，我是柴老师!"

折耳根回过神来了。他一字一句地说："柴老师，钱取到了。"但他的手并未离开左胸。又过了一会，他从左胸口的内衣口袋里取出了那一千元，一张一张数给柴老师。柴久思非常感动，他对折耳根说："孩子，你是好样的！你任务完成了！"

石敢当更是感动不已，他对折耳根说："孩子，你是好样的，有出息！"

但是他们没有一个人知道他在南姜县的惊险遭遇，不知道他为什么拼命跑回学校。

四十几个学生，两个老师怎么忙得过来？久思和石梅已经物色了折耳根管生活，然后又给荠荠布置了一个任务，让她辅导小同学的算术，帮忙石梅改算术作业，算是一个小老师。石敢当批给他们少量的工分，作为报酬。

柴久思记得陶行知当年办小学，也采用了"小老师"的方法，让高年级学生教低年级学生。

此法古已有之。

就这样，他们在大石垭农村生活了下来，过着小学教师的得其所哉的日子。要不是后来那个洋妹妹千里来寻亲，他们这个大家庭还会像原来那样生活下去。

少女的救赎 七

（一）

欧阳钦喜欢大石垭的生活。他在劳动和与当地农民接触中对农村有了新的了解。他认识到这么多年来，他缺失了像石敢当和久思、石梅那样对农民的爱，对土地的爱。

同时，他与石敢当一家的关系也更亲密了。一次，石敢当对欧阳钦说：“你爸这个高级干部是枪林弹雨打出来的。你爸身上有四五处疤，每个都在身子前面！那些伤口哪一处不是冲锋陷阵时敌人的子弹留下的！‘文化大革命’中有大字报说你爸在战争年代是逃兵，这不是胡扯吗?！让他们找找，看你爸身上的伤口哪一个是逃跑时在背后留下的!”

欧阳钦从心底里感到，石大伯这些老乡们才是老爸真正的知心人。他已从感情深处与石大伯一家融为一体。

（二）

学校的教学计划，随着形势的变化，有了重要的调整，英语成了主干课，英语专业的学生也越来越多，学生学英语的热情也越来越高。欧阳所教七六级经济系的基础英语课代表，是个女同学，名叫钱芷君。她长相和身材很像当时热演的芭蕾舞剧《红色娘子军》中扮演吴琼花的演员冯英，所以同学们就喊她小英子。她是男同学们心中的女神。班上有喊她芷君的，有喊她小英子的，她都欣然接受。芷君学习特别刻苦，工作又认真负责，欧阳每次交给她的任务，她都能很好地完成。她喜欢读英文原版小说，啃不动的，就请教欧阳。

欧阳有一个很好的爱好和习惯，就是每天早上六点钟准时晨练长跑，每天三千米，七圈半，一圈不少。有时他也看到芷君夹在学生跑步队伍中，偶尔跑几圈。后来，芷君发现欧阳老师是天天都来跑，星期天也不停。她决心向欧阳老师学习，也每天早晨六点钟准时到，跟在欧阳的后面跑，有时还赶上来，并排跟欧阳说几句英语。每逢这时，欧阳就加快步伐，同她拉开距离；他不愿意与个别女同学有过多接触。但是，他多快，她就多快，他总甩不掉她。有一次，她竟用英语说："欧阳老师，您这么大岁数了，跑慢点行不？这会影响您上课的！"

谁这么大岁数了？这个调皮的小姑娘。

有一次，她到教师宿舍来交班上的英语作业。她带来一个小玻璃杯，里面种着一枝大红色的玫瑰。她对欧阳说："老师，这是我们亲戚家乡的特产，叫苦水玫瑰，又叫大红袍，是玫瑰花中品质最好的。我每次回去，都要带很多回来，养在寝室阳台上，同学们都把它当成宠物。你可以把它放在窗台上，多晒晒阳光，每天浇几口水；这花生命力很强，是穷人的观赏花。"

"好，谢谢。花也分阶级吗？"

"当然，比如牡丹，就是富贵花，是花中的贵族。"

"那么芷君的芷，又是什么花呢？"

"芷是香草，不是花。"

"但你这个芷可不是一般的草，是芷之君，就是草之王者；君王之草，是谓芷君。《岳阳楼记》有'岸芷汀兰，郁郁青青'，它可是入了名篇的。谁给起的这么雅的名字？你是大知识分子家庭出身吧？"

"连知识分子也不是。只是我爸年轻时读过鲁迅的小说《伤逝》，很喜欢里面的主人公子君，就给我起了个同音的名字。四川方言，不分卷舌、平舌，芷也读子，芷君就是子君，我很喜欢这个名字。"

"等一下。你说这是苦水玫瑰，是甘肃永登县苦水乡的玫瑰吗？"

欧阳立时想起天玫天天侍候的宝贝苦水玫瑰。

“你怎么知道在永登？我有个远房亲戚在那边做小生意，他家就是种花的，现在县上卖花。”

芷君不禁十分惊异。这个老师无所不知啊！

有一次，她看见欧阳吃从食堂打来的盒饭，说：“老师，没有泡菜吗？没有泡菜怎么下饭？”她把他书架上的一个装杂物的玻璃罐头瓶取下来，说：“这个就可以泡菜。我拿回去给你加点我的泡菜水，放点洋白菜叶子，过两天就可以吃了。但是城里的泡菜水不好。我用的是永登的水，是苦水，就是含有碱的水。解放初，居民喝水都是这种苦水，从五三年开始，有了自来水，就喝甜水了；但泡菜水一定要用水井的苦水才好吃。在学校就只有将就了。以后，你如果能到永登去，我一定请你吃地道的‘苦水泡菜’。”

她每次来，都有说不完的话。值得表扬的是，她总是尽量练习用英语表达，尽管是结结巴巴的。这就使欧阳钦不断地给她纠正。

他问过她：“你对英语的兴趣怎么这么大呢？”

她直截了当地回答：“学好英语，可以当翻译，可以出国，可以漫游世界，可以用不同的语言讲话。”

欧阳钦想，自己当时报考英语专业，全是听父亲的一句话；他想也没想这些，却让她一口气都说出来了。

真是时代在变化。这突出地反映在这个大学生身上。

欧阳觉得这个小女生很阳光，很可爱。

有一次上课，他讲解直译、意译、硬译和死译的区别和特点。

欧阳说：“直译就是直接忠实于原文文字形式和内容，不加自己意会的翻译方法。而意译则是强调原文的大意，不拘泥于原文字句的细节，可以根据原文内容，按中文表达习惯进行整理，组织文句。比如我们以前把‘Penicilin’翻译为‘盘尼西林’，从这个药出现时就这样称它，这是直译，后来根据它的意义，把它翻译成‘青霉素’，这就是意译。又比如周作人的《伊索寓言》中，希腊原文是‘有人发现一个狮子的死去的身体’，他翻译成‘有人看见一个狮子的死体’，把‘尸体’翻译成‘死体’，这就是直译。”

芷君突然举手要发言。她说："老师，这不是直译，这是死译，它违背了汉语言表达的习惯，只是死板地照搬原句。死译是汉语词与外语词对号入座，以词为单位，把两种语言的词语进行严格的对照、比对，死板地翻译。我认为这是周遐寿译文中一个败笔。老师，我这样理解对吗？"

芷君的分析和解释显然是对的。

遭到芷君的"突然袭击"，他竟然一时找不到合适的例句进行辩驳或作更深入的说明。但他不能退缩，他得维持教师的威信。于是他避开芷君的提问，以进为退。

他接着讲道："英语单词'空的'，是指空洞，一切皆空。请问同学们，英文是哪个词？"

同学们抢着答："Vacant!"

"那么，空的酒瓶呢？"

有的答："Dead soldier!"

"空的心呢？"

这次只有两三个人回答。

有的说："Hollowed out heart。"

有的说："Empty heart。"

"你们回答的都是'被掏空的心'或'空洞的心'。如果是指没有感情的心，没有思想的心，空虚的心，应该是哪个词？"

没人回答。

"钱芷君，请你回答。"

"应该是 spiritual poverty，指内心空虚、精神空虚，对吗？"

没有难倒她。他又问：

"那么，空城计，怎么翻？"

芷君站在那里，傻眼了。

"……不知道。"

"好吧。我们再回到那四种翻译方法：翻成'空的城'是直译，翻成'空城的计划'是死译，翻成'关于一个空城的策划'是硬译，翻成'以空城退敌的计谋'，是意译。哪个更好？"

"Free translation，意译！"

"只有正确理解了中文，才能找到准确的相对应的英语词汇。同学们棒极了！"

欧阳接着讲："但是翻译家在翻译文学作品时，并不只使用一种方法，往往四种方法，适时而用。比如大翻译家朱生豪翻译的《莎士比亚全集》，其中言词华美典雅，文言成语迭出，显然是以意译为主，而又兼用直译、硬译和死译。大家知道，莎士比亚的剧本是用诗体写成的，间或穿插优美的散文。而朱生豪翻译时，就统改成散文，其中不少句子，只用一种方法，就会脱离汉语表达习惯，甚至无法译。学习翻译的最好的方法，就是把翻译名家的翻译作品，对照原文进行比较研究。上大学，不只是学习已有的知识，更重要的是掌握学习的方法。"

欧阳老师的最后一句话，使芷君非常佩服，她认为这是一句警句。她把它逐字认真地记在了笔记本上。

她明白了，上大学，可以学到知识，更重要的是可以学到学习的方法。

这一点，使她终身受益。花农养苦水玫瑰，不外乎这样不断用水去滋养它。

（三）

第二天晨跑时，芷君跟上来对欧阳钦说："老师，你昨天其实回避了我提的问题，用'空城计'难倒我，以掩盖你的尴尬，不是吗？"

"也是，也不是，我如果在课堂上被一个学生纠错，多没面子啊，这个老师在学生中还怎么上课啊！"

"对不起。但是你最后讲的一句才是精华。"

"我说什么啦？"

钱芷君感佩欧阳老师的坦白和直率。他一点也不虚伪。

她脚步慢下来，眼看着欧阳钦以健美的步伐去完成他的七圈半。

（四）

和芷君的交流，使欧阳钦一方面感到芷君是个动脑筋的学生，另一方面，他也感到，自己一毕业就踏上讲台，表达、学识、准备和积累离一个合格的大学教师还有不少差距，自己应该更好地备课。

以后，每次上课，他只要看到芷君坐在那里，就特别小心，生怕讲错。这反而促进了他教学水平的提高。

（五）

在社会主义新时期，大石垭大队支书石敢当带领老小花农们植花、种田，主副业齐上马，生产大发展，生活在改善。在大家心里，似乎就连南姜的日照都更充沛了，村里的小学校也越办越好。

（六）

改革开放、解放思想的信息，柴久思知道得最快。他是从赵楷行教授当年在他离校时送给他的收音机里听到那篇题为《实践是检验真理的唯一标准》的重要文章的。

一九七八年五月十日，中央党校的内部刊物《理论动态》刊登了南京大学胡福明教授主撰的文章《实践是检验真理的唯一标准》。第二天，即一九七八年五月十一日《光明日报》上公开发表了这篇文章，署名“本报特约评论员”。当天，新华社将这篇文章作为国内新闻头条，转发全国。由此，全国掀起了一场轰轰烈烈的思想解放运动，展开了对“文化大革命”错误的彻底批判。

吃饭时，久思对大家说：“中国要大变。昨晚上中央台播发了《实践是检验真理的唯一标准》这篇文章的摘要。”

前几天，班超就说起过，一个公社干部对他说：“我在县城江边子母墙上看到一幅大字标语，上面写着斗大的字：

‘我是南姜叫花子，
最恨江青几爷子，
小平小平快出来，
我们才不饿肚子！’

这是老百姓的呼声啊！”

天玫说：“上面知不知道老百姓的想法呢？”

久思说：“这篇社论已经回答得清楚了！”

从一九七八年开始，在石敢当的主持下，在柴久思们的支持下，大石垭开始走上了农民致富的路。

（七）

一九七九年夏天，欧阳和天玫一同回到大石垭，高高兴兴地给苦水玫瑰剪枝上肥。石敢当找到他们，说：“你们两个怕要到永登跑一趟，去买些苦水玫瑰种子和花苗回来。这两年，市场大了，需求多了，原种的这点花，已经供不应求了。村里的栽种面积也扩大了一倍还多。咱们本地的土玫瑰，品种不好，还是要下本钱去苦水乡。你们快去快回。”

玫瑰花有种子。虽然有种子，但是一般都是用扦插的方式繁殖，播种适用于培育新品种。它的种植一般在每年的三到四月份和八到十月份，这两个时间段播种繁殖的发芽率最高，幼株长得也最好。

天玫说：“莫急嘛。路都找不到，等我们把路线弄清楚了，马上就走。”

这时，欧阳突然想起来，那个女生钱芷君不是有亲戚在苦水乡，还在县上卖花吗？她假期是不回家的，如果由她带路去永登，岂不事半功倍？

他把这意思一说，马上得到天玫和老爸的支持。天玫说：“你们俩去就行了，家里事情多，我真是没时间陪你游山玩水了。你快走吧，劳烦你大教授了，刚到家，又赶你走。快点回来！”

（八）

欧阳回到学校，找到钱芷君，把这个计划一讲，芷君高兴地满口答应。又是去看亲戚，又是跟老师同行，又有人出路费，真是美差呀！想到能同欧阳老师一起，她不由得心里咚咚直跳。

他们先坐火车到了兰州，再坐汽车到永登；汽车走在半道的一个斜坡上抛锚了。

时正中午，他们就地坐在大客车后背阴的地方吃带来的干粮，在一起的还有一个瘦瘦的三十来岁的高个子青年，年纪不大，却长了不少白发，这是所谓少白头吧。他说他是上海芳香油厂的技术员，请假去石河子看望生病的爷爷。欧阳见他坐在挨晒的地方，就把身上的长袖衬衣脱下来搭在他头上，给他遮阳，自己只穿了个背心。那青年忙说：“谢谢，谢谢。”

这时是一九七九年六月二十九日，芷君刚考完期末最后一科，就跟欧阳匆匆上路，来到了这里。

（九）

他们边吃边交谈着，就在这片刻之间，那大客车，因手刹突然失灵，从坡上快速滑下来。欧阳手疾眼快，一把推开芷君，芷君脱了险，欧阳自己头部却受了重伤，顿时昏了过去，而那个芳香油厂的技术员却被压在车轮下面，没等大家把他救出来，心脏已停止了跳动。

正在修车的司机，一见出了事故，忙从车头旁急奔过来。芷君喊道：“这个人还有气，快送医院！”

芷君在喊叫的同时，突然发现这个司机是他的哥哥——钱文！他不是在南姜县上班吗？怎么在这里开车？她大喊一声：“哥，我是芷君！这人没死，快救他呀！”车上熟悉这一带路况的人急忙说：“三四里外，有个公社医院，你们赶快背他走！”

钱文匆匆背上欧阳，芷君在后面扶着。半个多小时后，他们到了公社医院。

一见来了个重病号，一个护士喊："快！安在四号病床！"

钱文把背上的人放到病床上，才发现，他背的是欧阳钦！

他后悔之极："我怎么把这样一个恨得牙痒的家伙送进医院！？我应该把他摔在地上，摔一次，再摔一次！"

他没有忘记正是他和天玫翻出了那个"变天账"，害得他活成这狗模样！

"谢谢哥哥，帮我救了他，你上班去吧！你的车还停在路上呢。"

"妹子，我帮你把人送到医院，没你事了，你回学校去吧。"

他问清楚了，妹妹是利用暑假去永登看望钱抗美叔叔的。别的他没心情去问了。

钱文给了她五块钱，叫她路上花。他匆匆离开了。

（十）

作为司机，钱文接受了这次重大交通事故的调查。好在他与车老板有约在先，如车因机械事故出了事，由车老板负全责，与司机无关。

这次重大事故，后来经过多次的调查，钱文不承担责任。但他也无法再开黑车，只得离开。

（十一）

那是出发前。

天玫边给欧阳打包边说："有个大学生女秘书作陪，别乐不思蜀哦。早些回来！"

"胡扯什么！趁我不在，你还是赶快多做几件嫁衣吧！抽空回大院把那间新房布置一下。我出差回来就先在我家办！记住叫你爸这个大支书给你开好证明。我妈等着抱孙子呢！"

一句话把天玫脸说红了。但天玫立即反戈一击："这使我想起了易卜生《娜拉》里的另一句话：'人生在世，哪一件是可以受用了不还账的？'你欠我的，我还等你还账呢！"这句话，她也是用英语说的，因为这又是一句很难说出口的私房话。

管他听懂听不懂呢！

欧阳走后，天玫则安心在大石垭一边看书，一边养花、种庄稼。

（十二）

这天，天玫正在玫瑰田里剪枝，一个扛着个大麻袋的人站在远处，大声问："请问大石垭三大队怎么走？"

远远看去，这不是欧阳吗？怎么长高了？明知故问逗我玩呀？

走近才知搞错了。

"哟，班超！你怎么来了？你扛的什么？这么大一个麻袋！"

"玫瑰用的专用化肥。我爸说公社没卖的。我是从县上买回来的，他说你们大队种的玫瑰，自然肥不够。"

"县上？公社到这两小时路程，你扛回来的？"

"没事，百多斤，小菜一碟。快走吧。——要不，你扛上试试。"

他把大麻袋放在天玫肩上，天玫没走几步，讨饶了。他爽朗地扛起大麻袋，健步如飞。天玫一路小跑，把他带回了家。

一到家，他就自来熟地招呼起来："我知道这是石大伯，这是姐夫哥，这是石梅姐。爸说要我走走亲戚，同时买些肥料带回来。"

他还说自己饭量大，如果不主动交粮，会很快把家里大米吃光的，下次来，他还要倒腾一麻袋大米回来。

（十三）

第二天早上，天玫问班超懂英文不。

他说："懂二十六个字母！我呀，是四肢发达，头脑简单，连中文都没学好，就别说洋文了。不过我会的，你肯定不会。"

“你说吧。”

“你会撑竿跳高吗？会举重吗？会跳远吗？会链球吗？会打人吗？”

“打人？”

“拳击呀。”

“都不会。”

“所以你是头脑发达，四肢简单。在这点上，你和欧阳钦倒是蛮般配的。”

（十四）

这时正值整治秋田时节。班超简直像一辆小拖拉机，从早到晚除了喝水吃饭就没停过，他一人干得比三个人还多。傍晚给玫瑰浇水时，他用最大的桶，社员都来看热闹，说石家来了个大力士，一人干三个人的活，一天吃一斗米。

因为家里没那么大的床，就打地铺睡觉。

他听了妈妈杨薪的话，没中断锻炼，没忘记提高运动成绩。他记得‘文化大革命’中教练对他说：“那些运动员天天去造反，最后会变成一堆肉。”他把教练的话尊为圣旨。他们合作得很好。虽然，这时一切体育比赛都停了，但他仍然坚持锻炼。

到石大伯家以后，他早晨五点钟就起床带着大白狗长跑，狗跑累了，回去了；他天天跑到公社再跑回来，不明就里的乡人曰：“天天早晨疯跑，得多吃多少米呀！”

在第十天，他跑到县上，买了一辆半旧飞鸽自行车，找到农机厂，交了相关费用，求老师傅按他要求把自行车改装成一辆残疾人用的轮椅。

第二天一早他又赶到县上把车推回家。路过玫瑰田时，天玫见了，问：“这是干什么用的？”他说：“等一会到家你就知道了，我推你走。”天玫坐上车。他一路小跑，把她往家推。她知道他要干什么了，高兴得直拍巴掌：“好一个班超，你真是有心人呀，简直是天才！

这么莽的一条大汉，心想得比女人还细！”

他一到家就把姐夫扶到车上，推出院子，向大片大片的玫瑰田走去。他说：“姐夫哥，外面多好！有阳光，有玫瑰，有花香。以后叫我姐天天推着你转田坝，这样你要多活五十年！而且，今后你去村小上课再也不用拐杖了，上课，大姐顺带着就把你推去了，放了学，邻近的学生就把你推回来了，这得省多少时间，少受多少罪啊！”

（十五）

班超做事，雷厉风行，想到就做。这件事，使石敢当全家，特别是柴久思夫妇对他非常感激。全家都很喜欢这个大汉。包括他吃饭，他一点也不见外，一碗一碗又一碗，从来不等别人让一下；大家感到这个人一切都非常实在。天玫觉得，他好像和欧阳钦是两种不同类型的人。

她觉得这个班超小哥特别讨人喜欢。

这天，他忽然问天玫，当年藏他爸的石板屋的夹层在哪里？天玫领着他把石板屋的一个老旧的木柜搬开，掀开布帘子，后面就是那个一溜溜宽、七八十公分，刚刚可以坐下一个人的夹层。他爸红军时代在里面藏过，“文化大革命”中又在夹层里面新做的小夹层里藏过，那是为了躲避红卫兵的抓捕。

他拿了一个大锄头，不由分说，一顿饭工夫，就把夹层打了，然后招呼天玫一起对它进行了清理。他说：“早该打掉了，未必还留着它藏人吗？这样房子敞亮了，墙土还可以当肥料。”

奇怪的是，他这样做，没有征求任何人的意见，好像他这样做天经地义，好像他就是这里的主人！

他喜欢说：“该做的就做嘛。”

（十六）

有一次他和天玫到公社去买农药。她买，他背。走进供销社正准备掏钱时，忽然远处有人喊："失火啦，快救人呀！"他们看见二百米开外，有一座房子冒着滚滚的黑烟。这是一座二层木板楼的住家户，楼下是干杂店，楼上住着两个老人。

老人失手把煤油瓶子打翻在蜂窝煤炉子上，整个房子烧了起来，火一下蹿出了窗户，楼道里也满是火和烟。

这时，只见班超以百米冲刺速度冲过去，用三级跳远的姿势，跳过破烂坑洼小街上的积水，用跨栏姿势跨过挡在路上的正在卸货的架架车，然后从一个卖竹竿木板的建材门市部，快速抽出一根长长的粗竹竿，以撑竿跳高的标准姿势，飞进了冒着烟火的二楼，一手夹一个老人，从烟火中把他们救了出来。大家赶忙把两个老人送进了公社医院。他自己的衣服也烧得到处是洞。

买了农药，他扛起就走。天玫说："你背让火燎伤了，我来背吧。"

"不行，这重体力活，怎么能让女孩子做啊？"他非扛不可。

回到家，天玫叫他把上衣脱了，在他被火燎伤的前胸后背一点一点搽上清油。

天玫第一次见识了什么是运动员：那鼓起的胸肌、二头肌和粗壮的双臂。这人真是铁打的啊！

晚饭时，天玫兴致勃勃地大谈特谈班超如何拄着竹竿就飞进了二楼，楼下群众如何发出赞叹的惊呼声，他又如何不顾自身伤痛，和大家一起把两个老人送进公社医院。

可是他说："这时候救人最有效的办法就是跳进二楼。如果等大家用脸盆里的水浇灭楼梯上的火再上去，老人就会窒息，就有生命危险了。再说，我就是干这个的，也可以在天玫面前显摆一下撑竿跳高的本事啊。"

这时公社里传开了，说是那两个老人本是天上星宿下凡，遇到天火，是玉皇大帝派托塔李天王李靖飞来救他们的。

这让天玫知道了。她对班超说：“这下你可是红人了！大家说你是托塔李天王，你老实交代，你究竟是人还是鬼呀？”

班超说：“得，我是螃蟹，一红就死，成了鬼了！”

（十七）

几天后，他对天玫讲：“听欧阳钦说你的英语十分好，我现在正没事，你能每天教我一个小时英语吗？”

柴久思和石梅对此非常支持，鼓励天玫教他。爱学习总是好事嘛。有一次，他们学完英语，天玫说：“欧阳哥这时候到了哪儿了啊，也不来个信。”

班超说：“就是，这个白眼狼，等他回来，非揍他不行。你想他了是不？”

天玫脸红了，她不是“在想他”，而是想得要命！

（十八）

班超来大石埡这么久了，家里还没有做过什么好吃的招待他。这天中午，大姐做了一大锅臊子肉面，说是换换口味，也算是欢迎班超第一次来到大石埡。班超有个生活习惯，成都家里都知道，他从来不吃面食，吃了身上就痒痒，起红斑。可是今天太高兴了，他一个人差不多吃了大半锅面。

下午班超从地里干了三个多小时农活，跑步回家——他永远有使不完的力气！可是还没进家门，他就昏倒在地上了。大家一下围了上来，急得没办法，他像个骡子似的，又大又重，扶都扶不起来。

石敢当在他身旁铺了草垫，把他翻滚到草垫上，天玫给他盖上被子。这时，班超脸上身上已长满了红斑。大家奇怪，他身体这么强壮，怎么会昏倒了呢？

半个小时后，他醒了，但仍然起不来。他喊道：“痒，痒，痒死我了。”他的手上在身上乱抓着。天玫只好在他身上轻轻挠着。

这种病，柴久思好像在哪本书上看到过，但记不确切了。

他叫道：“天玫，快去，把大百科全书拿来!”

柴久思翻到医学篇，一目十行地浏览着，然后对大家说：“大家知道，班超很少吃面食，他说吃多了，身上会起疙瘩，很难受。这是一种过敏性疾病。这书上专门有一节，说这是‘小麦依赖性运动皮肤过敏症’，在吃了大量面食的六个小时之内，如果进行大运动量活动，便会诱发过敏症，身上起红斑，瘙痒，发生潮红荨麻疹，严重的会血压下降，意识丧失，发生昏厥，甚而有生命危险。班超身上的所有症状和他平时的自述，都同这书上说的一样。他中午吃了半锅面条，下午又去地里干了三个多小时重活，又跑步回家，所以激发了这个小麦过敏症。”

天玫急得要命：“那怎么办啊?”

柴久思说：“天玫，快去公社拿点抗过敏的药。他已经醒了，估计不会有大问题。不过，起码得躺个五六天病症才能消失，身体才能恢复，多给他吃点好的吧，但千万别再吃面食!”

（十九）

这个礼拜，天玫成了他的专职护士，给他洗脸、端饭、倒水，无微不至。

班超日渐好转。他对天玫说：“我发过一两次，省医院诊断的，跟姐夫说的一样，说这病，是一种小麦过敏症，但只要人醒了，就没有危险了。肌肉和运动神经的恢复还得几天。姐夫真厉害，什么都知道!”

“哪儿呀。他只会查百科全书，那是现蒸现卖；我要当时去查书，我也能看你的病!”天玫说。

“照这样说，医院都可以歇业了。别忘了，姐夫可是个大学老师!”班超说。

天玫说：“但姐夫不是一般的大学老师，他是一个全能学者，我们一辈子也赶不上！不过，有一条是你这个傻老弟必须记住的：什么是知识？知识就是知道知识在什么地方！我们比你有知识，就是因为我们懂得这句话，明白不?”

此时，班超觉得天玫很伟大，非常崇拜她！她真的可以当自己的老师了，这个可爱的“小嫂子”。

班超病全好了。他对天玫说：“我在你家住院，由你这个美女护士看护了六七天，我会报答你这个白衣天使的!”

天玫说：“算了，少说好听的，还是去帮我多挑几挑粪，先去侍候我们大红袍吧!”

天玫想：“因为欧阳好，他的弟弟才这样好!”

（二十）

欧阳出事的消息传来了。

他和芷君乘坐的客车在兰州城边出了车祸，他当场被轧死了。派出所在他衣服里找到大队给他开的去永登苦水乡的介绍信。当地派出所费尽周折也无法同大石垭大队支书石敢当取得联系。这时正当酷暑，尸体已经在室外放了两天，不能再放了，派出所做主在当地就近火化了，把他的介绍信和一支关勒铭钢笔，同骨灰盒放在一起。然后反复打电话，同南姜县公安局、南姜县政府联系，这才通过公社找到石敢当，说欧阳钦在兰州至永登的路上出了车祸，当即身亡，叫他立即前去领取骨灰盒和遗物。

（二十一）

石敢当听了，只觉得脑壳“嗡”的一声，猛一阵晕眩!

这是天大的事啊!

他是为了给大队买玫瑰苗木才出的事，怎么向欧阳远交代，又怎么对天玫说？天玫正天天忙着准备嫁衣，若知道了，还不疯了?!

石敢当决定此事先保密，对谁也不说，一个人直奔永登。

他领回写着“欧阳钦”三个字的骨灰盒、那张介绍信和钢笔，直接到了省委大院。

对这突如其来意外的打击，欧阳远尚能沉住气，但杨薪一见儿子的骨灰盒，立时昏过去了。

欧阳远给公社打电话，请他们转告班超和天玫立即回家，说有重要事情，特别嘱咐，要天玫一定一同回来。

他们知道这对天玫意味着什么。

天玫回到欧阳家，看到骨灰盒，大滴大滴的泪水，泉涌而出。她猛然扑在上面说：“欧阳哥，这是怎么回事啊！你怎么丢下我不管了啊！”她扑倒在床上，大声哭了起来。

晚饭后，她对班超说：“请你帮我买两段大红绸，一对大红烛，行吗？”

班超一言不发，一一把它们买了回来。

第二天上午，在欧阳钦房间，她对欧阳远一家说：“可以让我单独同欧阳哥待一会吗？”

他们去了各自的房间。

天玫把欧阳钦的照片放到桌子上面，把骨灰盒从客厅拿进室内，放在书桌上，按家乡婚礼风俗，把长长的两根大红烛插在两碗大米里，放在骨灰盒两边，把红绸子绕在大红烛上，然后跪倒在欧阳钦的照片前，流着眼泪，慢慢地细声说：“欧阳哥，你记得吗？我们约定，以后老了，再也不分开，一起在大石垭当花农，养花，教书。你说，等你出差回来我们就结婚。就是在这个房子里，我们现在就对拜了，我就是你的妻子了，我就嫁给你了！”

她匍匐下身子，头叩在地上，久久不抬起。传出来的是一阵又一阵哭声。

杨薪怕她一个人在屋里出事，早已悄悄推开门。她听见了天玫说的一切。

天玫要回去。杨薪不放。她说：“孩子，你的话，我都听见了。今后，你就住在欧阳这里。你就是我们的好女儿！”

她非要走。班超说：“天玫，我送你回去。欧阳走了，还有我，我一定要保护你，这也是我对哥哥应尽的责任！我必须同你一起回去，我可是一个强劳力，可以做任何农活和家务事，你什么也不用做；不是说我们办学，我还要教体育吗？”

（二十二）

在长途客车上，班超处处细心照顾着她，给她买饭，买水果。稍一有风，他就把他的大运动服给她披上。

她是他最好的“嫂子”！深刻的同情心可以使人产生巨大的亲情。

他们回到了家。班超说到做到，他在家里砍猪草，喂猪，做饭。本来是天玫要做的，他都承包了。每天早晨，天玫教他学英语，这是他唯一休息的时候。天玫还从书架上取下《唐诗三百首》讲给他听。他有时就讲他们运动队的生活和种种趣事，这可是天玫绝对不知道的。天玫明白，他是尽力想让她从悲痛中解脱出来。

她从心底里感激好心的班超！

到了晚上，她常常想起欧阳的一切，就尽情让泪水打湿枕头！

村里人很快就传开了，说欧阳扔下天玫，回不来了。

但是欧阳钦还有个大个子弟弟呀！

善良的村民们对他们都充满了善意的祈福，因为他们对这个大个子都有非常良好的印象。这倒引起了石敢当的注意。他同柴久思商量，不能让天玫再这样悲痛下去，要班超多同天玫相处，引天玫从悲苦中走出来，这不失为一个办法。

事实上，班超已经这样做了。他处处关心天玫，照顾天玫，对天玫言听计从；而天玫在班超面前却常使性子，发脾气，把失去欧阳的压抑和烦躁发泄在他身上——只有在最亲密的人那里才会这样。

但是，车祸中死去的并不是欧阳。

（二十三）

那时的医院，在“救死扶伤，发扬革命的人道主义”这点上是相当认真的。但他们还是把购花苗、种子的钱全押在医院了。医院听说伤者是个大学外文系的教师，格外尽力。欧阳钦已经昏迷了三天三夜，芷君一步也没离开他；医生嘱咐她，可以给他喂点流食，在他耳边唱唱歌，说说话，以恢复他的知觉，唤他苏醒。芷君尽力周到地服侍他，天天把他的脸和手洗得干干净净的。有时候，她默默专注地看着这个男子，她尊敬的老师，发现他身体健壮，面容清癯俊朗，是一个很漂亮的男生。她以前在教室看着他讲课，从来没有注意这一点。她轻轻地给他唱歌，讲书本上学过的寓言故事。

她觉得，他一定在听，要不，他怎么会那么安静和专心啊。

（二十四）

在这个病室里，还有一个十七岁的名叫汝成的中学生，胖乎乎的，本是从兰州去永登的，却被拉进了这辆车。

他因急性哮喘发作，引发心肺系统急症而住院，有时还要使用氧器机吸氧。他说他爸是庆阳公安局的头头，如果知道他住院一定会来看他。因为没有人护理，芷君成了他的义务护工，给他端洗脸水、打饭、洗碗，甚至有几次还给他倒过便盆。

这个叫汝成的小男生千恩万谢地对芷君说：“姐，我现在落难了，没办法感谢和报答你，但我爸可以，他可以招你当警察，你愿意吗？”

“我成分高，也可以吗？”

“我说行就行！”汝成斩钉截铁。

芷君并不把这个小屁孩的话放在心上。

有一次，汝成从医院院子外面回来，手里拿着枝玫瑰花，回到病室，把它插到口杯里，放在欧阳床头。芷君忙取过来，闻着说：“好香啊！”

汝成说："芷君姐，你是没见过真正高级的玫瑰花呢。我住在庆阳，但我老家是永登县的苦水乡，那里产一种玫瑰，花型特别好，又特别香，在全国都很有名，叫苦水玫瑰。我们家祖祖辈辈都是花农。全国好多食品厂都到我们苦水乡买花，用来做点心，做茶。我爸说老家人笨得很，那么好的东西，不晓得自己本地办个茶厂，办个食品厂，赚大钱，只晓得卖些花给别人，大钱让别人赚了。但是，就是这些花，在困难年间去外地换粮食，使乡亲们渡过了难关。哪年哪月，我能带你去我家看看，真个让你美死！"

真奇了怪了，怎么又碰见一个永登的。

（二十五）

医护人员莫不为这个女生的行为所感动。这个病人昏迷不醒，却有这样一位美丽的安琪儿，如此的柔情、温和、尽心，就像一首悠扬的小夜曲。小女生对这个陌生男子的无私的爱和救助，感动了医护人员，感动了病友。

（二十六）

钱文累死累活，忙了一天，躺在破旧的土炕上，好像有一条毒蛇在啃噬着他的心：自己堂堂一个县政府干部，却流落在这私车上，当这么个私车司机，像龟儿子一样，低三下四地拉客人上车，为的是多卖几张票，多分点回扣。他又想到妹妹竟然把自己甩到一边，只顾去救欧阳钦，未必她成了他的女朋友？他绝对不允许这种事情发生！

出乎意料的境遇改变了钱文的性格和世界观。之前，他在技校读杰克·伦敦的《海狼》，在寝室大批特批海狼赖生奉行的丛林法则和极端个人主义。他反感赖生的人生观，什么"活着的狗比死了的狮子强"，什么"生命要不是对自己，就毫无价值可言"。钱文认为，虽然赖生无情的坦白和对自己的披露，也是在披露那些寄生于道德旗帜之下的"真君子"；海狼对自己无耻的揭露，也是对那个社会的狼性的报复。但他的人生观是残暴的利己主义，与社会主义集体主义的价值观相悖离，为我们所不齿。

海狼赖生觉得，要活下去，就得施行这种丛林法则。现在的钱文，反而认可了海狼赖生的生存哲学：“人是天生的赌徒！生命就是他下的最大的赌注！”他见到了欧阳钦，赖生的狼性噬咬着他的灵与肉！他要对这个偷翻他的日记，“发现”了他的所谓变天账而使他下了地狱的欧阳钦施以最残酷的报复！

所谓无毒不丈夫；所谓一不做二不休；所谓怒从心头起，恶向胆边生。钱文决定了！

他又来到那个医院所在的镇上，胡乱找了个小旅馆住下。

钱文在欧阳住院时已按医生说的把欧阳放在四床。

他趁夜色悄悄疾步来到那个医院。

钱文换上了一件白大褂，戴上口罩，装作医生，神不知鬼不觉地拔掉了正给四号床病人，就是欧阳钦，输氧保命的气管子。

但就在他转身的一瞬，他突然清醒过来：“我这是杀人呀！欧阳害我，罪不当死；但我害死他，也就必死无疑了。这太愚蠢了！我还有一个妹妹需要照顾，不能与他同归于尽！”他急步返回，以最快的动作粗暴地把氧气管插进欧阳钦的鼻孔里。只听四号床位上发出了一阵急促的呛咳声。钱文一不小心，在房门口，撞在一个床边挂吊瓶的架子上，把眼镜撞掉到地上。他来不及捡起眼镜，匆忙逃离了。

他又神不知鬼不觉地溜出了医院。

病友奇怪：这个医生怎么拔掉了这个病人维持生命的管子呢？又怎么马上又接上了呢？

睡在走廊长条椅上的芷君听见室内有人呼救，急忙奔过去，一看是四床病人发生喷呛，立刻请医生抢救。

（二十七）

第二天上午，四号床病人汝成的病情突然转急。医生用手按压他的胸部，同时说：“快，人工呼吸，用嘴！”

芷君想也没想就俯身下去，在医生指导下，一口一口地做人工呼吸。汝成活过来了。

（二十八）

那一边，在医护人员和芷君的精心照料下，欧阳钦的身体恢复得很快，渐渐手能动了，脚能动了，腿能动了。接着，医生宣布他的各项生理指标已接近正常；但他的记忆恐怕很难恢复了，就是他醒来，他的智力大概也只相当于一个十岁的小男孩。医生详细向芷君说明了欧阳的病情和相关知识，说这属于创伤性失忆症（Amnesia）。创伤有可能导致全盘性失忆，指个人完全忘记自己的所有经历、信息，包括姓名、地址等；也可能导致局部性失忆和选择性失忆，即对创伤事件发生前后数小时内的情况，或对某段时期发生的事情，选择性地忘记一些。对病人的看护将对复原起决定性作用，如多陪病人活动，多作全身，特别是脑部按摩等。

他能走路了，但就是不能说话。芷君谨遵医嘱，悉心地看护他，帮他复原。她相信，奇迹一定能出现。

（二十九）

她经常领着这个身体健硕的大男生散步，一遍又一遍教他说话，教他念毛主席诗词。

有时，她还给他唱家乡民歌。有一次，他们坐在医院院子里的木椅子上休息，她突然听到一个声音："天玫。"

周围没人呀！是他说的！他能说话了！她叫道："你再说一遍！"他缓缓地吐出两个字："天玫！"

她马上找到医生。但医生说，这大概是一个人的名字。欧阳这是全盘性失忆，他已经很难全部恢复记忆，他昏过去的时间太长了。某些印象非常深的词，他可能会下意识地说出来，但这并不等于他记起了这个人和他们之间发生的事。现在最好的办法是，你就当这个"天玫”，慢慢引导他，从“天玫”这个名字打开口子，扩大他的记忆范围。

为了救活他，复原他，她什么都愿意做。医院不能久住。她只知道老师是带着介绍信的，上面应该有单位、地址。但她怎么也找不到这张介绍信。她没办法把他送回他自己的家，而把他送回学校，交给公家，又是她绝对不放心的。他需要像在医院时的那种个别悉心护理，这是医生说的。她绝不能把这个救命恩人推给公家，她不放心。她要陪护他到能说能走，再送回学校。最好的选择是把他接回自己家，那个龙泉山里山坡上破烂的旧居。父母早年去世，她想得到哥哥的支持。但她不知道哥哥现在何方，她联系不上他。

到了家，她又听见欧阳钦在喊“天玫”。

于是她对他说：“我就是天玫，有话你可以对我说。”

慢慢地，他可以说更多的词了。

“天玫，我要喝水。”

“天玫，我饿了。”

“天玫，我要听你讲故事。”

他的体力已全部恢复了。他会做很多力气活。奇怪的是，过去的事，他什么也记不得了，但现在教他的，他一学就会。他会生蜂窝煤炉子了，会烧开水了，会洗衣服了，会上房修补屋漏了，他甚至会修理家里哥哥那辆破旧自行车，能骑上街打酱油了。他成了她的帮手，他成了《鲁滨逊漂流记》里的礼拜五，她的奴仆和同伴。

她故意什么也不做，当大小姐，支使他洗衣、做饭，甚至给她盛饭，叫他干啥他干啥，而且干得很好。她想，也许在这种劳作的锻炼中他会回忆起什么。

有时为了奖励他，她买回几两杂糖，就像喂小狗小猫那样，表现好了，就给他一块。这时欧阳就非常高兴。他会说：“天玫，我还要。”有时竟抱着她的腰，把她举起来，不给不松手。

一个“十岁男孩”，把她当姐，当妈，当主人；他依赖她，亲近她，离不开她。

渐渐地，她对这个硕大的“十岁男孩”产生了由衷的爱意。

试想，一个青年精壮男子，却处处表现出一个十岁孩子的那种天真可爱，这对一个情窦初开的少女，是一种什么感觉啊？她有时候想，他要是一个正常的大哥哥该多好啊！她需要的是一个正常青年男子的爱，而不是当一个十岁男孩的女主人。

但她很喜欢这个男生，他的依赖，他的天真，他的无邪，他的健康，甚至他的胡子，都引起她的好感，都吸引着她。因为她很清楚，他其实并不是一个十岁男孩子！他是她倾慕的老师，一个大不了她几岁的同龄人。

有时，她看着欧阳，回忆起他们的相处和他的勇敢，就不禁想起《红与黑》中那个疯狂爱恋于连的马特尔的话："我爱他的面貌，它代表着一个伟大的灵魂和突出的性格。"

她想到马特尔这句话，脸却先红了。

（三十）

那个在车祸中去世的青年的父亲吕涛，是上海芳香油厂的工程师。儿子去石河子探望老人，假期已满，按说该回来了。他给石河子的爷爷家去信询问，回信说，吕近根本没来。于是吕涛向工厂请了假，开始了大海捞针似的查找。他决心从上海到石河子的大小火车停靠站和汽车站开始一一查起。先到了石河子，又到了乌鲁木齐，然后又到了兰州。在兰州的一个小旅馆里听一个阿姨讲，一个月前，在城外出了一场车祸，轧死了一个男人，是四川的一个大学老师，骨灰已被领走了。他赶到当地派出所，询问了死者的特征，觉得同儿子十分相似。这样，他又赶到四川。他找到欧阳钦的同事，问欧阳钦多大岁数，有多高。从年龄、身高和头上有无白发可以判断，这个死去的男子不是欧阳钦，很可能是自己的儿子吕近。

他找到了欧阳钦的家，说明了缘由，问，从兰州领回骨灰盒时可有什么遗物？杨薪回答，有一支钢笔，一张介绍信，这两件遗物被他的女朋友天玫作为纪念，取走了。

（三十一）

吕涛记得很清楚，吕近带走的钢笔是关勒铭牌的，在笔尖上有“关勒铭”三个字。关勒铭是和派克齐名的著名钢笔品牌，是上海的名牌之一。当时时兴买新笔时在笔杆上刻字作纪念，他记得买笔时，他请人刻的是“上海解放十周年纪念”。

只有看到这两件遗物，他才能确定，这个出事死去的男子究竟是不是自己儿子。

（三十二）

根据杨薪提供的地址，他找到了天玫。天玫立刻取出那两件遗物。

吕涛一下懵了，那支钢笔就是吕近的！那么，那个死去的男子，果真不是欧阳钦而是吕近吗?

全家人围坐在一起。石敢当说：“骨灰盒和介绍信是一起送回来的。介绍信是我写的，这是不会错的，老吕同志，你再找找，你儿子还活着，多半是走散了，说不定你回上海，儿子在家等你呢。”

天玫对久思说：“姐夫，有没有其他可能呢?”

读遍了福尔摩斯的柴久思以肯定的语气回答：“有多种可能。青年同伴一直有互赠纪念品的习惯，一种可能是你儿子吕近把自己心爱的东西作为礼品送给了欧阳钦，这两样东西就作为欧阳钦的遗物送回来了。因为在此之前，我们从来没有见过这支笔。”

天玫抢着说：“还有一种可能，这个死去的人不是欧阳，而是关勒铭的所有者。现在没办法解释的是：假设如此，那么介绍信又是怎么回事呢？他身上怎么会有欧阳的出差介绍信?”

“福尔摩斯”说：“老吕听兰州当地人说，当时车下有三个人，只死了一个，还有一个女生。我们如果找到这两个人中的一个，问题就清楚了。”

顿开茅塞。他们一下有了希望：那个死去的亲人可能还活着！

但是，人海茫茫，怎么才能找到这两个青年呢？他们清楚，这两个人中有一个是女生，那么，那个男生不是吕近就是欧阳。

这时只听“福尔摩斯”说道：“这个女生如果是与欧阳同行的那个学生钱芷君，这个谜就解开了！”

石敢当说：“这事还是要找欧阳他爸。他们也企盼出现奇迹，希望欧阳还活着啊！”

（三十三）

欧阳远立即给他的老通讯员，现任兰州公安局副局长打了电话，又给其他地区的老战友、老部下通报了此事，望协助查找。

一个“省督大案”在四面八方铺开了。

欧阳远的这些老同事，办起这事来劲头十足。他们手下那些“爪爪牙牙”，更是不遗余力。

未出十天，那个女学生被找出来了。第二天，欧阳钦和芷君还没吃早饭，敲门进来了两个公安，其中一个自报是公安局局长，说她匿藏了一个重要通缉犯，必须立即押解成都，在半小时内做好准备，她本人必须立即同行，接受调查。

这位局长雷厉风行，直接把欧阳钦和芷君带到省委大院，干脆利落地向欧阳远行了个军礼：“老首长，人我给你带回来了！”

好像他真的是押送了两个犯人回来。

欧阳远和杨薪一见欧阳钦还活着，几乎同时扑过去，紧紧抱住他。杨薪高兴地流着泪说：“你还活着呀！这么长时间，你怎么也不跟家里联系一下啊！”

欧阳钦愣在那里，毫无表情，推开他们，过去拉着芷君的手臂说：“他们是谁呀？他们怎么了？”说着直往她身后躲。

芷君把所发生的一切，从头到尾讲了一遍。

欧阳远和杨薪对这个清秀美丽、温文尔雅的小姑娘充满了感谢，一再谢谢她和她的哥哥把欧阳送进医院，谢谢她从他入院一直到现在守护着他，使他身体得到复原。

他们第二天把他送进最好的医院，找到最权威的医学教授替欧阳作了最彻底的检查。教授说："原医院诊断正确，生理指标一切正常，身体健康，智力处在九岁至十岁阶段。记忆功能要慢慢恢复，现代医学没有办法使他立即恢复记忆；预后效果，家庭护理至关重要。小姑娘原来的方法行之有效，要继续下去。"

（三十四）

欧阳远和杨薪知道怎么做了。他们必须留住芷君。他们对芷君说，现在还没开学，开了学，他们代她请假。

芷君回答很真实，很动情。她说："他救了我的命。他是为救我才伤成这样的。你们放心，我不会丢开他不管的，我要永远照顾他！"

她知道：她这个天玫是假的，还有一个真的啊，这个真的是谁呢？

两个天玫！可怎么办啊？所有人都这样想！

杨薪想，要找个适当的时间，用适当的方式，告诉芷君。因为芷君也一直问："他伤后开口说话，头两个字，就是'天玫'，这个天玫是谁啊？我一直冒充，这合适吗？天玫是她妹妹，还是她女朋友？"

按医生的嘱咐，这个"天玫"，她还得当下去，他已经开始能记起更多的事了。比如，有一次，他说，他要花。问他要什么花，他说玫瑰。杨薪明白，这个玫瑰，对他来说，是记忆恢复的一个进步。芷君必须继续下去，再说，她也离不开他了，他们之间，已有了一种自然而然的亲情，杨薪看得出来。

吕涛领走自己儿子的骨灰盒，回了上海。在吕涛回上海之前，为了分散老人的悲戚，芷君陪着老人看了成都的名胜古迹，尽量安慰老人，让他从悲痛中解脱出来。这使这位老工程师很感动。在火车站送别时，老工程师一再叮嘱她今后有机会来上海，一定要到他家里来。

（三十五）

这天晚饭后，欧阳远和杨薪向芷君细谈了关于欧阳钦的一切，关于这个叫天玫的人的一切：欧阳钦和天玫是恋爱关系，天玫是他最心爱的人，所以他第一个想起的就是“天玫”这两个字。

杨薪实在不忍心对这个善良可爱的小姑娘说起欧阳和天玫的关系，但这又是芷君最想知道的。

芷君想起她同欧阳相处的日日夜夜，那些难忘的细节，一幕幕在眼前演过。

芷君哭了，大滴的泪水无声地顺着脸庞流了下来。

她说，等欧阳钦老师治好，她就回去。她不愿耽误学习。

但她又说，她想跟欧阳钦一起去大石垭，也许他见了天玫，记忆会很快恢复过来。

杨薪对欧阳远说：“这样也好，就叫班超来送一下吧。”

班超半个月没回家了。为了不影响班超学习和训练，芷君和欧阳回家这事，家里一直没通知他。

班超一进门，先看到了芷君。最吃惊的是芷君，她几乎是惊叫了一声：“班超！怎么是你啊，你是欧阳老师的弟弟？”

原来他们是熟人。

（三十六）

那是知青岁月，他们同时落户到云南德宏一个知青点。当时他们在村里的一个农民自办的小学里教学生识字、做算术，班超教体育，芷君还教孩子们唱歌。他们俩在知青点互相照顾，关系最好。

一九七六年，最后一届工农兵大学生开始招生，招生的办法是推荐加文化考试。

他们同时投入了积极紧张的备考之中。

那一天，芷君永远忘不了。

放了学，芷君正在整理桌椅，班超一步跨进教室，兴高采烈地对芷君说："今年推荐上大学的名额下来了。咱们知青点有一个名额，由当地推荐上大学，当工农兵学员，学制三年，我已入选了。你这个小丫头可能永远留在这里，不过，当个准民办小学教师，也很光荣不是?"

芷君吃了一惊，回过神来，大声说："离开这儿，你就那么得意?当时是你自己要求来教体育的，现在又急着回去。把我们甩开，就那么高兴，至于吗?"

芷君真的生气了。

班超仍然兴致勃勃："谁不想上大学呀！在这儿待一辈子呀？过两天，就再见了，说不定就永别了！我宣布本校体育课停课！"

芷君由惊诧，而一下恼怒起来，平时轻言轻语，温文尔雅，现在突然发作，说的话连珠炮式地向班超扫射过来："你走你的阳关道，我走我的独木桥，从此别过，再也不想见你！你发达你的，凭什么磨子里长牙，咬我几口！你一走，体育课就停止？简直是城隍庙里拉二胡——鬼扯！离开张屠户，我们也吃不了混毛猪，肯信离开你这块云彩就不下雨了！有公鸡叫天明，没公鸡叫照样天明！你走你的！我们一样上好体育课！把学校办得更好！"

她越说越快，说着说着，竟哭了起来。

可真实情况是，当时他们公社分了一个指标，名额落在他们这个知青点上。上面的意思是，把这个名额给班超，认为照顾一下烈士子女是应该的。但是班超断然拒绝了上面的这个好意。

班超义正词严地说："知青里的三好学生是芷君，她做的工分抵得上一个男全劳，又虚心接受贫下中农再教育。再说，她出身剥削阶级家庭，思想包袱重，我和她在一起，她有时感到没前途，很自卑。我就一直在想，大家相处，一定要让她感到在咱们知青点，没有歧视！事实上，她以自己的表现，证明她是好样的，值得我们尊重！上大学，应该她去！"

大家议了议，谁不想走，但他们还是觉得最肯吃苦，大家印象最好的芷君应该去，他们同意班超这个意见。何况，上面的意思是照顾烈士子女，别人愿意让，大家凭什么不赞成？

上面同意了，而且说，班超不愧是革命烈士的后代，有水平！

大队叫班超把这个好消息告诉芷君。

但他却在芷君面前演出了刚才那么一出闹剧，班超被骂得落荒而逃。

（三十七）

他赶紧回来向支书汇报，说大事不好，惹祸了。

老支书一语道破："傻大个！她这样动气，是因为你要离开她，她这是舍不得你走哟！"

知青点的几个同学也说："老支书果然是老江湖，言之有理。这是她对你真实感情的流露。"

老支书亲自出马，找到芷君，经老支书一说，她不好意思地笑了。但芷君说："还是让班超去吧，他比我大好几岁，应该先去。我以后还有机会；再说我也不想离开小学，离开大家。"

（三十八）

晚上，班超喊芷君出去，向她道歉，说不该拿这么大的事逗她；还说，是他先提议的，大家从善如流，跟着投了赞成票。

芷君答道："你一会这样说，一会那样说，狗掀门帘子——全仗你那张嘴！你把你说得那么好，谁信啊！"

"你不信我，该信老支书吧？真的，你必须去，上面要求马上要填报名单。老支书可是这里的'土皇帝'，他盖个章，你大学就上定了！"

芷君对事情的来龙去脉已经清清楚楚。她第一个感谢的就是班超，他是把她放在第一位的，对自己非常真挚，是值得信赖的！她看着班超纯净真诚的眸子，心一阵乱跳。

他们在田埂上坐下来，望着朦胧的月亮，轻言细语地交谈着。芷君担心的是，她走了，音乐课怎么办。班超只顾陷于芷君马上要去上大学的兴奋中，前言不搭后语地胡乱作答：“音乐像体育一样，又不是主课，停了便是。不说这些了，你给我唱个歌吧。”

芷君爽快地答道：“好吧。我给你唱一个我们家乡的民歌《节气歌》吧。”说罢唱了起来：

小草新芽是春分，妹对哥哥动春心。
清明蜜蜂采花蕊，鸟儿成双又成对。
大田栽秧排成队，小郎挨着小幺妹。
收割送妹桃成双，又大又甜水汪汪。
中秋天上弯月亮，想着哥哥入梦乡。
重阳家家谷满仓，妹和哥哥配鸳鸯。
腊月红灯挂门上，妹和哥哥进洞房。

班超从不知道民间小曲是如此悦耳，如此动人心扉！他由衷地直夸：“唱得好，真好听！”

（三十九）

芷君离开学校时，全体学生都来欢送。

所有的男生都笑着喊：“老师再见！”

所有的女生都哭着喊：“老师别走！”

芷君眼眶湿了，她说：“同学们，我忘不了你们，你们也不要忘了老师啊！记着这八个字：好好学习，天天向上！”

（四十）

后来班超参加一九七七年高考，被体育学院录取了。

但返城后，两人各忙各的，班超不愿上赶着去主动联系芷君，芷君给德宏去信，三四封信都被盖了“查无此人”印章被退回，他们也就中断了联系。

班超接到这个任务——陪他们一同去大石垭，真是意外的惊喜。

（四十一）

石敢当在公社接到欧阳远的电话，约好了时间，他们到县上接人。

欧阳钦活着，而且要回来了，这对天玫就像晴天霹雳。

在从县上回来的路上芷君把事情的前前后后讲了一遍。

天玫这才明白为什么欧阳见她爱理不理的，也不招呼任何人，总是挽着芷君的手臂不放。对他们的欢欣与热情，他只是礼貌地微笑一下，点点脑壳。

到了家，芷君当着大家的面，对欧阳训话：“欧阳，站好，你听着，她才是天玫，我不叫天玫，我叫芷君，是你的学生，听到没有？以后不准叫我天玫，只准叫我芷君，听见没有？这是石大伯，这是姐姐、姐夫。如果你不听话，还乱叫，我可对你不客气了，听见没有？”

欧阳说：“听见了，天玫。我想出去看看，你陪我去好不好？”

天玫忙说：“芷君，先别急。这个天玫你还是当着，事情要慢慢来，你别对他太厉害了。”

芷君说：“不厉害不行，他可调皮了。但他很能干，不管什么活，一学就会。你们对他不用客气，有什么活，支使他干就是。医生说过，这等于是大脑体操，可以帮助他恢复记忆。你们不是说，他过去常在玫瑰田地劳动吗？他也问我要过玫瑰花，他可能对这片玫瑰花还有记忆。天玫姐，我们试试吧，他有的是力气，叫他干啥，他就干啥，可听话了！”芷君接着讲：“医生告诉我关于失忆症患者的智力训练方法，大家都要照着做。一、常识的训练：所谓的‘常识’，有相当的内容属于欧阳曾经知道的、储存在记忆库里的东西，伴随病情加重而不断丢失。如果能经常将这些内容提取、再储存，遗忘速度会大大减慢。二、社会适应能力训练：尽可能地让他多了解外部的信息，不要使其处于封闭的生活环境，鼓励与他人的接触交流。三、分析和综合能力训练：经常让他对一些图片、实物、单词作归纳和分类。四、理解和表达能力训练：给他讲述一些往事，讲完后可以提一些问题让他回答。五、数字概念和计算能力的训练：抽象的数字概念对于文化程度较低的老年人而言理解尚且困难，更何况有认知障碍的病人？但在生活中处处存在数字概念和计算，只要我们留意，可以有许多让他锻炼的机会。你们——特别是天玫，听懂没有？”

长时间护理欧阳，她已经俨然是个专家了。她讲得是那样认真和专业，天玫他们听着，心里泛起一种衷心的感动和感激。大家连连感谢她，并决心同她一起好好看护他，给他以最好的治疗。

晚上，久思对石梅说：“从十九世纪中叶开始，关于创伤性失忆症的例子在西方文学中开始多起来了。其中一个最著名的例子是查尔斯·狄更斯在一八九六年出版的《双城记》。书中描述莫奈特医生被关进巴士底狱十八年，但是他一度完全不记得这段痛苦经历。这事有点麻烦。欧阳钦救了芷君，芷君也救了欧阳，他们彼此都有恩情。两个人相处这么久，欧阳虽然并无情感上的感知，但在亲情上，已对她形成强烈依赖，一旦欧阳恢复正常，这种亲情很容易自然地会转化为青年人必有的那种感情。至于芷君，你没看出来吗？这个刚过青春期的小姑娘，起初是报恩，是救他，但时间长了，已经对他有了朦胧的爱。这孩子很懂事，识大体，但事实是，她已经离不开他了。”

石梅答道：“那怎么办？是不是劝她回学校去，欧阳交天玫照顾？”

久思皱着眉头说：“这样做，我们就太狠心了！这显然对芷君不公平。而且欧阳现在还离不开她。欧阳的身体也还得靠她慢慢引导来恢复。她现在肯定还不能走。”久思想了想，说：“你叫班超来，我有事找他。”

（四十二）

班超匆匆进来：“姐夫，您什么国家大事，连夜召我进宫呀？”

久思把现在的现实情况给他说了，问他有什么办法没有。他说：“我头脑简单，四肢发达，你们都不知道怎么办，还用问我啊？”

久思诚恳地说：“听着，大个子，这样，现在是要设法让欧阳跟天玫多单独相处；芷君那儿也不能慢待，你要像对待贵宾、对待亲妹子那样对待她，带她单独出去劳动或到处看看。总之，你们要单独活动，让欧阳自然地渐渐能离开她，把注意力转到天玫身上。”

“不行，不行，这个任务我完成不了。让我有意去接近一个女孩子，我不会，我做不了。”

“这可是救你哥呀。你不是觉得天玫好吗？这也是救天玫呀！你真的脑壳上有包啊！你把芷君当亲妹妹就行了！你们又不是不认识……”

“好吧，我遵命就是，试试看吧。”

（四十三）

一个伟大的实验开始了。

天玫带欧阳去玫瑰田。他不走，他要等芷君。天玫说：“她给你买杂糖去了，你要听话，回家给你吃杂糖。”

天玫带他去他曾经常去劳动的地方，那大片大片、满山遍野的玫瑰田。天玫耐心地说：“你记得吗？你给它们剪过枝，浇过粪。”

“没有呀，我从来没见过这么好看的地方……”

她把他引下了山坡，去他们游过泳的那个大池塘。在下坡的时候，他摔了一跤，把脸碰破了。天玫用手绢帮他包上。到了塘边，问他：“欧阳，你记得你在这里洗过澡、游过泳吗？”

他看见塘水，很高兴，在塘边洗了洗脚，但对她的问话全无知觉，只是说：“我要回去，拉天玫一起来玩。”

回到家，芷君第一眼就看见他的脸擦破了。她好像很生气，对天玫说：“怎么回事啊？才离开我多大一会，把他脸都碰破了，这样我怎么放心啊！”

欧阳见了芷君，几步奔过去，亲昵地向她要杂糖。芷君对他说：“走，咱们去买。”欧阳像条小狗，乖乖地跟她走了。一边走，一边踢着地上的石子。

但天玫并不气馁。她有信心，让他慢慢想起过去。

天玫从他的兴趣和生活习惯出发，带他去捉青蛙、塘边戏水、修枝剪花、做农活、做家务，让他慢慢亲近自己。

（四十四）

那边班超也没歇着。他要让芷君有兴趣跟他在一起，并不停地转移她的注意中心。

芷君首先对他的身高很感兴趣。她在大学里见了很多很多的人，但从来没见过这么高的。她说："我刚过一米六五，在我们乡里，就算高的了，比你整整低了二十多公分。"

班超说："我在德宏知青点就这么高，你没见过呀？你看我像个怪物是吧。我干的这一行，就要这么高。我们做运动员，可受罪了。十一岁就去了体校，先是练体操、短跑，谁知越长越高，后来又练篮球，最后被撑竿跳高教练看上了。我给你做几个体操动作吧！"

班超像要猴一样，先来了个空手翻。这可把芷君吓了一跳，一米八九的大个子，空手翻！接着他又来了个大劈叉。这使她更是惊异莫名，只顾"哎呀，哎呀！"说不出话来。她在戏台上见过这种动作，但那是演员，而且都是个子小小的。他这么高！班超若无其事地说："不是给你说过吗，我十几岁入体校最先学的就是体操，翻跟头劈叉都是最一般的基本功。当时，我们的腿硬是让老师给掰开的、压软的。你才十七八岁，练劈叉还来得及，但空手翻可不敢练了！"

"我没说我要练呀！"

"你忘了你是舞蹈队的？会跳舞，基本功劈叉总会吧？"

"练过一下。"

"试试看，标准不？"

她劈了个叉。

"可以打七十五点三四五六分。"

"打那么低呀？"

"两腿劈成一条线，而且双腿要紧贴地面，师父再给你做一遍。"他自得其乐地做了一遍又一遍。

他天天晨练时带她长跑，常把她跑得蹲在地上起不来。

（四十五）

天玫这边，常支使欧阳去给花浇水，上肥。没话说，这是两个全劳力。

但在班超这边，每过一两个小时，芷君就不耐烦了："不行，我得去看看欧阳老师，我不在，别出什么事。"

班超只好跟她回去。

天玫用英语跟大姐石梅对话。有一次，欧阳在旁边突然说："你们在说英语，是不是?"天玫忙答道："是，是，你也会的。"她用英语说出一个一个单词，他能马上回答出来："你说的是花、草、水、吃、喝。"

两个"天玫"都高兴无比。芷君说："天玫，你真行——他能懂英语了。这样他会一点儿一点儿地恢复记忆的。"

姐夫柴久思说："他的机械性记忆在恢复，形象记忆恢复就快了，接着就是感情记忆。天玫，加油！芷君，加油！"

天玫按照姐夫的指点，天天对欧阳从后背脊推到脑干，进行强刺激按摩，常常大汗淋漓；到了晚上，又给他用热水洗脚，进行脚底按摩。

芷君看着这一切，很感动。她不是在侍候病人，是在侍候丈夫啊！

她心里产生了一种说不出的什么滋味，也许是妒忌吧，是不安吧，是害怕吧。

她好像眼睁睁地看属于自己的一件心爱的宝贝被别人平白无故地掠走了。

欧阳仍然时时跟着她，离不开她。但她看得出来，他同天玫姐相处，已经从陌生变得自然，变得适意，变得快乐，甚而变得亲切了。

（四十六）

天玫继续按照天下第一名医姐夫久思的指点，进行着治疗一个失忆者的伟大实验。

这天早上，天玫突然对欧阳大喊一声：“喂，花蝴蝶！”

欧阳猛一回头：“你喊我？你怎么骂人啊！”

天玫暗中为之一喜：他回忆起了花蝴蝶，就是说，他忆起了《三侠五义》这本书中花蝴蝶这个角色的故事。

她把欧阳带到他们第一次相识的地方，对他说：“你第一次到大石垭来，就是在这里认识我的。你采了一枝玫瑰，我喊你是花蝴蝶。”

他说：“不记得了！但我好像给玫瑰上过肥，浇过水——这是什么时候的事啊？”

她天天坚持给他做头部按摩和脚底按摩。

欧阳对他生活在这里的细节，记起来的，越来越多了。

有一次晚饭后，他无师自通，自言自语道：“你是大天玫，你是小天玫，两个天玫。噢，你才是天玫！”他指着天玫说。

芷君忙说：“对呀，对呀！她叫天玫，我叫芷君。”

“好吧，那我以后就叫你芷君了。”欧阳说。

芷君说：“天玫姐，他记起你了，他恢复得真快！”

芷君这几天很不快活。她看到欧阳听话地躺在那儿让天玫按摩，看到欧阳的记忆在恢复，在渐渐失去对她的依赖。心想：“我在这里会成为一个多余的人，天玫可以代替我的时候，我就走！”她想好了。

天玫已越来越明显地感到芷君心中的不快、对她的妒意和两人相处的别扭。

（四十七）

是时候了。天玫决心把一切都说明白。她想了许久，用什么方式谈。她觉得谈这件事，最好的方式是没有方式，坦白直接说就行了。

这天吃了早饭，天玫约了芷君，来到池塘边。天玫以她惯有的直率，快人快语，一五一十向芷君说明了她和欧阳从相识到相爱的整个过程。然后分析道："傻丫头！你对欧阳的感情，是由感恩而引起的恋父情结。你从小失去父母，从未得到过父爱；当一个你所心仪的大男人对你产生亲情时，你就把他视作自己最爱的人，像对父亲那样依赖他，从而自己的感情也得到了养护和寄托。但这绝不是爱情。他救了你，你要救他。这一点把你们联结在一起。实际上，他只是你要救助的一个病人，一个亲人，一个大哥哥，一个可以依赖的长者或父亲，一个熟悉的陌生人。我问你，你同欧阳相处那么久，你们之间，不，你本人对他产生过爱的冲动吗？"

"没有……"实际上，芷君不知道怎么回答这个问题，她甚至不知道天玫问的是什么。

芷君承认，天玫知识丰富，分析在理，语言锋利，自己不是她的对手，没办法反驳她，但芷君总觉得她哪里说得不对。

但她不想当一个失败者。她反问道："依你说，对亲人的亲爱之情，报恩之情，长期相处的依恋之情和无微不至的关心，都不算是真正的爱情，那么，中国千千万万个由此而组成的家庭，他们之间都没有爱情吗？"

天玫以一种居高临下的姿态一字一句地对芷君说道："我不得不说，你的无知和幼稚正好相等。对你这个刁钻的问题，我只回答一句就够了：这个命题是不能有逆定理的！"

说完，天玫立马感到自己不仅是顾左右而言他，而且是强词夺理了。

她看见芷君仍有点愤愤不平，就回到了原题，补充了下面一段经典的爱情启示录："你记住了，当一个性心理成熟的二十岁的女孩子，在见到自己心仪的男子时，她的心跳突然加速，超过了八十七次；她的血脉上冲，脸发烫到三十八度四，这时候，一种对异性的爱就产生了。而你，什么都没有！"

这时的天玫就像一个哲学家。这本是一个很严肃的话题，但天玫自己也不知道怎么说起来就像是在编故事哄一个小女娃。什么八十七次，什么三十八度四，全是她临时杜撰的。

天玫接着变得友善、温和："不过，你确实是一个非常可爱的女孩子。你很漂亮，不高不矮，特别是你的身材完全符合黄金分割比例。欧几里得定理规定，'把一条定长的线分成两部，使短部分与长之比等于长部分与全长之比'，其比值是零点六一八。古代艺术家哲学家把这种比例看作最合理、最美、最和谐的比例，达·芬奇曾把它称为'黄金分割'。它蕴藏着丰富的美学价值。画家们发现，按零点六一八来设计腿长与身高的比例，画出的人体身材最优美，而多数的女性，腰身以下的长度平均只占身高的零点五八，因此古希腊维纳斯女神塑像等通过故意延长双腿，使之与身高的比值为零点六一八，从而创造艺术美。难怪许多姑娘都愿意穿上高跟鞋，而芭蕾舞演员则在翩翩起舞时踮起脚尖。而你不必，你有修长的腿、细细的腰，天生就是跳舞的料。你有一个舞蹈家的身材，我羡慕死你了。而且你的胸部发育得非常好，你可别小看它，它是女人的第二性征。这一点，只有我能和你比美了。你是如此美丽、善良、单纯、健康，你是逃不过真正喜欢你的男孩子的！"

这段话，直把芷君说得脸都红了，但使她对天玫的话不反感了，也轻松了。她顺口说："那，那姐帮我找一个吧，要欧阳老师一样好的！"

"远在天边，近在眼前。还用我替你找啊？"

这一通交流，使天玫和芷君都变得心情好起来。芷君好像没有什么可说的了。

不得不说，天玫是一个天才的心理按摩师。

但芷君似乎意犹未尽，她对天玫说："你刚才说的黄金分割，你的身材不是吗？还有，班超的身材就更是了，这有什么特别值得夸赞的？你又在给人做心理按摩了！"

天玫答道："这点你没说错。何止于他们的身材，黄金分割是一种美的规则，它适合于人的外在，也适用于人的内在，人的性格及品行符合美的共识，也同样会产生黄金分割之美——人性之美，比如你。"

"还有呢？"

"比如我。"

（四十八）

但此后，芷君一整天闷闷不乐；她越想越不对劲，天玫说得也对也不对，她感到内心有理说不出。

到了晚上，石梅看见芷君在一个人坐在院子外面的石条上轻轻地抽泣。石梅问她怎么了，她就是不说。——她怎么说啊！

虽然天玫说得头头是道，但她总觉得那道理不适合自己。只有天玫才真爱欧阳，而自己这么久只是把他当作病人，当作父亲？或者天玫对欧阳才是真爱，才有资格真爱？她心里憋屈得慌，但又说不出来这种心情。当然，她心里也明白，要真正感恩，就应该让欧阳回到他真爱的人身边。在这一点上，也许天玫是对的。可为什么自己心里空落落的呢？这种深深的留恋和失落，又是什么呢？

（四十九）

石梅大姐知道一早她俩出去谈了很久。她去问天玫都对芷君说了些什么，为什么芷君一直坐在外边哭。

天玫对大姐一向有什么说什么。她几乎是把早晨对芷君说的，全部复述了一遍。谁知石梅少见地对她大发雷霆，皱着眉，瞪着眼，几乎是在对她进行斥责："你这是什么歪道理！欧阳受伤以后，芷君对他无微不至地悉心照顾，她是欧阳的恩人，欧阳家和石家的恩人！你这样冷酷地把她拒之门外，说她对欧阳没有真正感情，这简直是强词夺理，胡说八道！你是在伤害这个善良的小姑娘！要知道，他们两个年轻人单独相处那么久，在生死救助中产生的感情难道只是'熟悉的陌生人'？你太强词夺理了，太自私！你没有权力剥夺芷君对欧阳的爱！你问她的那些问题，叫她怎么回答？她回答'没有'？那可能正是一种最纯洁的爱。你这样单刀直入，想快刀斩乱麻，对芷君不仅不公正，而且简直在欺负她。她没你知识面广，也说不过你，但并不是就没有自己的想法。你必须找机会为你的混账理论向芷君道歉！"

石梅对于天玫来说，是姐又是妈，天玫对她服从惯了；她没有什么要说的——姐姐说得比自己有理。她低下头，不再吭声——她默认了。

天玫翻来覆去睡不着。她后悔自己对芷君说了那些话，她真心感到对不起这个小妹妹。

（五十）

第二天一早，她没等芷君起床，就对她说："芷君妹妹，对不起，我昨天说了许多错话，你别生气；我可能真把你看成未成年小少女了。我自以为是惯了，你就把我当成个傻大姐得了。快点起来，我该给你上英语课了。"

真是所谓"姐妹俩对着干，拉开椅子就吃饭"。芷君心里觉得这个很厉害的姐姐，其实对她很真心。

美丽的告别 八

（一）

早晨，班超照例催芷君一起往公社长跑。他们看到在公社小学墙上贴了一张用红纸写的布告，十分显眼，题目是《一篇好作文》，开头有个说明："这是住在本社的一个县中高二学生写的表扬作文。现抄出来，供大家学习。"

作文是表彰班超那天火灾救人的事迹的。开头两句是："东风吹，战鼓擂，救人英雄他是谁?"接着是详细记事，末尾是抒情："这位无比高大的救火英雄，在熊熊燃烧的烈火面前，一不怕苦，二不怕死，高喊着'革命不怕死，怕死不革命'和'毛主席万岁'的口号，纵身一跃，飞进了高高的二楼。这一跃是对'活命哲学'最有力的批判，这一跃是对'人不为己天诛地灭'的当头一棒，这一跃证明了一个伟大的真理：'决定的因素是人!'它是公字的结晶，勇字的升华，献身的彩霞！是最深的爱憎，最纯的党性，最美的品德，最强的毅力，最硬的骨头!"

芷君看了，高兴地说："看，把你写得多伟大啊！特别是最后一段，文辞多带劲。"

回家后，像往常一样，班超把姐夫扶上轮椅，推上田坝，一直来到玫瑰田，找见正在劳动的天玫和欧阳。芷君把这篇作文复述了一遍，说写得如何如何好。

可是姐夫说："这种新八股怎么现在还有！这提醒我们今后要加

强学生阅读指导和写作指导，不要让学生把什么文章都拿来作范文，以前那种种假、大、高、空、怪的文风和用词，比如那时我们常见到的什么‘楼梯上打架——阶级斗争’‘巧妇能为无米之炊’‘金要足赤，人要完人’等不好的文风和用词习惯，都要摒弃，否则久而久之，学生都不会正常说话了。”

天玫说：“不过，那段写班超的地方，倒很到位。大个子英雄，请问你是呼着革命口号跳进去的吗?”

（二）

天玫经常约上欧阳和芷君一起活动，在两个人的帮助下，他的记忆力恢复得很快。他甚至记起，汽车向芷君轧来，他当时吓得要命，接着紧张地一把推开芷君。他也记起了和天玫一起在池塘中游过泳。

在她们的全心全意的关怀、保护和治疗下，欧阳日渐恢复。芷君注意到，欧阳对往事回忆得越清楚，就越是对天玫亲近，而越是把她自己当成一个小妹妹和课代表，原来处处跟着她寸步不离的那个“十岁男孩”渐渐不见了。

她觉得自己该回校了，不能长时间住在别人家呀。

（三）

班超给天玫建议，芷君走前给小学生们上几节音乐舞蹈课。班超向芷君介绍，这个学校的校名是久思大哥起的，叫“七星小学”，是启蒙和启明之意。

学校早已走上正轨，但唯独少了一个音乐教师。班超说芷君会唱好多好多歌，如《白毛女》等，而且懂简谱。

芷君非常高兴自己能给小学生们当音乐教师。

学校的六个老师，来自一个家庭，县上干部笑称七星小学是“私塾”，民办小学成了家办小学。但实际上，这来自一个家庭的六位老师，多数没有血缘关系。

开学后，这个学校的老师们一起备课，放了学，又一起回到地里劳动。

欧阳和天玫，班超和芷君，越来越亲密了。

（四）

这段时间，班超和芷君形影不离。这天他们去最远那块玫瑰田，跟社员们一起翻土。社员都回去了，他俩还在干。这时，芷君无意中一抬头，看见一个黑衣男人在远处盯着她看。但一转身，人又不见了。她以为是哪个没回去的社员，就没在意。他们收拾了农具，回家时，她又突然看见这个黑衣男人站在田坎上看她，好像盯着她脖子在看。她问班超："这是谁啊？"

"队上的吧？没见过。"

芷君回去对天玫说起这件有点奇怪的事。

天玫说："身边有保镖，你怕啥。"

第二天，天玫去村上供销社买盐。刚出家门不到百尺，她也见到了这个黑衣人，他等在路口，天玫一看就知道，他不是大队里的人。待天玫走近了，那个黑衣人开口问："同志，这地方可是大石垭三大队？"

"你找谁？"

"不找谁，就是问问，这个地方我好像见过。请问，原来住这里的人家没搬过家吧？"

可怕又奇怪的是，他在跟她说话时，眼睛看的地方正是她的脖子！好在，这是家门口。她不再理他，顾自走了。

中午吃饭时，天玫说起这件事。芷君说："对，就是这个人，他就盯着你脖子看。是不是哪个大队的疯子呀？"

天玫说："他不是咱们这儿的人。他说的是外省口音。"

欧阳说："如果不是本地方的，他三天两头出现在咱家周围，有时候是傍晚，那么他怎么回去？在这荒郊野外，他住哪儿，吃什么？"

芷君有点害怕了："你看他那眼神直勾勾的，专看人的脖子。我看不像好人，别是拐卖农村妇女的吧?”

唯恐天下不乱的天玫偏在这时又讲起她看过的一篇小说。她故弄玄虚地说：“有篇小说叫《范四爷》，这个范四爷在清朝末年是个祖传刽子手。他长着两只圆不棱登的大眼睛。他爷爷、父亲都干的是这一行，每到开刀问斩时，就当刽子手，平日无事，就卖猪肉，对大家甚是和善，有时也在冬瓜上练练斩首的手艺。有人面对面走过来，他并不像常人那样，看你眼睛，打个招呼，而是把那对眼睛瞪得大大的，只盯着你的脖子看：他是在看不同脖子的不同特点，以后行刑时好上手。所以大家远远看见范四爷，无不逃之夭夭，都怕那双眼。——那个黑衣人真有点像是范四爷!”

天玫好像在故意吓芷君。

柴久思出了个主意：“别开玩笑了。再见到这个人，先躲起来，然后跟着他，看他到哪儿去。这事由欧阳和班超去办，要小心点，不要惊动他。”

机会来了。他俩悄悄远远地跟着他，看见他消失在一棵大黄桷树后面。第二天上午，他俩又埋伏在黄桷树的大石块后面，看见黑衣人，竟然是从地下钻出来的！等他走远了，他们过去，扒开大树旁边的树枝荒草，看见一个大洞口。他们钻进去，发现这是一个三平方米左右的地下室，四面整齐，室内干净，一个大白茶缸，上面有“大同煤矿”四个字，地上有一木桶水，旁边是十几个白面锅盔。

“大同煤矿挖煤的，怪不得洞打得这么好。”欧阳拉着班超往外走，班超顺手把那个大白茶缸拿走了。

他们回来，向大家作了报告。还是石敢当拿了主意：“现在阶级斗争这么复杂，说不定是大同的一个逃犯，明天叫大队民兵连的来两个人，把他抓了送公社，一审就清楚了!”

两个民兵，背着两杆步枪，在欧阳和班超的带领下，来到了那个地下室。但人已经逃走了。最大的可能是因他的白茶缸不见了，他知道自己已被发现，逃匿了。

“福尔摩斯”柴久思对案情作了如下分析：“他目的没达到，一定还会再来。他到这里来，还肯定与天玫和芷君有关。”

黑衣人消失了，就像他没有出现过。

（五）

这天晚上饭后，全家“开会”给芷君送行，你一言我一语说了很多鼓励的话。

最后，班超叫道：“我向大家报告一个秘密，芷君会唱她们家乡的许多情歌，请她唱一个好不好？”

芷君以攻为守：“可以。但要先请班超打一套太极拳，并且半年之内必须把柴大哥教会，要保证柴大哥身体越来越好；然后请欧阳老师用英语背诵莎士比亚《哈姆雷特》原文一段，考他一下，看他的记忆恢复得怎么样，大家赞成不赞成？”

大姐石梅高兴极了：“芷君这个主意太好了，我们怎么没想到！芷君真是大家的贴心小棉袄啊！”

先是太极拳，这可是与那激烈、刻板、程式化的忠字舞截然不同的最优美的舞蹈。班超那柔中有刚、静中有动、挥洒自如的动作，深深吸引着大家。

接着是欧阳钦的《哈姆雷特》。

芷君还是在班上的国庆晚会上听欧阳背过，当时她对欧阳老师非常佩服。如果现在欧阳钦能背出它，就说明他的机械记忆力已经完全恢复了。

欧阳钦好像领会了芷君的意思，他说：“我现在背诵《哈姆雷特》中哈姆雷特那段最有名的独白：

To be, or not to be—that is the question:
Whether 'tis nobler in the mind to suffer
The slings and arrows of outrageous fortune,
Or to take arms against a sea of troubles
And by opposing end them. To die—to sleep,
No more; and by a sleep to say we end

The heart-ache, and the thousand natural shocks
That flesh is heir to: 'tis a consummation
Devoutly to be wish'd. To die—to sleep.
To sleep—perchance to dream: ay, there's the rub!
For in that sleep of death what dreams may come
When we have shuffled off this mortal coil,
Must give us pause. There's the respect
That makes calamity of so long life;
For who would bear the whips and scorns of time,
Th'oppressor's wrong, the proud man's contumely,
The pangs of despis'd love, the law's delay
The insolence of office, and the spurns
That patient merit of th' unworthy takes,
When he himself might his quietus make
With a bare bodkin? Who would these fardels bear,
To grunt and sweat under a weary life,
But that the dread of something after death,
The undiscover'd country, from whose bourn
No traveller returns—puzzles the will,
And makes us rather bear those ills we have
Than fly to others that we know not of?
Thus conscience does make cowards of us all,
And thus the native hue of resolution
Is sicklied o'er with the pale cast of thought,
And enterprises of great pith and moment
With this regard their currents turn awry

And lose the name of action.*”

他故意加快语速，倒背如流，一口气背完，脸上是一片阳光和坚定。

（六）

芷君听着，眼里闪出了泪光。等他背完，她已是泪流满面。在座的每一个人都屏住声息，动也不动。先是天玫走过去，拥抱了欧阳，然后说：“欧阳，去，过去！”

欧阳走到芷君面前说：“芷君妹妹，你要走了，让我抱抱你好吗？”

芷君未等他说完，已站起来，投到他怀里，泪水打湿了欧阳的肩头，她说：“欧阳老师，我这是高兴的！你完全恢复记忆了！”

班超带头鼓起掌来。

芷君稍息片刻，说：“我给大家唱个我们村里的民歌吧。”

她唱道：

对门对户对条街，
十朵梅花九朵开，
有心讨朵头上戴，
哥呀哥呀口难开。

---

* 生存或毁灭，这还是一个不能回避的问题：是逆来顺受这坎坷命运之无情打击，还是与这无涯苦海断然为敌，并战而胜之！此二抉择，究竟是哪个较崇高？死即睡眠，它不过如此！倘若一眠能了结心灵之苦楚与肉体之百患，那么，此结局亦可企盼！死去，还是睡去？但在睡眠中可能有梦，啊，这就是个阻碍：当我们摆脱了此垂死之皮囊，在死之长眠中会有何梦来临？它令我们踌躇，使我们情愿地承受长年之灾，否则谁肯容忍人间之百般折磨，如暴君之政、骄者之傲、失恋之痛、法章之慢、贪官之侮，或庸民之辱，假如他能简单地一刃了之，还有谁会肯去做牛做马，终生疲于操劳，默默忍受其苦其难，而不远走高飞，飘于茫然之境，倘若他不是因恐惧身后之事而犹豫不前？此境便是无人知晓之所在，自古以来无人归。

对门对户对条街，
十朵梅花九朵开，
花开九朵头上戴，
哥留一朵心上栽。

芷君唱到最后一句，泪水一串一串落了下来，以至于声音都哽咽了。天玫用手捂着脸，欧阳和班超的眼里充盈着泪水，久思掏出手绢，擦去眼镜上的泪霭。大姐石梅过去紧紧搂住芷君。

（七）

班超背上芷君的包，送她去县城长途汽车站。他边走边说："我本该跟你同时返校，但我暂时离不开，我不放心那个黑衣人。"到了县城，他带着芷君找到一个钟表维修店，要师傅把表链改小了一点，然后套在芷君手上，说："这玩意儿你上课离不了，也算留个纪念——但它起作用的时间是从我认识你到现在为止；如果以后，名花另有主，你只需不再戴这只表就行了。"

"你胡说什么！再乱说，这表我就不要了！"芷君生气了。

（八）

欧阳在不到两个月的时间里就能基本恢复健康，这真是一个奇迹。

是爱情与友谊、亲情与温暖创造了这个奇迹！

现在班超、天玫、芷君一干人等都要返校了；欧阳也要回校教他的英语基础课了。

这个大家庭又只留下了柴久思和石梅，还有他们共同的老爸。

这次变故，使天玫对未来生活有了新的思考。她本人更坚定了返乡的决心，她要像石梅大姐那样做一个土生土长的农村教师；同时，她想，她不能离开欧阳，她不放心。她要支持欧阳到农村任教，这里更需要高水平的师资。

而且，如果班超和芷君也能同时落户大石垭，那就一家团聚，十全十美了。

（九）

在大石垭这段时间，使芷君从两个农村老教师久思与石梅那里看到了活生生的人生榜样。他们是培养祖国花朵的真正的花农，那些农村孩子就是他们日夜滋育的苦水玫瑰。

芷君临别前极动感情地向柴久思和石梅诉说了自己今后要求分到七星小学的志愿：一是她在离开云南知青点去上学前就向她教的农村孩子们表明了毕业后还回去教他们的决心，现在落户大石垭教农小，与她当年的许诺相符；二是她自幼失怙，父母早走，这短短的暑假，她在大石垭感受到了家庭的温暖与关爱，她喜欢这里；三是她愿以柴校长、石老师为榜样，为农村小学教育尽一份力。

"我能来吗?"

柴久思和石梅听了，十分感动："你有志于农村教育，十分难得，现在学校缺少高水平师资，你能来，是我们求之不得的！你是七星小学的生力军，是我们这个大家庭的新成员，也是我们的亲妹妹。我们早就想提出等你毕了业到大石垭来，但又觉得你可能另有志向。好了，你现在'自投罗网'，真心欢迎你!"

一九八〇年春，芷君毕业，落户大石垭，在七星小学任教，当上了一个快乐的农村小学教师。

天玫和班超大学毕业后，也回到了大石垭。

这是后话。

（十）

但终究"福尔摩斯"是对的，果然黑衣人回来了。他又时常出现在家门口。

这天，班超在离家不远的路上，看见这个黑衣人又出现了。只见这人更黑更瘦，眼睛看人更见恐怖。

班超大声说：“你是什么人？总跟着我们干什么？”

他回答：“你们放心，我是矿工，不是坏人。我只是问一下，二十年前，原来在这里住的这家人户走了没有？”

“没走。你找他们干什么？我们不认识你！”

黑衣人突然眼睛放光。这次是对着人的眼睛说话了：“太好了，找到了！”

班超看着这个人，总感到这人是天玫给他讲的那个故事里的刽子手范四爷，他边走边说：“不知道，不知道，你不要再纠缠我们了。看你是工人阶级，我们就不报告民兵了，你快走吧！”

他把今天的事向石敢当说了。石敢当皱了皱眉，想了想，他怎么也想不起他家和一个大同煤矿的矿工有什么关系。

他说：“这个人肯定弄错了，你们各人小心点就是！”

班超这才匆匆赶回学校。

Monster* 与安琪儿 九

(一)

七星小学已经有五十几个学生了，人虽不多，但办学却极有特色。一是学生上学近，中午回家可以吃上热饭，不愿回去的，也可以带米在这里做饭；二是教学力量强，班级小，学生学得好；三是外语教学有特色。特别第三条，当时是“独此一家，别无分店”。

石梅主张从一年级开始就双语教学。他们教英语的方法也不是常规教法。他们先不教语法，而是编了一套类似《英语九百句》的“英语三百句”，从浅而深，从少而多，先从会说学起，要求学生每天必须背会五个单词。

同学间、师生间说的日常用语，一律用“英语三百句”，所以这些小学生连喂猪时都在背句子。

县上专管小学教育的“督学”舟车劳顿来视察，大为惊异，写了一个简报。省报一位驻农村记者看到了，认为这是一条罕见的好新闻。省报总编也认为这是一条好新闻，但拿不准小学教英语是否符合政策，于是只在报屁股上不显眼的地方把这条消息发了出去。

这篇文章，在小教界有一定的影响，其他学校也想学，但学不到！一者上面并未提倡，二者也没有英语老师。但这条新闻却引起了英国大使馆的兴趣。

---

* Monster：怪物。

英国大使馆是驻新中国最早的外国大使馆之一，他们的任务之一，是从中国各地的官方报纸上搜集中国各地的“情报”，所以大使馆订了所有的省市公开发行的报纸。英国大使馆的文化参赞甚至被这条新闻感动！他在同《泰晤士报》的驻京记者詹姆斯闲谈时，津津有味地谈起了这件事。

这位记者，像所有新闻人一样都长着一个狗一样灵敏的新闻鼻子，认为此事极有报道价值。他在大使馆的支持下，经过复杂的申请手续，单人独马出发了。

（二）

詹姆斯的第一站是到省城的财经学院找到那个曾在大石垭待过两个月的芷君。

芷君奇异于这个老外的侦察能力：他怎么会知道她去过大石垭，又怎么能在这个“人山人海”的大学里找到她？她始终弄不明白。

芷君流利的英语和美丽的外貌使詹姆斯同样吃惊。他脑子里突然涌现出席勒《斐哀斯柯》中的一段话：“瞧这个女孩子，这副表情多么柔和，多么温存，她憔悴的嘴唇，多么有情，她令人销魂的顾盼多么放荡美丽，这是不可仿效的！”这段话一旦涌现，就很难在他的大脑中消弭了。

而且，他对她有一种似曾相识之感。

他说他想到大石垭采访，但他的汉语很糟糕，更听不懂当地方言，也找不到那个山屹崂里的目的地，便邀请她同行。

芷君用方言说他是“瓜娃子”，反正他听不懂：“那里的校长和教师都是英语大王，连‘英语三百句’都编得出来，还不能给你做翻译吗？”

但她不愿失去免费回大石垭的机会，更不愿放过同这个英国人用英语对话的学习机会。

（三）

她请了假，与詹姆斯同行。

詹姆斯从大学传播专业毕业后，出于对中国文化的热爱，在新加坡学了两年汉语，去了《泰晤士报》，然后申请来到了中国。

芷君第一次见外国人，一开始觉得这些异域番邦的化外之人，恐怕很难对付，但很快发现，这个金发碧眼、鹞目鹰喙的家伙，极好相处。因为詹姆斯出发前做足了功课，所以凡是本省文化历史，他皆能问一答十，而且坦率得要命。和许多外国人很注重个人隐私不同，头一次请她吃饭，他就把自己的家庭、学历、工龄，乃至“年方二八，至今未婚”等等都说了起来，却从不问一句芷君的任何个人情况；在交谈时，他还经常纠正她语音和用词不当的地方，告诉她，在英语中正确的用法是什么。

隔阂是怎么出现的？什么都藏着掖着。反之，坦诚以待，相处就自然而然亲和了，他们之间，正是如此。

这天，芷君请詹姆斯吃地方小吃，芷君边吃边考他：“你说‘年方二八，至今未婚’，‘年方二八’是多大岁数？”

詹姆斯回答：“二十八岁呀。”

芷君笑了：“老外了吧。在中国古典文学中，这是说女孩子的话，‘年方二八’，就是两个八，十六岁。中国文化深了去了，你才知道个皮毛！”

詹姆斯说：“跟你在一起，我学到很多东西，谢谢你，好老师！”

在分别时，他说：“你在陪我这段时间，与我的工作有直接关系，我会付你工资的，可以按英语翻译的工资付，每小时五美元。”

“真的？”

“当然。”

“好吧。我就把这些‘外快’全买成图书和文具送给七星小学。算你送的，你这么个大老外，总不能空手去吧！你能预付多少？”

詹姆斯很受感动，他知道，她是靠助学金和做食堂清洁工维持学习生活的，经济上很紧张。但她却能把钱送给更需要的人，那些穷孩子们，说明她善良、朴质、品行好。

记者的本事之一就是尽快让采访对象不觉得你是外人。詹姆斯做到了。芷君觉得詹姆斯这人不错，年轻人之间本来就容易沟通。

詹姆斯非常客气地邀请她去游览本地的名胜古迹。对这些名胜古迹，他说得头头是道。在武侯祠参观时，他甚至知道石碑上刻的《前出师表》字体是小篆。可惜芷君读不出来，詹姆斯吃惊地说："你也不认识小篆吗?"他也许认为小篆是中国的另一种繁体字，中国的大学生，是人人都懂的。

他还自作聪明地把他从地摊上买的"成都名胜"小册子牛头不对马嘴地介绍给她。这使芷君不得不调侃了他一句："你硬是吃苞谷打哈哈——开黄腔哟!"结果是：她费了九牛二虎之力才用英语把这句四川方言给他解释清楚。詹姆斯忙用笔记了下来，说："这句话生动形象无比，不仅英语中没有对应词汇，就是用普通话也是一时半会解释不清楚的。"

神秘的四川方言!

他给她照了很多相。他直白地说：见她之前，他本以为她是从农村出来的，其形象必是腰粗腿圆，说话五大三粗。实则是："你看照片，多美啊；福楼拜的《包法利夫人》中的那句话'像美神一样美'，说的就是你！你只消换上时髦的衣服，就可能是外国时装杂志上最漂亮的模特了。"

有一次，他请芷君喝茶。他满城乱钻，竟然找到一家像三四十年代开的里面黑乎乎的不大不小的茶馆，里面上演着地方曲艺"金钱板"和"扬琴"，他听得津津有味。

说着说着，他又扯上了他喜欢的话题。他眯着眼说："中国三十年代有个著名电影明星，叫王人美，主演过《渔光曲》，你知道吗?"

"不知道。"

"你很像她。但你不是王人美，而是美人王，美人之王。"

他似乎很得意自己可以用汉语的回文说俏皮话，自己先笑了。他的确觉得芷君有明星气质。

但芷君并没有受宠若惊，也不买账。

她随即答道：“你知道世界上最丑的经济学家詹姆斯吗?”

“知道，他和我同名。”

“你长得很像他。但你不是詹姆斯，你是死詹姆!”

芷君的机智和尖刻，立即使詹姆斯败下阵来，但詹姆斯觉得这个美人王更可爱了。

詹姆斯在手记中写道：“我从芷君身上，看到了中国女孩子所共有的那种典型的东方美：质朴、机巧、含蓄、自尊和秀美。这甚至可以纠正西方人对中国人的偏见。”

一个可爱的安琪儿!

很多西方记者到中国来，就是找错挑毛病的，甚至唯恐天下不乱，这似乎是他们的使命。但詹姆斯不是。无论当时还是现在，这两种记者都存在。

（四）

班超接受了一个光荣的任务。共青团省委动员全社会向穷苦边远农村小学捐献图书，并捐款成立小图书室。南姜县大石垭七星小学有幸被选中。但这些地区交通极为不便，十分闭塞，怎么把沉重的图书运过去，成了一个大难题。它需要人力运送。团委把任务交给了体院。班超立即自告奋勇。他和几个大力士同学“千辛万苦”完成了任务。他说：“建小小图书室任务艰巨，非一朝一夕之事，我留下继续奋斗，你们先打道回府吧。”

巧的是，没几天，芷君也来了大石垭，班超喜不自胜。

（五）

詹姆斯在芷君的带领下来到了大石垭。他们把带来的铅笔、圆珠笔、英语练习本和图书交给石梅。詹姆斯当日就对石敢当、柴久思、石梅、芷君作了详细的集体采访。

他发现，柴久思、石梅的英语说得都很标准，而且都比芷君说得更好。在这个穷乡僻壤竟有这样的人才，这使他惊讶咋舌。

接着他又来到小学校，同小学生们交谈。他对学生们说："我来自英国帝国主义，但我不是帝国主义，我是你们的大鼻子朋友，你们可以向我提问，但必须用英语。"

"什么都可以问吗？"学生们用英语问。

"对，什么都可以问。"詹姆斯回答。

下面是同学们用英语提出的问题：

"我们觉得我们学校是最好的，你的意见怎样？"

"你为什么到中国来，你是英国的间谍吗？"

"我们长大了，可以去英国上学吗？"

"你家有人参加过八国联军吗？"

"听说你们像狼和豹子一样，只吃肉吗？"

"听说你们吃素——你们像羊那样只吃草吗？"

孩子们或许把他这个天外来客当成了可爱的"monster"了吧。

詹姆斯发出了会心的微笑。

他觉得这些孩子太可爱了，问题十分有趣，而且是用他的母语说出来的，虽然说得结结巴巴，但他感到非常亲切。

陪同詹姆斯对小学生们作采访时，芷君时不时把左手举起来，露出班超送给她的那块手表，故意挥来挥去给班超打招呼。

（六）

芷君带詹姆斯去看玫瑰园。看着这一片一片的玫瑰，詹姆斯只懂得重复一句中文："太美了！太美了！"然后就是大量拍照。詹姆斯感到，这位小学教师"王人美"，与各色玫瑰互相映照，成了一幅幅田园淑女摄影作品和最美的玫瑰广告画。他觉得她身上有一种迷人的健康成熟的外在美。

他知道，他照的这些田园美人照，将价值连城，因为它来自中国。

公社给詹姆斯准备了一间公房，因为公社当时没有旅馆也没有招待所。

当天晚上，石敢当办了“九大碗”，招待这个外宾。

石敢当说：“今天外宾来采访，难得好好聚一下，大家都多喝几杯。”

詹姆斯深深为村民们、老师们的盛情所感动。再加之众人轮番劝酒，他豪情大发，一杯接着一杯，皆一饮而尽，喝着喝着，非要和芷君喝交杯酒不可。

石梅连忙说：“万万不可，在中国只有新婚夫妇间才能喝交杯酒。老外，你喝糊涂了，有资格和芷君喝交杯酒的，这里只有一个人。”

“谁？”詹姆斯瞪大了眼睛。

石梅大声说：“班超芷君你们干一个，给老外做个样！”

这节骨眼上，他们俩都畏畏缩缩，不好意思了。

詹姆斯大胆进攻：“他们结婚了吗？没有！这我知道。所以机会均等，我有追求的权利！”

石敢当说：“老外醉了！”

“我没醉，我要和这个大个子决斗！”

班超一下笑了起来，用汉语说：“朋友，你说，怎么决斗？”

芷君充当翻译。

“俄国人用枪，法国人用剑，英国人拳击，拳击！”

“别，别，你千万别跟我玩拳击。我练过这个，打过中量级比赛。跟我决斗这个，对你不公平。”

“不，就是现在！决斗！”

“大姐，快劝一下他，我怕用不了一个回合，就把他打趴下！”

这时芷君出来解围了：“詹姆斯，别闹了。来，我敬你一杯，欢迎你到我们家来。干杯！”

詹姆斯马上忘了他刚才的提议，非常高兴地说：“好！希望我们共同举杯，包括大个子拳击队长，一起向芷君敬酒，她给了我很多帮助。她不但冰雪聪明，而且善良好学，是我见到的最美最好的东方少女，我非常崇拜她。为芷君的快乐健康干杯！”

他走过来，毕恭毕敬地同芷君干杯。芷君红着脸抿了一口。

（七）

第二天，他们又去了学校，听石梅上英语课。詹姆斯作了详细笔记，录了音，照了相。

去公社的路上，班超说：“詹姆斯你忘了你昨天要和我比拳击吗？”

“记得，我喜欢这个运动。好久没打了，咱们练练怎样？”

芷君作了翻译。

他们决定徒手练练。

詹姆斯也不矮，而且十分壮实。他们选了一块草地，真的干起来了。

大家都来给班超加油。

芷君觉得这不太礼貌，就给詹姆斯加油。

不到两分钟，班超一个勾手拳打在詹姆斯的腹部，詹姆斯倒在地上起不来了。

“厉害，七星小学不仅教学好，而且拳头厉害！”詹姆斯如是说。

（八）

詹姆斯在返回省城的长途汽车上，对芷君说：“世界上使用英语的人口仅次于汉语，说英语是非常普遍的。英语是国际社会公共关系和学术交流的主要语言之一。你的英语好，对于你今后从事经济学研究是极其重要的，它会向你打开一扇扩大研究视野的窗口。我强烈建议你毕业后到英国去读研究生。你看，连七星小学的小学生都在问，长大以后是不是可以去英国读书，你总不会不如这些黄口小儿吧？”

对詹姆斯的提议，芷君感到十分意外。她想像久思、石梅那样，学成之后，回去教那些可爱的孩子们。去国外上学，对她来说，好像是天方夜谭，是不可思议的。她向詹姆斯谈了自己的真实想法。詹姆斯听了，并没有批评她，而是说："中共第一代的许多领导人都在国外留过学，这你应该知道。留学也是为革命嘛。你如果有这个想法，我可以做你的经济担保人，我家就在伦敦，你可以跟我爸妈住一起。当然，我也会向你推荐适合你的好的学校。"

（九）

他去了北京以后，仍不断地给她写信，打电话，并约她去北京过假期。他说，你不要打电话，长途太贵；他约定她每周二、四下午五时到邮局接他的电话。

芷君很感激詹姆斯对她的信任、关心以及夸赞，也很乐于接听他的电话：用英语跟他通话，令芷君感到十分惬意。有一段时间，他们通话时间常常超过一个小时，有时候詹姆斯会使用一些她不能接受的表达，比如"亲爱的""宝贝"等。

每当他这样说的时候，她就挡回去，不准他乱讲。

但詹姆斯总会没皮没脸地讲："你不是说我坦率得可爱吗？"

"你别蹬鼻子上脸，给脸就上墙！"

"什么？什么意思？怎么讲？"

"人要面子树要皮，电线杆子要水泥！"

"究竟这些毫无联系的词汇是什么意思啊？"

"这是民间俚语，给你讲不清楚——脸皮像城墙倒拐，讲也没用！"

"我已经录下来了——对不起，这是我们记者的职业习惯。你不教我，我就去问北大方言学教授。"

"千万别！这是骂你的话！"

"喂！你这人怎么还骂人啊？"

詹姆斯把他的所闻所见写成系列报道，并配发了照片。

遗爱在人间 十

（一）

在班超返校前夕，那个黑衣人又出现了，这次是直接找上了门。当时石敢当正在院子里做事。他开口叫道："大叔，我认识你。"

石敢当一愣：正要逮他，怎么找上门来了！黑衣人像一个骷髅，样子很吓人。他接着说："二十多年了，我样子变了，但你没变多少，我在这里反复观察，你就是当年那个大叔。当年我和妻子从陕南到山西逃荒，走错了路，抱着一个刚出生的小女孩，实在没法，就求你收下，你记得吧？"

石敢当当然记得："你怎么能证明你就是那个送小孩的人呢？"

黑衣人说："我没忘记这个地方。而且，你家有两个女儿，都与我丢的那个年龄相当。她们之中一定有一个就是！怎么证明？一是我女儿脖子下面有一块痣，这是掉不了的。二是，我们当时在她脖子上挂了一个铜锁，在我们家乡，生下小孩，脖子上都要挂把元宝样子的铜锁，说是戴上容易养活。这个铜锁是可以开合的。我当时，剪了她的一绺头发。把它两头剪齐，一半放在锁里，一半我保留至今。这就是证明，你把锁打开，如果里面的头发与我保存的长短一样，这就可以说明，百分之百没错。其实最简单的办法是看看她脖子下面那个痣，就清楚了。只是，我当时说过，我永不再来；我食言了。但我也只是最后看一眼我的孩子，认一下，只要看她好好的，我就离开。"

石敢当急忙回去找到那把锁。当时石敢当觉得这是孩子爸妈留下的唯一纪念，就保存起来了。他把它掰开，果然有一绺头发，与黑衣人的长短一样。至于天玫脖子下有块痣，他当然知道。

石敢当说："那么，你就是孩子她爸了。这孩子现在很好，上了大学，就是你看到的个子很高的那个。"

黑衣人说："我并不要她认我。我只要知道她还活着，知道她好好的就心满意足了。我这就走，谢谢你把孩子养大。"

接着黑衣人详细说了他的情况。天玫出生那年，他们家乡突然遭了瘟疫，村上人死的死、病的病，他和妻子只好带着刚出生不久的女娃向山西避难，他们听说山西挖煤可以谋生，却走错了路，到了大石垭。这时妻子已病得不轻，再也无法带小孩走。当走到石敢当门前时，他们见石敢当身体壮实，面相和善，便把小孩留给他了。他去山西大同煤矿当了采煤工，不久妻子去世了。他拼命加班，想多拿点工资，攒上钱，以后去看望唯一的亲人，他的女儿。一年前，他查出得了严重的矽肺病，黑色的粉尘已侵蚀了整个肺，煤矿医院判定他已病入膏肓，活不了多久了。他家乡已无亲人，唯一有个念想的，就是这个女儿。于是他离开医院，来到大石垭。怕记错了，他反反复复察看，确定石敢当家就是当年收留他娃儿的地方，石敢当就是那个大叔。他还跟踪天玫和芷君，看她们脖子上谁有那块痣。

当时，他怕被当坏人抓了，就躲躲藏藏。

石敢当赶紧把他让进屋，给他做了一碗热汤面，对他说："你先坐着，我马上从成都把你女儿喊来，她叫天玫。"

天玫归心似箭，当天就赶回了大石垭。

石敢当把这件事原原本本给天玫讲了一遍。天玫知道，她是石家收养的孩子，但从来没想到她还能见到亲爹，而且这个亲爹竟然是那个黑衣人。

一见面，他们谁也不敢认谁。还是黑衣人先开口："你叫天玫，是吧？我只是看望你一下，我今天就走。爹对不起你，生了你，却没法养你；石大叔就是你亲爹，你们好好过吧。爹长期挖煤，得了要命的病，活不了好久了。我过来，一是在生命尽头看一下亲闺女，了了这个心愿，二是告诉你们一个消息。我在大石垭这些日子，了解了你们种玫瑰、卖玫瑰的事。我们煤矿书记的儿子在上海一个芳香油厂当工人，听他爸讲，他儿子的工厂从保加利亚进口玫瑰精油，这些玫瑰精油，比黄金还贵，值钱得很，若是向工厂卖这些玫瑰，不比运去做花茶强吗？我头一次来了以后，看到这么多玫瑰，又回去了，就是为了问清楚这件事。”

天玫把生父安置在自己睡的床上，自己住在芷君原来的空铺上。天玫在生父的暮年，给了他一个孝女所有的爱。首先是带他去县医院，照了X光，诊断与大同的医院完全相同，只是奇怪以他这种病情居然还能活到现在，或许是因为有一种巨大的精神力量在支持着他。但，这正是所谓“回光返照”。医生说：“不用再吃药了，也不用再来看病了。让他高兴点，快快乐乐地走。”

她带爸去田间呼吸新鲜空气，一起给花剪枝，带他散步去学校，听她教孩子学英语；平日给他熬鸡汤，煮鸡蛋，做好吃的，给他补身子。吃晚饭时，大家围坐在一起，听他讲煤矿里发生的种种故事。他对石敢当说：“这辈子，我除了挖煤就是挖煤，只有在你们这儿才真正过上了快乐日子，特别看见自己的女儿过得这么好，对自己这么孝顺，这辈子没有什么不满足的了。”

这天早晨，他坚持要回大同，天玫不同意。他说：“我必须回去，我还有好多手续要办，医院疗养院的铺位还空着，等我回去。天玫，你要是孝顺，你就在我死后，把我烧了，把骨灰盒运回来，埋在黄桷树旁边我自己挖的那个地下室里。”天玫说：“你非要走，我就陪你回大同，你也可以显摆一下呀，让大家看看您还有这么个漂亮的女儿。”

班超说：“大叔，明天我推轮椅送您！”

天玫爸这时从枕头旁取出一个黑黑的小包，当着大家的面对天玫说：“天玫，爸爸这辈子最对不起的就是你！我现在把这个包留给你。到你们这儿来，一路上，提心吊胆的，一怕被人抢了，二怕被当坏人抓了，没收我这个包。里面是我一辈子的积蓄，我在地底下没日没夜地干，就是为了多存点钱，有一天找到你，赎回我的错，让你过得好一点。现在我的心愿完成了。你妈妈，你爷爷奶奶也都可以安心了。”

天玫听着，眼泪流了下来。他没说完，天玫已泣不成声。

"还有一件事，我写了一个证明，也是一个遗嘱，你拿它可以到矿上领取抚恤金。我是二十年的老矿工，是挖煤病死的，有矿上医院的正式诊断书。矿上有个制度，对因公伤病死亡的工人有赔偿，现在叫补助，是给家属的；我了解，像我这样的，应该有一万五千元吧。孩子，你把它拿回来，所有这些钱，一半给石大叔养老送终，一半你自己花。石大叔，不要多说了，你要拒绝，我给你跪下。"

天玫一直守在亲人身边。父亲在医院里含着微笑，安然离世。

（二）

天玫这次去大同，办了爸的手续，领了抚恤金，加上她爸的存款，共有五万多元，这在当时可是一笔巨款。

欧阳、班超听说天玫亲爸去世，两人立马赶回大石垭。

天玫、欧阳依天玫亲父遗嘱，把他的骨灰盒埋在黄桷树下，并立了石碑，天玫、欧阳跪拜行礼，办完了这件事。

晚饭后，天玫请大家开个会，看这钱怎么办。

她说："这可不是一笔小数字，我的意见是都交给爸，由大姐保管，爸说咋用就咋用。"

石敢当说："这怎么行，这是天玫生父留下的卖命钱，是留给天玫的，我们一分钱也不能要！"

久思说："按法律规定，那遗嘱是写给天玫的。天玫是唯一合法继承人。除天玫外，谁要也不合法。"

天玫一下火了："那么，爸，姐，你们千辛万苦，养了我二十多年，合法不合法？我不是爸亲生的，他对我比亲生的还亲，把我抚养成人，这合法不合法？当我差点被扔在野地喂狼时，是姐把我当小猫小狗养到今天，请问这合法不合法？我一个人把这钱全贪了，自己一个人去过好日子，把你们都甩了，这合法不合法？"

这一连串提问，把大家都问得不吭气了。

欧阳开了口："我看这样，钱存在银行，户主写爸的名字，存折由大姐保管，这主要是怕老人忘事，把存折弄丢。这不是小钱，而是一笔巨款。如果由天玫一人独吞，那么大家岂不是把天玫扫地出门，把她当外人了？怎么用这笔钱呢？咱们这是一个大家庭，总该有个一家之长吧。凡要用钱，家长提出，大家讨论。但要给天玫一个特权，那就是联合国安理会常任理事国的一票否决权；就是说，她没有一人使用权，但是她有一票否决权。”

天玫同意了。她想，大家用钱时，她不否定就行了，不使用这个权利，等于没有。

天玫说：“好吧。我现在作第一个提议，明天就送大哥去成都医院做手术，不管花多少钱也要把大哥的病治好。明天，爸留在家里，其余人全体出动，同时去成都。现在就作准备，明天一早走，下午三四点就能到成都。”

她话未说完，柴久思就打断了她，说：“这可不行。我不同意！我的病是老毛病了，这么多年都过来了，怎么能用天玫这笔钱给我个人看病？现在需要用钱的地方还多，比如村小的厕所，下雨天没法下脚，早该改建了；两个教室的屋顶要修补；教室光线不好，急需要打两个窗子。另外，要先给芷君寄一笔钱，她上学吃助学金，只能吃饱饭，学习及生活费用，只有去打工，太苦了。另外，欧阳、天玫早晚要结婚，爸和石梅早就商量要存点钱给他们修个新房。上次去永登买花种花苗也没有买成，还得派人再去。这些事都比我去医院重要。我这老毛病，无非就是痛一点，也死不了人。等我不能动了，再去开刀，那也不迟。”

“大哥说的那些该办的都要办，但现在第一件事，是大哥必须马上去动手术。这事不用多说了，咱们表决好不好？大家说大哥该去，大哥就少数服从多数。”天玫说。

石敢当决断地说：“有什么决可表的，都是废话！就按天玫意见办，明天一早就走。久思去也得去，不去也得去！”

（三）

到了成都，他们在医院旁边的小旅馆住下，第二天一早，班超推着柴久思去医院；欧阳说，我去排队挂号。天玫在校读书时，陪同学去过这所庞大无比的医院，它的大厅里永远挤满了看病和挂号的人。天玫当机立断，同班超说："不必去门诊了。直接推急诊室！"

天玫料定，根据大哥的病情，通过急诊室，大哥可以马上住院。要是门诊，又是查血，又是拍片，又是候床，不折腾死！

谁不想急诊？又方便，又快当。可得先过急诊挂号这一关，天玫就把大哥的病情说得重上加重："病人已经痛得昏过去了，没办法，只好推到急诊室。"

挂号的护士走出房间。她要先看一下病人。久思经昨天一整天的折腾，躺在窄窄的长条坐凳上，面如死灰，石梅、班超在旁边扶着。护士马上喊来一个男护工，说，推到郝医生那去。对天玫说："你们过来一个人挂号。"班超跟着过去了。

石梅、天玫跟着推车见了郝医生。医生询问久思病情。天玫抢着回答，以她那三寸不烂之舌，把从大英百科全书上看的，以及柴久思经常痛得不能站、不能坐、不能躺，痛得生不如死的情状很快说了一遍，其中涉及腰椎间盘突出病症方面的专业术语，全都用英语说得分毫不差。她还说，病人本来是大学图书馆系的一个老师，自愿辞职去了又远又穷的南姜县边上一个只长草不长粮的地方，做一个农村民办教师，苦口婆心地把失学的农村孩子们招拢来，教孩子们读书识字，农忙时期还参加劳动，专干那些又苦又累的活。他下来时好好的，硬是把腰给累坏了。他是带病教村小，是个好人，好老师。"郝医生，我们千里迢迢，来一趟不容易，你让他住院吧，救救他吧。"

天玫的一席话把郝医生打动了。这病人四十多岁，与自己年龄相仿，本是同龄，却遭此不幸。他也听明白了，这可能是腰椎间盘突出症。他说："你们去办往院手续吧。"

他似乎对天玫有点好奇，问她道："你是病人什么人？你也是图书馆系教外语的么?”

天玫答道:“我是她妹,是公社向阳花,一个种田的,一个村小教师,同时,正在上大学。”

天玫指着石梅说:“她是病人的爱人,原来在大学教书,现在也在农村民办小学。——请问郝医生,做了手术,能全治好吗?”

“这我们不能打包票,手术总是存在不成功的可能性的。”

“不成功是什么意思?”

“就是动了手术没治好病。还有种可能是手术失败,导致下肢瘫痪,就是失去知觉和自主行动能力。如果真需要动手术,家属是要签字的,你们可要想好。”

“不成功的比例有多大呢?”

这时石梅说:“你别问了。有百分之一的治愈可能性,我们也做。就是下身瘫了,也比现在痛得生不如死强。”

郝医生严肃地说:“如果需要手术,这个手术我来给他做。我做过上百例这类手术,还没有不成功的。你们放心吧,我们会尽力而为的,一定要让这个好老师重新站起来!”

在病房外面,班超悄悄对天玫讲:“你看要不要给郝医生买几包点心或什么礼物送去?”

“一边去!哪儿学的这一套?郝医生是那种人吗?!”天玫不容分说,直接给他怼回去了。

病人住了院。把久思交给医生,他们放心了。班超却无事生非,没话找话说,他赞扬道:“天玫嫂子处理事情,快刀斩乱麻,当机立断,那口才更是了得,直把医生感动得不行不行的!那一连串的洋文,更是把医生拽迷糊了。真所谓马中之赤兔,人中之鬼雄也!”

他把“生当为人杰,死亦为鬼雄”,一不小心,说成“人中之鬼雄”了。

手术后,在石梅全心全意的精心照料下,不到半年,柴久思这个病秧秧就恢复成了一个腰板直挺、健步如飞的精壮汉子。

（四）

柴久思在医院养病时，天玫安排班超去给芷君送生活费。天玫嘱咐班超要把所有事情的来龙去脉说清楚，特别要给她说明，这次大哥来成都治病不通知她，是怕影响她学习。

接着，石敢当一众，对整修村小，去永登苦水购买优质花种花苗等作了妥善的安排。

（五）

天玫说："还有，芷君在龙泉驿山里头姑妈老家还有几间房子，她姑妈去世后，芷君也好几年没回去过了，听说房子已经破烂得不像样，回去连住也不好住了。我建议取一部分钱把她的老宅修一下。欧阳兄弟俩是强劳动力，这次派得上用场了。"欧阳和弟弟两个早就想看看这个漂亮妹妹的家里是什么样了。她能唱出那么好听的歌，她家的房子也一定很有诗意吧。

其实，欧阳在这里养过病的，但他已经完全不记得了。

星期天一早，他们同芷君一起回到了她的家。

这是一个什么家啊！

因长期无人住，锁都生锈了，仅有的一点铺盖，都在房上漏下的雨水中沤烂了。最奇的是房中间竟长出了几丛野草和一棵香椿树。

班超向来做事利索，把房里的东西，包括那些缺腿凳子、烂桌子、破柜子和一应铺盖杂物，一把火烧了。请了两个农民大叔，代他们买了水泥砖瓦，一天五元工资，夜以继日，把房修好。然后他们到镇上买了新的柏木桌椅、新床、新柜、全套铺笼罩盖。三四天时间，房子里里外外，已焕然一新了。

欧阳说："这样，你失散的哥哥回来也有个住处了。"

班超说："这样，我以后也好回家看看了！"

在两个大哥哥面前，芷君幸福得像一朵玫瑰！

班超说："芷君，好像听你提起，当时是你哥把欧阳背去医院的。若不是你哥背着他，他那么重，你是没办法把他送去医院的，欧阳也就完了，充其量，成了一个植物人。你哥还没消息啊?"

"不要再提我哥哥好不好? 小时，父母就去世了，是姑妈把我养大的。我同我哥早就没联系了，他遭了冤枉，现在情况不明。我不想说了，你们也别问了。"

事实上，她不可能忘记自己的哥哥。"不管别人怎么看他，把他打成什么，反正他是我的最好的哥哥! 我俩从小一起在苦水中长大，有一点吃的，哥饿着也要给我；他再累也要课外去做工，为的是赚点钱，给我交学费。没有他，我就根本不能读书。"芷君心里说。

芷君回想起之前回家收拾东西时，看到哥哥钱文留给她的一封信：

亲爱的妹妹：

这可能是哥哥写给你的最后一封信。以后在任何情况下不要再提起哥哥。如果填表非写不可，你就写：兄，钱闻，失散。不要写现名钱文。钱闻是原用名，后来人口普查时，因闻字笔画太多，我就被改成了现在的钱文。你想，出身反动地主家庭，哥哥又想变天，这种出身会成为你一辈子的包袱。我让你永远不要再提起你的哥哥，起码你自己心里会减少一些负担。但是哥哥遭的是不白之冤! 父亲被关前，把手写的一个农民分他田地的记录放在柜子里，当时不识字的姑妈说，这是你爸留下的唯一字迹，你就留个纪念吧。谁知被人翻出，说我是妄图变天。其实，我早就忘了那个条子，想都没想什么复辟，什么变天。但是，它成了铁证，黄泥巴糊裤裆，不是屎也是屎。哥这辈子也洗不清了。但你知道就行了：哥哥是个好人。回想，爸妈死后，你我兄妹相依为命，姑妈把我们养到了十几岁，她去世后，哥边上学，边挣工分，尽一切力让你上学，咱大队党支书阮七爷看你我表现好，说大人有罪，小孩没罪，让大队出钱供我们读书，我在上高中时，努力学习，在原罪感的重压下，处处要求进步，当了学生会干部，一心一意跟党走，同时，抽一切空余时间勤工俭学，赚点钱，供你读书。如果这样下去，多好啊。可是现在全变了。希望你大了，嫁一个年龄大一点的能照顾你的老实勤恳的贫下中农，平平安安不出事，活下去。这是哥最大的希望。哥说的这些，你要记住。

永远爱你的哥哥绝笔

（此信阅后付丙）

钱文来信，末尾总要写上“阅后付丙”四个字。阴阳五行中，丙属火，付丙就是烧掉。他怕留下字据。

她牢牢记住了哥哥的话，从此在任何情况下，不提家庭，不提哥哥，不论谁问起，她都只是说：“小时，父母就去世了，是姑妈把我养大的。”

他们离开家时，把钥匙交给隔壁阮大妈，说如果哥回来了，就把钥匙给他。天玫没忘记，在镇上买了两个花枕头，让芷君给大妈送去。

（六）

这天，在学校课间休息时，柴久思对大家说：“天玫她爸还说了另外一件事，咱们别忽略了，否则，就对不起她老爸的一片苦心。大家应该记得，她爸说，他专门回去一趟，问了矿长的儿子他们工厂的情况。他儿子不是在芳香油厂当工人吗？他说因为进口玫瑰精油太贵，准备自己生产，如果把我们的大红袍卖给他们工厂作原料，收益可能就比现在大多了。大家议议，这事怎么办？”

天玫说：“我爸心真好。他是想改变咱这里的苦日子，想给我们另辟一条路。我建议咱们拿一笔经费出来，先派人去上海走一趟，带点地方的特产，到丝绸之都南充去买点好丝绸。到上海见人空手不好。是不是就让班超约上芷君利用阳历年这几天假，再请两天事假去一趟上海？夏天来咱们这的吕涛，是上海芳香油厂的工程师，他那时在省城，芷君就总照顾他。他临走时一再说，日后有工夫，一定去上海去看他。叫班超和芷君他俩去，一定能在吕工程师那里把情况了解清楚。”

班超得到这个消息，像拿了冠军奖杯一样，兴高采烈。他立即去财经学院找芷君。他要不期而至，给芷君一个惊喜。

（七）

詹姆斯在一次通话中对芷君讲，她们的照片被英国的一个化妆品公司看中，说她虽然素面朝天，没有用任何化妆品，但那白皙滋润、白里透红的健康、青春的肤色，是绝无仅有的，问詹姆斯可否作她们的经纪人，同她联系一下，邀请她去意大利或保加利亚玫瑰谷拍品牌代言宣传照和影视资料。詹姆斯对芷君讲："这在国外，可是千千万万女孩子求之不得的名利双收的好机会。拍一个品牌代言，就够你们生活一辈子了。意大利的著名影星罗兰的代言费是五十万美元。如果你分别代言两种不同品牌，你可以拿到十万美元，就是十五万人民币。我咨询了你们外事部门，他们说，这是没有先例的，说这种域外文化，会造成对国内青少年的精神腐蚀；且为此批准签证是根本办不到的，多可惜呀!"

芷君说："我想也没想的事，原本不在我生活视野之内，有什么可惜的？只有失去的，才可惜。我并不想得到，所以也不存在遗憾。比如，国外的各种彩票，奖金数字惊人，但命中率等于天上的陨石掉下来，恰好砸在你的头上。试问，你买过你们国家的彩票吗？"

"没买过。"

"还是呀，你没买，是因为你根本想也没想去碰那个天文数字。"

"但是，你已经命中了啊!"

"他们总不会白送钱吧，对我的要求是什么？"

"要求必须出国找最好的阳光、适宜的环境，另外就是要穿低胸服。"

"什么叫低胸服？"

"就是穿得性感一点，这可是上帝赐予你们的优势。如果需要，还要求拍比基尼三点式泳装照。"

"别想，别想！发什么神经！你把我当什么人了？死詹姆！你这家伙怎么净出馊主意啊！别说出不去，就是给办签证，我也不会拍这种照片啊！"

詹姆斯觉得她不可理喻，是根本无法谈下去的。他只是替她惋惜。在她们那个穷地方，在这个世界上物价最低最稳的地方，收入十万美元，这是一个什么概念啊？——这个数字后面可能是一个又一个的十万美元！

不过，詹姆斯仍然很感动。这个女孩子，半点也没有为金钱打动。至于穿什么服装，那只是两种文化观念的冲突，谈不上谁对谁错，谁好谁坏，谁落后谁先进。

但这次谈话，又一次向芷君打开了了解外面世界的一扇窗户。别国这样做，已经一百年了，自己只是不知道而已。存在的就是合理的。也许政治课老师批判的黑格尔的这句话是对的。

她对詹姆斯心存感激。他千里迢迢打电话，把这作为好消息报告给自己，还不是为自己好啊，自己反而让他触了一鼻子灰。她本想说："无论如何还是谢谢你！"但却说成了"你这个死詹姆，你想害我们啊！"她的这个德行，简直和天玫毫无二致！

好在死詹姆对她的性格已经很了解了，不仅不反感，反而愈发觉得她这种纯真的率性和坚守，尤为难得和可爱。

（八）

有一次詹姆斯问芷君，"文化大革命"中风行一时的"血统论"是怎么回事。芷君说，简单说，就是出身决定论，一个人的成分和出身决定一个人的思想言行，这样就导致"出身决定命运"这一判断。

"那么你是什么出身呢？"詹姆斯好奇地问。

芷君不想回答，便反问："你呢，洋鬼子？你是什么家庭成分，什么出身？"

"我呀？我的出身反动透顶，我是大资本家的儿子，我一出生就是一个资产阶级的狗崽子。"

“那你为什么不在家享福，要辛辛苦苦当记者？”

“我其实才真正是一个革命造反派。爸原来让我读经济专业，日后好接他的班，但我只对新闻摄影感兴趣，便考了新闻专业。背叛父亲的结果，是他断绝了对我的经济支持。我不得边上学边在报社打工。父亲这一逼，逼出了我好多新闻作品，在大学二年级，我的一组照片就得过全英新闻摄影大奖，得了一笔颇为丰厚的奖金。父亲知道了，也逐渐改变了他的看法，渐渐认可了我的做法。”

“你获奖的是一组什么作品？”

“一个退伍士兵，因长期失业，在英国国会前面把汽油浇在身上然后自焚，我拍下了他自焚的整个过程。第一张是浇油，第二张是拿出打火机，第三张是打燃打火机，第四张是点火——他立刻成了一个火人。这组照片引发了伦敦街头游行，抗议政府的经济政策，导致了接连三天的打砸抢，烧毁了七辆汽车，砸抢了十二家公司和商店，造成一千万英镑的损失。报纸上报道的一次重大事故就能改变历史：一九一一年三月二十五日的三角内衣公司火灾中，一百四十六名男女工人死亡，大多数是年龄在十六到二十三岁的姑娘，最小的仅十四岁。三角工厂事件不仅促使美国对血汗工厂立法禁止，后来更被写进美国中学历史课本，成为现代主流价值观的一部分：生命的价值高于财富。这就是新闻的力量！”

“但你看到自焚者向身上浇汽油时，你没想到首先应该去制止他吗？”

“没有想过。我想的第一件事，就是拿出照相机。这种事是可遇不可求的。我恪守一个记者的职业道德：新闻真实高于一切。是的，我没想到救他，表面看来是缺乏人道主义，但这一事件改变了英国的失业救济政策和就业状况，使更多的失业者受益。你说哪个更人道？”

“不管怎么说，你太冷血了！”

“不，这是一种沸腾的新闻热情和伟大的新闻敏感。你看，我拍了你们七星小学在艰苦条件下教学生学习英语的照片，这组照片也引起了广泛关注。难道这不是充满了人道关怀和对孩子的爱吗？”

“你这组照片也会得奖吗？”

“已经得奖了！不过得奖的是你们！等着瞧吧！会有大资本家向你们大石埡投资的!”

（九）

班超直奔财经学院，找到芷君的宿舍。芷君同室好友黛媚知道芷君有个一米八九的男友，因此一见面就问：“你找芷君吧?”

“是的。”

“她接电话去了。她每周二、四下午五点要准时去接一个老外的电话，你去校邮局，准在那儿。噢，你进来坐一下吧。这是芷君的床，上面的这个。你不过来看一下吗？噢，我叫黛媚。”

班超也向她通报了姓名。芷君住在双层床的上铺，但那床的高度也只在他的脖子下面。他扫了一眼，那床收拾得十分整洁精致，一排书整齐地贴着墙放着，床当头上挂了一些小饰品，墙壁上贴着她和天玫在玫瑰田里的合影和她的个人照，照得非常漂亮。他从来没看见她的照片是什么样子。原来彩色照片可以拍得比本人更漂亮。这一定是那个詹姆斯的杰作了，他想。他看了看那排书的书名，听都没听说过，更不用说懂不懂了。他立时感到了自己和芷君的差距。不过反过来说，当初，如果他来财经学院，在大学宿舍的就应该是他，自感差距大的那个人就是芷君。想到这儿，他就心安理得了。他随手翻了翻芷君的书，几张照片从一本书里掉了出来——竟是她和詹姆斯的合影，最刺眼的是詹姆斯紧挨着她的肩，两个人笑得很开心的样子。

“这个老外，经常来找她吗?”他问黛媚。

“从来没有来过。那次他过来采访时找芷君，芷君没让他进来。他们都是在外面谈话和打电话。以后就没再来找过她了。你知道，外国记者不经批准，是不准离开北京那个圈的。”

黛媚给他倒了一大杯开水：“喝吧，可以边喝边谈，不急。”

“她身体还好吧?”

“不好。她一个月前得了肝炎，上周又割了盲肠。”

“真的?”

“我咒她呀？还有，她还有个毛病可深沉了，上体育课一出操就昏倒。医生说是严重的风湿性左心室静脉曲张和右心室闭锁不全。”

“这些我怎么不知道啊？!”

班超心想，自己学过生理卫生，也有一些经验，只听说小腿上会有静脉曲张，心脏怎么会有静脉曲张呢？

“你真是个傻大个！一个女孩子，怎么会把自己的什么都告诉男朋友啊！那是她个人的隐私，你懂吗？快去邮局吧，见了她，不就什么都一清二楚了？”

（十）

班超转了大半个校园，才找到邮局。学校景色真美啊。

在宽宽的校园大道上是一排排足有合抱粗的白皮法国梧桐，树梢两排相交，形成一条美丽的林荫道。尽头是辉煌的图书馆。旁边是波光粼粼的荷花池，白色的、粉红色的荷花正在斜阳下怒放，大大的鲜绿的荷叶上滚着晶莹剔透的小水珠；学生们三三两两坐在湖边的石凳上边晒太阳边看书。他想到，芷君就是像他们一样，在这里看书！一股幸福的甜美油然而生。

但黛媚的一番话还是把他吓坏了，怎么一上大学，身体就成这样子了?!

他进了邮局，侧门旁是三个半敞开的隔开的小间，分别有学生在里面打电话。他立马发现了芷君。她正兴致很高地说着什么，显得很兴奋的样子。他不想打搅她。他足足等了她半个小时。半个小时长途，得多少电话费啊？难道天玫每月给她的钱，她都拿来打电话了吗？一种不快从心中闪过。

无疑，电话的那头就是詹姆斯了。

但这没有影响他的情绪。等她出了邮局，班超跟她到一个僻静处，突然从背后用手蒙住她的双眼。

“谁呀？干什么，快松开！”但紧接着，她就高兴地叫道：“班超，是吧！”

“奇了怪了！你怎么知道是我，我可是从天而降啊！”

“我闻见了你的味儿！”

“你是狗鼻子呀！”

“比狗鼻子还灵呢！你怎么来了？”

“你身体怎么样？”

“很好呀！”

“不是说你割了盲肠，患了肝炎、心脏病吗？”

“谁说的？”

“我刚去你寝室找你，遇到了黛娟，她说的。”

“这死丫头，她咒我！你被她开涮了！”

“你没什么就好。你刚才到哪儿去了？”

“图书馆。”

“图书馆不是在荷花池那边吗？你怎么跑到对面来了？”

“去邮局发了封信。”

“没打电话呀？”

“没事打电话干什么，钱多了？”

班超不吭声了。他怎么也不会相信，她会对他说谎。她为什么这样？跟詹姆斯打电话，也不是什么错事，有什么值得隐瞒的？

“你怎么不说话了？累了吧？我带你去吃担担面，噢，不行，你不能吃面；那就吃赖汤圆吧。恐怕三十个才能喂饱你！跟我走！”

若无其事的样子，装得多像啊！

本来，他是想高高兴兴向她传达那个“出差”任务的，但现在什么也不想说了。

“你怎么了，一点也不高兴？你见了我，就没一点感觉么？”

他不知道说什么好。

“你没病吧？”她用手摸了摸他的前额。

“你骗我！”班超忍不住直说了。

“骗你什么了？”

“你刚才打电话了，起码打了半个小时！”

噢，就为了这事啊。

"是的，我在跟詹姆斯通话，他约我周二、周四下午接他电话，是为了不让我出话费。我从来没主动给他打过电话，他完全清楚你我的关系，但这并不等于我就不能有异性朋友，何况詹姆斯是一个心地善良、对人真诚、非常尊重人的人，我也从他那里学到了好多知识，增长了见闻。我之所以不告诉你，是因为怕让你不高兴，因为对爱情的专属意识和自私心理是完全正常的。如果我一见你就兴高采烈地对你说：我刚刚同詹姆斯通了半小时长话，那你该多扫兴啊。"

班超答道："我已经看到了你打电话兴高采烈的样子！我正要跟你说，因为詹姆斯同咱们三大队，特别是你联系较多，我请父亲帮忙了解了一下詹姆斯的背景情况，大的问题没有，但是他父亲是一个有反华背景的国会议员和大资本家。'文化大革命'中被扣上里通外国帽子的例子还少吗?"

芷君一听，有点恼了，说道："别人是经过层层批准下来采访的，又说的是好话，我同他打电话犯法吗？谁里通外国了？你们凭什么调查别人？在国内查还不够，现在查到外国人那里去了，你们家权力真大!"

这时，班超血脉上冲，他心里的憋闷和反感一下集中到他根深蒂固的阶级斗争理念上来：她同詹姆斯如此契合，绝不是偶然的。一个是大资本家的少爷，一个是地主阶级的后代，这种剥削阶级的出身，使他们很容易有共同语言。他思想深处的"龙生龙凤生凤，耗子的儿子会打洞"的血统论观念一下冒了出来！他一旦往这方面想，就不愿再同芷君就打电话的事理论是非了。

就在他想这些问题时，他突然发现芷君左手腕上戴着一只小巧精致的坤表。

芷君注意到了他的目光，忙解释道："这只坤表是詹姆斯寄给我的，今天第一次戴，平时我戴的是你的上海表。因为他每次打电话都要问我戴没戴新表，今天我也只是在打电话时戴一下，你不要多心。"班超立即断定这是谎话，他强忍着极大的反感，淡然地说："我为什么要多心？我说过那只表的有效期是到你有了新表为止。这话完全算数!"

芷君和缓下来："你真生气啦？对不起好不好？咱们去吃饭吧。"这时他已经对一起吃饭了无兴趣了。想想看，短短几分钟说了两次谎，这感情还有什么真诚可言？同她一起去上海，还有什么意思？他感到，这不是误会，这是两种不同的思想立场的矛盾。他决定不去上海了。他说："大石垭家里让你去上海了解玫瑰精油的生产情况，因为你懂外语，又懂经济。"他把详细要求告诉了她。班超说自己好久没回省委大院了，要回家跟爸妈一起吃晚饭。"你从上海回来后，一定要给大石垭一个回话。"说罢匆匆走了。

班超走后，芷君好久回不过神来：打电话和戴表的事，她已经说清楚了呀，怎么也不至于态度有这么大的变化啊。

友情的证明 十一

（一）

芷君上了火车，坐了两天两夜硬座来到上海。

第一件事就是找住地。跑了两三家旅舍、招待所，最便宜的标准间也要一天二十元。

当天傍晚，她足足走了两个小时，来到外滩的黄浦江畔，观赏外滩宏伟的建筑和美丽的黄浦江。沿江有一段长达一公里的一米五左右高的子母墙。一对一对的男女面对黄浦江，依靠在子母墙上，一个挨一个地挤得紧紧的。她想找个地方，来回找了好久，才找到一个空地。这些男女在子母墙边干什么呢？原来是在谈情说爱。

那时候，年轻人都渴望在男女爱情中放松自己，上海更是得风气之先。

奇怪的是这些一对一对的情侣，各谈各的，江水的风浪声中，不在意另外一对说了什么，旁若无人。这是全国仅有的特别景观了。

她找到了吕涛工程师。吕工把玫瑰花制成玫瑰精油，玫瑰精油又用于各种食品、化妆品制造的过程讲了一遍，特别详细讲述了玫瑰花从种植、品种到花瓣的整理收纳的要求，以及怎么通过机器设备成为玫瑰精油。一旦成为玫瑰精油，就成为“液体黄金”了，一公斤精油价值相当于一点五公斤的黄金。但关键是这套设备的投资，还要有有经验的技术人员。

吕工程师说：“玫瑰花出油率低，出一公斤的精油大约需要耗五千到六千公斤的玫瑰花瓣。这需要大面积的玫瑰花田，你们那里显然短时间无法开辟这么大的玫瑰花田。这是第一点。第二，鲜花的自然保鲜期只有两个小时，因此最好就地建厂。第三，现在常用的提炼方法有蒸馏法、溶剂法、脂吸法，还有榨取法等，其中，蒸馏法是最普遍、最常用的制造精油的一种方法，购置蒸馏设备需要大量资金。这些都是你们无法办到的。你们过去使用的干燥法，是粗加工，卖给茶厂、食品厂，经济效益有限。我给你几本书，你拿回去先看看，了解一下玫瑰精油的生产过程。我总的意见是，如果没有大面积花田保障和大量资金投入，是不可能建精油厂的。你来了解一下、学习一下是可以的，但要在你们那儿实行，是不可能的。过去说的什么'大干快上'，什么'有条件的要上，没有条件的创造条件也要上'，你们万不可相信，你们那里寸土寸金，每一分钱都来之不易，可千万别去拿钱去打水漂啊!"

就像放了气的猪尿泡，芷君一下子就没劲了。她明白，关键是投资，没有这笔钱，就什么也别提。县上是不可能拿，也拿不出几百万现金去做这种风险投资的。

（二）

芷君第一次主动给詹姆斯通了长途电话。她向詹姆斯通报了她了解的情况，詹姆斯说："我那次实地看了你们的玫瑰田和周边田地，最麻烦的是栽种面积，但这个问题是可以解决的。还有就是投资。这个问题麻烦。但可以这样说，一旦外资进入，你们那几百万投资，小菜一碟!"

这不说了等于没说吗？她只待了两天，就匆匆回去了。

（三）

她出了站台，向成都火车北站左边的一排小吃摊位走去。她在火车上饿了一天了，因为火车上的盒饭太贵，她想下了车，在摊位上吃两碗面，又便宜，又实惠。她刚坐下，一摸口袋，钱包不见了。

她马上意识到，自己遭了小偷！

她早就听说过火车站的小偷厉害，她已经很小心，但还是遇上了。问题是，小包里装着她的学生证、大队开的出差证明和准备以后报销的来去火车票和住宿发票。她又急又气，差点哭出来。

她翻遍了所有口袋，只找出了两角钱硬币。

她拿出这两角钱，对小面馆的伙计说："我买一碗两角钱的。"那伙计不冷不热地说："两角五一碗。"

"我只买两角钱行不？"

伙计带着轻蔑的口气说："没听说吃碗小面还要讲价！看你样子有头有脸的，吃不起一碗小面。去，去，去车站那边讨五分钱再来！"

本来，被盗已使钱芷君心头窝火，又经这店小二弯酸*侮辱，不由得发起火来："狗眼看人低！你说哪个是讨口子！"

两个人越吵声音越大。火车站本是一个人流涌动的地方，看热闹的人不嫌事大，众人很快围了上来。

这引起了车站维持治安的"协管"的注意。

当时正值阳历年新年假期，公安及协管人员强化管理的警惕性特高，责任心特强，对社会盲流及身份不明、没有身份证明又聚众滋事者，统送收容站再分流处理。

协管人员走过来，也不问是非，态度生硬地要看钱芷君的身份证件。钱芷君解释，自己被盗，证件一并丢失。

"那你跟我们走一趟，到收容站说清楚。"

"我又不是盲流和坏人，凭什么送我去收容站！"

那两个协管不容分说，强行拉她上车。一向温和的钱芷君被激怒了，连推带搡，竟和两个协管干起仗来。

她被拉到收容站。协管说："这女子在车站无理滋事，还暴力抗法，你们好好收拾她，看她是从哪里流窜过来的。"

到了收容站，先要登记姓名、籍贯、何处来、何处去。钱芷君怎

---

* 弯酸：四川方言，在这里指刁难、欺负。

肯照办？此事若传回学校，瞬间会变成这样的新闻：那个漂亮的女生钱芷君被作为女流氓关到收容所里了！她预感到这种传言之可怕。

她拒绝回答一切提问，只想着怎么快点逃离。在收容所干部去房角的保温箱打开水的瞬间，她突然发力，推开门口的守卫，撒腿逃跑。这个守卫反身追上来，扭住她的臂膀。钱芷君发疯似的和他扭打起来。她心想，自己去上海了解的情况，还没向大石垭报告，无论如何不能让他们关在这里。

收容所领导说，刚才协管就说这女子疯癫，现在又发疯打人要逃跑，她又拒绝回答任何问题，只有把她先弄到精神病医院去，先治疗，正常了，问清楚，再遣返。

奇怪的是，收容站里的医生作出了同样的判断，说此人精神不正常！

这种处理方法简单易行，他们使用惯了。

她一上车就大喊："你们这是绑架！我没有精神病！"她一直喊到医院。一停车，马上过来几个穿白大褂的壮实汉子，把她架到诊断室，她仍然大叫："你们这是迫害好人，我没有病！"医生却板着面孔，毫无表情地说："到我们这儿的病人，没有哪个承认自己是有病的。"芷君喊："你胡说，我是真没病，我是强行被他们拉进来的！"医生说："是狂躁型，不是抑郁型。注意看护，安第三十三床。"

她被捆到铁床上，一位男护士给她注射了一剂药，她很快睡着了。

（四）

她醒过来，想的第一件事就是：要想办法出去！她的任务还没完成。现在首先要做的是赶快把她的情况通报给大石垭。同室的一个病人要遣返回乡了，芷君请她送一封信出去，并在信上写明，收信后，给送信人十元钱。这是这个人送信的条件。

她在放风时，在院子里转了一圈。白色围墙，起码有两米高，上面架着半米高的铁丝网。

翻墙是不可能了。用什么办法才能逃出去呢？首先，不能再让他们打针，也不能吃药，这种强抑制药会很快把自己变呆、变傻、变废，变成一个真疯子！

她不再“狂躁”了，医生也不再给她打针，但医生说狂躁型精神分裂症是阵发性和突发性的，必须大剂量服药。而且在服药时，有男护士看着她吞下去，绝对不允许拒服。

她天天昏昏沉沉，就只想睡觉，有时甚至忘掉了自己是谁，是怎么进来的，也忘记了班超，忘记了大石垭，忘记了詹姆斯，成了行尸走肉。

第四天，她服药后去卫生间，看见一个中年女人正用手抠自己的喉咙，然后翻江倒海，把胃里的东西全吐了出来。

她明白了，她是在吐药！

她先是学会尽量少吞药的方法，即当着护士的面老老实实把头几颗吞下去，张口让护士检查，然后把后面几颗压在舌下，大口喝水，作吞药状。护士看她吞药比较老实，就不再喊她张嘴检查。护士一走，她马上上厕所关上门，使劲用手刺激喉咙，连胃里的酸水也吐了出来，吐出的白药片被瞬间冲进了下水道。

（五）

同室的黛媚见芷君八天没回来，以为她陪男朋友去了，并未在意。

就在这时，黛媚收到了钱芷君的信。

她第一时间把此事告诉了班超。

大家商量的结果是：久思夫妇坐镇大石垭，万一芷君回来，也有个商量。欧阳、天玫、班超立马在黛媚宿舍集中。

班超找到黛媚，向她介绍了他的同伴。班超说：“她是芷君的好朋友黛媚；这是天玫，这是欧阳钦，是芷君的姐姐、‘姐夫’，我们都是亲戚。这是送你的玫瑰花，从南姜乡坝带来的。”

天玫对黛媚说：“太谢谢你了！知道她关在哪儿，就好办了。这事惊动面越小越好。如果学校知道了，很快会传开，说不定把她说成是女流氓被关起来了。而且，先关收容站、后关疯人院，这已是事实，说不定在档案上会留下案底，成了她说不清的污点。这事咱们采取民间的办法，自己解决!”

（六）

当看到医院周围的环境和那高高的围墙后，他们感到事情不像想的那么简单。

班超胸有成竹地说：“我目测了一下墙加上铁丝网的高度，大概有三米左右，我的撑竿跳高纪录是四米一，我到体校借一根专用跳竿，跳进去是没问题的。”

欧阳说：“不行，你就算进去，怎么出来？如果把你也关起来或送到派出所去，不是多的事情都出来了？”

大家展开了紧张的论证。

（七）

钱文这两年劳改式的工作和劳累，加上沉重的心理负担，已使他须发半白，面容苍老，身形佝偻；自己才三十二岁，但心似乎已经终老。

他始终有一块心病：他曾拔去又安上欧阳的氧气管。欧阳死了没有？死了，他就是杀人犯，他就去自首，也算对自己是个交代；没死，他也要当着欧阳的面，把这事说清楚，向他忏悔。至于他自己因欧阳的揭发而受的罪，这个仇，这个恨，他也要向欧阳讨说法，让他看看，他的举报把自己害成了什么样子!

他最放心不下的是妹妹芷君。她现在生活怎样？想到妹妹，他就恨不得飞回去，飞回到那间破破烂烂的茅草房里去。

（八）

他回到龙泉驿老家，街道、邻居，一切都是老样子。他感到无比的亲切。但当他走近老屋时，他认不出了：未必老屋被没收，已另有人家？怎么变得像新房子一样？隔壁阮大妈见他回来，马上热心地把钥匙交给他，说，这是你妹子叫我交给你的。

他打开门一看：全变了！阮大妈没等他问，就说了："这是你妹子带几个年轻汉子，用三四天时间整的。这些人我从来没见过，只听你妹喊'欧阳'，可能工头就叫欧阳。"

是怎么回事啊？他百思不得其解。

（九）

几天后，他回到他曾长期在那里上学的成都市。他知道在市里容易生活，其中的一个谋生手段，就是捡字纸卖给废品站。当时，他们学校的四个大门是彻夜不关的，外面捡破烂的晚上就捡各种废品。他现在回来了，弯着背，灰白头发，满脸胡茬，任何一个熟人也认不出他了。他也干起了这样的营生。他捡了一个学校又一个学校，他要找一个字纸和废品最多的学校。

他突然在财经学院布告栏上发现一张布告，上面公布了本校一九七六级优秀学生名单，"钱芷君"赫然在列。

他知道芷君是这个学校即将毕业的工农兵大学生。

他鼓起勇气；他有太多话想要对她说。自己应该有办法找到她。

他知道，吃午饭时，食堂的学生最多。他问了一个又一个，都是同样的问题："你认识钱芷君吗？"见他那副尊容，没有人愿意理他。

他锲而不舍，一个又一个地问着。

终于有一个女生说："她好像是毕业班的，她们毕业班都住在七舍。"

他来到七舍，没问几间宿舍，便被学生赶出去了，因为这些宿舍闹过贼。这些贼以找人为借口，进宿舍偷东西，有一次被发现，一些愤怒已极的学生把贼打了个半死。

他那样子，实在太像一个贼。

（十）

他终于问到了黛媚的宿舍。黛媚起初回答不知道。但她毕竟是芷君最知心的朋友，找芷君也就是找自己。特别是现在，芷君遭遇不测，不能把找她的人拒之门外，哪怕他是一个要饭的，哪怕他是一个看了布告上的名字，按图索骥找上门来，伺机行窃的贼人！

她说："喂，你回来。你再说一遍，你找谁？"

"我找钱芷君。"

"钱芷君不在。"

"怎么才能找到她呢？"

"不知道，我们也在找她呢。你找她有什么事，可以对我说吗？"

"不用了。谢谢。"

这个贼，彬彬有礼。

过了几天，贼又来了。

"请问，钱芷君回来没有？"

"没有。"

这时黛媚忙得要命，正紧锣密鼓地设法救芷君。

"你最近不要来找她了。我们都在忙，你这是添乱。"

"对不起，对不起。如果她回来，请把这封信交给她。"

"你三番五次来，你找她究竟是什么事啊？你不会是她家的亲戚吧？"

"不是，不是。"

他又走了。

但黛媚觉得事有蹊跷，便赶上去问："喂，你说，你找她究竟有什么事？你是谁？我是她姐，也是她的好朋友，她的事，就是我的事。你要相信我，你说吧。"

“那么，你知道她家里还有亲人吗?”

“她还有一个哥哥。她说，世界上对她最好、最爱她的就是她哥哥，但她只给我说过，他哥哥遭冤枉，一辈子也洗不清了。这事她从不对别人提起。但她永远相信他哥哥，不管别人说什么，他永远是她最亲的好哥哥。——你认识芷君家里人吗？你认识她哥吗?”

这个贼，突然掉下了眼泪。他颤颤巍巍地说：“我就是他哥！我要见她一面，死也瞑目了!”

黛媚大惊，忙把他让进屋，匆匆去食堂打了米饭馒头。看他那吃饭的样子，他肯定饿坏了。“怎么像一个大叔一样啊?”黛媚想，“芷君这么漂亮，一母所生的哥哥肯定也是非常标致的。但现在呢？一个贼，一个大叔。”

（十一）

他们互通了姓名。钱文说：“我是钱文。我能早点见芷君吗?”

这时，黛媚正襟危坐，严肃地对钱文说：“好了，不多问你了。当务之急是救你妹妹。你妹妹现在被关进了精神病院，我们必须救她出来。我们已经组织了一个营救梯队。你既然来了，咱们就全力救她！多一个人总要好一点。”

“这个梯队还有谁?”

“芷君的男朋友班超，班超的哥哥欧阳，欧阳的女朋友天玫，还有我，加上你!”

“你说的那个欧阳，全名叫什么?”

“欧阳钦!”

“天玫是他女朋友?”

“是的，你认识吗?”

他愣在那里一言不发。

“你害怕，可以不参加。”

“不，我是想别的事。我当然要参加！能救妹子出来，就是死也值了!”

"别死呀活的，现在是讨论可行的营救方案。"

（十二）

钱文的出现，使欧阳、天玫大感意外。他们几乎同时说："钱文，你回来了，坐吧！"

他们完全没有思想准备，一时不知说什么好。当初，他们在姐夫柴久思的责备之下，已经意识到了自己的荒唐和错误，可是连一个向钱文认错和道歉的机会也没有。

钱文目光呆滞，无可无不可地站在那里。他想了一百遍的那些见了欧阳、天玫要说的话，一句也说不出来了。

黛媚解了围："看钱文现在这样子，就知道他这些年是怎么过的。你没有尽到一个哥哥的责任。是欧阳和天玫全心全意爱护着芷君，尽到了你这位哥哥不能尽到的保护妹妹的责任！还有欧阳的弟弟班超，他让出了自己的上学指标，使芷君成为最后一届工农兵大学生。现在我们要团结起来尽快把芷君救出来。我已经把这里的情况给我爸讲了，他为我们的友谊所感动，向我们捐献了一个月的工资，作为我们的活动费用。他是一级教授，每月工资四百多元。有人有钱，就一定能救出芷君。钱文，收起你的委屈、怨恨吧，你回来得正是时候，晚几天找到我，救妹妹就没你的事了！"

（十三）

他们首先在精神病院附近租了两间房子，三男一室，二女一室，像住大学宿舍一样。住下马上就开会，研究营救方案。天玫说还是要设一个组长主持会议，班超马上自告奋勇。天玫说："一边去。钱文吧。"钱文马上回绝："不行，不行，我脑子迟钝了，话都说不清。"天玫坚持："长者为尊嘛，你年龄最大，还是你，这实际上就是管联络的。"黛媚说："别谦让了，又不拿工资，还是天玫统一安排好一点。"

钱文说："这样好。我昨天想了一晚上，我们强行营救，合法不合法？"

黛媚说："又不是劫狱，有什么合法不合法的？现在讨论的不是救不救，而是怎么救！"大家同意黛媚的意见。

欧阳说："我们现在第一要做的是让芷君知道我们在救她，要她安心配合，保护好身体。医院食堂总要买菜，要不从采购员那里看有没有办法打开缺口？"

班超说："我们可以从医院的采购员身上想办法。每天上午，采购总要出来采买，我们一早就守在医院门口，跟踪他，然后见机行事，再说下一步。"

黛媚说："我看这办法可行。钱文，你说吧。"

钱文说："我去跟踪吧。"

黛媚说："不行，你现在这个状态，只能帮倒忙。"

（十四）

第二天七时左右，一个穿白大褂的中年人骑着一辆三轮车出了医院大门，车上放着一杆秤，一看就是采购员。欧阳哥俩跟在后面，进了菜市场。采购员径直进了一个菜场，那卖菜的女人，二十七八岁，面容姣好。她竟预先替他准备好了当天要买的菜，帮他放在车上。随后二人进了铺面，那女人又把煎饼、油条和煮鸡蛋塞给他，二人边吃边说，显得十分亲热。然后采购员骑上三轮车回医院了。那杆秤，插在菜上，原来是做样子的。

欧阳二人马上回来报告了这个发现。天玫立时作出了判断："这女的不像是采购员的老婆，说不定是他的姘头。采购员是拿医院的菜金当了买春的好处费。班超、欧阳，你们这个发现很重要，我们可能发现了一个重要的突破口。"接着，你一言，我一语，讨论了下一步怎么办。

大家分头行动。

（十五）

下午六时，班超二人又跟踪采购员回他自己的家。班超敲开门，说自己在他楼下住，上面厨房漏水把灶具全淹了，上来看一下，说着就往门里走。室内设施十分简陋，换洗的衣服堆在房角，连被子也没叠。显然这个家是没有女主人的。他俩装模作样去厨房看了一下，嘱托他检查一下什么地方漏水，然后匆匆离开。黛媚、天玫这边，已从卖菜女人周围菜摊卖菜人那里了解到，这个二十八九岁的女人是一个寡妇，有一个可爱的小女孩。天玫、黛媚跟着那个卖菜女人从菜市场出来，见那女人先从一个老太婆家里把一个四五岁的小女孩领出来，然后回到她的住处。晚上九点过，她们看见一个黑影悄悄溜进了女人的家。

当天晚上十一时左右，两个戴着红袖套的大汉"咚、咚、咚"敲了许久才敲开了卖菜女人的门。那个小女孩已经入睡。他们凶神恶煞地用严厉的口气说："我们是街道治保会的！早就发现你们的不法行为。女的留下看孩子，男的跟我们去治保会！"那女的一下哭了出来，一个劲求饶："两位兄弟！你们要抓，就抓我！千错万错是我一个人的错！你们千万别抓他呀，他是在单位的，单位知道了会开除他，身败名裂，他还怎么活呀！要抓人，我去！"

欧阳说："那么，不去也可以，我们也可以不对单位讲，如果以后表现好，这事就当没发生！现在男的跟我们走！"

（十六）

他们把采购员径直带回他们住的地方。这时钱文早已把夜宵做好，一人一大碗干稀饭，天玫还特别把最大的一碗，和颜悦色地递给采购员，直接向采购员说明了他们的安排和用意："我们妹妹遭人陷害，关在你们医院，对你采取这种办法，是无奈之举，但你们犯事，也是事实。只要你肯配合我们，救出我妹，我们就永不再提此事。"

“你妹子叫什么?”

“叫钱芷君。”

“知道，是个大学生。医生护士都对她有好感。上面打了招呼，按精神病治，病愈之前，不能出院。我愿意配合你们，但也要为我保密，否则，我的铁饭碗就砸了!”

欧阳说：“你先做这样几件事：第一，你把我们写的纸条交给芷君；第二，”他指了指钱文，“你以处理废品为名，把这个收破烂的大叔放进去，设法让他和芷君见面。下一步怎么做，明天上午你买菜时，我们再告诉你。”

班超说：“你只要配合我们救出芷君，我们就支持你们好下去!我看你也是个老实人，是真心喜欢这个女人和她的女儿，那个女人也真心实意喜欢你，你们可以光明正大地好啊!”

采购员似乎被感动了，他说：“不瞒你们说，这女人真的好可怜。她男人喜欢上了别的女人，走了四五年，没给家里寄过一分钱。我的爱人也生病死了好几年了。但因为她男人不在，没办法离婚，所以我们才暗中往来。”

天玫、黛媚几乎同时说：“这位大哥，我们看你们两个都是苦命人儿！她丈夫出走五年没音讯，这已是死亡婚姻，按照婚姻法规定，可以提出离婚。等办完我们妹子的事，就办你们的事。我们有办法帮她离。离了，你们就可以结为秦晋之好，我们说话算话!”

事情进行到这一步，他们已经结成了一个“神圣同盟”，一个利益共同体。采购员已真心诚意入伙了。

（十七）

第二天没等吃早饭，采购员就把一张纸条塞给芷君，上面写着：“我们正设法救你出去，保护好自己。中午会有一个胡子大叔来看你，不要吃惊，他是你哥。班超、欧阳。”

芷君看了条子，激动得心都要跳出来了。她明白，这是一个强大的后援团。她心中有数了。

芷君一遍又一遍读着这个寸纸寸金的纸条，然后把它吞进了肚子。

话说这个采购员姓蔡名成，虽然只有三十八岁，但工龄已有二十年，是医院能量很大的老职工。他的这个岗位，使一些爱好在厨房多吃多占，常请他买点日常便宜用品的男护士成了他的哥们。其中一个专门对付狂躁型病人的大块头男护士霍南便是其一。采购蔡成找到霍南，说他受熟人所托要关照一个病人。“那个大学生根本没病，以后想办法不要再让她吃药；另外，今天中午，一个收废品的大叔要见她，你安排一下。”这霍南对蔡成言听计从，连声称诺。

（十八）

先是早饭后服药时，霍南推着装药和水的小推车过来，大喊一声：“三十三号服药!”却并不拿药给她，只递上一杯水。芷君似乎已心知肚明，把水一饮而尽，然后张开嘴，装模作样让霍南作了检查，霍南推着车走了。

然后是午饭后，蔡成把钱文引进大门，交给霍南。霍南把一把扫帚交给钱文，让钱文收拾储藏室堆积的废品、废报和杂物并打扫卫生；然后把芷君引到钱文面前，自己远远站在一边，不准其他病人走近。

芷君一眼认出了哥哥，不禁泪水涟涟：“哥，你怎么成这样了啊!”

钱文忙说：“妹子，别哭。你平静点，里面不是说话的地方。等你出去，哥再慢慢告诉你。外面班超、欧阳、天玫还有黛媚，正想尽一切办法救你出去。你现在千万要保护好身体，不要生病，配合我们工作。哥进来看你还好，就放心了。——噢，家里的房子，是怎么回事?”

“是欧阳、天玫他们带人修的。我多少知道一点你们之间的事。我的命都是欧阳救的，要不是欧阳舍己救人，把我推开，我早就呜呼哀哉了，欧阳也不会被撞成那样。总之，哥，你要想开点，咱们是一家人了。忘记原来那些恩恩怨怨，一切重新开始！……”

“芷君，哥不想那些了，你放心！哥听你的。哥现在唯一想的就是赶快把你救出去。”

也许太激动了，他的最后一句话声音大了点，被霍南听到了。

霍南看着钱文拿着废品口袋离开了住院部。

霍南回到护士办公室，想着钱文那最后一句话。“原来他们要救钱芷君出去！这可是大事。去年，一个护士私下放走了一个病人，病人在外面出了事，这个护士下场是开除！”霍南想到这儿，不寒而栗！“千万别为了哥们义气，犯下这滔天大罪！一旦被扫地出门，那没工作的婆娘、上小学的宝贝儿子如何是好？！”

那么，是向上报告呢，还是不报告？

（十九）

钱文向大家报告了他和妹妹会面的情况。知道芷君身体尚好，就是又黄又瘦，大家又欣慰又着急。钱文看到的实际上是表面现象，实际问题要严重得多。芷君每天早晚各一次，去洗手间用手抠喉咙，呕吐药片，那真是扒肠刮肚，连胃里的酸水都吐出来了，以致形成条件反射，一吃东西就作呕，浑身饿得有气无力，但就是吃不下东西。她明白，他们要是再不救她出去，她会枯槁而死。“死时就像‘木乃伊’。”她恐怖地想。

大家绞尽脑汁，最后还是照欧阳出的主意办。但这个办法只有欧阳一个人坚信是可行的，其他人皆拿不准。钱文没有发言权，他根本不知道行还是不行。这个办法就是，欧阳、天玫和班超直接杀回省委大院，向欧阳远和杨薪说明原委，请他们设法调一辆救护车，然后再如此这般，依计而行。

（二十）

欧阳远听了，自感此事离谱。自己身为党的高级干部，革了一辈子命，现在却要参加一个如此这般的营救？他可以利用权力救芷君出来，这不过是易如反掌的事。但这样不能保证钱芷君名誉不受损，不留下案底，使她成为盲流者、一个有污点的人。欧阳他们的担心不是多余的。而他又决不能让儿子班超的女友，那个救了欧阳的可爱的女孩子，关在精神病院里！他们的方法简单可行。他对妻子杨薪说："你和孩子们商量着办吧，但要万无一失，否则，这问题就大了！"

杨薪本也是战火中出生入死、年轻时充满侠肝义胆的人，听了他们的介绍，早已义愤填膺，按捺不住心中的愤慨和急切。她斩钉截铁地说："事到如今，是非只有一个标准：救出芷君就是对，救不出就是错！如果我连一辆救护车都调不动，你爸这部长白当了。我这部长夫人也白当了。我们一辈子反对以权谋私，但这次我只能以身试法一次。你们都别走，我马上就办，我要亲自参加！"

（二十一）

她马上给省医院的院长马笃打了电话。院长马笃深深感谢欧阳部长当初对自己的器重，他一听是部长夫人要用辆救护车，恨不得马上就把车开过来。他说道："杨薪同志，你需要我做什么事，让办公室打个电话就行了，怎么劳您亲自下问。您说什么时候要车？"

"明天晚上，只配一名可靠的司机；麻烦你多准备三四套白大褂。我和几个亲戚明天晚上九点钟准时到省医院门口上车。其他你就不要管了。你少知道一点，没害处。"

（二十二）

晚饭后，欧阳一行，刚回到出租房，蔡成就找来了。他急匆匆地说："事情不妙，我的那个哥们是个胆小鬼。他说：'外面进来的那个大叔，不是看望一下那么简单，也不是少吃点药的问题，我听见他们说，外面要救她出去。如果我知情不报，这可是死罪！我得被院领导清理门户，扫地出门。'你们看这事咋办？"

他们沉着地研究了一个对策，叫蔡成照办即可。

蔡成当晚约霍南出来，在一个饭馆里，叫了几个菜、几瓶啤酒。

在盛情的招待之下，那饕餮之徒，同意明天全天请假，把老婆弄到随便哪个医院做检查，以作应付，躲开他们明天的行动，摆脱与自己的瓜葛，并保证不对任何人提及此事。

“那是，那是。蔡师，在院里，华佗是老大，您是老二！喝！祝你们明天马到成功！”霍南说。

四瓶啤酒下肚，霍南早已忘了东西南北。唯一清醒的是，没忘记歪歪扭扭地写了一个“要给得了急病的老婆看病”的请假一天的假条，要蔡成交给领导。

（二十三）

晚九点正，杨薪已穿好白大褂，戴了白帽子，脖子上挂着听诊器，神态稳重，像煞一个大牌医生。欧阳、班超和钱文上了车，迅速穿上白大褂，天玫则披头散发，衣袖撕掉半截，衣襟扣子扯掉两个，前襟破了一大片，看上去像一个典型的狂躁型病情发作期病人。

钱文很细心，在没人注意的时候，已用一张纸把车上印的“省医院”标识上的“省”字牢牢实实遮盖住了。这样，这就成了一个无名的救护车，事后无蛛丝马迹可循。

车子开到了精神病院，由牛高马大的班超在左，凶神恶煞的欧阳在右，扭着天玫的胳膊，直奔住院部。杨薪对住院部当值医生说：“我们是县医院的，拿这个狂躁型发病期病人实在没办法，直接送到你们医院来，麻烦安排住院治疗。”

那值班医生说：“我院已人满为患了。特别是狂躁型病人更收不下，主要是缺少看护人员。”

这时天玫突然挣脱班超和欧阳的控制，这个身高一米七，十分健壮的女病号，一下子扑过去，撕破了医生的白大褂，抓住医生的领口“啪，啪”两个耳光，又抓起桌上的墨水瓶向欧阳扔去。杨薪大吼一声：“把她控制起来！”话音未落，说时迟，那时快，班超一记左勾拳打在天玫下巴上，天玫当即昏倒在地。

那当值医生气急败坏，大叫：“带走，带走！我们收不了！药开好了，快带回去！”

在此同时，趁着混乱，蔡成把一套白大褂交给芷君，芷君在厕所套上它，在蔡成和钱文的掩护下，上了救护车。

芷君神不知鬼不觉地从医院消失了。

（二十四）

在车上大家互相拥抱，个个热泪盈眶。

“谢谢妈！”欧阳和班超说。

最该说谢谢的，应该是芷君，但她说不出来。而钱文只想给大家跪下，以表示自己的感激涕零之情于万一。他们救了妹妹！这个世界上他唯一的亲人！

他们在出租房前一百米处下了车，目送杨薪上了救护车。

杨薪回到家，显得特别有成就感。但她什么也不说。丈夫毕竟是那个级别的干部。任务完成就行了，她认为他什么都不知道更好。她只说了一句：“事情办妥了。”算是交代。

欧阳扶着死沉沉的天玫回到了住室。

钱文在大家欢呼狂叫之前已经把所有的门窗都关上了，好让大家尽情拥抱、欢闹。

黛媚说：“钱文请客！去买一箱啤酒来，反正你有钱！——该不该他请客？”

“该！”大家异口同声。

芷君高兴得眼都笑红了。她对班超说：“你也下手忒狠了，你以为天玫姐是詹姆斯啊？做个样子就行了，怎么真打啊！”

“要做得像，就得真打；如果我不下毒手，那个医生怎么会相信天玫是个真疯子，怎么会相信我们是真看护，怎么会迫不及待地赶我们走？”

芷君心想：“这家伙以后会不会也给我这么一下啊？”

欧阳说：“但演得最像是天玫。——你是不是真是一个狂躁型的啊？你这身力气，要真狂躁起来，我就只逃命的份儿了！”

黛媚说："欧阳，你是不是经常在家受虐待啊？听说你是一个有名的'炽耳朵'，妻管严。"

欧阳自鸣得意地说："怎么说呢，我给你们讲个故事吧。话说某妻常对其夫作'河东狮子吼'，大发雷霆。其夫从不敢逆鳞拂意，而是顺其意而行之，于是常逢凶化吉。一日，夫妻二人同访一友人，友人门口，一大黄狗狂吠而出，妻大惊失色，倒于路旁，而丈夫处变不惊，徐步上前，更手拂凶犬之首，犬竟乖乖伏倒于脚下。于是，夫妻二人扬长入内。其妻对此大惑不解：'君对恶犬何有此功夫耶？'夫曰：'家中锻炼久矣，余常拂狮首，况此犬乎！'"

没等欧阳说下文，天玫大叫："好你个欧阳，竟敢骂我！"

大家笑成一团。

这是最成功的合作，最愉快的庆祝。

（二十五）

班超这时说起一件正事。

"这次钱文兄妹相聚，钱文能参加这次行动，应该感谢一个人。芷君，你说是谁？"芷君傻眼了。她应该感谢每一个人。班超接着说："应该感谢黛媚：芷君最好的同室闺蜜！"

他把过程讲了一下。芷君顺口回答："黛媚是我的铁哥们，应该感谢黛媚！没有她，我哥就见不到我了，说不定还在哪儿捡破烂呢！我有个主意：救人救到底，送佛上西天，黛媚你就把我哥干脆收留了吧！你别看他胡子拉碴的，只要理个发，露出原形，可比班超还漂亮呢。如果妹妹是个美女，那么她的哥哥离美男还远吗？"

班超说："这我同意！几年的劳动，你看，把他的筋骨锻炼得多结实！至于背有点驼，那是心因性的，心理受压抑，不敢抬头做人，走路都弯着腰，久而久之，就以为自己是驼背，或者误以为驼背才舒服。我们运动队就有这种现象，赢了，就昂首挺胸，输了就弯腰驼背，因此，教练看见哪个运动员背不直，就喊他趴下，他先是用肘往下按，后是用脚往下踩，五分钟，屁事没有，站起来一个直挺挺的汉子。让钱文试试怎样?”

没等钱文回过神来，班超已将钱文撂趴下，然后就用大手在背上使劲压了下去，接连十几次，然后准备再用脚踩。黛媚说:“行了，行了，腰快断了，慢慢来嘛——你有这个耐心，天天给他做嘛!”班超反戈一击:“天天?天天的，该是你呀!”芷君带头起哄:“好主意，好主意!”

黛媚过去给了芷君一掌:“刚救你出来，就忘乎所以了?”

这边钱文站起来，那腰背竟真的直了好多。他不好意思地笑了。

现在的钱文可不像在大石垭那样张牙舞爪了，而是变得温和少语，内敛而沉稳。

埋藏在他内心深处的痛楚，真的在泯灭。

(二十六)

芷君出来，她心里着急要办的一件事，就是找邮局打长途电话。她急切地要给詹姆斯打电话，说明她爽约不按时接电话的原因。

连打了几次，电话终于接通了。芷君把发生的这一切急促地说了个大概。詹姆斯听了，掩饰不住吃惊和惊喜，但是语调很平静地说:“我想不到天玫、欧阳他们这么快就把你救出来了，这真是奇迹!可惜我没办法马上看到你。你能来北京吗，宝贝?”詹姆斯说。

芷君此时并不十分明白，她是不是无意之间对詹姆斯产生了一种特殊的亲切感。对欧阳、班超，那是一种从内心发出的感恩，一种刻骨铭心的亲情，但它怎么就与想到詹姆斯时产生的那种感觉不一样呢?但她内心在召唤她:那个真正的像哥哥又像丈夫一样关爱着她的人是班超。她不能设想她可以背叛班超。那就同时背叛欧阳、天玫，背叛石大姐、石大伯。她心里想:在感情上，我一定是一个坚定的无产阶级革命派。

（二十七）

天玫突然想起一件事。她把欧阳和钱文喊到室外，对他们说：“钱文，有一件事我始终没想清楚，我记得你爸留给你的‘变天账’上还写有当年红军欠你家粮钱的话，这是怎么回事？”

欧阳也问钱文：“对，天玫好记性，是有这话。你记得吗？”

钱文沉默良久，唉声叹气说：“这事还有什么意思？这事已经把我弄得臭不可闻。”

欧阳说：“你就说说红军欠粮欠钱的事。别想那么多，反正事情已经过去了，就像扯闲话，你说说看。”

钱文不紧不慢地说：“‘文化大革命’时，父亲遭斗争后，关在公社，我去送饭，他从棉袄夹层中取出了一张纸条交给我。就是那张差点要了我命的‘变天账’。他还特别给我说，当时红军长征离开川北时，一个连长从家里借走二十个银圆、两石米，写了张借条，说是革命成功后加倍偿还，一定要保存好这个借据。红军在时，我家也就相当于一个中农，还算是革命依靠的对象吧……”

天玫忽然打断他们，问道：“红军写的那张字据还在吗？只有你爸随口一说，那是不算数的。”

芷君这时从屋里出来，插话说：“哥，我怎么不知道这些事？你快回答，爸说没说红军留下的那张纸条存在什么地方？”

钱文答道：“说倒是说过。这么多年过去了，还能找得到吗？”

欧阳说：“你这个人怎么这样黏糊！你就说你爸怎么说的！”

钱文说：“我爸说，当时刘家军打回来，反攻倒算，说给红军借粮借钱，就是死罪。怕让白狗子知道，他把条子放在一个密封了的石碓窝里，藏在老家堂屋石壁里。这么多年了，那房子不知还在不在。就是找到，那张纸也恐怕烂成浆了。”

天玫是急性子，立即作了布置：“第一，欧阳，你爸当时在钱文家那一带打过仗，你今晚去问问，当年他们部队在那一带借过钱粮没有？第二，明天咱们全体出动去钱文老家去查这个条子。”

她知道，找到这个条子，对钱文是很重要的，可以说明钱文家当年支援过红军，是有功劳的。他家从中农变成地主，那是后来的事，一码归一码。这样，钱文对自己家庭出身的心理包袱可以减轻一些，精神状态也可以好一些。

欧阳找到爸，问起这事。欧阳远说："红军离开川北前，有征粮活动，要不，长征路上吃什么？但红军本着不拿群众一针一线的原则，都是写了借条的。我当时就写过。革命胜利后，也有还了的。钱文他爸那个'变天账'确实有问题，他把一件好事说成了坏事，把借钱粮给红军这种对革命有功的好事，写成要和红军算账的欠条，而且把它和土改分田账放在一起，这极容易引起误解。你们去找找看，那借条可是一件革命文物。"

欧阳一行人，马不停蹄来到钱文老家，在钱文的带领下找到了老屋原址。土改后，钱家老屋先是作了土改办公室，后来又拆建，办了民小，那间搁置石碓窝的堂屋，哪里还有影子？

但天玫是个天生的无产阶级"彻底革命"派，她一不做二不休，发动众人一个又一个地访问村民，访问村干部，终于找到了上一任的民小校长，他说，当时拆建教室时，在一间房子的石壁里面发现一个密封的石碓窝，打开一看，是一张保存完整的发了黄的纸条。他们把它交给上级领导，后来，县文物局把它放在革命文物展览馆里，对青少年进行革命传统教育，说红军就是在广大人民群众的无私支援下一步步走过来，取得革命胜利的。

芷君忙问："那么县上找过这个条子的主人吗？"

老校长说："怎么没找？一家人死的死，散的散。条子的主人后来发家成了地主，关了监。但这老地主瓜稀了*！他就不晓得说说这借条的事，当年红军好困难，那可是立了功的证据。从现在的眼光看，那就是免死牌！可惜了。"

他们立即找到县上这个展览馆说明了缘由。钱文兄妹第一次看到这张借条，只见上面写着："因革命工作需要，从老乡钱富田家借走

---

* 瓜稀了：四川方言，意为"太傻了"。

大洋二十圆，大米二石，革命胜利后加倍奉还。红军二团三营二连借。”在“借”字后面按有一个清晰的手印。欧阳见这个字迹，似曾相识，特别“革命工作”四个字，他更是眼熟。

欧阳说：“当年借出钱粮的主人钱富田的一儿一女就在这儿，我们想借走这个条子用用行吗?”

展览馆领导断然拒绝，说是革命文物，怎么能随便拿走。

欧阳说：“条子所有人的后代在这里，他们有权利要求政府兑现还账的许诺。”

馆长说：“这你得找上面。领导下指示，我们马上照办。”

非常事，必要找非常人。他一个电话打通到老爸欧阳远那儿，说明了原委，而且强调说：“爸，这张借条，怎么看怎么像你写的。特别是‘革命工作’四个字，一看就是你的笔迹。后面还印有一个手印。你不是说你当过连长吗？说不准真是你写的!”

这时，天玫抢过电话：“叔叔，俗话说，借贷还账，借债还钱，你当年写的借条不认了吗，要赖账吗?”

这激起欧阳远的极大兴趣！他立时心情激荡！想道，自己当年的确向老乡借过钱粮，但他不确定写过这个数字的借条。

他立即叫办公室调回这个展品。

这么大的领导发话，还有什么办不成的？

欧阳远看了条子，一眼就认出，这正是自己写的！但为了慎重，也为了此后的补偿顺利进行，他还是公事公办，要求把他的指纹拿去与借条上的原指纹进行比对。

他给省公安厅打了个电话。

一切都按急件要件先办，第二天就给出了明确的回复：两个指纹吻合度百分之百。

在欧阳远看来，这可是个大事。

他立即把欧阳钦、天玫、钱文、芷君、班超一干人等召集到一起，对他们上了一堂革命传统课。他说：“第一，这是红军征战史上的一件珍贵的革命历史文物，它说明红军与老百姓的鱼水关系。第二，从这件事上可以看出红军秋毫无犯的纪律性，借东西要还，我们这条做得还不好，我已嘱托有关部门迅速办理还账补偿事宜。其中‘加倍’二字，我们有先例，依例而行即可。第三，我代表老红军战士向老乡钱富田同志致以衷心的感谢！要知道，红军过草地，米尽粮绝，皮带都吃光了，当时一两米就可以救活一个饿昏倒的战士。这张条子上写二十块大洋、二石米，它在长征路上能救活多少战士的生命？没有老百姓的支持，哪有革命的胜利？它启示我们，要全心全意为人民服务。第四，我要谢谢你们的工作。你们深入群众把这件往事挖掘出来，找回了它的原貌。建议展馆对国家还债赔偿等具体事宜拍照记录，作为此事的后续，一同展出，使这一展品的内容更丰富、更完备。我愿意带头出现在这个展品里。最后，为了我们的合作，也为了感谢你们，今天晚上请你们到家吃回锅肉，喝五粮液，都要到，谁也不能缺席！”

事后，欧阳钦同父亲谈起钱文父亲“文化大革命”时被关监至死一事时，父亲无限惋惜地说：“真是世事难料！钱富田在红军时代至多划个中农，而且反感四川军阀，同情革命，支持红军。只是后来成分变了。他有剥削行为，但没有恶霸行为。当年他如果拿出这个借条，是可以受到宽大处理的。”

欧阳钦突然想到那个民小老校长说的“免死牌”的话。欧阳对天玫说：“那个校长所说的免死牌不就是《水浒传》里的铁券丹书么？”

无所不知的天玫在欧阳远面前，毫不怯场，接着言道：“你所言极是。《水浒传》中交代，柴进‘是大周世宗柴荣的子孙。自陈桥让位，太祖武德皇帝敕赐予他誓书铁券在家中’。说的是当年赵匡胤陈桥兵变，篡位成功，给了后周天子子孙一块丹书铁券，保他世代富贵平安、犯罪免死。小旋风柴进就因有了这块丹书铁券，才能够仗义疏财，在家中庇护了豹子头林冲、及时雨宋江、行者武松等人。丹书铁券并不是施耐庵虚构的，它的发明者是汉高祖刘邦。刘邦建立西汉王朝以后，奖给功臣丹书、铁契、金匮、石室，保其永世富贵，最初的丹书铁券就是这么一个奖赏文书。到了南北朝和唐宋时期，丹书铁券就成了免死牌。但实际上它不过是空头支票。我说清楚了吧？”

在欧阳家吃完晚饭，钱文兄妹俩坐在锦江边相拥而泣。他们说不出是为什么要哭。

但他们对欧阳一家，对天玫一家，从内心深处油然而生出一种家人的亲切感。

（二十八）

大家商议要离开这座城市，回“革命根据地”大石垭。那边，大姐和姐夫哥还有石大伯都焦急地等候他们的消息呢。芷君也急于向石大伯和柴久思汇报她上海之行的所得信息。

走以前，黛媚邀请大家去她家做客。她邀请的客人中还有欧阳远、杨薪夫妇。她的理由是，欧阳爸现在台上，全都在欧阳家聚会不合适，但不去告别也不合适，最好的办法是到她家来；何况，她的父亲，那个一级教授也希望见一见这些身手不凡、敢作敢为的奉真理如上帝的女儿的同伴们。

欧阳当了一辈子官，杨薪当了一辈子老革命官太太，从来没来过教授家，教授家是什么样呢？这个一级教授是个什么样的人呢？

这个学院的一级教授就黛媚爸这么一位。他大名黛泽远，在数学界是泰斗级人物，早年留学哈佛，在剑桥当了八年教授，于一九五九年建国十周年时回国，同年生了黛媚。多年来，他一直坚守在教学第一线。

大家对教授家的第一印象是满壁的书，许多是外文版的，其中包括不少文学作品，如莎士比亚戏剧集、莎士比亚十四行诗、英美小说等。

黛泽远教授见女儿的同室好友钱芷君竟然是一个十分标致可人的电影明星般的人物，毫不掩饰对她的好感。

天玫只顾翻阅那些英语文学作品。教授说：“喜欢吗？”教授以为天玫只是对装帧漂亮的英文原版书好奇罢了。天玫决心要显摆一下她的英语才能，开始用纯熟的英语与教授对话，并且说，书架上雪莱的诗和莎翁的十四行诗，有一些，她可以背。教授问：“真的吗？”然后指了指《雪莱诗集》中的一首说：“背背看。”天玫背得极其流利。背过之后说："教授，我还是给你们背莎翁的《麦克白》吧，我很喜欢其中的大段独白。"

她一口气背了五六分钟。

大家惊呆了。欧阳远听儿子欧阳钦说过，天玫英语好，但想不到她会好到这个程度！教授问她是怎么学的。她说，她有个姐姐叫石梅，也是欧阳远叔叔的干女儿，是她从小教的。

"欧阳的英语也很好，还有我妹芷君的外语也很棒。——我们家有这个传统。"

教授说："你们大家都是什么亲戚关系啊，太复杂了。"

芷君突然用英语说："黛媚也即将成为我们的亲戚。"

芷君想把聚会的气氛搞活跃一点，就嚷嚷道："听说杨薪阿姨的样板戏唱得很好，欢迎她来一段！"

教授说："我赞成！我来弹钢琴伴奏，就唱《红灯记》吧！"

杨薪果然唱得地道，教授的钢琴也弹得出色。

芷君又说："妇唱夫随，欢迎欧阳叔唱一个秧歌剧《夫妻识字》。班超给我讲过，说你们唱得可好了。"

当时流行音乐还没进入这个圈子。

欧阳远真的唱了起来，那特别的陕北民歌的味道，淳厚而浓烈。大家拼命鼓掌。

唱罢，欧阳远说："别光让我们老家伙表演啊。天玫，该你了！"

天玫唱了苏联歌曲《莫斯科郊外的晚上》和《小路》。这都是五六十年代非常流行的歌曲，她唱的时候，欧阳远夫妇、教授夫妇也都加入进来，成了小合唱。

"该芷君了！"教授点名了。

"好吧，我们朗诵来自小靳庄社员赛诗会上的一首诗。老师曾讽刺地说：'这就是那时最革命的诗。'我和黛媚给大家换换口味，让大家欣赏一下前些年的流行文化，欢迎吗？"

"欢迎！"钱文、班超带头鼓起掌来。

她俩兴致浓浓地以不无揶揄的口气一人一段地朗诵起来。

我是革命螺丝钉，
谁爱来拧谁就拧。
革命需要我就去，
叫我去西不去东！

我是革命的一块砖，
谁想来搬谁就搬。
阶级斗争永不忘，
高举红砖永向前。
……

没朗诵完，就被大家打断了：“算了，算了，别出洋相了。”杨薪说：“这是什么呀！这也是诗？”

欧阳钦说：“哪里，这是老师别有用心在装怪。”

黛泽远教授补充说：“我觉得还是陕北民歌和苏联歌曲好，因为它起码有一个‘真’字。”

黛媚这时说：“俺们工农兵学员也有好诗。芷君从小会唱民歌，写民歌，她进校以后在大字报上写了一首诗，被选登在了校报上，大家要不要听听这首杰作？”

首先是班超大声喊起来：“要！”大家鼓起掌来。芷君也不客气，说：“诗的题目是《大风大浪里朝前走（拟信天游）》。”她大声“背”了出来：

走一山又一山，山山不断，
过一岭又一岭，岭岭相连。

扑腾腾的大江绕山前，
想起了农民大伯的肺腑言：

黄桷树叶茂根子稳，

你上了大学莫忘本。

要学那奔驰的骏马、顶风的船，
学好本领接好班！

数九的日头三伏的泉，
一字一句我贴心田！

大伯说罢把礼送，
一双草鞋心意重。

肩膀磨肿茧磨厚，
草鞋在身心不锈！

桦木的柱子松木的梁，
“泥腿子”进了大学堂。

北斗星闪闪亮心里，
红专并进定方向。

锦江水浅有浊浪，
大学里有些怪现象：

蓝天里大雁要分行，
土布衫一甩换了装，

粗布鞋子床下藏，
穿上觉得面无光：

你甩掉的是家传无价宝，

你藏起的是劳动人民手一双。

千里的雷声万里的闪，
伙伴你风浪里莫迷眼。
长青的松柏发芽的柳，
大伯的嘱托记心口。

她刚一背完，天玫就说："用诗写阶级斗争，少见，而且词儿又写得这么美。主要是把农民老伯写得好，有老爸石敢当的影子，这一点倒是真实的。但其他，就说不出是个什么味道了。是装腔作势吧？小丫头片子平时好好的，怎么一写诗，就变了一个样儿？反正不像你唱的那些山歌中听。"

芷君马上反戈一击："别光攒牙巴劲*，你也来一首呀！再说，你想让一个工农民学员写出《大堰河——我的保姆》吗？"

欧阳远说："要是用'政治第一'的标准来衡量，这诗不错，信天游的形式也模仿到位了。"

欧阳钦和班超说："我们就背诵石梅大姐教给我们的唐代张若虚的《春江花月夜》吧，如果忘了词，不许笑啊！"

最后，教授独奏贝多芬的《c小调第五交响曲：命运》。大家不仅为音乐所感染，而且对教授的音乐修养感到由衷的赞佩。他们还知道，这位数学家，还能写作一手地道的古典诗词；他们觉得，现在的中青年教师很难达到他这样的文化修养了。

（二十九）

欧阳远绝少参加这种知识分子的聚会。他不由得感慨地说："我自己出身雇农，没上过什么学。一点文化，也是在部队上学的。参加革命多年，半辈子忙着打仗、搞运动，同知识分子没有过什么接触，

---

* 攒牙巴劲：四川方言，指逞口舌之快，光说不练。"牙巴"即"牙齿"。

也不了解知识分子，更没见过教授这类高级知识分子，特别是黛老师这类一级教授。今天能和你们这些老少知识分子在一起聚会，真的很受教益，很受启发。”

黛泽远接着欧阳远的话，慢条斯理地说：“同样，我们这些教师和大学生也很难有机会同省上领导见面。我希望今后大家都能让知识这东西对建设国家起更重要的作用。我当初从美国回来，就是为的这个，多培养点学生，为新中国的社会主义教育事业和科学事业尽微薄之力。位卑未敢忘忧国啊！”

芷君听了这话很亲切，那语调怎么跟自己写的信天游有点像呢？

黛教授喝了口水，接着说：“刚才欧阳部长称我们是知识分子。那么学校里的知识分子也即教师的任务是什么呢？大家会马上回答：是韩愈的《师说》里说的：师者，所以传道授业解惑也。但传道、授业、解惑这六个字的含义是什么呢？英语健将天玫老师能发表一下高见吗？”

天玫说：“我可不敢班门弄斧。但《师说》全文我可以背。我背给您听吗？”她又要显摆她惊人的背功了。

教授说：“不必了。你的背功我已经领教了。这六个字里，道，人们解释为思想道德；业，解释为知识；惑，解释为问题。这是不全面、不到位的。这六个字中，传、授、解，才是对师者最重要的要求。传，就是以身作则、言传身教；授，就是工作态度和教学艺术；解，这个字最重要，是要求教师引领学生发现疑惑，思考疑惑，也就是毛主席提出的‘启发式教学’，培养学生独立思考的精神。但这六个字的核心是‘道’。我们不能小看这个‘道’，它体现的规律和内涵是无限的‘大’，是知识中的规律和道理。‘道’是中国古代哲学的一个重要理念，道生于万物之中，与万物为一体，是自然万象中的一种存在，所谓‘道法自然’，指的就是道以自然万象为法；它又是万物发展的规律和抽象，万物又无不归于道的本源，所以老子《道德经》说：‘道生一，一生二，二生三，三生万物。万物负阴而抱阳，冲气以为和。’意思是说，道是本源和唯一，道包含了阴阳二气，阴阳交融相激而形成和谐的万物。道体现着与自然万物共生的生存原理，表示着一切感知和一切存在的终极真理和人生境界。我们掌握知识，虽然是万物的一隅，但它体现的也是这种道。道是知的核心。有了这个基本的道的理念，再进一步求无限的知，这才是求知的根本。《周易》中有‘天道下济而光明’之句，意思是说，道的规律与地相济，人间有了道，光明就到来了。比如，‘为新中国的社会主义建设作贡献’，这就是教育之道，要掌握知识，先要了解这个道。一个人有了道的学养，才能有正确的理念和途径去掌握知识，传授知识。”

大家屏息认真聆听着教授的讲演。这时黛媚代表大家问：“爸，你讲了那么多，它对我们学生，有什么意义呢？”

黛泽远并不作答，而是向天玫——教授认为她是他们中最聪明的人——提问：“天玫同学，你说呢？”

天玫毫不怯场，立即作答：“教授无非是知会我们，一是要对知识分子和教师的称号永存敬畏之心，永远谦虚向学；二是要了解道的根本是存在与发展的规律，它无所不在，向学之人，应该把握它，而不陷于迷茫。这是形而上的道，是一种看待知识的原理。那么形而下，它的具体指向应该是，教师之为人，要正直、慎独、求真、自律；做事，要积极、自励、创新、负责。这是做人做事的基本之道，也是教书育人的基本原则。但这些说起来简单，做起来难。所以这个道，它本身有一个附加含义，就是要求我们永远学而不厌，诲人不倦。”

大家听了，觉得她说得高大上，而又漫无边际。黛教授话里有那么多意思吗？她是不是没好好听啊！

教授欣然笑答：“我看应该奖励一下天玫。把这本英文小说送给你吧。”他从书架内层取出一本书：“此书有争议，但文学性很强，值得一读。”

天玫一看书名，大惊失色。

原来是英文版《查泰莱夫人的情人》，不禁叫道：“呀！原来教授也读这类禁书呀！可是，我在十七岁时就读过了，我家里有。您能另外送我一本吗？”

这时黛媚对欧阳远部长说：“欧阳部长，我爸这个学数学的，又不是学文的，却看这种毒草，你们省委不管呀!”

部长夫人杨薪调侃道：“闺女，你也可以读呀，上行下效嘛。”

黛媚说：“我要是有天玫那个英语水平，早就看啦!”

欧阳远的第一感知，觉得教授的这种观点是有其内涵和深意的。这可是一个一级教授的高论。究竟是什么意思呢？他倒觉得天玫的发挥是准确的。

庭审纪实 十二

（一）

在大家乱哄哄的交谈之中，钱文发话了：“大家稍息，还有一项重要工作没有做，这是万不可忘记的，就是帮那个女的把婚离了。这么多年，她也受够了罪，一个人带个孩子，太难了，而且他们这种关系继续下去也是非常危险的。咱们答应了人家的，得快点办，越快越好。大家议议，看这事怎么办?”

天玫说：“我很赞成钱文的话。你放心，由我和欧阳来办，明天上午由我和那个女的一同到街道开个丈夫长期失踪的证明，经市公安局加章，然后带上户口本和双方原来的结婚证，我们陪她去办离婚手续。据那女的说，男方离家跟另一女人出走时，并未带走结婚证。办离婚是要出示结婚证的，这就少了不少麻烦。”

几天后，先期手续办好了，欧阳、天玫二人就带着那女人来到地方法院。

欧阳把事情如此这般一说。法院认为离婚一事合情、合理、合法。

这还会有什么麻烦！三下五除二，那女人欢天喜地走了。根据相关规定：公告送达六十天之内，对方无回应，即可办理离婚手续。

蔡成面见欧阳和天玫，道谢不迭。临走，他说：“我们办喜事，一定要请你们光临!”在离开时，这蔡成竟善意地留下了一句咒语：“下一次你们谁要出来，包在我身上了!”

老天爷，千万别有“下一次”了！

（二）

在大家热热闹闹庆祝芷君获救的聚会中，钱文感受到妹妹受到的爱护、尊重和亲情，很惭愧自己没能出多少力。在热烈的聚会气氛中，自己就像是一个外人，始终融不进这个快乐的群体。

孤独、自卑、自责的心理像一杯毒酒在侵蚀着自己的灵魂。欧阳兄弟、天玫一家像救他们自己的亲妹妹一样，尽心尽力，而欧阳，正是差一点被自己害死的那个“仇敌”。那天，他拔掉欧阳的输氧管后，就一直想知道，欧阳是否还健康地活着：如果欧阳因他的仇恨和愚蠢而受害，他就去自首，彻底摆脱心里的这个魔咒。后来，他知道欧阳还健康地活着，又渐渐了解了妹妹和他们一家亲密的关系，心理的压力反而愈大了。

“我必须向他们坦白、交代，我必须自首。我当时的行为已构成犯罪，我宁愿因此坐牢，而再也不愿忍受心理上、精神上这样让人崩溃的无休止的重压！”但他怎么开口说？应该向谁说？向欧阳、妹妹，还是派出所？

黛媚早已发现钱文自卑、低沉的精神状态，用各种方法劝他忘掉过去不愉快的经历，一切重新开始：“要向你妹妹乐观向上的生活态度学习。”但她不知道他之所以如此的真实原因。

黛媚约过钱文去人民公园喝茶，也约过他吃了两次饭，但总是黛媚说得多，钱文很少说话。黛媚隐隐约约猜想他可能有什么话不好说，但究竟是什么事，他打死不开口。二人几乎没有什么共同话题。黛媚心想：“他和芷君，兄妹二人怎么相差那么大呢？有什么话拿出来说呀！这么憋着，累不累啊！”钱文这样的性格引起了她的反感。她再也不想约他出来了——没意思！

（三）

钱文在城里，找了一个临时活路混日子。

芷君给黛媚打电话，称她是“教授家的女公子、资产阶级大小姐”，说：“我哥可是百里挑一的大好人，虽然遭遇不幸，但他人心地善良，对人诚实，我给你们当红娘吧，行不？过了这个村，可没这个店，你早拿主意啊！”

天玫给钱文打电话，催他主动点：“你老大不小了，你不结婚你妹芷君怎么结啊，她总不能跑在哥哥前面去吧？为了你的妹妹，钱文，你要加油啊！”

天玫的信任，益发加重了钱文的心理压力。“我再不说出来，真要精神分裂了。”黛媚说他显得有点“抑郁”，她可能不知道“抑郁”是精神疾病的一种类型。——让她言中了。

他把黛媚约了出来，决心一吐为快。他说，他受处理后，对让他受奇耻大辱的始作俑者欧阳恨之入骨。那次，他趁着夜色，偷偷摸进欧阳病房，本想用刀在他脸上划上几个道子，让他永远留下害人的耻辱的记号！但当他走近欧阳的四号病床时，发现他鼻子上插着一根氧气管，连着硕大的一颗重磅炸弹一样的氧气筒，他想也没想，就从欧阳鼻子上拔出了那根氧气管，然后快速向门口走去……

黛媚听了，觉得问题严重，这事情就发生在芷君天天守护的欧阳身上，她应该第一时间向芷君通报。

芷君直奔黛媚家，钱文也在。钱文说：“你是黛媚喊回来的吧？”芷君不明就里，急着问：“你们俩怎么样了，有什么进展没有呀？”钱文这时已决定坦白一切，思想反而放松了。他平静地对芷君说：“这是不可能的，哪有妹妹给哥哥当介绍人的？这事没有可能性。家庭、出身、本人情况，都不般配，你们俩都别怪我直说了：我连想都没想过！我现在第一件要办的事，就是向欧阳坦白我的错误，虽然他并没有受到伤害，但我的行为是一种犯罪行为！”

“什么事呀？”芷君瞪大了眼睛。

（四）

欧阳把事情经过重述了一遍，这让芷君很吃惊。

可是更让钱文和黛媚吃惊的是芷君下面这句话：“喂，你在说什么呀，我一直守着欧阳，欧阳从住院到离开就没输过氧！哪有什么氧气管不氧气管的事！而且，他住的是十床，不是四床，四床是高二学生汝成，病危的也是汝成。你搞错了。如果管子是你拔的，那么，确是你给他造成的病危。幸亏汝成救活了。那时他爸事忙，不能来，他妈又去世了，是由我们这些病友照顾他的。但不管怎样，这确是个事。他家是公安局的，人家若追究，就有事，若不追究，就没事。喊我回来，我能有什么办法？哥，你怎么能那么做呢？”

（五）

现在可以确定，钱文是把四床的汝成当成十床的欧阳给暗算了。四床汝成输过氧，他是因心肺系统急病住进了这间急救室。

原因很简单。白天钱文送欧阳入院时听护士喊“住四床！”，那个护士也是四川人，四川方言发音中，平舌音和卷舌音是不分的，她说“十床”，他听成了“四床”。钱文和妹妹在护士指引下把欧阳放在护士指定的床上，也没看床头上写的是四还是十。四床的病号就被钱文当成了欧阳。

黛媚问芷君：“病室当时只有一个人输过氧吗？”

芷君答道：“只有这个小胖子输过氧。他没人看护，是我给他端洗脸水，给他买早点，给他端饭，甚至还给他倒过夜壶。当时这个胖子千恩万谢的。一会喊我姐，一会儿喊我妹，吹他爸是庆阳公安局局长。他从永登回庆阳的路上，老毛病突然发作，住进急救室。我印象深刻，绝不会错的。”芷君肯定地说。

芷君、黛媚不知道该怎么办，钱文也不知道。

钱文似乎是在天主教徒悔罪和赎罪无门的煎熬中生活着。

黛媚的母亲知道了钱文的这些事情后，坚决反对女儿和钱文来往，认为他受过处分等不是问题，问题在于他是一个罪案在身的人，一个不清楚的人。他甚至去派出所自首，都会受到拒绝，只能留下他写的材料，因为他举不出犯罪证据，派出所不能对他作任何处理。黛媚认定钱文是一个好人，但她也没办法反驳母亲的看法。加之钱文那边“自己配不上”这种自卑心理，也使他不敢想和黛媚的进一步发展。但两个人又似乎是无目的地在互相等待着。

（六）

钱文突然被捕。

那个四床病人，当年十七岁名叫汝成的胖墩，出院之后对老爸大发脾气，说自己差一点病死了，“病危你都不管，连问都不问！”

其父叫汝言，时任庆阳公安局局长。他根本不知道宝贝儿子的遭遇。

“文化大革命”后，妻子长年又上班，又照看老人孩子，小病拖成大病，终于一病不起。

妻子去世后，汝言自感对不起妻儿，对汝成有一种愧疚之心。儿子常向他谈起自己病重时，同病室有一个女同学，对自己多方照顾，性格好，又漂亮，是世界上最美最好的女孩子；自己无法报答她，希望父亲能设法找到她。汝言催他早点找个对象，他总说，没兴趣。实际上，他在等着找见那个他心中的唯一；他甚至明白，现在的芷君也许早结婚生子了，但她在他心中立下的那个标杆却一直立在那里。他老爸是不会明白这点的。

（七）

汝言对儿子汝成谈起自己“文化大革命”中被打倒、靠边站以后，遇到过一个他抓办过的盗割电线的刑满释放人员，此人居然对自己怒目而视，买鱼时，故意把血水甩在自己身上。

汝言一下就认出了他，喝道："你没长眼吗！怎么把血水乱泼！"

此人却对他怒目圆睁，恶言相向，用挑衅的口气说："这是菜市场，大家买菜的地方！你要嫌这里脏，就别来呀！要什么威风！有本事，把我抓进去！我看，这次该抓进去的是你！什么东西！呸！"

汝言怒不可遏！这时周围买菜的围过来，看到只不过是一些血水倒在汝言身上，不是什么大不了的事，反而劝汝言不必为此争吵。

汝言气得菜没买，午饭也没吃，心中暗暗骂道："真他妈虎落平阳被犬欺！"

他又对汝成说，在被"造反派"批斗时，在混乱中，他分明看见一个被他抓捕过的盗窃伤人的犯罪分子，竟然出了狱，混在群众中狠狠地在他耳边叫着"你也有今天！"用一个木楔子使劲朝他下腹部戳了过来！当时痛得他弯下了腰。在乱哄哄的人群里，那人嚣张地扬起脑壳，恶狠狠地盯了他几眼，那分明是说：你看清楚了，老子就是要报复你！

这算怎么回事！他倒霉时，连这些被他关过的人也敢在他面前逞威风，踩他一脚，这就是阶级报复！

汝成说："这点小事算什么？坏人为了报复你，甚至差点要了我的命！"

"怎么回事？"

"七九年六月底我去永登，支气管炎、肺气肿突然发作，住在就近的一个公社医院里，医生说我有低氧血症临床表现，肺气体交换能力低下，肺功能不良，需要输氧。有天夜里一个穿白大褂的人偷偷进来拔了我的输氧管，使我呼吸困难，然后又使劲往我鼻子里塞，使我突发喷呛，大声咳嗽呼叫起来。我和同室的病友大喊：'医生，救人！'当时那个陪护另一个病人的女同学芷君睡在走廊上，马上去敲医生的门，喊来医生急救，这才使我免于一死！第二天，没有任何医护人员承认夜里进过我住的病房。很明显，这个白大褂想害死我！难道他的目标仅仅是我吗？他要害的是我吗？他报复的是你，他们都知道我老爸是个公安局长。他害不了你，就害你儿子！"

汝言是刑警出身，一听此事，立马觉得问题严重！他侦办过多起类似的杀人或伤人报复案件，有的案件就是从一些蛛丝马迹的线索开始的。至于对公安人员进行报复的，更是屡见不鲜。对这类犯罪，他本人尤为反感。

此人与汝成无仇，却加害汝成，显然是别有用心的故意犯罪，只是未遂而已。使汝言尤为愤怒的是，这不仅仅是欲谋害汝成，其真正的祸心更是丧心病狂地报复公安人员。

（八）

汝言的追查很快有了结果。那天夜里钱文“作案”时，由于紧张，不小心撞到吊盐水的木杆上，碰掉了眼镜，当时钱文匆忙逃离医院，没来得及找寻掉在地上的眼镜。

这副眼镜放在医院，一直无人认领。它引起了汝言的怀疑。

汝言查遍了本地区的眼镜店，查到有个叫钱文的人在事发第二天配了眼镜，是近视三百二十度、散光十五度。店员说他记得这个人自称是客车司机，说眼镜很重要，请一定配准些。汝言终于通过那个民营客车的老板，按图索骥找到了钱文，并翻阅了当年他当司机时的体检表，查到了他体检表上的近视三百二十度、散光十五度的记录作为证据。于是汝成报案，指控钱文一九七九年七月三日夜一时行凶杀人未遂。

公安机关受理后，迅速找到了钱文。

案件择日在庆阳法院开庭审理。

钱文终于等到了这一天。他知道，不是不报，时候未到。无论如何，他拔去氧气管是实，他愿意承受由此引起的后果。他的心理煎熬也可得到解脱。

（九）

听闻此事，芷君、欧阳、天玫及黛媚等一干人众大惊失色。他们立即赶到庆阳。天玫先在庆阳市图书馆查了两天书，把相关法律谙熟于心。她对钱文说："从现有的法律法规来衡量，你构不成刑事犯罪。我替你辩护，你在法庭上实话实说就行了。"

汝成那边请了本地一个谙熟法律法规、有经验、善打官司、人称"师爷"的退休老公安作代理人。

（十）

这个案件，因受害人汝成之父汝言是本地公安局局长这个背景，而引起法庭特别的重视。

审判长庄严宣布："人民法院现在开庭。本庭现审理被告人钱文一九七九年七月三日夜一时对被害人汝成实施暗害一案。现由公诉人陈述案情。"

公诉人宣读起诉书，对案件情况作了叙述。

公诉人说："请被告回答：一九七九年七月三日夜一时你在哪里？"

"那天客车出了事故，当晚在兰州郊县的善田过夜。"

"晚上一时你是否穿上白大褂潜入医院，扯掉被害人人的输氧管然后又塞进鼻孔？"

"是。"

审判长说："事实基本清楚，现在进行法庭辩论。被告有什么要说的吗？"

"我是钱文的辩护人，我发言。"天玫站起来说，"被告当时并不是针对受害人汝成实施这一行为的，他要报复的对象是住在十床的欧阳钦。欧阳钦因为揭发了一件所谓'钢鞭材料'，使钱文被调离县政府，失去了干部资格，受尽屈辱，他一直想报复欧阳钦。"

"师爷"打断了她的陈述："欧阳钦住在十床，汝成住在四床，他为什么去拔汝成的输氧管？显然，钱文加害汝成有犯罪故意情节。”

天玫说：“在欧阳钦被撞伤后，钱文在妹妹请求下，把救了他妹妹的欧阳钦抬到医院，听医院说安排在十号病床。那个护士是四川人，四川人说话不分卷舌和平舌音，十和四不分，钱文就十把听成了四。所以，当他对欧阳钦采取行动时，误伤了四床的汝成。”

“有可以放得下十张床的病房吗?”

天玫说：“那是一个大急救室。审判长，我想请我方证人欧阳钦出庭回答问题，可以吗?”

“允许。”

欧阳钦从旁听席上站起来。

天玫问：“请问欧阳钦，你认识钱文吗?”

“认识。”

“你们是怎样认识的?”

“当时他到大石垭搞调查研究，我们认为他有意找大队的麻烦，整大队支书的黑材料，对他很反感。”

“你对他采取过什么行动吗?”

“我和石天玫趁钱文不在，去翻了他的笔记本，想知道他究竟写了哪些黑材料，并不知道那是他使用多年的日记本。在翻动时，从日记本里掉下一张纸，就是所谓‘变天账’。我到县上作了检举，钱文因而被处理。我对钱文是有愧的。”

天玫说：“钱文请回答，你当夜采取行动的动机。”

钱文说：“我当时由于对欧阳钦的强烈仇恨，我是想拔掉他的输氧管，想置他于死地，但在走出病室的一刹那，我突然意识到这是谋杀。杀人是要偿命的。我还有一个妹妹，不能与他同归于尽。我急忙走回，又把管子给他插上了。”

这时“师爷”站起来说：“你确信你要加害的是欧阳钦吗?”

“是的，因为我清楚地记得医生说把他安排在四床。”

“师爷”说：“被告及辩护人的问答恰好说明被告存在‘故意杀人’情节，他所极力证明的不过是要加害的不是汝成。但是，事实是汝成因此而差点死亡。这已构成故意杀人罪。《中华人民共和国刑法》

第十一条规定：明知自己的行为会产生危害社会的结果，并且希望或者放任这种结果发生，因而构成犯罪的，是故意犯罪。故意犯罪，应当负刑事责任。同时，第三十一条规定：由于犯罪行为而使被害人遭受经济损失的，对犯罪分子除依法给予刑事处罚外，并应根据情况判处赔偿经济损失。请法庭对被告的犯罪行为及应负的刑责作出判决。”

这时，天玫马上站起来说：“审判长，控方这样引用法律条文是非常不严谨的。第一，我们已清楚说明，被告对汝成是误伤，没有主观故意。第二，《刑法》第二十一条规定：在犯罪过程中，自动中止犯罪或者自动有效地防止犯罪结果发生的，是犯罪中止。对于中止犯罪，应当免除或者减轻处罚。事实是：被害人并未因此死亡，甚至未受到伤害，也没有证据证明他因此而留下后遗症。这就说明，由于被告中止犯罪，故而其行为没有造成任何后果，因此应当免除处罚。这完全符合法律。第三，《刑法》所言‘故意杀人罪’，指已成杀人事实，这些规定完全适用于本案：难道我们对面正襟危坐的那位‘被害人’同志，不是个大活人吗？”

听此辩解，“师爷”突然恼愤起来，显然动了情绪，大声说：“这完全是歪曲《刑法》规定。第一，《刑法》第二十一条规定：在犯罪过程中，自动中止犯罪或者自动有效地防止犯罪结果发生的，是犯罪中止。这明确说明中止犯罪是指有效地防止犯罪结果发生。请问，被告难道没有因拔掉受害人的输氧管而给受害人造成生命危险吗？被告难道不是已经实施了犯罪吗？第二，《刑法》所谓故意杀人，显然是指杀人行为，并不单指杀人致死的结果。难道就因为受害人还活着，被告就可以逃避故意杀人的罪责吗？被告只不过是实施故意杀人未遂而已。对此，法院需履行的责任只是量刑而已，而绝不会免刑，让罪犯逃离法网之外！这位小同志，你还是多学习学习再来法庭辩论。如果你不方便，我可以代你们找一个律师。”

天玫并未被“师爷”的轻蔑激怒，而是顽强而沉着地反驳道：“我非常尊重对方被害人代理人的专业精神和法律知识素养。但是，他说得不对。我国立法的最根本的依据是什么？那些法律条文实施的依据又是什么？这不用请律师，任何一个稍有法律常识的人都知道，依据的是事实和证据。事实是：被告人一没有对原告加害的故意，二没有对误伤的被害人造成伤害，并且，最重要的是他主动放弃了犯罪行为。所以他是无罪的。对方代理人在提不出任何证据的情况下竟然要求法庭对被告判罪，这显然是意图把他的个人意志强加给法庭，强加给被告。我认为对方代理人没有这个权力，我也不认为这仅是言语失当。我对此深表遗憾！请法庭明断。”

天玫的回答柔中有刚，欧阳、钱文都听出了其中隐藏的咄咄逼人的攻击。这符合天玫的性格。

但是，天玫显然有意规避了这样一个可能：在他们的地盘上，他们一定会找出各种证据。甚至下一轮，这位“师爷”就能举出汝成被伤害的证据及各种医疗证明了。

“师爷”不是吃素的。钱文首先感到了这种危机！

（十一）

就在这时，坐在被害人席位上的汝成突然发现芷君坐在旁听席上，一下激动得满脸通红。他站起来说：“审判长，我有新的证人，可以证明，钱文当时对我加害造成的严重后果。我现在请求旁听席上的钱芷君出庭作证可以吗？”

芷君听到汝成突然喊自己给他当证人，一时不知如何是好。但当她看到汝成诚恳、兴奋、急切的眼神时，她不再犹豫了。她朝汝成友好地抿了抿嘴，点了点头，站了起来。

得到法庭允许之后，汝成向“师爷”嘀咕了几句，“师爷”说：“请问你的姓名？”

“我叫钱芷君。”

“一九七九年七月三日夜一时，你在哪里？”

“由于看护病人欧阳钦的需要，我睡在医院走廊的长椅上。”

“请你讲述当夜你所看到的发生在医院的情况。”

“当晚夜一点左右，我突然听见四号床病人大声咳嗽、呼喊，我连忙把值班医生叫醒，前来抢救。”

“当时医生说了什么?”

“医生当时对病室的人们说，若不是我报告和他们抢救及时，汝成很可能因喷呛而窒息，有生命危险。”

“师爷”此时适时地对此点加以强调和延伸：“这再一次说明被告人这种行为可能对被害人造成的致命后果。”

这时的汝成眼睛发亮，眼里闪着泪光。他在心里喊着：“芷君，我可找到了你！天不负我，给我以报答你的机会！你又在关键时候出现，帮助了我!”

（十二）

天玫说：“审判长，这个钱芷君是被告人钱文的妹妹，我们可以向她问几个问题吗?”

“允许。”

“请问钱芷君，钱文是你无话不谈的亲哥哥吗?”

“是的。”

“你哥哥认识汝成吗? 与汝成有仇吗?”

“不认识，也没仇。”

“钱文认识汝成的父亲吗? 与汝成的父亲打过任何交道吗? 钱文在见过的公安中，见过汝成父亲，受过他的训斥和任何惩戒吗?”

“不认识，也没有打过交道。”

天玫说：“我问完了。”

“师爷”说：“证人钱芷君所言已可以证明被告对被害人造成了伤害，事实清楚，被告罪责难逃。”

天玫说：“我们认为，被告并未对被害人造成伤害，因为法律规定，‘伤害’就结果的严重程度而言，有三种形态，即轻伤、重伤或死亡。所谓轻伤，是指物理、化学及生物等各种外界因素作用于人体，造成组织、器官结构的一定程度的损害或部分功能障碍，尚未构成重伤又不属于轻微伤害的损伤。鉴定项目应当是外界因素对人体直接造成的原发性损害及后果，包括损伤的伤情、损伤后引起的并发症和后遗症等。对方证人只能证明被害人当时的病情，而不能证明其与被告行为具有因果关系，也不能证明此种情况造成了事实上的伤害。请问，你们能举出因钱文过错而致使汝成受到轻伤或重伤的确切证据吗？”

汝成突然说：“我不能举出这种证据。审判长，由于需要准备新的证据，我请求休庭。”

汝成这一举动，使天玫等人惊诧不已。

审判长宣布：“同意被害人要求，今日休庭。下次开庭，等候通知。”

汝成急着去找芷君，但被“师爷”拦住了。汝言也从旁听席上走下来。“师爷”对他说：“这个官司，肯定能赢，汝成现在还时常闹肺气肿和急性哮喘，难道与这次伤害没关系吗？不是要病情证明吗？到医院开就是！”

“师爷”又说：“还要让对方赔偿因被告伤害致使花费的大量医疗费用。大家准备一下，把证据坐实。这个钱文，他跑不了！”

汝成说：“一切还是要实事求是，没事也不能赖人家。我现在有事，明天上午再研究。”

在他们说话的时候，钱文一行走远了。

（十三）

回到住地，天玫对芷君说：“你没看出来吗？汝成还真有思想。你一出现，他就六神无主了。我猜，他正在打赢官司赌气和打退堂鼓之间犹豫。他提出休庭要求，原因是要找证据？我看未必！”

芷君说：“我对不起哥，也对不起大家，我为对方作了不利于我哥的证言。”

钱文说：“不，你做得对！做人要诚实，哥很高兴你这样！”

天玫说：“不止于此。事实上，正是芷君的证言，扭转了不利于我们的局面。因为你对控方问题的回答证明了你的诚实，这一点如果被法庭所采信，那么，你对我的问题的回答，也会同时被他们采信，从而证明钱文与汝成、汝言无仇，即无谋害动机。这一点对案情非常重要。我建议芷君，你吃了饭最好去看望一下你的这个‘患难之交’，说不定他正满街找你呢。”

“是的，好久没见了，应该去看看他。”

（十四）

芷君先到市公安局，问局长家住哪，说自己是汝成的同学。碰巧汝言从办公室走出来，见了芷君，很热情地欢迎她到家里来，说：“汝成一直念叨你的‘大恩大德’。坐我的车走吧。”

在车上，汝言问了一大堆问题：你们是怎么到车祸地点的？你怎么认识欧阳的？你是自愿看护汝成的吗？你对汝成印象怎么样？钱文是你亲哥吗？他是大学生吗？他为什么被开除公职？……芷君一一作了回答，而向汝言只是问道：“汝成是你儿子吗？他说他爸是庆阳市公安局局长，真的吗？他还代他爸想招我做警察呢。我当时只觉得这个胖弟弟喜欢吹牛。”

汝言一听，笑了：“在那种情况下，吹牛是一种聪明的自我保护。但这一点，也可能害了他。不过，汝成对你可是好话说了一大筐，我从来没见过一个年轻人像他那样去反复夸奖一个女孩子！”

这时的汝成正急得团团转：怎么才能找到芷君？奇了怪了，日思夜盼的芷君竟然在自己眼皮底下消失了。“庆阳，这是我的地盘，肯信找不到她！”他正准备给老同学和几个警察大哥打电话，来个麻子打哈欠——全体总动员，四面出击，“捉拿”芷君。这时，只听得“咚咚”的敲门声。汝成打开房门，简直不敢相信自己的眼睛。

爸爸竟把芷君带到家里来了！

汝成喜不自胜，激动得不知怎么办才好，只顾喊道：“天呀，你怎么变出来的！”

汝成急忙让座，又是倒茶，又是削水果，嘴更没闲着：“这两年，我四方打听你的下落，想不到你会出现在我的证人席上。回想当年，我就像一个没人管的孩子，是你，像一个大姐姐那样无微不至地照顾我。那天在医院，公安局的叔叔接我回家时，你恰好不在，我连向你道别、向你说声谢谢的机会都没有。我想了一千遍，怎么向你表示感谢，倒是真见了，却什么也说不出来了。你还跟那个欧阳在一起吗？他好吗？”

“还在一起，他好了。——你怎么满口谢字，能说点别的吗？要说谢，我还要谢你呢。我当时守着欧阳，他就是一个活死人！是你时常陪我说话、下跳棋、散步，你一走，我孤苦伶仃的，还真不习惯呢。我当时想，那个胖弟弟怎么不来医院看看我呢？真的，那时，我想过你！在法庭上，你过来要我作证，我心想，一定要说实话，我得对得起我这个胖弟弟。”

汝成听罢，双眼噙满眼泪，一下跪了下去，芷君连忙止住了。他说：“芷君姐，我对不起你，我连字条都没留一个就走了，我一直会以为你说我这人无情无义。但我一直没忘记你，你已经是我心目中的一个标杆。我就只有一个愿望，能再见到你，向你当面说一声对不起！”

汝言为这两个年轻人真诚纯洁的友谊感动了，他的眼睛湿润了。怪不得汝成看不上别人给他介绍的那些女孩子，的确，外表、人品、性情，谁都比不上她！

汝成一定要留她在家吃晚饭。芷君不好拒绝。汝成和他爸汝言不断给芷君夹菜。汝言对芷君说：“你是一个值得信赖的好学生，一个品德高尚的青年。你在哪里工作？”

汝成插言道：“芷君姐，你别走了，就留在庆阳吧！爸，你们不是正缺秘书吗？”

芷君听了，不禁嫣然一笑，想起汝成在病房拼命想感谢她，说他爸可以招收她当警察的话：“我爸是局长，他说行就行，不就招个警察嘛。”

胖弟弟，这话还真应验了，这真像做梦一样呀！

汝言父子，一杯又一杯地劝酒。芷君和他们告别时，早已是满脸红霞飞。汝成非要送她回旅馆不可，被芷君拒绝了。

汝成临别时说：“芷君，对不起，我不知道钱文是你哥哥；我一直以为是坏人要害我，要报复我爸，我想弄清事实，使坏人受到惩罚。我现在清楚了，你哥才是受害者。但他们不是都和好了吗？我要马上通知检察院，撤诉。”

分别时，汝成把家里的电话号码写给了她。

（十五）

芷君回去向大家说了汝成的意思。

天玫沉吟片刻，说：“这样不好，应把这场官司进行下去。当然，汝成的态度很重要，因为以他爸爸在庆阳的地位，开一个什么伤害证明，易如反掌。但是，控方证据不足，钱文中止犯罪的事实也很清楚。我的意思是，下次开庭时，审判长应正式宣布钱文无罪，对钱文作出无罪判决，才能真正了断这桩公案，彻底解除钱文的原罪心理，也彻底解除他的精神负担和压力。”

黛媚说：“对方会不会真的提供新的证据呢？会不会节外生枝，要求民事赔偿？”

欧阳说：“不会的，汝成已表示要撤诉，他还会去找什么证据吗？而且，咱们的天玫大律师的理据更充分！”

芷君断然说：“是的，大家可以放心，汝成决不会再打这个官司！”

天玫当机立断：“芷君，你给汝成通个气，请他不要撤诉，让法院该怎么判就怎么判。”

芷君马上给汝成打了电话。汝成自是言听计从。但他坚持要请芷君去喝咖啡。改革开放后，私家饭馆、茶园一个接一个出现了，连装潢华丽阔气的咖啡厅也冒出来了。汝成是成心显摆，更是诚心招待，芷君哪有拒绝之理。

汝成把芷君送回住地，已过子时。

（十六）

第二次开庭。审判长在作了法庭调查后，反复询问控方有没有新的证据证明钱文是要对汝成进行故意加害，有没有新的证据证明钱文的行为已对汝成造成轻伤及以上伤害，并询问双方还有没有补充意见。

天玫这时站起来一字一句地说道："谢谢审判长给我最后的陈述时间。法国伟大作家雨果在《悲惨世界》中借马德伦之口说：'最高的法律是良心。'审判长同志，公诉人同志，钱文的确实施了犯罪行为，但他在良心的驱使下，中止了犯罪，并采取有效措施防止了犯罪结果发生。他已经在内心忏悔，并主动认了错，我们面对法律问心无愧！俄国十九世纪寓言家陀罗雪维支在《寓言的寓言》中说：'法律和狗这两样东西是越凶越好，越是凶越是教人害怕。'他说的是罗曼诺夫王朝的法律。而我们的法律是为人民的，它不会伤害任何一个无罪的人。"

欧阳听了，有不悦之色，心里说："这一套又来了，也不分时间地点，引用什么作家名言？什么毛病！"

汝成这时激动地说："我同意被告辩护人所言，最高的法律是良心。哥哥犯了错，也认了错，而且妹妹用最好的良心作了纠正。在美好的人性面前，我方无法举证支持法律对被告的任何惩罚。请法庭明断。"

审判长经历了整个开庭过程，他膺服于"最高的法律是良心"的名言，被害人汝成、被告方辩护人天玫和那个突然冒出来的证人芷君，都留给他非常深刻而良好的印象。特别是芷君，她不仅有着美丽的外貌，而且有一颗诚实、善良、美丽的心。他承认，这是一个暖心而美丽的案件。

他乐于作出如下判决：

"依据法律，现本庭经审理宣布，因证据不足，本庭对被告人钱文作出无罪判决。本案现在结案。"

法庭上响起了热烈的掌声。

（十七）

面对眼前发生的这一切，钱文内心涌动着一种对天玫、对欧阳久违了的亲密无间的同志情感，它甚至大大超过了那种发自肺腑的感激之情。

当然，最高兴的还有芷君和黛媚：她们不约而同地感到也许今后会出现一个不一样的钱文。

几年后，汝成结婚，芷君有幸受邀成为这对新人的证婚人。

汝成、汝言一家，也成为天玫这个成分复杂的大家庭的至爱亲朋。

十三 逃婚“娃子”厝尔金

（一）

芷君收到了詹姆斯的一封信，说今年春季广交会马上要举办，此前他收到了英国一个华人财团的信，说他们看到过詹姆斯以前拍摄的大石垭的玫瑰田的照片，认为很有开发价值，想进一步了解情况。詹姆斯因而建议天玫、芷君去参加广交会，说必须走出大山，引入外资，她们的玫瑰才能变“废”为宝。此前，詹姆斯已经听芷君说过，她们有办厂生产玫瑰精油的设想，但因为不现实，而搁置下来。詹姆斯有意促成此事——但第一步先要请客人入席：你们不热情接待，别人想办也办不成啊！

石敢当召开社员大会，决定大队出旅差费派芷君和班超去。理由是，芷君去，一是懂外语，跟老外资本家谈判方便，二是她学的是经济学，正派上用场；派班超去，广大社员的意见是，芷君一个人到广州这人生地不熟的地方，万一遇到什么危险，班超力气大，敢作敢为，可以保护芷君，配合工作。

通过营救芷君和钱文那场官司，班超芷君早已和好如初了。

（二）

在广交会开幕的前一天，他们一路风尘，赶到了广东。一到这花花世界，他们的第一个感觉就是好像到了外国：难道在中国大地上还有这么洋气的所在么？那街上，高楼林立，商铺毗连，街上洋人，络绎不绝。他们在偏僻小街上的街道招待所租了两间房。六七点钟去吃晚饭，大馆子不敢进，中馆子也不敢进，就专找到街边大排档。广州开放早，早在一九七五年，广州人已按捺不住做生意的欲望，开始在街边卖小吃，专卖早茶名店菜单上的供应，还有各种地方小吃，一应俱全。国外华侨却专喜欢凑这个热闹，说他们小时候就是吃这东西长大的，到了外国再也吃不上了，所以到了广州，纷纷寻觅这大排档，以解“乡愁”。

（三）

芷君、班超二人进了一家小店，点了几个小吃，正待下嘴，进来一老一少两个人物，一身华贵服饰，一进店，那身上的香气，竟遮掩了涌动于室内的各类小吃的氤氲之气。

那年老女士，显系华人富豪；那年少者，二十一二的样子，金发碧眼，不知是否外国人。两个向芷君施礼曰：“可以吗？”不待他们回答，便在同桌入座。老者慈眉善目，和颜悦色。

那年轻女子却旁若无人，只管用外语喊招待员过来。这等地方有个鬼招待员！老板娘忙走过来说：“客官点什么？”那女子显然不会说广东话，便用英语说：“好吃的都上来！”可那老板娘并不懂英语，芷君忙用普通话顺口翻译了一遍。老板娘唯唯而去。片刻，一大桌子小吃，把芷君二人挤到了桌边一角。班超正要跟老板娘讲理，那老者突然说：“二位若不嫌弃，可否同用？——小姐，你的英语很好。”然后那小女子告诉他们，这是她姑母。她们是参加广交会的。

“你们是本地人吗？”这小女子问。身高一米八九的大汉班超似乎引起了她的注意。

芷君回答：“我们是四川人，是第一次参加广交会。”

那女的听了，突然用英语对她姑母说：“他们也来参加广交会呀！”她可能认为他们的穿着老土，不像是参加广交会的。这句话很使芷君反感，幸亏班超听不懂。

但班超看得出那老者眼里流露出的不屑的目中无人的神情。

芷君二人拒绝了老者“同用”的邀请，吃完了他们自己点的那几种。

这时，一老一幼两个卖唱小曲的走到他们桌边，老的拉琴，小的唱歌。这小的女孩也就十四五岁，求先生小姐“点首歌吧!”华侨老人说：“会粤剧吗？唱段红线女吧。”女孩子应声开唱，那声音柔美婉转，竟如《聊斋》中那白妞所唱，只觉得好，却说不出它好在何处，只好像见那声音如凤鸣莺啼，绕梁而去。

华侨老人击节低吟，听得十分入神，正在这时，忽然听到隔桌四个年轻小马仔大呼：“唱曲的过来，老子们要听邓丽君的!”拉琴老人忙告罪：“马上，马上，这边唱完就过去!”

“我们已经吃完，马上要走，先过来唱，唱完再过去唱!”四马仔大声叫道。

华侨小姐见这伙人太无理，用不流利的普通话说道：“再怎么急，也要等唱完这一段啊!”

他们却指着那小姐道：“假洋鬼子一边去!”又指着拉琴老人说：“过不过来？”

那唱歌的小女孩却颇有脾气：“几位大哥，我们不唱了，不做你们的生意还不行吗？”

“你是看假老外有钱是吧？不唱也得唱!”说罢一把夺过老者的二胡，把小姑娘扯了过去。

这边班超早已看得不耐烦：“喂，兄弟伙，人家小姑娘家家，别动手动脚呀，不唱，还强迫不成？”

这四个人，一看这家伙竟敢在太岁头上动土，其中一个从地上拣了块黑乎乎的垫桌脚的完整的大砖头，一步迈到班超面前，仰视着提劲道：“你狗头活腻了？”说完举起砖头，双眼怒睁，作出街头流氓状。班超不容他动手，一肘子砸落那人手中砖头，然后捡起来往桌子边上一放，左手压住半边，右手用力向下一劈，砖头应声从中间断为两截。然后班超说：“这位兄弟，你遇见你老乡霍元甲了——咱们比试比试？”

那四位落荒而逃。

华侨小姐惊呼："中国功夫，太棒了！"那普通话竟变得十分清晰了。

华侨老者禁不住来凑热闹，赞曰："好身手！兄弟是哪一门派的？"

芷君用英语说（为的是让那小姐听得更清楚）："他是体校运动员，从小练过硬功夫，要打趴下那四个小子，不费吹灰之力！——小姑娘，接着唱呀！"

用完餐，老华侨坚持要一齐买单，芷君谢绝了，道了声："谢谢！"

二华侨颔首致意："再见！后会有期。"

（四）

他们走后，芷君到柜台问老板去羊城宾馆怎么走，因为广交会会址在羊城宾馆。问清楚了明天一早要走的路线，芷君回到桌边取背包，却发现那华侨小姐的提包忘在凳子上了。他们两个提着提包追了出去，但这一老一小早已无踪无影。芷君连忙打开提包，看到里面有一张珠岛宾馆的门卡。在二十世纪七十年代末八十年代初，广州有能力接待高级贵宾的宾馆，仅有珠岛宾馆和迎宾馆两家。那时常来广州的霍英东先生，一般都住在迎宾馆或珠岛宾馆。门卡上印有珠岛宾馆电话，他们便打电话告知宾馆前台：住你们宾馆一六〇四和一六〇六房的一老一少的手提包丢失了，我们马上送到，请她们不要着急。

（五）

华侨小姐到了宾馆。前台问他们否提包掉了。二人此时也察觉手提包不见了，急得要命，但想不起是掉在大排档，还是掉在出租车上了：掉在这两个地方的任何一处，都很难找到了。但前台告诉他们，刚才有人打电话说，提包他们捡到了，马上送来。

这提包很重要，里面有两个人的护照、银行支票，此行所需用的人民币三万元，还有六千美金。

他们先是在大厅坐候，然后走出宾馆大门，向左右两边张望。

须臾，只见那大个子在前，女子在后，快步向宾馆跑步而来。

见了面，老华侨向二人致谢不迭。华侨小姐惊诧地问："你们跑来的？"

"是的，我们在家的时候，天天跑着上班，是跑惯了的。这几天没跑，怪不舒服的！"

"太谢谢了！"

"没什么。再见，走了！"他们又原路往回跑了起来。华侨小姐在后面大声喊："喂，霍元甲，请留下你的电话！"

芷君边跑边喊："没有电话！"一会儿，二人消失在广州挥洒着橙黄色灯光的街灯中。

（六）

离开这两个华桥，他们来到珠江边，坐在一条石凳上看珠江的夜景。只见江中大小轮船闪着明亮的灯火把江面映得波光潋滟。

班超说："我不明白，中国这么穷，是什么吸引这些外国阔佬们千里迢迢跑到中国做生意？"

芷君答道："赚钱呗。赚取更多的财富永远是这些资本家的目的。这是资本的本质。"

"怎么赚呢？穷人身上能赚钱？"

"你越穷，越容易被人剥削。"

"我们那么傻，就让他们任意剥削啊？"

"我们可以不用剥削两个字。用'攫取剩余价值'好听点。剩余价值就是劳动者通过劳动满足自身基本需要后剩余的部分，剥削阶级剥削的就是这部分。"

"就是说，劳动者所得越少，剥削者便所得越多？"

"正确。你看过小说《鲁滨逊漂流记》，对吧？马克思以小说《鲁滨逊漂流记》为例，说，鲁滨逊和礼拜五就是这种关系。鲁滨逊在荒岛救了一个黑人，就是礼拜五，并教他种地、做工、生产。他们两人关系的本质就是在财富再分配过程中，鲁滨逊攫取了礼拜五的剩余价值。——这是马克思的著名的文学社会学批评，而不是后来被强加给马克思的‘庸俗社会学批评’——这些剥削阶级都是爱财如命，剥削成性的。为了实现剩余价值利益的最大化，一方面尽量对被剥削阶级实行压榨，我们小学时读过高玉宝的《半夜鸡叫》，里面的周扒皮就是他们这种人的思想和心理的真实写照。另一方面，他们又拼命装穷，宣传自己赚得少。这已经成了他们共同的心理状态。法国作家莫里哀喜剧《悭吝人》中的高利贷者阿巴公不放过每分钱，而且装穷，他有一句名言：‘谁说我有钱谁就是我的敌人！’就是这种心理的典型反映。他们的一个共同思想是，认为所有的剩余价值应全归他们所有而绝对不愿意放过分毫。我们老师给我们讲过老上海一个金融公司老板的故事。公司老板非常勤奋，甚至假日都要去公司，但每月二号，他必不上班。全公司都知道这一点，但个中缘故，大家却全不了然。一位老会计有一次酒喝多了，揭穿了其中的惊人奥秘：原来这个公司每月二号发工资，老板不忍心眼看着那红红绿绿的钞票流出到别人手里！——这绝对是他所不能忍受的，所以这天他绝不上班！”芷君尽量通俗地把她学到的政治经济学基本原理讲给班超。

班超问：“我还是不太明白，难道我们是请资本家来剥削我们的吗?”

“这不太一样，我们以土地资源、人力资源和生产资料投资，也是资本的一部分，投资比例大就多赚，比例小，就少赚。但如果别人不来投资，我们连少的也赚不到。以后生产发展了，双方可以得到越来越大的利润，我们甚至可以买回资本家投资的那部分，公司就全归我们了，这就是所谓借鸡下蛋。所以，第一步，我们要全心全意把人家请进来投资。你的态度可要放端正点。”

（七）

班超问：“他们要是不来呢？”

芷君答：“只要能赚到利润，他们一定会来，利润越大，来的人就越多。”

班超又问：“他们有把握到中国这穷地方投资能赚到钱吗？他们不怕赔吗，不怕有风险吗？”

芷君斩钉截铁地说：“只要他们认定有利润，就绝对不怕有风险。这是资本的特性决定的。马克思一针见血地指出：如果有百分之二十的利润，资本就会蠢蠢欲动；如果有百分之五十的利润，资本就会冒险；如果有百分之百的利润，资本就敢于冒绞首的危险；如果有百分之三百的利润，资本就敢于践踏人间一切的法律！班超先生，你以后若做生意，要永远记住：资本是二秃子打伞——无法无天。这个规律永远不会变。”

接着，芷君特别强调说：“比如，今天你所见到的这个老华侨，是如此的和蔼可亲，但她在资本和金钱面前，绝对是同样的无情和贪婪。我似乎在那里看到了书上描写过的那种特有的眼神。”

（八）

第二天一早，他们慢跑了三十多分钟来到广交会。但是服务人员不准他们进入会场。这时他们才明白，有邀请书或有单位证明并预先注册的才能与会。他们眼见宾客如云，个个气宇轩昂，那些外国人更是挺胸凸肚，显得营养过剩的样子；有贵妇人，必珠光宝气，香味四溢，小姐们也个个衣着光鲜，争奇斗艳；男士则西装革履，头发油光可鉴。

怎么在广州做生意都这样啊？正看得入神，只听一阵鼓噪，服务人员喊道：“英国贵宾英伦华懋公司及龙行置业董事局主席柴女士到！”两边人士自动分成两行，鼓掌欢迎。

“呀！这不是昨天晚上那个华侨吗？”

“还有那个小姐！”

华侨小姐手挽老者臂膀缓缓而行。就在这时，华侨小姐一下看见了高出人们一个头的大个子班超，她挽着姑妈的手松了下来，向他招手，用不纯熟的汉语喊道：“喂，霍元甲，怎么不进来呀！”

班超老老实实地回答：“我们没票，吃了闭门羹了！”

老华侨听见了，走向人群，对芷君说：“请！”言毕，把臂膀伸过去，芷君顺势挽上老人的手臂；华侨小姐也走向班超，说：“霍元甲，请！”不由分说，挽上他的臂膀向会场走去。老者对门口的守卫说：“他们是我的朋友，两个农民企业家！”

“请，请！”门卫马上笑脸相迎。

最奇妙的是他们竟在老华侨的带领下，坐进了贵宾室。

贵宾室铺着花地毯，在铺了雪白桌布的桌面上摆着热带水果，还有可口可乐等饮料。班超早就听说过美国有一种饮料叫“可口可乐”，风行天下，但他见也没见过。华侨小姐已经看穿了班超垂涎欲滴的样子，“啪”，打开了一罐可口可乐，递给了班超。班超一边说“不渴不渴”，一边却三下五除二，早已经把一罐可乐倒下了肚。华侨小姐微笑着，看着他，很开心的样子。

（九）

开幕式后，人们三三两两进行着交谈，有的相约着，走出了会场。那老少二人走到会场所设的另一个小房间里边吃水果边同客人交谈着。

芷君二人正不知下一步应该怎么办时，詹姆斯突然出现了。他兴高采烈地同二人打了招呼，抱怨芷君到广州来竟不通知他。他是为采访广交会专程赶来的。

芷君静静地说：“给你打过两次电话，却没人接，我想，我们一个个问，总能问到那个对我们玫瑰感兴趣的客商。”

詹姆斯显然很兴奋，急言道：“现在不用了，给我发信询问你们情况的那个英国老板已经来了，就在会场，我给你们作介绍。不过，你们要长话短说，她要谈好几宗生意，你们这一宗，算调查研究式，还算不上真正谈生意，你们重点要宣传你们的优势，吸引投资。她只要有一个意向，就是你们的胜利，绝不能指望一次成功。好，你们跟我来!”

他俩跟着詹姆斯来到那个老华侨前面，詹姆斯用英语说：“尊敬的柴董事长，你信中提到的玫瑰花老板来了，就是他们！你们自我介绍吧!”

班超、芷君愣住了：就是她们呀!

华侨老人和华侨小姐马上回答：“我们已经是老朋友了！这男士是霍元甲，这女士是玫瑰小姐。”

“太好了，你们已经认识了！那就不用我这个媒婆了！你们谈吧。剩下的是玫瑰小姐今天晚上请我吃饭——这对我来说将是最大收获!”

芷君爽快地回答：“悉听尊便——但你可不能去特别贵的地方，我可请不起。”大家看得出来芷君和詹姆斯是很熟的。

那边华侨小姐也没闲着，她说：“姑妈，今晚我就不陪你了，我要这位霍元甲陪我去游览广州的夜景!”

班超正不知如何回答，芷君走过去对他说：“这个建议好，在广州怎么游，你边问边走就行了，班超，勇敢点!”

接着他们在工作人员的带领下，来到贵宾室。工作人员送来水果、咖啡。坐下以后，老人开始认真地询问：“我所属公司的一个经理人员是在英国的一个时尚杂志上看到你们玫瑰田的照片的，但他未及时通报我。我在看到这条信息后，立马决定来广州。我们集团有一个生物制品有限公司，专门生产各种芳香精油，包括玫瑰精油。我一眼便看出，你们种的这些玫瑰，其中大量是大红袍，这是很有价值的玫瑰精油生产原料。噢，在那些照片中，有一个人，我认识，就是你！我在大排档吃饭时就觉得你面熟。请看，这张照片，这个是你吧？请问你们这个大石垭在什么地方?”

“在四川。”

“是四川的南姜吗?”

“是的，你知道南姜吗?”

老人没回答，又问："这张照片上的这个小孩是谁？"

"他是我外甥。"

"外甥？那么，他的父亲母亲都还在吗？"

这时班超插了一句："你这不是谈生意，是查户口啊？"

芷君："我们先谈正事吧。"

"不，二位，小姐、先生，这可是最大的正事！请你们接着回答，这个男孩的爸爸妈妈是谁？"

"她爸妈都是英语大王，英语说得比我好多了，本来他们来是最合适的！"

"那孩子的爸爸是谁？请回答我！"老人显得很急切。芷君感到这老人莫名其妙，不谈正事谈小孩，她偏不马上回答。

"这孩子可聪明了，六岁会背《三字经》，八岁就把《唐诗三百首》倒背如流，他爸他妈编了个'英语三百句'，他五六岁就能用英语对话了。是我们村里的神童。我姐、姐夫说要把他培养成爱因斯坦或莎士比亚。"

"你姐？姐夫？"

"是啊，他妈是我姐，他爸就是我姐夫！"

"这么说，你是他妹妹了？"

"当然！"

"真的？"

"比亲的还亲！"

老人疑惑起来，还是问："这小孩的爸妈叫什么名字？"

班超在旁边给芷君说："芷君，别卖关子了，直接说吧！"

芷君说："不说不知道，说了吓你一跳：我姐夫大名柴久思，大姐大名石梅，这可是全县知名的大知识分子。一个是我们七星小学的校长，一个是学校教导主任。在他们的英明领导下，学校越办越好，上学的越来越多。而且玫瑰田，在他们的指导下，也越来越旺盛。柴久思姐夫是我们公社有名的模范女婿！这个小男孩就是他们的儿子。"

久思和石梅从城里回到大石垭，一直忙于筹建小学、招生和教学，两人都同意先不要小孩，多年后才生了这个宝贝儿子，取名柴田。柴田自幼聪明过人，喜欢看书、学英语，学习成绩特好，种田养花，一应农活，也不落人后。这娃儿还有一个优点，就是听使唤，平时在家，给久思端茶倒水、搬椅取书，无不招之即来，是久思的好书童。乡人都夸赞柴田是个好娃儿。

（十）

未等芷君说完，老人额头已渗出了汗水，呼吸也显紧促。是紧张？意外？激动？芷君形容不出那是一种什么状态。

“姑妈，您怎么啦？”那小姐喊道。

“没什么，没什么，高兴的！你知道这男孩是谁吗？是你爹的亲孙子！”

芷君大惑不解：“这么说，孩子他爸就是您老的亲外甥啦？石梅大姐就是您外甥媳妇啦？这都哪儿跟哪儿，怎么回事啊？是不是真的啊？我们怎么从来没听说过啊？”

“不用说了，石梅他爸叫石敢当，对不对？”那小姐说。

“这下我没话说了，你说对了！”

华侨小姐这时开始自我介绍：“我爸是柴任之，这是我姑妈柴枫。我是柴心，你们呢？”

“我叫钱芷君，他叫班超！”

“班超不是汉代出使西域的大将吗？还是叫霍元甲好一点！我们这次参加广交会，就是因为那几张照片写了一个‘四川大石垭’这个地点。多年以来，我爸和我姑妈费尽周折向这个地址的石敢当转柴久思，寄了大量书籍。这次来，就是要搞清楚，这个四川大石垭是不是就是南姜的大石垭，如果是，那么，我大哥柴久思肯定就在这里。我爸去世前委托姑妈一定要找到久思哥。这次来，就是一边在广交会谈生意，同时也和詹姆斯约好，要会一会大石垭的代表，把这个问题搞清楚！”这女子普通话竟越说越溜了。

“但是柴久思在大陆是没有妹妹的，你这个妹妹是从哪来的呢？”老人问。

“噢，我是冒充的，我们喊惯了。他们喊我妹，我喊他们姐、姐夫，是亲如姐妹的意思。我们连姓都不一样。清楚了吧？”

柴枫老人急切地问：“柴久思身体怎么样？谢谢你们这两个善良、可爱的孩子！你们能不能通知他们坐飞机赶过来，大家见见？”

“这恐怕不行，学校正在上课，他们走了，学生喝西北风啊？你们为什么不直接去大石垭呢？”

柴心说：“姑妈，最好我们去！我想见见这个大哥哥、嫂嫂！”

姑妈说：“恐怕难，我们办的是会议签证，要去内地，得重新申请签证，办手续的时间将会很长。”

柴心说：“请那个老油子詹姆斯帮忙嘛！他不是说，中国有个孙悟空，英国有个詹悟空吗？他神通广大，一定能很快办好签证。”

柴心觉得姑妈似乎并不急于去会大哥。

既然大哥找到了，姑妈怎么又显得有点迟疑不决呢？

她不知道，柴枫仅想知道这个人是否真的健在，而并不想真的会面。

但芷君着急的是谈生意。大队花那么多钱，叫他们到广州谈生意，什么都没捞着，只带两个大活人回去，这算怎么回事啊？她想也没想，这种认亲将可能引起巨大变化。

芷君着急地说：“老姑姑，户口您也查清楚了，咱们能谈谈正事了吗？您愿意投资建厂，在我们那里生产玫瑰精油吗？”

老姑姑说：“孩子！咱们现在着急的不是一件事，你先别忙。”

柴心扯了扯芷君的衣服说：“芷君……”

“芷君也是你叫的！小洋娃娃！叫芷君姐。”

“芷君姐。你脑筋开窍点好不好！你老姑姑认了这门亲，什么事不好办啊！这么简单的道理怎么还要我开导你啊！”

中午酒会时间到了。老姑姑说：“不参加酒会了，去吃最好的广东大菜龙虎斗，柴心请客。我就不去了，午饭没胃口，我先回酒店休息了。”

他们叫上了詹姆斯，找会务租了一辆中巴。詹姆斯对司机说：“劳驾你把车开到广州最豪华、粤菜最好的酒家。今天我来点菜，我知道，今天吃得越好、越高级，柴老板越高兴!”

芷君说：“詹姆斯，你真是花别人的钱不心疼。这个人脸皮怎么还是这么厚啊!”

餐毕，大家都喝得晕乎乎的，下午的会也不参加了。

（十一）

芷君跟詹姆斯走了，柴心挽着霍元甲走了。

詹姆斯对芷君说：“请你喝咖啡，去么?”

“不去，又不是没喝过。”她想起汝成在他家乡城市请他喝咖啡的事，苦苦的，有什么可喝的。

“尝尝鲜嘛。就当是了解一下资本主义餐饮文化。”

坐定以后，他介绍了英国读学位的情况，并盛情邀请她到英国留学住到他家去，说他已给资本家老爸说了，老爸见过她的照片，知道她懂英文，说这是他迄今见到过的最美的东方少女。

芷君忙不迭地说：“谢了，谢了。”

“英语的谢，就是同意了。”

“是不同意。汉语里的谢，就是辞谢和谢绝！比如，你给室友留言请他赴宴，他因事外出，就在你条子上留言‘某某谢’，就是‘知道了，因事不能赴宴，谢谢’。再说，我并未说我要去留学。”

这时詹姆斯拿出一张纸，交给芷君，说：“这些字可是我用了一整个晚上在一本汉译英《诗经》读本上照抄的，请打分。”

只见纸上写着：

有美一人，清扬婉兮；邂逅相遇，适我愿兮。
有美一人，婉如清扬；邂逅相遇，与子偕臧!

芷君看了，正色道：“少爷！你收敛点好不好？我同班超关系已经定了，不准再开这种玩笑。咱们可以做好朋友。难道你不同意大家做好朋友吗?”

詹姆斯话锋一转，突然说："福楼拜在《包法利夫人》中说：'一个女子应该永远给他情人写信。'因为他认为'语言好比一座辗机，它永远扯长感情'。我马上要去非洲采访了。你能给我写信吗？"

"做朋友可以，其他就别想了。对不起，我要走了。再不走，谁知道你又说些什么鬼名堂？不过，我也给你写一句孔老夫子的教诲：'君子成人之美，不成人之恶，小人反是！'"

"我不懂，请钱老师讲解！小人是小孩吗？"

"在四川方言中是。你去查字典吧。"芷君内心很稳定而平静，应对自如。她感到同他聊天，是令人很愉快的事。

詹姆斯显然很兴奋，没话找话，得意洋洋地说："你公平说，我的汉语水平是不是很可以了？我已经能听懂你的四川方言了，以这个速度，用不了多久就可以进入艰深的汉学了。我现在有了新的计划，决心做一个汉学家，这样就比你还强了，你的意思怎么样？"

芷君答道："你热爱中国文化，而且汉语学习进步很快，这一点，我给你打八十分。但其他嘛，你也自视太高了。给你讲个故事吧，说有一个书生坐船渡河，行至河心，诗兴大发，随口吟道：'天下文章数三江，三江唯有浙江强。浙江文章数我弟，我给我弟改文章。'书生意犹未尽，面带轻蔑地问船老大：'我的诗怎么样？'船老大毕恭毕敬地说道：'癞蛤蟆跳秤盘。'书生急问：'此话怎讲？'船老大回答道：'不知道自己有几两肉。'詹姆斯，听懂了吗？当汉学家之前，还是先琢磨琢磨船老大的话，然后再考虑实现你的伟大计划吧。"

詹姆斯显然听懂了这个故事，说道："你这不是拐着弯骂人吗，我哪儿惹你了？噢，想起来了，我笔记本上记有一句常用汉语：打是亲，骂是爱。中国小姑娘的道道真深啊！"

遇上这么个顽主，芷君还能说什么呢？

（十二）

出租车把柴枫送回了宾馆。柴枫只想一个人在房里回味一下刚才所有的谈话。最出乎她意料的是，哥哥柴任之去世前委托她一定要找到的亲儿子柴久思出现了！而且哥哥已经有了一个十多岁的健康的孙子！她知道，哥哥柴任之最不放心的是他奋斗一生积累下的偌大财产无人继承，最发愁的就是谁来承接柴家的香火。而现在，别离了几十年的他的亲生儿子，他的继承人，竟奇迹般地真的找到了……

她明白，哥哥自三十年代离开家园，他在世的时候，无时无刻不在思念并想找到他的下一代。他要把他毕生的积蓄留给他们。

哥哥的遗愿即将实现。

自己去不去大石垭呢？

詹姆斯很快为他们办好了一切手续。

但是，就在他们准备成行的当晚，柴枫心脏病骤发，又拒绝随行医生的诊治，医生只好劝她立即回英国住院治疗。

大石垭，她不去了。

柴心来看望姑妈。她在门口听见姑妈放低声音给她的儿子、柴心的表哥胡丕打电话，她说自己身体挺好，你表哥柴久思人还在，地点也清楚了，但她觉得自己还是不见柴久思为妥。“我还没想好下面的事……你们也可以想想看。”

柴心对他们的通话并未放在心上，进来对姑妈说：“您别去了，一切有我。但您最好还是让医生检查一下，好吗？表哥这次来不了，去不成四川，真为他感到遗憾。”

柴枫答道：“有你去就行了。再说，公司我也不放心。”

（十三）

柴枫是柴任之在世时进入公司的，初任职于后勤保障部。柴任之去世前，公司只有一个董事长，而没有副董事长。柴任之在病重时任命柴枫为董事长，并宣布待找到柴久思，一旦柴久思回归柴氏，立即改任柴久思为董事长，柴枫任副董事长；与此同时，任命柴氏老员工，柴任之的忠实助手，时年五十六岁的海淘为副董事长，主管公司财务。柴心因正上学，并未在公司任职，但她有三分之一的表决权。柴久思回归前，公司重大事务由柴枫、海淘、柴心三人表决决定。

（十四）

柴任之病逝前，召海淘到病床前详谈，作了临终嘱托。

柴枫心里不免犯嘀咕，他们能谈什么呢？但有一点，她不用想也知道，谈的一定是大事，因为这是最后的谈话。

柴任之去世后，胡丕和汤佳则由其母柴枫安排进入柴氏集团，并任要职。

柴枫的独子胡丕今年三十七岁，在柴氏集团当副总经理，主管人力资源，胡丕的妻子是个台湾人，名叫汤佳，二人皆财务专科毕业，学历不高。汤佳在公司主管公共关系。

（十五）

在广交会上，一个四川代表听说他们对玫瑰花感兴趣，就向他们建议，可以去四川眉山县看看，那里的玫瑰花品种多，栽种面积大，而且可以顺带参观东坡故居，离乐山大佛和峨眉山也很近。这个建议引起了柴心的极大兴趣。芷君插了句嘴，说："你一个外国女孩单独去，怕不安全，让四川老乡，地头蛇班超给你当锦衣卫吧。他很熟悉从眉山到峨眉的旅游线路，当导游没问题。"

这样，坐飞机——当然飞机票由柴心统一买了——到成都后，他们分作两路，从双流机场出发，分别向各自的目的地去了。芷君急着回大石埡报告这个重大新闻。

班超、柴心二人上了去眉山的班车。这是七十年代开始用的那种可装六十四人的大型交通车，车上装得满满当当，连过道上都站满了人。车每到一个小站都要停，一停下来，车窗外面，那些卖熟鸡蛋的、卖咸鸭蛋的、卖橘子的、卖煮花生的、卖甘蔗的，便挤拥着把东西向车窗伸过来，使劲喊着兜售。柴心感到这个景象很新鲜，什么都买，很快买了一大包。

这三个半个小时，两人走一路吃一路。

（十六）

他们以前只是知道苏东坡的大名，对他的文学成就并不了解，参观三苏祠，他们等于上了一堂宋代文学课。班超还买了一本《东坡故事》，休息时，读得津津有味。

中午，该吃饭时，班超建议“绝食”一会，让肚子休养生息，以利晚上再战。但柴心不干，说早把肚子腾空了，到眉山不吃东坡肘子，岂不枉此一行。她拉着班超上了一辆三轮车，先是到眉山最豪华的“眉山酒家”。店小二们一看只有一男一女两位，卖不了什么菜，便不十分热情。班超熟知本地人情冷暖，便对店小二说：“经理先生，你们收美元吗？”只这一句，便把几个店小二的眼睛从直线划成了弯线。“请请，收收！”店小二们猜到这大约是两个华侨或港澳同胞——别看他们穿着一般，但一定都是有钱的主——把他们让进了一个豪华大包之后，把本店一应大菜全推荐一遍，但又说：“你们两个人点多了浪费，我给你们配一些眉山特色菜，同时上一道我们的招牌菜东坡肘子，一定让你们满意。”二人连称“谢谢！”

“请问上什么酒？”

“都有什么酒？”

“本地名酒是东坡大曲，四川名酒是五粮液，上哪样？”

席间，柴心问上酒的女服务员：“我们应该称呼你们什么好呢？叫同志、服务员，还是小姐、大姐？”

“你们就入乡随俗吧，本地客人都喊女服务员作‘菜花’。在这儿喊‘菜花’最亲切！”

他们问这个菜花，眉山什么地方种玫瑰。菜花告诉他们雾山乡的玫瑰最有名，眉山产的鲜花饼、花茶，所用玫瑰都来自那里。

班超酒量大，这不待说，谁知道柴心也酒量惊人，两个人竟边说边吃，喝了大半瓶，离开酒家时，两个人都成了红脸关公。

他们买了两斤玫瑰作馅的点心，一斤玫瑰茶，然后雇了一辆壮年汉子的三轮车，行车一个多小时，来到玫瑰之乡——雾山乡。

啊！奇美无比的玫瑰田！班超此前只以为大石垭的玫瑰是世界上最好的，这一看，才知天外有天。班超已经是种玫瑰的行家了，马上动起脑筋："何不买些花苗花种回去，也许能改良大石垭的玫瑰品种？"他便问老农，可不可以买些苗木和玫瑰花种子。那老农说："可以，但花株比较贵，只要你们买得起。""多少钱一窝？""要五六分！""好，我们买五十窝。"花农理好了五十窝，用草绳一一扎好，说："泥巴不要抖落了，回去就能栽活。"又卖了几大包玫瑰花种给他们。花农说："玫瑰花虽然有种子，但是一般都是用扦插的方式繁殖，一般在每年的三到四月份和九到十月份这两个时间段，发芽率最高，幼株长得也最好。现在的时间刚对，插了就能活，特别这些整株的，挑的都是最好的，要抓紧时间。"

三轮车把他们拉回了眉山。接着是找住的地方。谁知两三个好一点的旅舍，一看柴心的护照："是英国人？我们这里不让住。"

按当时的规定，考虑到外国人的安全，一般旅舍没有资格接待外宾；对口接待外国客人的是指定的单位：眉山县招待所。柴心来到前台办手续，一天二百二，班超吓了一跳，忙说："你在这儿别动了！我还是另找地方。"柴心也未强留。班超说罢，抱起花苗便跑了，倒没忘对柴心喊了一句："晚饭时我来喊你！"班超找了一间五元钱一晚的干净旅馆住下了。

（十七）

吃晚饭时，班超对柴心说："咱们是不是不去乐山大佛了？我想尽快赶回去，把这苗栽了，时间长了怕它发蔫，栽不活了。"

柴心说："有没有两全其美的办法？如果能雇一辆汽车，咱早上去乐山，当天就可以回成都！"

班超说："不行不行，这样走马观花，你也玩不好，还耽误事。咱们还是先回去，日后还有机会旅游。"柴心只有客从主便了。找一辆专车倒是一个好主意，但怎么找呢？

班超说："找县政府试试。"他到了县政府，指着柴心说这是一个国际大商户的代表，到省府办事，她是慕眉山三苏祠的大名专程来眉山的，问能不能租给一辆小车，用一下。柴心补充道："所有费用我出，最好能一直把我们拉到南姜县。"县政府的看了看护照，同上面领导作了联系，说："欢迎你们来眉山。我们会给你们派一辆车子，直接送你们去南姜。"

这时的眉山县时不时会接待一些外国游客，县政府已经熟于此道，考虑到那些花木很占地方，便租给他们一辆小面包车。

（十八）

其实，当时外宾到内地办事和旅游者已日益增多。一九七二年二月二十一日至二十八日美国总统尼克松应中华人民共和国政府邀请，来中国访问。毛主席会见了尼克松总统。二十八日，《中美联合公报》在上海发表，为中美关系正常化和日后不断扩大交往开辟了新的前景，它标志着中美两国在对抗了二十多年之后，开始走向关系正常化。接着，从一九七三年开始，在西方国家中，英国率先与中国建交，接着日本、法国、加拿大也纷纷承认了中国。一九七九年美国也正式与中国建交。

从一九七三年开始，广交会客人数量大幅增长，以至于超出了宾馆的接待能力，去各地的旅游者和客商也多了起来，各地的外事办公室等办事机构，在接待方面也日渐渐通达和老练。这就是詹姆斯为柴心等一行办理复杂的手续，使柴心得以顺利到南姜考察和探亲的背景。

柴心和班超听说可派车送行，喜出望外，柴心抢话："明天七点在招待所门口集合，可以吗?"

（十九）

第二天一早，班超提前到招待所门口，手里拿着七八根油条等着。

这时他看见一个十五六岁的少年躲在招待所左边的自行车棚下，

大大的双眼盯着他手上的油条。这少年一身彝族打扮，头戴黑帕，脖子上戴有两个大银环和一串大石珠，穿着分成两截的百褶裙，身披一个脏拉巴叽的黑乎乎的擦尔瓦*，脸上污黑，透着沉沉的暗红。班超走过去，跟他打招呼："小家伙，看什么？过来，给你一根油条。"那少年也毫不客气，走过来，抓过油条，几口就吃完了。

看来，这小家伙是饿坏了。班超问："小家伙，你叫什么？是彝族兄弟吗？"

"是的，我叫厝尔金，谢谢你！"轻声细语的回答让班超大吃一惊：这明明是女孩子的声音！他明白了，这少年穿着百褶裙，这是女孩子的衣着。她是女的！而且这女孩子竟然说的是普通话。班超说："你是个女的呀？你怎么一个人出来要饭，这多不安全！我手里的油条你不能再吃了，这是我朋友的早点。不过，给你五角钱，你可以自己去买——这够你吃的了！"厝尔金也不客气，拿了钱走了。

片刻，她拿着两根油条回来了，说："谢谢你，大哥，我吃饱了，这两根留给你朋友吃吧。"这是什么速度啊——三根油条，五分钟！班超说："你能告诉我，你一个女孩子，为什么出来要饭？"

厝尔金说："我不是要饭的。我是逃命。我妈生病，欠了一个名叫帕索的跑牛匠**一头牛钱，有两百多元，家里还不起跑牛匠，就要我去顶债。我爸没办法，只好同意了，说等我过了十六岁生日，他就可以领人。前天是我十六岁生日，我一早就跑了，我跑哪儿他追到哪儿。我偷偷上了一辆拉木材到眉山的卡车，到了眉山一下车，就发现了跑牛匠！我吓得乱跑，傍晚时就跑到招待所门口，招待所门口有警察站岗，我躲在车棚下面，他要抢人，我就会向站岗的警察喊救命，公安同志总不能见死不救吧。后来就遇见了你。"

"你是从哪儿跑出来的？你家在哪儿？"班超问。

"我家在凉山雷波，离这里好远好远……"

班超知道，雷波归凉山管，地处四川省西南边缘横断山脉东段的

---

* 擦尔瓦：彝语，意为披毡。

** 跑牛匠：专门从当地低价收牛，赶到平原上高价卖出的牛贩子。

小凉山，金沙江北岸，面积近三千平方公里。那是一个非常封闭、贫穷落后、人迹罕至的“化外之地”。这小姑娘竟能跑出来！

“你上学没有？你的普通话跟谁学的？”

“我九岁时，寨子里突然来了个大学生，是中央民族学院的，姓胡，他来看望山背面的桑巴老奶奶。桑巴奶奶有一个儿子叫阿约尔呷，解放初不到十岁，特别聪明，给上面派来的工作组当翻译，后来阿约尔呷就跟工作组进了城，又上了速成中学，后来又上了中央民族学院。他上大学去北京那年，从成都回寨子告别，当时周围几个大寨子的头人把大家召集起来，不分贵贱，吃砣砣肉，喝米酒，跳锅庄舞，说阿约尔呷是咱彝家从古以来第一个大学生，希望他毕业后回来教寨子里的孩子们读书，多出几个大学生。阿约尔呷跪在桑巴奶奶面前对大家起誓，他一毕业即回来，让周围彝寨里的孩子们都能上学，成为有文化的人。当时大家轮流给他敬酒。这次大聚会传到州里，《凉山日报》还发了报道。但后来阿约尔呷再也没回来过，倒是胡老师来了，一直照看桑巴奶奶，还给我们办了学校。那时我小，有些事都是听大人说的。”

（二十）

阿约尔呷上大学时，同一个财会专业、同一个寝室，有一个最要好的朋友，就是厝尔金所说的胡老师。胡老师是满族人，汉名叫胡志扬，一个常见的汉人名字，是入学时他自己起的；他的满族本名叫富察托庸，是满洲贵族富察氏的后裔。当时他一是忌讳这个贵族姓氏，二也是嫌叫起来麻烦，所以自改其名，当然，档案上仍写的是原名。阿约尔呷经常向胡志扬谈起他们彝家山寨，谈起彝家的贫穷落后，说他曾指天对桑巴妈妈和族人起誓，毕业就回来办学校，作启智教育，这是他唯一的志愿。

在毕业前集体下乡学农时，这两个好朋友相约去大兴水库游泳。阿约尔呷在凉山时并不会游泳，但他在入学后却对游泳产生了浓厚的兴趣，经常去体院的游泳池学游泳，久而久之，竟练就了一身好本事。同室好友胡志扬，虽生活在北京，有很好的游泳条件，却偏偏对游泳不感兴趣，是个旱鸭子。

阿约尔呷听说不远处有个大兴水库，游泳的兴致上来了，这天非要胡志扬陪他去游泳。胡志扬说："算了，算了！医生说你有心肌炎，本来不准你下乡学农的，还想下水，你在水里发病，我这个旱鸭子可救不了你。"阿约尔呷哪里听他的，说："那你就更应该跟我一起去了！"胡志扬推脱不掉，只好相随。阿约尔呷游得兴起，便鼓励胡志扬下水，说自己给他保险。胡志扬用他那狗爬式跟着阿约尔呷越游越远，原本脚还能着底，后来水越来越深，胡志扬连灌了几口水，已体力不支，身体直往下沉。阿约尔呷一看大事不好，去拉胡志扬，用尽最后一点力量，把胡志扬推上了岸，自己也躺在岸上，累得动也不能动了。当时已是深秋，冷水一泡，再加上用力过度，回到住地，重感冒导致心肌炎急性发作。但阿约尔呷自以为身体一向强健，忽略了及时治疗，竟不幸去世。为此，带队的辅导员被记了一次行政大过。在医院的病床上，阿约尔呷握着胡志扬的手说："志扬，我回不去了。你如有可能，帮我看看生我养我的桑巴老妈妈，对寨子里说声对不起……我爽约了，再也不可能去教那些孩子们了！……"

胡志扬含着眼泪说："你放心吧，我答应你！"

（二十一）

胡志扬毕业后在待分配期间，向学校请了假，来到阿约尔呷家乡。他决心履行好兄弟的志向，在山寨办起了第一所小学。厝尔金成了这个学校的第一批学生。由于她聪明好学，胡志扬叫她当班长，帮助其他小朋友。这是只有一个老师的学校。厝尔金不仅帮他教小朋友，而且给他打水做饭，成了他的左右手。他的办学精神感动了当地政府和群众，当地政府在第二年给学校正式列名，拨了经费，胡志扬也有了每月二十五元的民办教师的工资。中央民族学院三令五申喊他回校参加分配，但他不想也无法离开那些吃土豆的彝族孩子们，不能离开阿约尔呷的近乎失明的老妈妈。实际上，他已决心放弃毕业分配了。

在他内心深处，他忘不了阿约尔呷的临终嘱托。他走了，阿约尔呷的近乎失明的老妈妈怎么办，那群孩子怎么办？

厝尔金从一年级一直读到小学毕业，因家里实在太困难，不可能去上初中，就此离开了胡老师。“文化大革命”结束后，胡志扬父母匆匆去了美国。后来，他被召回北京去办手续，政府把原来挪用的他家有十二间房子的四合院还给了他。

在彝家山寨，大家都理解胡老师的离去：他在彝乡已经六年了，他在北京有自己的家。

胡志扬家的四合院原有两座，本是富察托庸家的族产，其中一座，他父亲在解放后捐献给了政府。余下这一座很大，地处很有名气的史家胡同。一九二六年，著名女作家和画家凌叔华与北大教授陈西滢结婚时，凌叔华父亲凌福彭曾把一座有二十八个房间的大四合院作嫁妆给了她。这座四合院在史家胡同五十四号，而胡志扬家的四合院就在五十一号。房子少了几间，但前后有两个很大的花园。他把它租出去，每半年收一次租金，而且抵押有一大笔房屋押金。胡志扬单身一人，并无挂碍，在京城当房产主，单凭这一项，已经足可以在北京过上富裕的“寓公”生活了。他去彝寨六年，践行了好友的临终嘱托，他已经问心无愧了。

厝尔金接着说：“胡老师是北京人，上课讲普通话，也教我们说普通话。胡老师像你一样，也是高高的。胡老师可好了，他教了我六年，我们寨子里的女娃儿都说，长大了就嫁给胡老师。说起来，解放前胡老师家里还是大财东呢，大四合院就有两座。上学时，胡老师总是表扬我聪明，学习好，背书快。在这个寨子里，除了爹妈，我最留恋的就是胡老师了。”

“那个北京来的胡老师还在吗？”

“城里落实政策，给胡老师分配了工作，乡上安排了另一个老师代替他。胡老师回去了。”

正交谈时，小面包开过来了。柴心把那一大包玫瑰花苗放在车上，班超把油条给司机和柴心递过去：“早饭，快吃，吃完开路！”他们说已经吃过早餐了。不过，柴心从来没吃过油条，想尝尝，又吃起来，边吃边说："好吃，好吃。"班超把剩下的几根给厝尔金，厝尔金说："吃不下了，你们留着吧。"班超说："小傻瓜，收着中午吃呀。"厝尔金道了谢，拿着油条走了。

（二十二）

他们刚要开车，忽见厝尔金一个大步冲上了车，大喊："大哥救我！那个跑牛匠发现我了！"班超看见车外一个三四十岁左右的"烟灰儿"，脸上皱巴巴的，头上缠着黑帕子，披着一件擦尔瓦向面包车走来。厝尔金吓得急忙钻到了座位底下。班超没等跑牛匠过来，就下车迎了上来，厉声喝道："你要抓厝尔金是不是？你知不知道，你这是买卖人口，是违法的！"

"那是你们汉人的法，不是我们彝人的法，我们彝人结亲就是要凭钱买。我们愿意，你们管不着！"

"你们不归政府管吗？不执行婚姻法吗？"

"这事，你少管，我们两家说好了的，她是我女人，我不能白花钱！"

班超一扭头，上了车，对柴心说："快，借我两百元，我急用！"班超拿了钱，下车对跑牛匠说："这是还你的两百元，就此两清！今后不许再找厝尔金的麻烦，你要是还闹，我就把你送到政府去！快滚！"

班超上了车对厝尔金说："你的问题解决了，我们帮你还了债，他以后不敢再找你麻烦了，你下去吧。"

"不行，大哥！寨上从头人到白彝都等着喝跑牛匠的喜酒，我回去就是下地狱。我不回去！我跟你们走，你们去哪儿，我去哪儿。大哥，我喊你胡老师吧！带上我吧，我给你做牛做马，报答你！我什么农活都能干，什么苦都能吃，你就当收了个娃子[*]吧！”

几句话，把班超眼圈都说红了。他内心十分激动：解放这么多年了，有的地方还有劳动人民在吃苦受难！强烈的阶级认同感使他义愤填膺，他说：“厝尔金，你错了！在我们面前，你就是我们受苦受难的阶级弟兄姐妹，你不是娃子，你是和我们一样的人！你必须改变你这种看法，否则我们不带你走。我们愿意带走一个阶级弟兄、阶级姐妹，而不能给自己带一个娃子！”

厝尔金一下哭出声来：“大哥哥，大姐姐，我错了，我错了，我一定听你们的！我不是娃子，我不是娃子！你们带我走吧！我要是回去，是逃不出那个跑牛匠的手心的！我看得出来，你是和胡老师一样的人，你不会害我的，不会见我落入狼窝不管的，不会让我下地狱的！”

“司机同志，请开车门，带上她，走一步看一步吧。”班超说。

（二十三）

柴心自始至终对这一切充满了好奇。她对厝尔金说：“来，咱们坐一起。你能多谈点你的身世吗？”

班超向柴心介绍了他所了解的厝尔金的大致情况。柴心很奇怪，怎么在大小凉山的彝族地区，有的地方居然还存在这种情况？班超也不十分清楚，就问厝尔金：“你十六岁了，又读过高小，应该对你们民族地区的历史和现状有一些了解吧？”

厝尔金用从胡老师那里学到的流利的普通话一口气说了起来：“胡老师给我们讲政治课，讲述了我们地区的一些情况，说我们大小凉山长期以来实行的是奴隶制，可以通过买卖占有人身。胡老师说一九五四年昭觉的两个女干部下来调查，被奴隶主看上了，要买她们，说胖点的给五十砣金子，瘦点的，四十砣金子。他们连汉族干部都想

---

* 娃子：旧时凉山彝族地区称奴隶作“娃子”，有“安家娃子”和“锅庄娃子”两类。“安家娃子”地位略高于“锅庄娃子”。

买。五五年四川省决定对大小凉山地区实行民主改革，但实行不下去。五六年七月，中央召开会议，决定实行以政治争取为主的改革，这样，这个地区的旧有制度就在一定程度上保存下来了。胡老师说的这些与有些地方的实际情况完全一样。比如前些年，我们雷波的一些地方，还存在‘色坡’，就是黑彝奴隶主，还存在‘呷西呷洛’，就是锅庄娃子。我们家就因父亲生病借了黑彝头人的钱和粮，逐渐沦落成黑彝的‘阿加’，也就是安家娃子，在外面安家。白天给黑彝干活，晚上回家，也可以干点自己的活，是半奴隶。另外就是广大百姓，也称白彝，彝语称作‘曲诺’。有些人家祖祖辈辈没有人身自由，一个女孩以一头牛的价钱就卖给黑彝或其他有钱人了。胡老师告诉我们，命运掌握在自己手里，说现在有的地方还没有完全打破这个旧制度，但现在在共产党的领导下，全中国都是人民当家作主，只要我们不甘心做娃子，就一定有办法。我记着胡老师的话，我不再愿做娃子。你们是胡老师一样的人，我愿意跟你们走，我不愿意再回去！”

柴心对班超说：“别看，这女孩子挺能说的，一点也不像小学毕业生。”

厝尔金听见了，说：“我还能唱呢！昭觉文化馆的人管我叫唱诗人。我爷爷是彝族创世史诗《勒俄特依》的传人。我们的史诗是唱的，不是念的。爷爷在时就教我唱。爷爷过世了，我也就没学完。我现在还没忘。我可以唱两天两夜不歇气。我知道叙事歌的意思，但我没本事把它翻译成汉语，因为好多歌词，在彝语里是什么意思，我也不清楚，我只是原封不动地背。昭觉文化馆的人带了一个大录音机，是用牛驮来的，还给我录过音呢，但只唱了两天，红卫兵就把他们揪回去了，说他们搞四旧，逃避斗争。”

柴心好奇地说：“你能唱几段给我们听听吗？”

“别笑话我啊。你们听着——”接着厝尔金就唱起来，叽里哇啦，半个小时，一口气不停。

班超连忙止住：“行了，行了，你真是个大诗人，在你面前，我们反而是没文化的两个粗人了。”

厝尔金说：“诗歌是伟大的，但唱诗者是渺小的。我爷爷被称作是史诗传人，还不是连最便宜的青霉素也打不起，得肺炎死了，到死还是阿加，就是安家娃子，也就是半奴隶；我会唱诗又怎样，还不是要卖给白彝大烟鬼跑牛匠去当另一个阿加？还是你们好，你们是自由人。”

班超心里波澜起伏。无数革命先烈，包括自己的父辈，抛头颅洒热血，前仆后继，为的是什么？怎么能容忍现在还存在这种情况！这种情况给他的直接冲击就是，使他产生了一个想法：他一定要救厝尔金，要使她成为一个真正自由的人，幸福的人；她就是自己的亲人，自己的妹妹，他要保护她，爱护她！何况，她是如此聪明，只要给她学习机会，她什么学不会啊？也许，改变某些条件，她就会成为另外的人！

想到这里，他不禁激动得两眼发光。他看着这个穿得又脏又破，满脸污垢，浑身异味的另一个世界的女“娃子”。

柴心似乎看出了什么。她问厝尔金：“你总是说到你们的胡老师。你看这个大个子，跟你们胡老师相比，怎么样？”厝尔金不假思索地说：“他就是另一个胡老师。胡老师教我们道理，可是班超大哥救了我。”

“你喜欢你们的胡老师吗？”

“我们每个女生都喜欢他，都发誓长大了要嫁给他。但当时大家没想，胡老师是满族人，跟汉人一样，只能娶一个啊。他又不能像以前的色坡可以用钱买很多娃子。”

“那你觉得你面前这个胡老师怎样？”

班超毫不客气地把柴心顶了回去：“胡说八道什么？厝尔金，不要理她，她是洋鬼子，她不是中国人，不会说中国话。”

“怎么不是中国话啊？”她不好意思地把头低下去了。

班超、柴心原以为他们收留的不过是一个讨口子，一个可怜的逃婚者，一个安家娃子，一个奴隶的后代，一个愚昧无知的半野蛮人。他们自知错了！这是一个冰雪聪明、极通人情、有着很高彝族诗歌修养的歌者，一个真正的文化人；相比之下，他们不约而同地感到自己曾有过那种看法，简直不是东西了。

三个多小时汽车旅程，把他们变成了很好的朋友。

（二十四）

车到成都市，柴心请司机把车开到民族服装店，不顾厝尔金的反对，给她买了一套非常漂亮的彝族服饰，包括头饰、耳坠、手镯、领牌、腰带、领排花。凡发亮的，一律不要代用品，全是白银打就。然后又到市中心的人民商场给她买了两套汉族女装。

这个柴心真是个能花钱的主，又请司机把他们拉到对口接待的锦江宾馆，开了一间房，带厝尔金去洗了澡，换上了全新的民族服装，又给她喷上了自己带的法国香奈儿香水，然后到大厅要了四份咖啡，稍后又到西餐厅吃了一顿大餐，这才上车向南姜开去。出发前，她没忘记给司机买了两条大重九，那可是当时拿得出手的上品香烟。

这中间，他们有些对话，大致是：

班超："花几百块订间房，就为洗澡换衣服啊！回去换不行啊，你也太会花钱了！"

柴心用她那特有的不流利的汉语很高兴地说："你们看，真是一个天仙呢！那皮肤是古铜色，这是西方人最向往的健康的肤色。对，再看这'S'形的结实的身材，真是性感之极。还有这哗哗作响的银器，就是好听的风铃啊！班超，你是木头人吗？你不认为有这么一个美女陪你走长途，是一件很惬意的事吗？"

厝尔金先是低头不语，然后低声说："我们彝家阿米子*出嫁时才穿这样的衣服呢。"

柴心顺嘴就来："阿米子，给你买的就是嫁衣呀——你就嫁到我们去的这个南姜吧。——不过，我还没去过，可别是又一个雷波！"

班超："南姜大石垭那里有一个温暖的大家庭，在那待久了，我都不想回成都老家了！"

说着说着，班超突然发觉自己开始晕眩起来，浑身虚脱，头冒冷

* 阿米子：彝语，指没结婚的女孩子。

汗。他意识到，中午吃西餐时，吃了太多的比萨和意大利通心粉，只顾口腹之乐而忘了自己是忌食小麦制品的。他急忙对柴心说：“我有点不舒服，想办法给我点水。”说罢就晕倒在椅子上。

谁知这时厝尔金哭起来，嘴上喃喃地说：“胡老师，你可别死了啊！”

厝尔金力气真大，连抱带拖，让他躺在后面一排椅子上。怕他掉下来，厝尔金就跪在地板上，用手扶着他。柴心从背包里取出在广州买的进口的矿泉水，叫厝尔金一点一点喂给他喝。由于这次面吃得不是太多，所以车子快到大石垭时，班超已缓过气来。他说，自己对面食过敏，老毛病了，是自己大意了，给大家带来了麻烦。

柴心说：“这可没我什么事，这几个小时，都是厝尔金在服侍你，一会儿站，一会儿蹲，一会儿跪，你可是享受了‘娃子’的福了！”

一句话把厝尔金脸说红了。但她心里想：“他就是我的主人，我就是他的锅庄娃子，我愿意伺候他……”

柴心想，这个彝族“娃子”，身体真是铁打的，几个小时，忽而蹲，忽而跪，忽而立，在颠簸无比的车里，一分钟也没休息，直到班超醒过来，她才坐在班超身边，手扶住他臂膀，怕他又倒下来。柴心忽然想起她上大学时读到的一个历史故事：民元前四川保路运动的民军，拥戴着督军尹昌衡，攻破了以改土归流而名扬一时的四川最后一任清朝总督——杀人如麻，人称“赵屠户”的赵尔丰的住宅。侍从非逃即降，这时只有一个贴身彝族（亦有说是藏族）女奴，持枪顽抗，保护主人赵尔丰，最后英勇战死。这个总督死有余辜，但人们无不对这个女奴的忠心赞叹有加。这个厝尔金，待班超如此尽心，不尽使人联想翩翩。她想，如果一个男人真的有这样一个忠心耿耿、永远也不会变心的女“娃子”作内室，何尝不是一件好事？

柴心想入非非，无意中猜破了一个密码：对革命烈士和革命老干部家庭出身的班超来说，厝尔金的穷苦出身和现实苦难，引发了班超在一定程度上基于血统论的那种根深蒂固的阶级同情，与他的“出身决定论”的观点深度契合。班超潜意识深处认为，只有像厝尔金这种在现实中深受阶级压迫的穷苦农奴出身的人才是中国革命唯一可以依赖的可靠的对象。他在思想深处对厝尔金产生了深深的阶级同情和怜惜，这中间含有多少感情成分，显然，现在是不能作出定性或定量的分析的。

（二十五）

把柴心和厝尔金领回家，班超与石敢当、天玫做的第一件事就是带她们去参观玫瑰田。但厝尔金却说："这就是你们说的宝贝呀？在我们彝乡，满山遍野长的都是，没有你们的大，但比你们的香。"

柴心却兴高采烈，欢快地说："你们真奢侈！手里拿着金饭碗当叫花子哟！你们这儿是风水宝地，我大二暑假跟地质系的同学去野外实习时，发现过石矿。你们这里的石山是最好的石料。石老伯他们几代人在这儿当石匠不是偶然的。只要肯投资，把石材加工成石板出口国外，这里立马会成为印钞机！意大利的装饰市场，每平方米都是用英镑铺出来的。我们一个同学家里就是在意大利开采石厂并加工石材的。只要设一个加工厂，这里就是一个聚宝盆。我们可以在种玫瑰的同时，建一个大理石精加工厂，专门加工石材，向欧洲出口。"

天玫说："满脑子都是资本的小财迷，钱那么容易赚啊！"但柴心这话说到石敢当心里去了，他年轻时就是当地有名的石匠。大件像八百斤的石狮子、四五米高的石碑坊，小件像石磨、石龛、各种日用杂品，整个村，人人都会这个手艺。只是后来，就被当作"资本主义的尾巴"割掉了。

落叶归根 十四

（一）

柴久思永远不能原谅的、承载着两代人怨恨的父亲找来了，在他发达之后，要认儿子了，要认孙子了，要他为柴家传宗接代了！他没忘记妈妈因他而受到的苦难和屈辱！他绝不能认他，柴久思认为现在是给妈妈出气的时候了！

本来，他早就已经忘掉了这个父亲，现在却突然冒了出来，这正好给他报复的机会。他回忆起父亲给母亲带来的苦难，正是这个父亲，使母亲和自己在政治上低人三分。

“我如果认他，便是对母亲的背叛，便是对母亲的不忠不孝；便失去了做人的资格！”他决绝地想。

他那套中庸的思想，在现实面前，在母亲那苦难的面容面前，统统被抛到爪哇国里去了。

他对这个洋妹妹视同陌路，虽然她并不令人讨厌。本来，这些事与她有什么关系呢？

她来了也好，这使他有机会把长年憋在心里的话都说出来。就让她当个传声筒吧。

他在对柴心开始叙述这一切的时候，柴心从坤包里拿出了一个小巧玲珑的录音机。她诚恳地望着柴久思说：“哥，我可以把你的话录下来吗？”她当然不知道他会说什么。

“当然。这要比你口头传达准确多了！”

好长时间，他说，她听，录音机录。

他说完了。

柴心说：“哥，你是说永不认他吗？和他永远断绝父子关系吗？”

“你不是都录下了吗？”

“但是，你知道你的这个决定的严重性质吗？”

“不知道，也不想知道。”

“哥，你知道你的这个决定的含义吗？”

“不知道！”

“那么，哥，你知道你的这个决定意味着什么吗？”

“意味着我们永不相认。你究竟让我重复多少遍？”

“那么，我录下的这些话，包括现在我们的对话都可以放给姑妈听吗？”

“当然可以！要不，我对你说这么多有什么意义呢？”

“那么，哥，你的话可能被作为‘呈堂证供’，具有法律效力，证明你将放弃你能得到的遗产。”

“小同学！听着：我从根本上就否认这种关系，自然就不存在你所说的什么遗产继承！”

“那么，你是说，你明确表达放弃父亲分给你的那部分遗产？”

“是的，你怎么这么啰嗦呀！”

柴久思之父柴任之是个脑筋开明的人，在生前，他早已把他的遗产分配方案预告大家了。

柴心说：“哥，那么，我可以把父亲的意思向你转述一下吗？”

久思冷漠地答道：“我看不必了！”

柴心说：“不行，我得说。你必须了解父亲的真实意思，否则，我便是没有完成父亲生前的嘱托。”

她的任务是劝他们出国，接受父亲，前来认亲。她以为把父亲的意见说清楚了，事情或许可峰回路转。

“父亲的意思是这样的。他多年来，在多种场合，都表达了他对你母亲和你本人的歉意。他曾老泪纵横地说，他对不起你母亲，对不起你！他说自己罪孽深重，这辈子也弥补不了自己的过错了。他已向大家清楚说明：柴家的所有财产，不动产部分，除分给公司副董海淘叔一套住宅外，其余我和姑妈各分百分之二十，你和你母亲各分百分之三十；在动产方面，主要是股份，姑妈、我，各分百分之十五，海叔百分之五，小股东占百分之十，你分百分之二十五，你母亲分百分之三十。如果你母亲已过世，她的这份也归你。因为你母亲已过世，这实际上就是说，你本人可以得到一半以上的家产；特别要注意的是，你将拥有百分之五十五的股份和相应的权益。父亲遗嘱中还说，如果找不到你们母子，你们所有的这部分，就以你们的名义捐献给国内你们生活所在地的福利机构和教育机构。哥，这巨大的财富难道对你就没有一点吸引力吗?”

柴久思厉声制止道：“别说了！我根本不承认这种关系，更谈不上什么遗产继承！难道你不感到这是对我的污辱吗？这是杀了人，还要落地人头称赞好快刀啊!”

石梅赶忙说：“你干吗对柴心发火？柴心，你这次来，也看到了，我们生活虽然不富有，但不愁吃穿，工作生活都非常幸福，我们的确不需要别人的帮助。财富并不是坏东西，但是我们可以用自己的双手去创造。而且，最大的财富在人的心里，我们这里有田，有地，有花，有学校，有平静安逸的生活，你不是说连你都不想走了吗？这儿多好啊！你别再跟你哥说财产的事了，行吗?”

“不。哥，嫂子，我也要一吐为快！哥，你以为你那么厉害，就能把我吓跑吗？你认不认，我也是你亲妹妹，而且，我也总算是芷君带回来的客人吧？我还是要说财产。那么，哥，你知道你将得到的这些遗产是多少吗?”

这回，柴心不等他回答就赶紧往下说了——她怕他骂她“滚!”

“它可以买下一堆成都锦江宾馆，数不清的芳香油厂，是你们大石垭公社几百年的产值！这笔钱你可以用来投资，用来建设家乡和学校！还有，我忘了父亲生前一再重复的一个意思，他说现在中国好了，改革开放了，祖国会越来越强盛，柴氏今后应设法向祖国大陆发展，该为祖国作贡献了。他说他自己可能做不到这一点了，但要我们一定接下去做！大哥，这也是父亲对你的嘱托啊!”

“小妹妹同志!”柴久思以最大的耐心说道，“行了。你的目的只有一个，要我认这个父亲，回归柴氏。我再说一遍，我的决心是金钱买不到的。你说的锦江宾馆和我有什么关系？大红袍的年产值，还有一个附加值你忘记算了，那就是生产和收获带给我们的愉快和喜悦。今天就说到这里。我看你的录音机也该歇歇气了。健将，带这个妹子去学校看看，让她给学生上几节英语课——那可是真正的盎格鲁一撒克逊最地道的发音!”

班超和芷君都奇怪，这个洋娃娃在广州说话结结巴巴的，怎么相处没几天，今天表达就这么流畅了！到底是中国人的种！

(二)

石敢当和石梅觉得久思说得对，但天玫、班超和芷君觉得大哥态度太极端，太不客气。或许是因为他们不知道压在他心里的苦，或许是柴心这个丫头片子留给了他们太好的印象。

不过石敢当不赞成久思的态度。他说：“且不说亲戚，就是一个过路的国外客人，大面上也得让人过得去呀。乡里说，老拳不打笑面人，人家总是好意嘛。天玫，你们领她四处走走吧。”

天玫更是有不同看法。大哥是他父亲的唯一嫡传，大哥一家受了那么多苦，是这些遗产能弥补得了的吗？柴心她爸在外当资本家享福，可是他的妻子儿子在受苦受罪，他负有不可推卸的责任！血缘关系是不可更改的。大哥有权接受所有这一切，这是他该得的，而且受法律保护。金钱有什么不好，从咱家到大队缺的不就是钱吗？有了钱就不仰人鼻息，就不为五斗米折腰，就可以发家致富，而且可以致富一方。现在改革开放了，整个国家最需要的就是钱。大哥光顾他清高和愤懑，这也是一种自私。这些财产是本分，不是什么不义之财。

而且这是有条件、需付出的，那就是完成大哥父亲母亲要他认祖归宗的遗言，这正是他母亲不允许他改姓的原因。

但是，这道理，谁敢对大哥讲呢？

（三）

天玫几个人领着柴心看了大队的磨坊、玫瑰田、猪圈，还教她下水田插秧，然后又带她去小学给学生们上了一堂英语阅读课。中午时，没回家吃饭的学生们把各自带来的午餐，泡菜及现蒸的红苕、米饭，统统摆在她面前，叫她挑，想吃什么吃什么。她也真饿了，一口气吃了几个红苕。“真甜，真好吃，我从来没吃过这么好吃的东西！这是真正的健康食品！”

这时，一个十来岁的小男生夹了两根小小的七星椒给她送过来说：“柴老师，这个最下饭，两个要一口吃掉！”这七星椒是当地所产最辣的一种辣椒，一根就可以下半碗饭，人称“饭遭殃”。柴心不知这小鬼头恶作剧，一口把两根全嚼在嘴里，直辣得大声叫起来！她嗔道：“你这个小东西，你要辣死小柴老师呀！”

谁知这个小东西竟怒瞪双眼，大声说：“我就是要辣死你，让你们家知道，我们柴家不是好惹的！”

他就是柴久思和石梅的儿子柴田。原来，他上午偷听了他父亲和柴心的谈话。

这时天玫怪里怪气地说：“柴心，读过《唐·璜》么？莫里哀《唐·璜》中说‘闻鼻烟能教人从心里发生荣誉感和道德感’，那么，在大石垭，闻玫瑰香和吃七星椒可以使人产生崇高感和敬畏感。这里面的学问大了去了！柴田，真棒，你做得好！”

“对呀，你不就是柴田吗？大哥的儿子！快过来，姑姑给你带来的礼物还没给你呢。”

她从包里拿出一个在锦江宾馆买的德国蔡司135照相机。但柴田一转身，跑得无影无踪了。

柴心见了柴田，兴奋不止！天！他就是老爸在世时日思夜念的想象中的亲孙子，柴家事业和香火的继承人！老爸在天之灵，该多高兴呀！姑妈若见了，还不高兴得昏过去呀！

柴心在大石垭住了三天，虽然柴久思不愿意理她，但石敢当一大家人对她都非常好。她觉得这里是自己的另一个家。班超、芷君、欧阳、天玫这四个同时代人又特别对她亲热。她也理解了大哥的感情。

她爱他们。

她对石梅说："我已经明白大哥为什么不愿和父亲见面，不愿接受遗产。我现在很难说明'财产'这两个字的全面内涵，因为你们长期生活在这个环境里，觉得每月一二十元已经能生活得很好。一百元以外的那个数字有什么意义呢？一百元和一百万元区别不大。但是，这是完全不同的。比如，你们想建玫瑰精油厂，这只是小菜一碟；又比如，改善七星小学的办学条件和创办更多的农村小学……"

石梅说："你以为你大哥是瓜娃子吗？他是一个全能学者，他当然知道金钱的力量，但问题是这钱来自何方。小妹子，你还是放清醒点，再别在这个盐水里煮了三道、碱水里泡了三道，又在干柴上烧了三道的知识分子面前谈财产，行不？"

"好吧，那我可以给那个想辣死我的小侄子照几张相吗？"

"可以，不过这你得暗拍，不要让他知道。"

但她拍第一张的时候，就被柴田发现了。

出乎意料的是，柴田说："你要给我拍照片吗？你拍的能留给我吗？"

"当然留给你。"

这小鬼头竟成了演员和儿童模特，一会儿坐在牛背上，一会儿下到水田里，一会儿卧在玫瑰中，一会儿坐在田埂上装模作样地看书，让她拍了个够。小田接受了他最佩服的班超老师的批评，知道那是他不明白的大人间的事，与这个洋囡囡老师无关。

柴心觉得这个小侄子真是可爱至极。

现在柴心的心情变好了，她总算在这个小侄子身上取得了成功，小侄子已经接受了她。

她得好好同天玫谈谈，说服她。在大哥的问题上，如果有天玫这个同盟军，天平定会向她倾斜。

聪明的柴心选择了一个女人最喜欢的话题作为切入口。她约天玫在玫瑰田里转悠，边欣赏苦水玫瑰的美丽，边谈着她此次来大石垭的感想，并诚恳地请天玫谈谈她对建设玫瑰精油厂的设想。接着话题一转，柴心谈起了她对芷君和天玫的印象，说："你和芷君有一种西方女人少有的自然美，你们难道没有这种自觉么？你们两个大美女的照片被詹姆斯发表在英国的杂志上，被誉为'来自中国的玫瑰女郎'，你们真是光彩照人啊！"

天玫听了柴心的恭维，忙不迭地打断说："芷君的确是个美女，令人羡慕。但我不是。我知道外国人有个习惯，不论这个女人多丑，也要把她说成一朵花。我想起契诃夫《三姊妹》里索尼亚说的话：'呵，我的上帝呵，我怎么可以长得不美呢？一个人要是知道自己丑，这是多么可怕的事情呵。上礼拜六我从礼拜堂回来，无意间听到两个女人在谈论我，一个女人说："多么可惜！她的心地是那么善良，灵魂是那么高洁，却长得那么丑。"如果当面就不那样谈了，正如索尼亚说的：'大家对长得丑的女人，总是说：你的眼睛如此眉目传情，是多么的美丽！你的头发是如此光洁艳丽，多么的诱人！'柴心，你还是直接说：天玫照片不错，怎么本人如此又老又丑！你说我喜欢听的，无非是想达到你那可以告人的目的。幺妹儿，这样做，是多么虚伪呀！"

天玫此言一出，柴心立马一个趔趄，差点绊倒在水沟里。

这个天玫，油盐不进，什么人呀！

然而从此柴心知道了，凡是交友或谈判，直率和坦白必不可少。她知道了，在天玫这里，恭维不是交友的调料，虚与委蛇更是有毒的曼陀罗。

天玫这是逼着她把她的神圣任务又直接说了一遍，并直接恳请天玫说服哥哥回归。

天玫唯唯称诺。

但她想不到天玫的想法如此令人大跌眼镜。天玫说："我一直认为大哥应该得到他应得的遗产，但不一定要承认父子关系，更不一定回归柴氏。"

接着又问："你以为这个意见如何？"

这算什么意见！完全没有逻辑！

但至少，她还是得到了天玫百分之五十的支持。

而且她得到了那盒录音——这可是原声作品，总算有了大哥的第一手资料，它总可以说明大哥现在的态度，也算此行不虚了。

（四）

她回去要把那盘磁带保存好，绝不能放给姑妈听——她会难受死的。

她只需把这个小孩儿的照片交给姑妈——她就会心满意足，百病皆消了。

有一件事，天玫想不明白：如果大哥拒绝这份遗产，柴心和她姑妈就可以得到多几倍的财产，就是说，可以得到柴家的大部分财产，但是柴心不遗余力拼命劝说大哥接受这份遗产。难道这个对钱的认识入木三分的大资本家的千金小姐也视金钱如粪土吗？

事实是：她怎么不爱财，但她更忠实于和爱她的爹爹！柴心亲眼见到父亲在时老泪纵横地忏悔，她答应要跟姑妈一起找回哥哥，一定让哥哥重回柴氏。

她唯一的心愿就是完成她应该做的。

她到乡邮电所，分别给姑妈和海淘叔发了电报，说了她在四川的情况。

作为柴任之身边忠实的左右手，副董事长海淘深知，这么多年来，柴任之常常很不快乐：他心系着留在祖国的那一半。自己必须尽一切力量完成老董事长对自己的临终嘱托，完成柴任之的遗愿，找到他那个失散的儿子，让他回归柴氏，让他这个儿子得到应得的遗产并主持柴氏，继承老董事长毕生的积累，为祖国作奉献，从而使老董事长的游魂落叶归根。

（五）

接到柴心的电报，柴枫急忙把儿子胡丕和儿媳汤佳找来，让他们看了电报。

胡丕毫不含糊地说：“柴久思这是有自知之明。大伯劳碌一生赚下的财产，他们毫力未尽，取走大半，这不是不劳而获是什么？再说，妈，您老人家这些年又管公司又替他当管家，连柴心那个小丫头也是你养大的，结果呢，只有百分之十五的股权！那个外人海淘也竟然分得百分之五。他老人家真是糊涂了，这实在太不公正。这个错误没办法纠正了吗？”

其妻汤佳迫不及待地话赶话：“怎么没办法纠正？电报上不是说，柴久思拒绝回归柴氏吗，不是放弃继承吗？”

胡丕说：“口说无凭，那不是正式文件，法律不认可，他可以随时变卦，而大伯写的遗嘱，那可是由律师宣布，保存在案的。”

汤佳说：“柴心这丫头，猪脑子，怎么不录下来！要是有录音，就有了法律依据。妈，您最好先搞清楚柴心有没有录音。您不是在她出发前给了她一个小录音机吗？如柴心不足够傻，录了音，您一定要设法拿到那个录音机！您听明白没有？这至关重要！”

（六）

七星学校走上正轨后，大家一个共同想法是让尽量多的失学儿童来上学。柴久思问石敢当：“咱们村周围还有没有失学儿童？”石敢当想也没想：“有，还有极个别的，但我和学校都做了工作，实在没法。这个娃儿在村东尽头边山坳里面，你们可以去访访。”

柴久思对班超和芷君说：“你们多调查研究一下，多跑几家，找出小孩不上学的原因，同家长多谈谈，尽量动员小孩出来上学，有什么困难，我们想办法帮他们解决。”

他们找到了地处偏僻的这户人家。原来这家就一个十二岁的小孩子。他叫石冬生，至今一天学也没上过。父亲几年前病逝，母亲也在他十一岁时去世了。

他家有很大一间房子，里面堆着一些农具，如粪桶、犁头、扁担、锄头之类。房子破破烂烂，门也坏了，两扇门剩下了一扇。一个铺着稻草垫子的床，连蚊帐也没有。芷君不禁心里一震：山坳里蚊子那么多，他怎么睡啊！石冬生从十岁起就自己养活自己，劳动，做饭，睡觉，哪里有可能上学？

石冬生穿了一身到处是洞的破烂衣服，脸却红扑扑的，很健康的样子。问他为什么不上学，想不想读书？一个人住在没门的大房子里，晚上不怕黄鼠狼吗？平时吃什么？

打死不开腔。

芷君对他说："你跟我们去上学吧，我们把你安排在学校里住，下了学，星期天或农忙时，你仍然可以回到队上劳动，行不？"

这次他说话了："我都十二了，不识字，又不识数，怎么上啊？"

"从一年级上起，你大一点，理解力比六七岁小孩强，你会成为一个好学生的。"

"不行，我还是不能上，我白天上课不劳动，我吃什么呀？"

芷君看着床当头一小堆红苕说："这是你的主食吗？不吃菜吗？连泡菜也不吃吗？"

"我只吃红苕，这是用米换的，一斤大米可以换五斤红苕，平时八两大米吃不饱，但四斤红苕再加些叶子，就可以吃饱了。"

芷君立即对冬生说："你今天就跟我们走，吃饭上学我们包了。"

可是冬生站在那里不动。少顷，他突然冒出来一句："我爷爷是地主……我，我能上学吗？……"

芷君立即答道："你小小年纪，怎么会有这种想法！快，收拾一下，跟我们去上学！"

班超忙把芷君拉到一边说："你怎么这么独断专行。你不问问久思大哥的意见就定了？而且，你这么同情他，至于吗？"

"我明白你的意思，他家成分不好。但这是上几代的事，与他何干？关他什么事？他还是一个孩子，一年四季睡在连门也没有的空房子里，你有点同情心行不？久思大哥那儿，我去说，大不了，这孩子，我养他！”

“别给我说什么同情心，你问问他爷爷当地主剥削农民的时候，对贫下中农有没有同情心？我看你是同情你自己吧！”

芷君给班超讲过她小时候因出身不好在农村受苦受罪的事。班超也不知道自己怎么突然冒出了后面那句话，他马上就后悔了。

芷君立马大怒：“班超，你还是人不?！你无非是说，地主子女同情地主子女，即便这样，又怎么啦?！他爷爷是地主，难道他孙子还该受这种惩罚吗？你这是什么思想呀？现在都是什么年月了，你那套‘文化大革命’初期联动的血统论真是根深蒂固呀！”

芷君在气头上，拉着冬生的手就走：“你那些烂东西不要了，钱老师给你买新的！从明天起，好好上学，走！”

（七）

芷君回到家，立马把今天发生的事向天玫、欧阳和久思夫妇作了报告。芷君说：“一定要把冬生留下来上学，就住在学校里，哪怕住在教室，睡课桌上，也比原来强。如果你们不同意，我愿意回城找工作供冬生上学！”芷君语言激烈，态度坚决。

欧阳开腔了：“芷君小妹妹同学，你怎么发脾气不看对象啊！没人说你不对呀，我就第一个支持你的革命行动！这不仅是为失学儿童的学习负责，而且有着高尚的革命人道主义情怀！咱们这么多人，还安排不好一个小小少年？对芷君的意见，从观点到具体安排，我百分之百同意！班超那里的工作，还是天玫去说吧！”

天玫找到班超，一改对班超惯有的和蔼可亲，开口就是一顿训斥：“你呀你，真是活倒转去了！你怎么还是原来的观点？特别该死的是揭人疮疤，芷君最不愿别人提及她小时的不幸，她是相信你才对你讲了，你却这样！今天的事，芷君是对的，你是错的，你必须向芷君道歉！”

“天玫，你别说了，我肠子都悔青了！你给芷君说说，我向她认错，请她原谅。”

“不行，你自己去说!”

“她能接受我的道歉吗?”

“你要从思想根源上，从你思想深处的错误理论上，在灵魂深处反省，要不，你这个思想毛病，还会再犯。”

石梅了解了他们吵架的“公案”，她把班超和芷君招呼过来，并不判断他们的是非，也不批评他们，而是讲了一个故事。她心平气和地对他们说：“作为教师，我们强调要以身作则，是因为学生随时随地把老师当作自己的标本和榜样。有这样一个故事。一个城市贫民出身的高中生上南开中学时，夜晚常去书馆听评书和乐亭大鼓，荒废了学业。在一个雪夜，戏散场回校，路过一水果市场，看到一个白发老人，因寒冷而蜷缩在一排水果摊前给水果贩子们看守水果摊，以换取微薄的收入。这个学生看了这个白发老人一眼，慌忙逃回学校，从此不再看戏，专心学业，后来成了大作家，他就是万家宝，也就是天津的大剧作家曹禺。原来他看见了雪夜中蜷缩成一团看守水果摊子的是供他上学的大伯。这个故事说明身教的感化力量是无形的，也是无穷的。你们在学生面前争吵，你们的学生也会学样，认为这是正常交往的方式。这甚至会影响他们的性格。”

（八）

冬生从第二天起就随一年级上学。学校的一应杂务，如烧水，给老师煮饭，敲钟上课，全由他做，就算是他勤工俭学，学校则管他吃住。

班超虽然向芷君认了错，但并不等于向石冬生认错，他心里对石冬生仍然存在着一种天生的反感。

这与他对厝尔金的态度有天壤之别。厝尔金在这所小学上的是初中课程，由石梅和芷君给她开单份。

班超在各种场合下表扬她，说她学东西快，做事认真，又能很认真地辅导和照顾小同学。他甚至提议，芷君的语文朗读课由厝尔金领读，说她的普通话比芷君说得准。芷君从善如流，真的让她领读，效果也确实好。厝尔金从小受人欺凌，到这里，在班超的保护下，如此受人抬爱，她从内心深处，万分感谢她的救命恩人班超，她的“胡老师”。

有一次，芷君、天玫和班超讨论小学低年级上不上政治课的问题。班超主张上，特别是阶级斗争和无产阶级专政的基本知识课，应该多讲；芷君则主张少讲，要多讲知识课，多让学生写话，写作文，提高知识水平。两个人越争论越厉害，还互相扣起了帽子，争急了，班超老毛病又犯了，大声说：“你不能因为自己怕阶级斗争，就不给学生讲阶级斗争！政治课也是知识课，而且是最重要的知识课！”芷君一下火了：“搞人身攻击，简直无耻！”激怒之下，她把一杯水向班超泼过去。

就在这时，班超想不到的一幕发生了。正在洗抹布擦桌子的厝尔金突然把脸盆里的一盆脏水，猛一下泼向芷君的脚面。只听厝尔金大声说：“不准你这样对待班老师！”

班超立即对厝尔金吼道：“我们教师在讨论问题，你这算怎么回事，快出去！”又对芷君说：“这娃子性子野，别生气！”忙把手绢拿出来给她擦拭。

这件事引起了天玫的注意。她对他们俩说：“你们别以为两个人要好，就可以总是吵架，这会影响感情的。你们要注意，厝尔金可能对班超有了感情。她不是没开化的野人，都过了十六七了，她把自己的感情寄托在一个救命恩人身上，这是完全有可能的。”

芷君说：“那就让他俩好呗，一个郎才，一个女貌，出身又对得起，正好一对嘛。”

班超立即喊：“打住好不好？她还是初中生，这话千万乱说不得，她知道了，会把这当成真的。这人敢作敢为，你不怕我还怕呢。”

他嘴上这样说，心里却非常高兴。厝尔金是在以实际行动保护他，虽然做法是错误的，但那心是金子般闪光。班超内心一种甜甜的感觉油然而生——这个美丽的异族少女还真有点可爱！

晚上，厝尔金找到芷君认错。芷君耐心地对她讲：“你性情耿直，对人忠恳，这是优点。但不能有不文明的行为，况且，我还是你的老师：尊师是中华民族最重要的传统之一。你必须从思想上认识到这一点。你用水泼老师，你这种行为，如果在城里，是可以被开除的！你的做法是极端错误的，是不能容忍的！”

芷君说了那么多，厝尔金似乎只听到了一句：她可能要被开除。她一下吓坏了，忙说：“钱老师，我真的错了，我一定改，改掉一切不文明的习惯，请您千万别开除我！”

芷君又说：“你的毛病还不止这一点。比如，你早晨不喜欢洗脸刷牙；想解手就跑到苞谷地里去，而不上厕所；喜欢说粗话，等等。这都是不文明行为。我们学知识，不只是为了多认识一些字，而是要让自己成为一个有教养的文明人，明白吗？”

日后的事实证明，芷君的这番话，对厝尔金影响很大。她处处以钱老师、天玫老师为榜样，改变自己。对这一点，感触明显的是班超。比如，进班超房间，先敲门；倒水给他，说“请喝水”，要加个“请”字；卫生习惯也改了，人也越加标致了。

豪门外戚 十五

（一）

柴心回到英国向姑妈作了简要的报告：柴久思一家生活得很好，他们不能出国，您年事已高，也不便接待您去四川，因为那里的医疗条件不好。我看到爹爹的亲孙子了，叫柴田，都十多岁了，非常可爱。“你看，这是他的照片，一百多张，就放您这儿吧，你天天看，不跟守着他们一样吗？”

柴枫一张张翻看着照片，但似乎并没有柴心想象的那么高兴。

她没把磁带交给姑妈，怕她精神上承受不了。

但柴心不想完全隐瞒哥哥久思对父亲的淡漠、怨怼和隐恨之情，而又绝不能把录音放给姑妈听。她是在闲谈中散乱地、“偶然地”把哥哥不愿认亲的情绪，说了个大概。起初，她以为这个无比忠诚于老爸的姑妈会受到很大刺激，这些是她忍受不了的。当她看到姑妈能安静平稳地听她叙述时，便加大了力度，把哥哥他们所受的苦，他对父亲的怨恨，愈说愈明显。奇怪的是，姑妈的心脏病并未发作。

（二）

有一次，柴心又在以闲谈的方式、拐弯抹角地补充哥哥一家所遭遇的那些往事。柴枫忽然打断她说：“孩子，你就别在大人面前耍花花肠子了，你是又想把你知道的慢慢地传达给我，又害怕我受不了。

这说明你对姑妈的爱。但是你错了！你临走时，我交给你的录音机呢？你是一个很细心的人，你不会不把他说的话录下来。你回到家，从来不提这录音，这就使你露了馅。我不知道你这样做的用意是什么。无非是两个吧。一是以这盘录音带作有效证据，目标是我身后那笔庞大的遗产。因为可以想见，柴久思会明确地表示放弃他应得到的遗产，这样，你就成为柴久思那份应得而又放弃的大部分遗产的自然所有者。下面我要说的是第二种可能，就是你把对父亲的爱放在第一位，而舍弃对金钱的贪婪。你断断续续向我说了那么多，为什么不谈最实质的财产继承问题呢？显然这并不是你想在我身后自然接受这笔财产，要是那样的话，你首先告诉我的，应该就是柴久思断绝父子关系和拒绝遗产的态度——这样做，是对你有利呀！你没有把爱财看得比爱父亲更重要。你一定很奇怪，当我知道了柴氏子孙拒绝归宗时，我怎么能承受得了，怎么没发病，怎么没呜呼哀哉？这是因为我有思想准备。我在广州时，把这一切看得太简单了，以为血缘亲情和财产可以平息一切。但我错了！我觉得，中国传统文化对人的教育比资本主义对人们的影响要大；他们把人的感情始终放在第一位，你哥自始至终没有背叛他的生身母亲，他把对母亲的爱放在第一位，而把外来之财视若敝帚！他对你爸的怨恨和对财产的藐视正证明了他的美德。他不愧是我们柴家的后代！”

姜还是老的辣。姑妈这段告白终于打动了柴心，她把小录音机取了出来。

姑妈此时迫不及待地说：“快把那盘磁带放给我听，我多想听听他们的声音！”

这个小型索尼录音机的录音质量很好，它准确清晰地记录了柴久思那天同柴心的对话。

放完了，柴心说：“姑妈，我这次去大石垭，完成了你交给我的任务。至于大哥愿不愿意认爸，我是没有能力说服他的，当然，你也不能。”

“录音机放你这吧。”柴心说罢，开车走了。

吃完晚饭，柴心突然想起爸爸临终时对自己说的，有重要事情一定要找海淘叔叔。“这次去见大哥的情况，事关柴氏遗产继承大事，应该向海叔报告一下。”柴心想着，又上了车，直奔海淘家。

见了海淘叔叔，柴心把他同大哥会面的情况，一五一十作了详细报告。

海淘急问：“那盘录音带呢?”

“交给姑妈了。”

“唉！你怎么能把录音带留给她!”

“这有问题吗?”

“麻烦大了!”

“我回去向姑妈要回来，行吗?”

“晚了。胡丕、汤佳早把它翻录了！那是你大哥放弃遗产继承的证据。”

“交给姑妈有问题吗?”

“柴心，我也不瞒你了。你知道你爸为什么在遗嘱中只分给你姑妈百分之十五的股权吗？因为他已经对她有了怀疑。当你姑妈了解到董事长在晚年急于要找回儿子时，她采取了两个行动，一是反复要求董事长安排她的儿子和儿媳，就是胡丕和汤佳进公司工作，但董事长婉拒了，因为那样，以后柴氏集团很可能演变成胡氏集团。你爸熟读《资治通鉴》，他这是为了防止屡见不鲜的外戚夺权的历史重演。为了柴氏未来的命运，你爸实际上是作了安排的。首先，你爸断定你大哥肯定在世，而且就在南姜，因为他不间断地向南姜你大哥那里寄出的书，从未退回过。如果此前不能说明问题，那改革开放后，仍然从未见退回，这就足以说明你哥收到了，他就在南姜。这就坚定了你爸一定要找到你哥并把柴氏传给他的决心，因此，他才在遗嘱中把百分之五十五的股份分给你哥，以从法理上保证他回归后的公司法人和董事长的地位。还有就是他已敏感地发现你姑妈觊觎柴氏的用心，因此他坚决不同意她的儿子儿媳进入柴氏，并把给她的遗产份额定为百分之十五，但又不能因此影响公司的运转，所以任命她在自己身后接替自己担任董事长。这一点，有遗嘱作保证，也不会影响你哥回归后的地位。事情果然如他所料。你爸甫一去世，她马上把她的儿子儿媳安排在公司的重要岗位上。现在公司实际上已经控制在他们手上。她采取的第二个行动就是暗中转款到汤佳在台湾的公司账上。你爸在世时她已小试牛刀，钱不多，被会计发现，告诉了你爸。你爸本着和为贵的传统观念，全当不知，但把我安排为副董，主管财务，就是为了管控公司的财产外流。但你爸去世后，她们胆子大了起来，利用手中的权力，以柴氏开展业务为由，向以汤佳的名义设在台湾的公司转了三次款，每次高达三百万美元。这是我亲自查出来的，绝不会错。她们已涉嫌犯罪。可怕之处在于，你姑妈是董事长，柴氏是家族企业，外股只占百分之十，因此她有绝对的决定权，而她的儿子可以以合法的投资为借口，不断地转走柴氏的资金，直到挖空柴氏。这是一个巨大的阴谋。”

“不是还有其他股东吗?”

“有百分之十的股份分散在一些小股东手里。你姑妈她们完全可以高价回收这些股份，或收买他们，成为她们表决的附庸！到那时，她们的百分之十五加上百分之十，就大于你我这百分之二十的股东投票权。我们是不能左右局面的。”

“那久思哥不是还有百分之五十五的股份吗?”

“阴谋之可怕就在这里。如果你哥放弃，他们可以外转或以经营亏损为由，销蚀掉这部分资本。我熟知会计业务，假以时日，做到这一点，易如反掌，她只需安抚好那些小股东就万事大吉。这样，用不了多久，柴氏就会改变门庭。现在她最大的障碍是你和我，你看不出来吗？你想想，在这种情况下，她们会欢迎你大哥回归柴氏吗？如果你哥回来，加上你，柴氏不又从她们手上得而复失了吗？她们的阴谋不就失败了吗？老实说，如果你大哥拒绝回归，你就是柴家的独苗了。如果我不保护你，就没人保护你了。我不是吓你，前脚走的是你大哥，后脚就是你，用不了多少钱，就能让你无声无息地消失。巴尔扎克、狄更斯、笛福、大仲马的小说都充分描写过为了争夺财产，家族中的你死我活的争斗。大仲马的《基督山伯爵》中，医生阿夫里尼在议论杀人案时说：‘法学上有一句格言：从有利可图的人身上去找嫌疑犯。’在资产和金钱关系上，人与人之间充满了阴谋和暗算，在大仲马看来，每一个利益相关者都是嫌犯。难道这还有例外吗？”

柴心听到这里，脸色煞白，声音都变了，她轻声叫道：“这太可怕了！”

海淘接着说：“但是你放心，董事长走前跟我谈话的内容之一就是要保护你的安全。难道你没有发现在你的住所前后有两辆轿车日夜守在那里吗？那里面坐着我从保安公司请来的保镖，他们会日夜保护你的安全。所以你可以放心读你的学位。这是我在董事长面前以我的人格作了保证的。我在柴氏三十多年，你爸于我恩重如山。你爸临终床前对我的托付，我片刻不敢忘怀。”

柴心听了，渐渐从紧张恢复到平静，以无比信赖的眼光注视着海叔叔，这个忠诚于父亲、毕生追随父亲的柴氏的股肱之臣。

她明白，自己已经陷入一个危险的巨大阴谋里了。

海淘接着说：“你爸去世前，把一个小保险箱交给我，说这里面保存着柴久思日后回归柴氏的钥匙，要我保存好。你哥那么坚决地拒绝回归柴氏，实际上出自一个天大的时代错误和误会。解开这个疙瘩，柴久思就有可能回归，那个吞并财产的阴谋才能粉碎。”

柴心说：“你能把那个天大的时代错误和误会说给我听吗？”

（三）

“好吧。我现在就把那个特殊年代的故事告诉你。这是你爸亲自一字一句告诉我的，这可能是破解你们家族历史命运的最后一把钥匙。”

那是一九四〇年八月，柴任之被国民政府任命为驻英国大使馆参赞，这时柴久思六岁。为躲避德寇轰炸，柴任之安排书娴回到了上海。从一九四一年到一九四三年，在战乱中，柴任之给妻子书娴寄了二十多封信，头一年还收到过她回信，都是要他多寄些消炎药品，如盘尼西林之类，他也一一照办了。但后来，就再也没收到她的来信。当时她为了久思在法租界教会学校的学习，不得不在上海这个敌占区中的孤岛艰难生活下去。她的唯一生活来源就是柴任之时断时续从英国寄回的英镑。当中共的地下组织知道她与英国有联系时，希望她为了抗战从英国购回一些消炎的西药，如盘尼西林之类。柴任之辗转寄给她的药品，正是她应新四军的要求为救助抗日将士而要求购买的。柴任之以为她是在租界做药品生意，便把每月的大部工资用来购买药品寄往法租界。后来，国民党军统发现这些药品落入共产党之手，便无端认为她是借丈夫做外交官之便，给共产党作内应。柴任之起初能收到她的回信和孩子的照片，但不出一年，就再也没有她的消息了。他给外交部去信，强烈要求说明妻子的下落，并把信转交给她。军统采取了非常卑鄙的手法，仿造了一张“中央日报”，编造了一篇“消息”，“登在”这份日报上，上写：“据前线记者报道，我驻英使馆参赞柴任之之妻，在共区因拒绝与其夫联系输送战略物资，被共产党秘密处死，柴氏生有一子，亦不知所踪。”他们把这份报纸寄给了柴任之，警告他不要再寄任何物品给妻子，因为妻子已经死了。

柴任之接到妻子去世的消息后，心脏病突发，英国外交部的熟人和好友露西经常去照看他。露西的父母在德国对伦敦的大轰炸中双双罹难。两个悲苦的灵魂在异乡日久生情，三年之后，结婚了。在抗战胜利后，柴任之辞去了外交部的职务，和露西二人继承了露西家的遗产，在新加坡和英国之间做生意。在第二次世界大战胜利后的百废待兴的情况下，他们的生意有了很大发展，成了有名的富商。柴心便是他们唯一的女儿。

柴心十岁时，露西病逝了。那时，姑妈柴枫的丈夫已去世五年，家中半大不小的买卖也很快亏损关门。柴任之约柴枫到了他们家，柴心是在姑妈的养护下长大的。

解放前夕，柴任之在国民党外交部的一个朋友，在新加坡找到他，把他当年写给妻子的被外交部扣下的二十几封信，交给了他，说：“你留个纪念吧。这是那个年代特殊的产物。这是一个人难得的一段值得记忆的历史。”这位朋友说明了事情的原委和军统之所作所为。柴任之把这些信和那张伪造的“中央日报”存在了箱底，从此也对国民党政府丧失了最基本的信任，他觉得为这个政府服务是最大的耻辱。他开始与大陆进行联系，他希望像妻子书娴那样为当年的新四军的后裔们做一些事情。而他在大陆的儿子很可能就是一座最好的桥梁。

现在是把这些拿出来的时候了。海淘一字一句地说："你找詹姆斯办一下去南姜的手续，把事情的来龙去脉和你爸当年给久思妈妈的信，还有这份'中央日报'交给久思。你一定要办到，这事关乎柴家的命运。孩子，这件事你一定要办好！我绝对相信，随着时间的推移，这一切会过去的，柴家终会团圆的。那个可爱的柴田会认他的爷爷的。我相信你爸说的'家和万事兴'。办好了，记着第一时间给我发电报。"

（四）

一个月后，圣诞节要到了，柴心找到姑妈柴枫，说想利用圣诞节的长假，再去一次南姜，尽力说服柴久思回归公司视事。柴枫表示支持。柴枫说："你此去一定要说明，要他回归柴氏，这是你爸的遗愿。你爸在遗嘱中给他的高比例份额，也已说明了这个安排。这一点，我当然看得出来。董事长对亲侄儿胡丕不错，但与对久思相比，那是内外有别的！还有，你带两百万美元支票过去，作为华懋的首批投资款。那个芒君不是说要建玫瑰精油厂吗？他们可以先安排使用。我给你哥写个信，说明他们在经济开发上需要资金或需柴氏投资，统以久思意见为准，由柴氏拨款。我现在还是董事长，对吧？我可以做这个主。这样，他们那里的经济开发就可以先搞起来了。"

柴心紧跟着问："那我可以代表你就上述问题发言和表态吗？"

"当然。"

"我可以把这看作董事长对我的委托吗？"

"当然。"

实际上柴枫认定柴久思不会回归柴氏，绝不会。再多跑一趟有什么关系呢？

（五）

柴心和詹姆斯使尽了浑身解数，办了柴心去南姜的手续。

柴心到了大石垭，见了大家，行礼如仪。

柴心说："我先把父亲最信任的老部下海淘大叔送给你们的礼物交给大哥。这是在美国出版的《英语九百句》，只要翻翻就知道它与你们的'英语三百句'有多大不同。这是海淘叔的第一件礼物。第二件礼物是他的一段录音。我放给你们听。"

我看了柴心带回的你们编写的"英语三百句"，不禁哑然失笑。你们以为孩子们会背英汉词典就能说英语，这正是国内外语教学能考不能用的通病。听柴心说，你们还有天玫、钱芷君都能说流利的英语，这是因为你们看了大量的英语文学作品，这和你们推行的三百句是不同的。你们推行的三百句，是洋泾浜，不是英语。比如，英语对话中，也不是随时都说"I am sorry"。"I am sorry"和"Excuse me"都是抱歉、对不起的意思，但"I am sorry"语气较重，表示承认自己有过失或错误。如果为了客气而轻易出口，常会被对方抓住把柄，追究实际不属于你的责任，到时只有哑巴吃黄连，因为一句对不起，已承认自己有错，又如何改口呢？典型的洋泾浜是老上海的"基本英语"。一九三三年到一九三四年间，上海有人推行所谓"基本英语"，是 Charles Key Ogden 发明的。他把流行英语限制在八百五十个生词上，用它讲话，写文。由于词太少，不够用，就只好互相借鉴和代替。如"基本英语"中没有"眼泪"这个词，就用"眼睛出水"代替；没有"葱"这个词，要吃葱，也得找已有词代替，就得说"我要吃使眼睛出水的白色的根"；又如"胡须"，用"脸上的毛"代替，"刮、削"等词没有，可以用"拿去"代替，因此"刮胡子"，就只好说成"拿去我脸上的毛"。上海滩的洋泾浜，指的就是这种不伦不类的英语。我看你们搞的这个"英语三百句"，就是一种替代法。虽然也能知道他们说话的意思，但那却并不是英语。这种方法的好处是可以引发孩子们说英语的兴趣。如果你们对孩子加强阅读指导，多让学生读些好的英语作品、文章，那么孩子们可以得到更完整的英语教育。

（六）

副董海淘很清楚久思和石梅们最感兴趣的、最能拉近与他们的距离的话题是什么。这位海淘大叔老谋深算，决不会唐突地谈久思不感兴趣的内容。那些该说的最重要的话，他相信放在后面说会更好。他知道，要进入核心议题，还是要从这伙英语大王们最感兴趣的外围话题谈起。

录音中的这些话对于沾沾自喜于自己的英语教育的天玫们，是振聋发聩的重要提醒，使他们茅塞顿开。海淘叔毕竟长年生活在英语环境里，又熟知上海典故，所以能提出这样中肯的批评。大家对老人家只有佩服了，而且对于老人家关心他们的英语教学，他们感到特别亲切。

但“英语三百句”中的问题，久思何尝不知，对于初学儿童，这只是一种识字学说话的方式而已。

在这种融和的气氛中，柴心一五一十把她了解的情况给柴久思详细作了描述，并把她带来的父亲写给母亲的信和“中央日报”的伪造件拿给久思他们看了。柴任之在这些信中表达了对妻儿的深深的想念，说因公务在身，无法返国，希望他们在战乱中好好生活，等他回来。这是一种刻骨铭心的无比诚挚的思念。柴久思非常爱妻子石梅，但他们也写不出如此感情炽烈的书信。父亲是爱妈妈的，这一切全是国民党特务搞的鬼，那张伪造的报纸已说明了一切。他们仅仅为了断绝父亲寄给母亲供新四军抗日所用药品，就毁灭了一个家庭。这些国民公敌，他们败亡了，但他们留下的怨恨却使妈妈和自己长年生活在对父亲的无尽怨恨之中。

（七）

这次，柴心没白来，她使哥哥的态度产生了根本变化，因为建立那些仇恨和怨愤的基础已轰然倒塌。

但这一切毕竟来得太突然。柴久思还来不及消化，石梅也不知说什么好。他们知道军统是什么都干得出来的，但怎么也想不到这种阴谋竟然会落到他们头上。特别是久思的母亲，到死也不明白自己遭了军统的暗算：他们害了她一辈子。

柴心把这一切说完之后，看着柴久思，说："大哥，你说说吧。"久思沉默不语。

这时头脑最清醒，最能清楚表达思想的还是天玫。她以她一贯特有的直率表达了自己的观点。她没心没肺又似乎深思熟虑地说："这一切太突然，大哥没法表态。前不久还是不共戴天，现在就是想转也转不过来呀。但是，环境决定命运。现在大环境变了，改革开放已经开始了。依我看，老爷子的遗嘱应该认，这是对父亲尽孝。再说，柴任之老公公，他坚持要大哥继承遗产，那是魂系故国啊。大哥就是他留在祖国的血亲和根脉！柴心说过，老人家在遗嘱中要求把他的骨灰埋在家乡，与结发妻子杜书娴合葬。我们现在继承的不仅是老人的那份财产，更是老人魂归故国建设祖国的那份心！现在，国家有这么好的政策，我们应该尽快动起来，利用一切条件，想一切办法，使大石垭先富起来。我们大石垭，是他老人家魂牵梦绕的故国的缩影。他给我们寄了那么多书，说明他没有须臾忘掉我们。我们不要辜负了老人家的一片心。我建议咱们好好计划一下，看究竟怎么才能使咱们大石垭先富起来，起个带头作用。再说，我们现在办学，条件这么差，改善办学条件也迫在眉睫。要解决的问题太多了。咱们家的第一大能人，不是大哥，而是咱爹。当时在最困难的时期，在那么危险的情况下，咱们大队就是最先富起来的。咱爹石敢当，就是咱们的酋长，大家就是他的子民。爹，我们听您的，您说说。"

大家深为天玫的讲演所感动，柴久思尤甚。

但是无人发言。这事太大了！

石敢当也未开腔。

还是石梅先说：“我觉得还是不要提财产继承什么的，我和你哥都接受不了这点。最好以投资的形式，关键是都有哪些项目，这倒可以先议一议。”

这时，柴久思说话了：“这我同意。我和石梅都不会搞什么遗产继承。我什么都没做，凭什么坐享其成？那是老人一辈子奋斗的结果。但姑妈、柴心妹妹是有权继承的，他们长期同老人生活在一个家里，是老人工作和财产天然的一部分，我们只能做加法而不能做减法。天玫、石梅说得对，如果柴氏集团对在咱们家乡投资感兴趣，我们都愿意尽一切努力，用自己的手，创造财富，使乡亲们都过上好日子。”

柴心见大哥以各种理由拒绝，急得都要哭了。她甚至说：“你不是说姑妈是你的血亲吗？她是你的长辈，你不听她的话吗？你不答应，我就没法向柴氏交代；不答应，我就死在大石垭！”

在柴心的恳求下，柴久思已无退路。石梅对他说：“看来柴氏是真心让你回归，而且那场误会也搞清楚了，你再不表态就不合适，也没道理了。天玫，你说呢？”

柴心一天到晚扭着天玫做工作，说她一定要完成自己的使命，都快要给她下跪了。柴心这种诚心实意，使天玫很感动。柴心反复说她自己的唯一愿望就是实现父亲使家庭团圆的梦想，她无比爱她的爸爸。天玫真真实实地感受到她的亲情和诚恳。

关于接受遗产，久思始终想的是，那是父亲一辈子辛苦的成果，自己什么也没做，凭什么一下就成了这庞大财团的继承人，这同“窃取不义之财”有什么区别呢？是的，姑妈年事已高，她的儿子胡丕夫妇又靠不住，柴心还嫌稚嫩，公司确实需要一个像他这样身体健康，有适应和学习能力的人去支撑和把控。但要他出国去当大老板，过另外一种生活，那是完全不可思议的，是他不能接受，甚至是不能容忍的。柴心的亲情和诚恳是真实的，感人的，但也同时使他感到勉强。

天玫审时度势，说道：“我对我之前的发言作一下修正，我的基本意见是，第一点，我同意大哥眼前不考虑做继承人，到外国去当什么大老板。姑妈现在管理公司完全无问题。她手下有一个了不起的忠诚于公司的团队。第二点，大哥应该答应柴心的要求，写一份文件，承认父子关系，回归柴氏；支持姑妈继续担任董事局主席，大哥不参加财团管理工作，也不私人接受柴氏任何财产，包括不从柴氏领取工资和取得财物。第三，建议柴氏向国内投资，包括向我们提出的项目投资，接受柴心带来的姑妈的尚方宝剑，即有权提出资金的使用计划，并使用这些资金。但资金仍属集团所有，批用权仍在董事局，也就是我们使自己成为柴氏投资的参与者和执行人。大哥大嫂，柴心，你们觉得这个意见怎么样?”

对于这个调和性的建议，大家实在提不出什么异议。

柴心是何等聪明之人，她立时顺水推舟地接着说道：“这就是说：第一，大哥答应回归柴氏，并运用它的资金对国内建设进行投资；第二，承认父亲遗嘱，但不能接受继承公司及财产。这没错吧?”天玫诸人皆曰柴心总结得很有水平，久思、石梅也一时说不出什么。

石梅看出来了，天玫、柴心在大哥面前有进有退，唱了一出双簧。

在柴心的一再催促下，柴久思不能不作了表态。他说，感谢父亲没有忘记妈妈，没有忘记他，他表示愿意接受父亲的盛意，今后愿意为柴氏的发展作出努力，以慰父亲母亲在天之灵，并要照顾好柴心小妹妹，让他老人家放心。

柴心立即向海淘叔发去了一个长长的电报，写明：“大哥柴久思愿意回归柴氏集团并承认父亲的遗嘱。”但她没有发给姑妈，她怕有不可逆料之变。她先通知海叔，由他根据这个变化随机处理，于事更为妥帖。

（八）

伦敦。

海淘刚收到柴心电报，就接到柴枫电话，要他到会议厅开董事局扩大会议。

到会的还有柴任之的遗嘱执行律师王东远，以及其他小股东十来人和公司高层主管。胡丕、汤佳也被扩大进了董事局会议。董事局秘书已作好了记录准备。

柴枫首先说："前董事长的儿子，也即遗嘱第一继承人柴久思找到了，他在中国大陆的一个偏远农村教小学，柴心找到他家，与他面谈，希望他能回归柴氏集团主持柴氏，并继承应得遗产，但柴久思断然地、不可思议地、非常坚决地拒绝了遗产继承。这是当时的录音。这个录音放在我这里好久了，还是请大家听一下。"

录音放毕，柴枫接着说："此前我请王律师作了检验，证明录音是真实的。它具有法律效力。请问王律师，此录音证词是否是柴久思真实思想的表达，是否真实?"

王律师答："是的，真实。"

柴枫又问："此录音证词能否明确说明该遗嘱继承人放弃继承权的本意?"

王律师答："可以。"

柴枫说："那么，现有遗嘱能否修改?"

王律师答："不能修改。"

柴枫又问："现有继承人及在座股东可否依据各继承人原有份额，按比例分割放弃人的所得?"

王律师答："不行。录音不是直接证词。放弃人必须在律师见证下亲自手书放弃证词，并经过公证，才能作为有效证词。"

柴枫扭头对海淘说："请海董发表意见。"

海淘面无表情地说："柴任之董事长的遗嘱是他对公司财产分配的最终决定，它是不能更改的，我本人坚决维护这个遗嘱的执行。即使第一继承人放弃继承权，所放弃部分，也不能修改为由其他继承人瓜分，而是按原遗嘱指示，将此部分捐赠用于中国国内福利及教育事业。董事长生前多次表达了向中国大陆投资、参与中国大陆建设的愿望。我的意见是：以上那些问答完全没必要。这个会根本没有必要开。"

说着，他拿出一封电报：“这是我刚收到的柴心小姐从中国四川南姜发来的电报，我还没来得及请董事长过目。它传来了最新消息，请大家传阅。”

待众人阅后，海淘接着说：“遗嘱第一继承人柴久思已决定回归柴氏，接受遗嘱。这意味着什么，我想，我不必多说了。”

（九）

柴枫气疯了。海淘和柴心通电的内容竟不向她报告，这是背后使绊子，搞突然发难，使自己措手不及，在董事局众人面前暴露了用心，陷于十分被动、难堪的局面，大失颜面。

是可忍，孰不可忍！

（十）

会后，她在极度气愤之下，在儿子、儿媳面前，对哥哥、前董事长柴任之发了一顿牢骚，生了一顿怨气，说：“你们舅舅在公司安排这么个人，真不知他怎么想的！你们两个今后在公司行事要谨慎，要小心，更要努力，不要让海董抓住把柄，到那时，我可救不了你们！”

（十一）

接着，出乎柴枫意料的事还是接二连三地出现了。

先是海淘去公司上班路上发生车祸，他的车子被撞坏，幸而人无大碍。

接着有人企图在海淘办公桌内藏鸦片，被保安发现。在报警时，那人逃脱了。

财务部门有人暗中翻查海淘经手的账目，企图鸡蛋里挑骨头。

接着海淘收到一封信，里面装着一只死麻雀。

总之，有人在威胁他，要对他下手了。

他气愤之极，立即找到柴枫："董事长，这些事你管不管?！它已经威胁到公司职员的安全，我要求追查，否则就报警。请董事长明断!"

柴枫听了，显然真的很生气。她对海淘安抚道："海董，你放心，我一定追查此事，并保证你的安全!"

海淘一走，柴枫马上电召胡丕，直截了当地问他，那些事是不是他做的。

胡丕闷着不发声。

柴枫厉声斥责道："你怎么能干这种下三烂的事！这是可耻的行为，若伤害了人，还要负刑事责任！把你们放进公司，就是我的大错！我看你们两个，成事不足，败事有余，早晚要滚出公司!"

那四次转款，她也都是在他们软磨硬泡下，违背本心签的字。她担心，他们再这样胡闹下去，会把局面搞得不可收拾。

（十二）

但她又的确不甘心于在柴氏有名无实，深感董事长在遗嘱中对财产分配不公。她思忖着改变现状，又觉得不能对给了她一家安逸富足生活的大哥柴任之有二心。

大哥去世后，她在这种矛盾的纠结中生活。一面是感恩与尽责，一面是不甘与贪婪，金钱折磨、噬咬着她的心。这就使她时而正人君子、光明正大，时而蝇营狗苟、陷于权谋。

她同时具有这两面的真实。

（十三）

海淘给柴心发了一份电报，说明柴枫欲瓜分遗产的意向，又新发现胡丕转移公司财产，有人对自己下黑手，显然事出有因。望柴心陪同柴久思或其代表速返。

柴心把欧阳、天玫等人叫到大哥大嫂房里，开始说明柴氏的现况：姑妈的儿子胡丕、儿媳汤佳陆陆续续在父亲去世后向汤佳自己公司转款，现在他俩见大陆改革开放形势大好，又把公司开到深圳去了。父亲在时，姑妈就亲自转过一次计一百万美元的款到胡丕、汤佳公司账上，被父亲发现，受到训斥，要她马上把款转回。由于所转款项不多，父亲就从维护大局出发，未深作计较。加上姑妈反复建议招她的儿子、儿媳入公司，也引起父亲很大反感，父亲已不太信任她了。父亲一走，姑妈立即把儿子、儿媳纳入柴氏，上下其手，以开展业务为名义，由姑妈签字，接连向汤佳公司转款。每一笔都被海淘叔发现，并保留了证据。“当他们发现海淘叔与其作对时，海淘叔和我本人的人身安全已受到威胁。我临行时，海淘叔一再叮嘱我，一定向大哥传话，说如果再拖延下去，父亲辛苦一世所创柴氏将毁于一旦。大哥必须当机立断，挽救公司。”

久思听了，同大家一样，感到问题严重。

永远的花农 十六

（一）

不过，久思有更深层次的思考。他说："柴心，请你回答几个问题。第一，姑妈等三人所转款项，占公司总资产多大比重？第二，这些款是否应用于公司开发，是否还在？第三，父亲去世后，姑妈向自己私人账户转过钱没有？"

柴心答道："第一点，所转款项对整个公司来说，微乎其微，不会伤害公司经营；二，因为胡丕知道私转公款是犯罪，所以一直打的是用于公司项目开发的幌子，据海淘叔说，这些款他们不敢乱用，因时机未到；三，姑妈在得知大哥放弃遗产继承后，认为自己所得太少，心有不甘，开始外转，但未发现她转款入个人私账。主要是胡丕、汤佳两人太贪，是他们背后搞鬼，加之姑妈也有私心，他们便拖姑妈下水，以满足他们的私欲。如果再这样耗着，一切都难说了。大哥，这事您要重视。"

久思略为犹豫，然后明确下了结论："虽使如此，我还是不能去，我是真不想去！何况从柴心所言，还看不出姑妈要改变柴氏所有权。我凭什么卷入这场豪门内斗，这算怎么回事？我是决不会去的。我本来就是个外人，与其与这位几十年未见面的亲姑妈斗个鱼死网破，不如还是放弃遗产。钱，钱！它已经破坏了我们的平静生活！"

大家见大哥动了无名气，没人吭声了。

还是石梅先开腔。她心平气和地说："我也不同意你们哥去。这违背他的处世原则，对他不公正。但把柴心一人放在那儿也不让人放心，柴心年龄还小，做事也软了点。我推荐天玫代你大哥先去了解一下情况，配合柴心和海董做一些力所能及的事。”

欧阳立即附议：“赞成！天玫做事雷厉风行，坚决果断，又不失谨慎细心，中英文表达力强，口不饶人；且有一个优点是，越战越勇，从不服输。她一定能不辱使命！”

天玫在旁听了，面有得色。

芷君没说话，但她和欧阳的看法相同。

石梅又说：“到了那边，做任何事情，都要记住‘过犹不及’这四个字。”

久思平静下来说：“我看天玫可以。但有几点必须注意。一是不要把国内搞运动那套做法搞过去，比如什么背靠背揭发呀，人人站队呀，面对面批斗呀，坦白从宽、抗拒从严呀，等等。二是多就少改，安定为主。要记住，柴枫那是亲姑姑，她的董事长是父亲钦定的，不是自己硬上的。只要她把转出去的钱转回来，一切就当没发生过，本来她也没入私囊。不准对下面人开批斗坦白会，更不准报警。三是你那两个表哥表嫂，是公司的不安定因素，我的意见是这事交姑妈自己处理，天玫柴心你们都不要出面。这就要看天玫的口才和脑子啦。对于这两个小表亲我另有想法，下面我同天玫交代。这几条都做妥当了，召开个董事扩大会，请姑妈先对公司工作作个总结，然后你宣布我写的条子。这个条子的内容就是支持姑妈柴枫继续担任公司董事长，直到她老病卧床，不能视事为止。支持海淘叔叔任副董事长，辅助董事长工作，直到他自愿退休。也只有这样，父亲留下的财富王国才能够继续正常运转和发展。我这不是心血来潮随便说说的。我是有感而发。父亲去世后，柴家就剩下姑妈一个亲人了，她是父亲的亲妹妹，我的亲姑姑，我们是血亲。她在公司全心全意辅佐父亲，在家里把柴心从十岁养大上大学，她是柴家的功臣。再说，父亲临终把董事长职位，也就是把公司交给她，这也是父亲遗嘱的一部分。我们不能违背它。决不能以任何借口夺权。我服从父命，回归柴氏，就算是对父亲尽孝吧。但我永远不会去继承那份大得吓人的遗产。我也不会去伦敦，我不会离开咱爸这个老红军、老石匠，不会离开大石垭小学的那群孩子们。”

这时柴心说：“大哥说他不继承遗产，但是大哥要知道，这部分财产和股份，你继承也好，不继承也罢，它永远在公司账上运转，并参加公司的经营运作，其利润仍然会计入这部分遗产中去，除非你放弃它的所有权，或是把它转走，比如成立一个基金会，把钱转进去——这样做还有一个好处就是可以避税——总之，这部分财产，法律规定了它的属性，不管你要不要它都属于你，别人也取不走。另外，百分之百欢迎天玫姐大驾光临，她代表大哥去处理此事是最妥当的。”

“大哥大姐，你们刚才给我安排了那么多事，你们还没问过我是不是同意呢！”天玫说。

“未必你不同意去？”石梅说。

“当然同意！这么光鲜的事，哪有不同意之理？但我要提个要求，那就是大哥给我一把尚方宝剑，要写个条子，写明：‘兹委托石天玫全权代表我，向柴氏集团说明我的意见。’要签名按手印。所谓师出有名嘛！当然，你下来还要面授机宜，把你的意思向我交代清楚。”

这时柴心大声说：“天玫姐的要求正当而必需。否则，那些拿着百万年薪的公司大佬们，谁会听信她这个大陆来的‘村妇’瞎咧咧。他们只认父亲的嫡传，或者说，他们只信那百分之五十五。我们每个人都该清楚地意识到这一点。”

（二）

芷君一直坐在那里没说话。因为她觉得那是柴家的家事，自己好好听着就行了。但现在可以进行下一个项目了。她说：“今天人多，我建议，咱们是不是议一议下一步的工作如何开展？”

芷君毕竟是经济专业毕业的，她已经有了一个考虑。她说：“我就开个头吧。具体项目，第一是修公路，从咱们村修到县城的公路，与去成都的公路衔接，这样咱们本地产品可直达成都。第二是创建咱们日思夜想的芳香油厂，一定要把这液体黄金生产出来！第三是人才培养，提高教学质量，从娃娃抓起，还要广招人才，把学校办好。第四是建立大理石板材厂……”

班超听得不耐烦了，插嘴道：“贵州驴子学马叫，别说得天花乱坠！这要投资方说了才算。好像钱摆在桌子上，想怎么花就怎么花。”但他心里很为芷君骄傲——她这大学没白上，所以赶快又补了一句：“不过，还是芷君道道多。”

石敢当说：“我看芷君言之成理，这些都是咱们早想做的。”

久思说：“芷君说的可行。我看这样吧，为了不使今天的承诺成为一张废纸，我们就来落实一下、研究一下怎么开展经济开发，为改革开放做一点实事。我们是不是先成立一个经济开发公司，然后尽快把项目确定下来，订一个投资计划，请姑妈批处？我们这边要尽快行动起来。这样，姑妈也就可以放心了。”

柴心打断久思的话，说道：“我早就转达过姑妈的决定，所有投资和用款，以大哥意见为准，用不着姑妈再批，这边只要报个计划，大哥签字就行了，用多少，拨多少。”

接着他们就公司名称、人事安排、先期项目等作了研究。

公司名称，久思很有灵感，他说：“公司叫石敢当经济开发公司，怎么样？”

柴心已经知道石敢当的典故。石敢当，又称泰山石敢当。在大石垭巷口小衢、宅院内外立有不少小石碑，上面刻有“泰山石敢当”五个字，在碑额雕有狮首虎首或麒麟神兽，是村民旧时求神、告佛、驱邪、禳灾、祈福、求祥的一种风俗。这一风俗是早年间从泰州的泰山村传过来的。大石垭优质石材丰富，当地几乎家家能打石器，把“泰山石敢当”当作石神看待。而且，石家这个大家庭的家长名字又叫石敢当。所以柴久思一下就想到公司以它为名。

天玫几乎欢呼起来：“太有才了！这个名字好！”

在人员安排上，柴久思建议老爸当法人代表并主管石材厂开发。天玫担任经理，负责全面管理，主管投资项目、公共关系。设副经理若干，其中班超负责人事资源管理，柴久思和石梅主管教育，负责协调各部门运转，不具体任职。芷君日后留学，再在柴氏实习，多学学企业管理实践知识，便于参加公司管理工作。柴久思问大家，这样安排妥否。

柴心一听就老大不满，抢着说："这样不行，大哥。法人代表要为整个公司的经营负最终的法律责任，他是伦敦柴氏集团在中国的全权代表和责任人。将来生意越做越大，你要把这么繁重的担子推给一个老人吗？姑妈来之前有个意见，国内公司有事找你。你必须担任法人代表和董事长，你要嫌麻烦或担心影响你的教育和教学工作，经理就由石大伯担任。天玫姐就免了，她的事还多，因为我已经替大哥相中了天玫姐，她另有公干——你们认为天玫姐此去柴氏，还回得来吗？她不是一个天生的管理公司的干才，大哥的最合适的'联合国'常驻代表吗？"柴心的想法体现了她和海淘叔的用心：柴久思必须一步一步成为柴氏集团的实际负责人。这也是父亲——老董事长的意见。这一点，不能打丁点折扣。

久思打断了她："别胡说。就是天玫去，也是短期的，一是我们不干预总公司的工作，二是这边离不开天玫。天玫还要回来。"

石敢当也跟着说："公司的事，我不懂，这事我不掺和。我就只管办石厂，我也只懂这一点，这也是我最喜欢管的。我觉得柴心的意见对，我赞成。"

石梅说："我看就照柴心意见办吧。但必须明确，我和你哥只是主管教育和学校这方面的事，课不能停，要继续去小学上课；欧阳和天玫在外地办事的时候，课也由我们代。要想办法尽快招请教师。公司法人久思可以应个虚名，事情还是要由大家办。现在要办的第一件事就是立即协助爸把采石场办好。"

柴心忙不迭地说："对，对。按大哥大嫂说的办。先要立即请专家和工程师来看矿，然后建厂打石板，作深加工，向全国推销产品。国内的建设要大发展，我们的石厂要大发展，大石垭要发了。其他所有项目一律照此办理，咱们的公司也会很快发展起来，柴氏的投资也会产出良好的效益。"

这时，柴心从她随时挎在肩上的小皮包里取出一张纸交给柴久思，说："这是我离开英国时姑妈交给我的一张两百万美元的支票，要我亲手交到大哥的手上。这是柴氏集团对祖国建设的第一笔投资，怎么用，一切由大哥定。"

这事使大家感到很意外。这可是一笔巨款啊！柴久思犹豫了。大家原以为外资到国内投资，要先来一批洋人，要调研，要论证，会有一个比较长的过程。哪里想到，转眼之间，竟成现实。

柴心看着大哥的犹豫不定的神情，接着说："这只是柴氏的第一笔投资。就像姑妈原来说的，只要大哥这边作出计划，她那边立刻继续拨款到位。姑妈是一个精明的商界大佬，她看清楚了中国将要快速发展的现实，她已预料到柴氏的投资会有高额的回报，同时也是为祖国建设作一点贡献。"

柴久思说："至于投资，可以同柴枫董事长进一步联系。具体怎么办，这要投资方决定。既然是投资，总是要回报的。如果没有利润，那我们不是败家子么？班超、欧阳、天玫，我们大家，都要重新学习，具体投资项目的建设和管理现在还谈不上，柴心回去报告了再说。柴心，你说说看。"

（三）

柴心站在芷君旁边，就等大哥点她。她装腔作势地说："各位先生女士，各位兄弟姐妹，我算是柴氏的全权大使吧。临行前柴枫董事长给了我一把尚方宝剑：凡是大哥说的，我都可以代姑妈执行。我现在念一下姑妈董座口谕的文字记录：'关于财产安排、资金使用，一切以久思所言为准。我不了解情况，但我已经知道久思手下有一群能工巧匠。所需款项，造了预算，立即拨放；具体工作，人员安排，也由久思统筹任命，并请石梅、芷君等人协理，柴心落实。至于具体项目也一切听石敢当老先生和久思的，我这个意见，也是公司董事会的意见。'明白了吧？这可是现任董事长说的。这个条子交石梅大姐，要妥善保管，最好买个保险箱放进去。诸位，你们长期生活在计划经济制度之下，对资本主义的个人财产没什么概念。芷君这位天之骄子大学生，虽然学的是政治经济学专业，但是她对资本主义市场经济了解不多。所以我非常赞同大哥的意见，立马派芷君留学。她到了英国就住在我们家，平时也可以在柴氏实习。我们必须学会运用资本的力量。你们千万不要小看姑妈刚才的那个函件。她现在是柴氏集团的法人和董事局主席，这是父亲临终前任命的，虽然我坚决相信这一点日后必定改变。”

讲到这里，她别有用心地看了久思一眼，接着说：“她手下管理着亿万美元的财产和经营，她就是柴氏的武曌武则天。她手下的高层，工资动辄年收入上百万美金，但没有一个人不对她毕恭毕敬，无不把她的话当作金科玉律，奉为圭臬！柴氏有七千多员工，每个人无不如此。董事长刚才的话可不是随便说说的，她说‘大哥说了算’，这句话一言九鼎，所有的人都要执行，谁也不能说一个不字。大哥真真暂时是一人之下，万人之上。你们别看大哥住在那简陋的农宅里，像个走方郎中，现在不同了——资本的力量甚至大于皇权！我绝对相信，大哥一旦回归柴氏，定可力大无比，造福一方。”

班超没等她说完：“小丫头片子，你在给我们讲课吗？你说的这一切，大哥早在书上看过了，他心里像明镜一样，但他想的不是自己一己之利，而是怎样在改革开放这个大环境里，引进外资，使农民富起来，使国家富起来，也使外资有钱赚。你说什么‘一人之下，万人之上’，只有你这种资产阶级大小姐才感兴趣。”

欧阳打断了班超的话：“你什么毛病啊，总喜欢给别人上政治课！柴心说的咱们可能不一定懂，但那可能是现实。”

柴心谈兴未消，接着欧阳的话说：“欧阳哥的话我爱听。我看，天玫姐是个明白人。有些事，你们真的未必懂。比如大哥接受遗嘱究竟意味着什么，股份股权真的那么重要吗？等等。我想我还是讲一下大哥所持公司的股份股权的含义。公司的资本分割为股份，所发行的股份就是资本总额。也就是说，股份是股份公司一定量的资本额度，是股东的出资份额及其股东权的体现。那么股权是什么？基于股东地位而可对公司主张的权利，就是股权。股权即股票持有者所具有的与其拥有的股票比例相应的权利。股东持有的股票越多，在公司的表决权就越大，承担的责任也越大，相应所得的利益也越多。大哥持有百分之五十五的股份，是公司最大的股东，他的投票权、决定权最大，大哥承认这个遗嘱，就自然成为柴氏集团财产的主要持有人。大家可以想一想，这意味着什么！这意味着他的表决权使他可以任意调动资金。所以刚才姑妈站在现任董事长的职位上指明资金的运用大哥说了算。这并不是姑妈的仁慈、恩典、亲情和信任。资本是冷血的。姑妈实际上只是作了大哥本身既有权利的代言。再说一遍：大哥本身就具有这个权利。所以大哥的决定就是最后的决定。再也不要说这个批那个批的话了，好吧？我已说清楚了，不要再让我重复了。以上这些话，是副董事长海淘叔叔反复对我交代，要我向大家讲清楚的。海叔特别强调，向大陆投资，参加国内建设，是老董事长长期以来的愿望。明确了这一点，再讨论外资的引进和使用的项目，就简单多了。这是我补充发言最重要的一点。”

他们你一言我一语，在发展项目上热烈地讨论。

他们议论完，走出堂屋，微风拂面，那天上的月牙显得格外美丽。

（四）

改革开放的重要一步就是落实知识分子政策。在乡下这几十年，柴久思和石梅合作翻译了大量文学作品，特别是获诺贝尔文学奖的多部作品的译著受到出版社的欢迎。这些译著的出版确立了他们在翻译界的地位。首先看到这些著作的是他们母校的图书馆馆长赵楷行，因为这项工作就是他为他们联系和安排的。在他的举荐下，学校派人请柴久思回外文系任教，并给他分配了住房。石梅所在大学也拟调她回校任教。

他们不约而同地谢绝了。他们已经习惯了大石垭农村的花农生活，他们同那些可爱的农村孩子们已经融为一体，他们可以一边教孩子们，一边做翻译，一边在家乡搞经济开发：他们舍不得这种惬意恬适的农村生活。

十七 “教育学就是人学”

（一）

这天上午，久思接到赵楷行教授的电话，说他母校哈佛的一个小校友、著名教授魏启明来成都演讲，见面就问柴久思先生在成都否。她是哈佛最年轻的终身教授，数学界最高奖、被称为数学界的诺贝尔奖——菲尔兹奖获得者。她明天演讲，题目是《赤都心史——国内外数理最新研究》。赵教授问久思能否抽时间听听，对国内外学术动态有一个“实体”的了解。

这个题目引起了柴久思的注意。《赤都心史》是瞿秋白的遗著。中国现代文学家、中共早期主要领导人之一瞿秋白在一九二〇年八月，作为《晨报》的记者出访苏联，写下了这部《赤都心史》，融写景、记事、抒情、议论为一体，第一次向国内介绍了俄国十月革命后的现实，写了他在莫斯科的所见所闻、所思所感，从思想上和艺术上都可说得上具有时代性、政论性、文学性的特点，在中国现代文学史上，是中国报告文学的滥觞。而数理研究与文学是完全不搭界的。但他知道，天才就是有把两个看来没有关系的事物联系在一起的能力。也许这个题目另有玄机。何况，这位海外学子点名要见他，也引起了他的好奇。

当天下午，他乘车赶到成都，先拜会了赵老师。

第二天上午他和赵教授同时按时来到会议厅，在第四排找了个坐位坐下。

片刻，主讲人出现了。她彬彬有礼地先向大家致意，然后解释题目。她说，题目中的赤都指的是我们的红色首都北京。“我在北大读的本科，在清华读硕士、博士，是一个来自四川的北京丫头。北京是我的家。我已把父母亲接到了北京，因为我无法回四川老家尽孝。在去美国之前，我摇摆不定。清华已给我安排了满意的工作，把父母也安排得很好。我完全可以在北京做博士后。但这时我想起了我在农村上小学时，当家里连小学都不让我上的时候，是一个农村小学教师亲自到我家里来，苦口婆心地做通了父母亲的工作。这位老师姓柴，叫柴久思。我清楚记得，他说，这女娃子有数学天分，以后会成为数学家，成为教授。而这就成了我努力的目标。柴老师因材施教，在学校让我当小先生，让我去参加地区的心算比赛，使我从小就有了学习的巨大兴趣和前进的动力。而柴老师只不过是一个非常平凡的农村小学教师。想到柴老师，我就时时策励自己在求知中要永不停歇。我决定走出国门，去哈佛，去接受最先进的科学理念和知识。但是，哈佛不是我的归宿，我的归宿是清华，是北京。这就是我的心路历程。它与数理研究没有关系吗？否！数理平台包括基础数学和应用数学、理论物理、理论生命科学、理论计算四个分平台，它要求应用强大的高端计算软件，在理论和科学计算两个方面实现相关学科的交叉，形成以理论推导和大规模科学计算为手段的富有特色的研究体系，促进原有核心数学、应用数学、运筹学与控制论和理论物理等学科的发展。这个学科的复杂性和难度，要求科学家用尽毕生的精力。这就要求科学家有一种内在的用之不竭的原动力和助推力，这个力量，于我，就是我的‘赤都’，就是我敬爱的柴久思老师。各位老师，名位同学，在这里，我要向大家荣幸地介绍，这个柴老师，我的数学启蒙尊师柴久思先生就坐在第四排。没有柴老师就没有现在的我。我想邀请柴老师上台来同大家见面。”

台下响起热情的掌声。

但柴久思并未走上台去，只是站起来说：“魏教授，我记得你的名字叫荠荠，就是包饺子很好吃的野菜荠荠。你为什么改名呢？”

魏启明笑着答：“我户口本上还是魏荠荠。但我把学名改为启明，是为了纪念七星小学。您说过，这个校名是您起的。我如果直名叫七星，那就侵犯了您的知识产权了。”

台下又鼓起掌来。

柴久思接着说：“当初我走出大学校门，立志去农村当一个小学教师时，支持我这样做的是我的领导和老师、来自哈佛的资深教授赵楷行先生，他归国为的是给国家方兴未艾的教育事业作贡献。他就是我身边这位。魏茅茅，你应该首先向你的校友和前辈、你的师爷赵楷行教授致敬。他才是我们学习的榜样。”

魏启明学术报告的最后，是与听众的互动。主持人请大家提问。

一个同学问：“为什么你从中学到大学，从硕士到博士，从国内到国外，从清华到哈佛，学习成绩和研究，总能走在时间的前面?”

魏启明动情地讲道：“这是因为我还在上小学的时候，有一位农村民办小学老师告诉了我们一个基本学习方法，就是要‘永远学在前面’。这位农村教师说：‘要牢靠掌握教师已教的知识和初步了解老师未讲的知识，除了加强复习和预习外，更重要的是，多看课外书，多独立思考，多做题，多钻研。这就要尽双倍或更多的努力，有了这种努力，就能学在前面。’记得我考上了县上的重点中学，而且名列第一，这位老师在班上对大家讲：‘为什么魏茅茅总是第一个交卷，而且能考出好成绩？因为她学在了前面。’学在前面，就能研究在前，贡献在前。这位平凡的民办村小教师的话，是一种对待知识的精神，也是一种学习方法，我始终奉为圭臬。‘学在前面’，我把这位农村民小教师的这句话送给在座的大学生、硕士生和博士生们，并与你们共勉。那么，这位当年的农村民小教师是谁呢？他不是别人，还是柴久思先生！他所说‘永远学在前面’，这是一个伟大的寓言和适用于任何学者的启示。你们可能不知道，三十年前，柴先生就是这所大学的青年教师，他自愿到贫困农村去办学，去教那些没学上的穷孩子们，这是一种何等前卫的观念，也是一种走在时间前面的观念！今天，他的学生们走出了大山，改变了命运，为社会作着更大的贡献。而他本人，在改革开放的新时期，也全面出击，为乡亲们、为伟大的祖国作着更多的努力。他仍然坚守在农村小学教育的第一线，他本人就是他那句格言的实践者。今天，我作的两个小时的学术报告的全部内容都没有这一点重要。”

台下听众们以热烈的掌声对她的话作出了最好的响应。

又有一个同学站起来问：“请问魏老师，你来自一个贫困落后的山区，你能走到今天，除了你的天赋，你本人有没有自己的人生信条呢?”

魏启明答道：“我最初上学时，学校不过是只有二十多个学生的‘私塾’。午饭时，柴老师烧火，把我们带来的红苕、洋芋和大米蒸熟，吃完就接着上课，四点钟下了课，回家做农活，晚上点煤油灯做作业。当时柴老师教给我们的一个基本道理是做人做事‘不敷衍，不作弊’，当时的农村孩子和家长，都把老师的告诫当成公理。柴老师说：‘不敷衍，就是凡事认真，有责任心，不苟且，不懈怠，真诚待人；不作弊，就是凡事不做假，不谋私，不欺骗，不虚伪。’他说，这六个字是他的老师赵教授在上育德中学时的校训，它包含了对一个人做人做事的最基本要求。”

这个学生紧接着问：“那么，你有过作弊的行为吗?”

魏启明答：“我让你失望了：我作过弊。小学三年级一次数学考试时，我的同桌同学，比我大两岁的折耳根同学，他曾经在县城流浪，有过偷窃行为，家长打烂了他的腿，坚决不同意他去上学。他家里农活多，父母亲身体不好，才十一岁，就是一个全劳了。他的语文已经不及格了，如果算术再不及格，家长绝对不会允许他再上学，他就要回去打长工。你们知道，他一旦打长工，这辈子就会永远打长工，这就是农村穷苦孩子的路。考卷上的题，他答不出来，就偷看我的。我提前半个小时就做完了，干脆把试卷拿给他照抄。这事被柴老师发现了，他没收了我们两个人的试卷，他没有骂我们，也没有处罚我们，而是待放了学，要我们在教室写一篇作文，题目是：《我为什么作弊》。内容分两部分，一是作弊的理由，二是怎样不作弊。他在两篇作文后面写了相同的批语：‘在任何情况下都不能把作弊作为选项。’就是这次事情之后，柴老师给我们讲了‘不敷衍，不作弊’的道理。我向你们保证，我自此任何事没作过弊。而那位折耳根同学在老师的谆谆教导下，已经成为一个人才，他从四川财经学院毕业后，又回到了母校和柴老师身边，从教小学数学起，开始了他新的人生旅程。我承认我给你们讲的像一个童话故事，但我保证它的每句话都是真实的。”

另一个同学问：“那么请问教授先生，你为什么不回母校去教小学呢？”

魏启明答道：“提出这样的问题，对教小学得有多大的偏见啊？人才培养，要从小学教育抓起。陶行知、柴久思这些伟大的先行者永远都是我们的榜样。但是，如果我的所学和研究，为国家所需，在其他岗位更适合于发挥它的价值，我就会作出第二种选择。这两种选择没有高下贵贱之分。但尽一己之力努力耕耘，应该是我们行事的最大公约数。不知这位小师弟以为然否？”

台下又一次响起了掌声。魏启明注意到，带头鼓掌的正是这个提问的同学。

这时一名女生站起来问：“魏教授，我敬佩您的光辉经历。您不仅是清华北大的高才生，而且是哈佛的高才生，现在还是哈佛最年轻的数学教授。我可以问一下您的国籍吗？”

魏启明笑了：“看来，诸位对我本人比对数学更感兴趣。好吧，我现在回答你。你的问题使我想起小学时柴老师讲的一个关于我师爷赵楷行老先生的故事。”

那还是在赵教授回国之前，他在哈佛图书馆开授关于中国古籍善本书和珍本书的讲座，说中国一些古籍珍本和孤本只有在日本才有。他这时用日文讲出了这些书的藏书地点，并用日文讲了这些藏书里用日文写的提要，指出提要不准确之处。

讲演完毕，一个英国学者问了一个题外话：“教授，你是日本人吗？”

“我是中国人，Chinese!”

“你是Chinese?”英国学者语气中颇带轻蔑。

赵教授愤然而又耐心地说：“是的，Chinese。这个词，它的每一个字母都有深意，Confident（信心），Honest（诚实），Intelligent

（智慧），Noble（高尚），Excellent（卓越），Sympathetic（有同情心），Elegant（优雅），合起来就是Chinese——中国人，这真是奇妙的偶合！这位先生，你还有什么关于版本学的问题要问吗？”

魏启明讲完这个故事，然后说：“我和你一样，是正宗的Chinese。”

“神算子”魏荠荠，这个从大石垭走出去的学者，使柴久思感到无比的欣慰。

教师，阳光底下最灿烂的职业！

（二）

柴心过几天该回国了，欧阳等人也要回成都。这天石敢当办了一桌子菜，一大家子人全到了。这个大家庭里多了一个人，就是厝尔金。她是班超喊来的。班超说，她一个人独在异乡，无亲无故，平时又没啥好吃的，跟大家一起打个牙祭。石敢当扫视了大家一眼说：“今天咱们这个大家庭算是到齐了，就少个钱文。柴心、天玫、欧阳过几天要回成都。这一走得好久。有些该办的事咱们把它办了。欧阳、天玫扯了证一直没办喜酒，天玫的那帮小姐妹和七大姑八大姨，还有那些小伙子些，早就吵着要喝喜酒，闹新房，天玫也说这一关迟过不如早过。班超和芷君也老大不小了，双方家长也都同意，我就代欧阳部长和钱文做个主，你们兄弟俩一起把喜事办了，班超你们俩回城再领证。这也同时是提前给柴心、芷君送行，大家看怎么样？”

石梅首先说：“这是双喜临门嘛！”大家都叫起好来。

欧阳说：“早就听说咱这里闹新房三天不分大小，我倒要见识见识，天玫你说！”天玫答道：“光酒就灌死个人！你先别说大话，那些人往身上抹清油、往脖子里灌辣椒水呢，我可害怕！”

芷君和班超两个却低着头，都不说话。天玫说：“你们俩装什么‘假老练’呀，开腔啊！班超，你先说，快点！你不表态，芷君怎么说啊。”

这时，谁也想不到的一幕发生了。刚才坐在那里好像被大家忘了似的厝尔金，突然激动地喘着气，大声说：“天玫姐，这样不好，我不赞成！没领证怎么能先结婚？这不和我们彝家一样了？”她脸也涨红了，情绪异常激动，大声说：“这样做不对！这不符合政策。班超老师不能办喜事！”

这一下大家才注意到，这里还有一个阿米子！这儿哪有她说话说的份啊。

（三）

石梅、欧阳、天玫、芷君一干人等莫不惊诧地睁大了眼睛。最不吃惊的是柴心，她在前一次从眉山回大石垭的路上就看出这个异族女子的痴心和顽强。她不是多次说从小就想嫁给胡老师吗？她不是说班超就是她的胡老师吗？柴心在大石垭这些天，又注意到厝尔金对班超生活上的特别的关心和无比的顺服，也看到了班超对厝尔金多方的关照。柴心潜意识里觉得，也许他们可以成为一对，不过这也只是一闪念，因为她知道班超的女友是芷君。

这时，一家人莫名其妙，但柴心立即明白了这个阿米子是怎么想的。

柴心也想不到在这种场合她敢这样大声说。这时班超用半大不小的声音吼了她一句：“厝尔金！这里没你发言的份。我看你是没喝酒先醉了！”

他实在怕这个阿米子再说下去，会惹出乱子。

当事人不开腔，又有人反对，石敢当不明就里，看了久思一眼。久思只好说：“厝尔金说得不错，班超和芷君这事先放一下。想不到这个阿米子比咱们这伙大人的原则性都强。今天晚上是欢送会，大家喝酒！”

厝尔金见柴校长都在表扬她，而且她的意见也被大家接受了，高兴地给大家倒了酒，便走开了。还是芷君眼尖，喊道：“厝尔金别走呀，你不是能喝吗？你今天帮钱老师说了话，我可得好好灌你两杯。”

但厝尔金好像没听见，一闪身不见了。那个柴心可不是个省油的灯，几杯酒下去，便找不着北了，朝班超喊：“胡老师，你还不追出去啊，你的娃子跑了，这女子可什么事都干得出来！”

石梅说：“这女娃心事重，还真不让人放心。班超，你去喊她回来吃饭。”

这时芷君插言道：“我和班超很快会办好手续，到那时再收大家的红包。诸位一个也不能少，而且越大越好！但欧阳老师和天玫姐的证早就扯了，何不今天就办喜宴！石大伯，您说呢？”

石敢当笑得合不拢嘴，忙答道：“要得，要得！今天晚上就喝欧阳、天玫的喜酒。过两天，村里再办。现在就开宴，大家可要喝啊！”

正说话间，这屋里白光一闪，就像老戏里面的白衣仙子灿然下凡。只见厝尔金穿金戴银，一身彝族美少女的打扮，使大家大吃一惊，无不惊呼：“这是谁呀？是阿米子，这女娃子好漂亮哟！”

厝尔金红着脸说：“上次柴心姐给我买的衣服我还没好好穿过呢。这可是只有黑彝贵族才穿得起的。今天欢送钱老师和柴心姐，我就给大家跳彝族舞，唱《劝酒歌》，大家可得喝哟！我先干为敬！”她没用酒杯，竟在空碗里倒了大半碗，一口气牛饮而尽，老爷子石敢当都惊到了！

班超说：“她一直说她酒量大，把寨里的小伙子都喝得倒在地上，可不是吹的。”他话还没完，天玫早已把倒好的大半碗酒递给厝尔金，说：“来，再干一碗！”芷君忙把碗夺下来说：“你安的什么心啊，要灌死她啊。等会儿再喝，还是先跳舞吧！”

但厝尔金不松手，拿着酒走到柴心面前，说：“柴心姐，你对我太好了。你第一次见到我时，我就是个逃难的又脏又臭的叫花子。你是一个外国有钱人的大小姐，你比我们的所有黑彝都有钱！可是你一点也没有看不起我，你一直把我当妹妹看，还给我买了这么好的衣服。像这样的服饰，就是最阔的黑彝，一辈子最多也只能买上一件。至于我们这些娃子，能摸摸它就心满意足了。还有这里所有的人，你们收留了我，让我读书，都是我的大恩人，这碗酒我干！”

喝完，她便一边跳舞，一边唱《劝酒歌》。这可是大家从来没见过的。太美，太精彩了！她唱到谁面前，谁便得干下碗里的酒，没人好意思躲。她唱了三四巡，早把一桌人个个喝得晕头晕脑，纷纷求饶。大家无不对这个漂亮的阿米子五体投地，连连说“厉害厉害!”因为她是陪着每个人喝，却完全没事!

这时，那个从来只喝红酒不喝白酒的柴心早已醉话连篇：“厝尔金！你真是天仙下凡！健美漂亮聪明！我要是个男生，我就娶你回去！班超，你说，你同意不同意!”天玫忙答道：“柴心这死女子，硬是醉了。芷君，把她搀走!”

但石敢当心中有数，酒是自己家的酿的低度红苕酒，不关事的。

轮到给天玫敬酒了。或许是出于对自己英语的炫耀，天玫突然用英语背诵了莎士比亚《奥赛罗》中凯西奥的一句话：“每一杯过量的酒，都是魔鬼酿成的毒剂!”然后说：“天上飘来的美女，倒满！我跟你把这碗毒酒干了!”天玫如此爽快，毫不推辞，而且反而大碗向厝尔金敬酒，厝尔金有点受宠若惊，加满酒，咕嘟咕嘟，豪饮起来。大家不禁叫起好来，班超那边喊道：“厝尔金，到此为止，不准喝了!”但遭到大家的一致反对。欧阳喊：“同意厝尔金继续！我们几个还没敬呢!”哄闹中，明显可以看出大家对这个异族美少女的喜爱!

班超喊了起来：“欧阳你这是扭转阶级斗争大方向，今天应该灌的是你和天玫!”……

（四）

散了宴，柴心约天玫出来，把心里想的一股脑儿说了出来：“天玫姐，今天厝尔金不是喝醉了说胡话，她说的是实情。她是真心崇拜和喜欢班超。而你看不出来，那个大学生心里喜欢詹姆斯吗?”

不等她说下去，天玫道：“你别当搅屎棍子，没病找罐子拔，胡乱拉郎配！班超和芷君的感情是经过考验和磨炼的！你以为我们会把水一样纯洁的大学生交给一个不知根底的花心老外吗?”

柴心说：“姐，你这是对外国人的偏见。詹姆斯是真心可靠的，而且对人忠心不二。我给你讲一讲詹姆斯的爱情故事。詹姆斯在高中时去法国旅游，偶然认识了卢西亚。卢西亚的家族是法国的古老贵族。这种贵族在一七八九年以前大约有一万七千户，一九七二年法国出版的《现代贵族谱统计》还有三千六百多户。她们家是法国波拿巴家族的一支，是法国‘最后的贵族’。在英法百年战争长达一百一十七年的你死我活的战争中，法国全胜，而英国丧失了所有法国领地。英人以此为耻，在战争中，英国詹姆斯家族与法国波拿巴家族结过世仇，誓不往来。在英国，‘James’可是一个有名的贵族姓氏。几百年后，英法两国早已和好。但一些贵族后裔仍坚守祖训，两族决不通婚。当卢西亚和詹姆斯被双方家长发现后，首先是詹姆斯父亲反对。而卢西亚家道虽已衰落，当年贵族的影子也没有了，但她的家长却仍然在穷困生活中守着贵族的头衔不放，说法国好男人一箩筐，怎么能偏选那世仇之后？双方家长想尽一切办法断绝了他们的往来。

“但在他们两个看来，双方家长这种偏见是落后于时代的，而且非常荒谬。他们认为，罗密欧和朱丽叶的故事是不可能在现代重演的。但人算不如天算，詹姆斯在大学二年级之后，就再也无法与卢西亚见面。他们的最后一面是在大学最后一学期。卢西亚在为一家饮食店送外卖时出了车祸，受了重伤。去世之前，她向妈妈提出要见詹姆斯。母亲满足了她的最后要求。

“詹姆斯得知消息，立马赶到卢西亚床前，守了她三天三夜；卢西亚已无法出声，两眼看着詹姆斯，似有无尽的情意要抒发。詹姆斯含着眼泪，合上了她的双眼。

“在卢西亚简陋的墓地上，詹姆斯跪在卢西亚墓前，无声地从傍晚跪到清晨。从此以后，詹姆斯就再也没谈过恋爱。直到他遇到芷君。他说，他在一个东方女孩身上，感受到了卢西亚的一切优点。詹姆斯说他这辈子最后悔的事情就是在爱情上缺乏决断和勇气。如果自己在上大学时，坚决去法国把卢西亚接到英国来上学——他当时是有这个经济能力的，后来的不幸就不会发生了。所以他一旦产生了真正的感情，就会坚决追求下去，而不会放弃。自然他也不会花心和变心。这一点我是相信他的。你们可能把这个英格兰阔少看成花花公子了，你说‘詹姆斯这家伙可别是个花蝴蝶啊’，这对他是不公正的。我说的这些，是向你提供一些背景材料。这样，你想问题就会全面一些。再有，老实说，傻大姐，你难道就没有看出那个大凉山出来的阿米子对班超的大胆真实的追求吗？你就看不出，班超对阿米子的感觉吗？你不会看不出这一点，只是认为维持现状是最好的。你最怕的是，班超一旦转向阿米子，芷君就有可能被詹姆斯拐跑，你认为把自己可爱的妹妹嫁给一个不知底细的外国人，是非常不靠谱的事。是这样吗？”

天玫毫不为之所动，用结论当了辩护词：“小妹子！我看的小说可比你多。詹姆斯可能如你所说，是好人一个，这点我无疑义。但你说的他们的关系却全都是表面现象。你别自作聪明了。你以为你是谁呀？你是吕祖显灵，是关帝灵签，是观音灵卜呀？懂金钱卦、花签卜？你是黄大仙？你会六爻八卦、观音神课、周公解梦、塔罗占卜？会看面相八字、奇门排盘？他们的命运要你小丫头片子安排呀？他们的关系已经定了，这一点，绝不会变！我比你了解！”

天玫斩钉截铁。

末了，天玫别有用心地说了一句莫名其妙的话：“不过，妹子，我不否认你对詹姆斯的评价。他的对象，昨天我占了一卦，有一桩天赐良缘在向他招手呢！”

（五）

阎王好对付，小鬼难缠。天玫感到难对付的是厝尔金，这女娃子早熟，又敢说敢做。天玫来到学校，把已上床的厝尔金叫起来，喊到一边，对她说：“小丫头片子，你捣什么乱呀？你说说，你刚才是什么意思？”

厝尔金一下顶起嘴来：“我不是小丫头片子，在我们彝乡，十六岁就算成人，就可以出嫁了。我早就是成年人了。你不是上课给我们讲过，人人都有追求幸福的权利吗？”

“这与今天这事有什么关系！”

厝尔金从床上下来，一字一句地说：“石老师，石大姐，我一向像对神一样崇敬您，把您看作我的榜样，但想不到您也糊涂！这事还要我复述吗？我给你讲一段彝族创世史诗《勒俄特依》中的故事吧。

一个锅庄娃子、美丽的少女伊诺米，爱上了她不可以爱的黑彝少爷楚都阿生，他的父亲、奴隶主鞭打美丽的少女伊诺米；直打她到死，她也没改口，说的还是：‘我爱楚都阿生。’这时在云之乡骑马追风的楚都阿生，策马赶到，冲破刑房，救起伊诺米，骑马向云之乡飞奔，来到天河之滨，抱着伊诺米唱诗七天七夜，唱到《铜鼓歌》的第十七支曲子《哭歌》时，他的灵魂骑马向东海狂奔，一路上战胜了火妖、龙怪和山魔，穿过美丽的蛇绕成的迷惑他的圈套，在海神那里求得仙药，终于救活了伊诺米。”

“这个故事的意思是什么呢？”

“它唱的是，真爱是不会死亡的，但它会遇到各种磨难，有的像受到的鞭笞，有的像遇到的火妖、龙怪和山魔；有的像美丽的蛇绕成的圈套，使人迷失走马的方向，这可比鞭笞、火妖厉害多了。你们就是蛇绕成的圈套呀！天神一样值得我崇敬的大姐呀，你们为什么这样做啊？”

“你胡嘞什么？生搬硬套你们的史诗，想象着你们彝族阿米子的爱情。但事实是，班超和芷君的爱情是经过考验的，我们也不是黑彝奴隶主！阿米子，你还是从你的史诗中醒过来吧！”

“天玫姐，你错了！我是我们的史诗《勒俄特依》的传唱人，我知道《勒俄特依》像魔咒一样灵验。《勒俄特依》的神秘的含义容天地于一体，只有信奉它的唱诗人和听诗人才知道它的最伟大、最真切的暗示和指引。而你们被第三只耳朵蒙蔽了，你们听到的和看到的是无比虚假的消息，混沌世俗的毒药使你们眼不明、耳不灵。我们相信《勒俄特依》，它是我们生活的力量。大智大慧无所不晓的天玫姐，难道你没听说过伟大的《勒俄特依》史诗连病都可以治吗？我知道，这只是因为信仰产生的内力战胜了病魔，它并不是药。北京的胡老师给我们讲过。他说这不是迷信。有一次他感冒，我就去给他念诗，他就好了。你为你看到的表面现象所迷惑，你永远不懂得这一点。我是唱诗人，只有我知道事情的真相，因为它发生在我身上，我就是那个伊诺米，《勒俄特依》早就讲过了。”

天玫突然觉得，她面前这个彝族史诗的歌者是个哲学家。狄德罗说过，一些史诗传唱人，由于民族史诗的庞大内容和知识系统，他们从小就受到多方面知识的熏陶，渐渐地成为智者。她感到这个阿米子的智慧，使她有了超过她年龄的成熟。

（六）

天玫已经明确感觉到厝尔金对班超的想法。这怎么可以！她觉得她如果搅到这个阿米子的史诗里面去，她会永远说不清，甚至败下阵来。她马上想到一个单刀直入的办法，对厝尔金说："我们先不忙谈你的史诗。我只问一句，请你回答：如果我说班超的女朋友是芷君，他们相爱，而班超老师只是把你当作一个学生和妹妹看待，你觉得这个说法对吗？"她问得相当温和。

厝尔金对这个说法流露出不满，她回答说："伟大的萨马！你是大家公认的美丽的女神，你是我们的教母。你是大学生，我九十九年也达不到你的水平。但是伟大的萨马，你说错了！"

"萨马？"

"萨马是我们彝族的女巫。萨马的特点是她每说一件事情时候，那件事情的结果都是相反的。当一个彝族骑士和一个阿米子相爱的时候，他们的灵魂就会飞翔到一起，别人是看不见的，就像你看不到一样；而你们看到的都是女巫萨马看到的，它是事情的反面和假象。就像《勒俄特依》史诗第六节阿俄暑布河里的水獭看到的，因为阿俄暑布河里的水獭的眼睛永远是模糊的，它看不见真实的东西。"

"你又在胡扯。班超和芷君就像是我的弟弟妹妹，他们是怎么好起来的，我知道得很清楚。"

（七）

这时厝尔金急了，她顾不了许多，竟把她埋在心里多时的话一股脑儿翻了出来，也许只有这种涉世不深的少数民族女孩在极度难忍的情况下才能说出来："这一切都是美丽的蛇绕成的圈套，为的是让楚都阿生走错路。你们一家为了保护和促成欧阳老师与你的婚姻，把救了欧阳老师的芷君老师推给班超老师，而切断芷君老师与欧阳老师用生命结成的情谊。你能百分之百回答，说芷君老师不爱欧阳老师吗？当你们发现班超对我好的时候，你们恐慌了，担心班超老师一旦和芷君失和，会威胁到你和欧阳的关系，于是便想匆忙让班超和芷君先把喜事办了，以断绝班超老师和芷君老师各自要走的路。班老师与钱老师的关系是你们强加给他的，而我和班老师是在偶然相遇中自然产生的，这完全不一样！”

这一下把天玫惹恼了，她真想过去给她一巴掌。她、欧阳、班超和芷君都断断续续给她讲过他们四个人的故事，想不到她竟这样理解，这不仅歪曲了她们的关系，而且亵渎了他们的真情。也许厝尔金看出了天玫的恼怒，没等天玫开腔，她先说了：“老师，我要是错了，你就打我两下吧。但是这改变不了事情的本质。本质是他们两人是在外力捏合下才有了这种关系。而且他们水火不相容，内心互相排斥，难道你看不出来吗？”

不等天玫回答，她又接着说：“我们才是天神祝福了的。《勒俄特依》说四位天神在创造天地的时候，向地下抛了四块压地石。同时又抛下一些碎石，每两个碎石碰在一起，就成为夫妻。在无数的碎石中两个相遇，这概率多小啊。汉语中不是有个成语叫‘天作之合’吗？为什么在我遭难时偏偏是班老师出现了，他救了我而且带我到这个天堂一样的地方？这能和你们把两个泥人捏在一起一样吗？有一年县里来了个电影放映队放坝坝电影，我们走了一天去看。那天放了两部电影，一部是《拉郎配》，主角是夏梦，好漂亮啊。那里面说财主王员外为了强拉李玉做女婿，把李玉的相好彩凤一脚踢开。天玫姐，难道你们要做王员外吗？”

本来天玫还想说下去纠正她，但这一刻她想法变了。她觉得厝尔金的思想相当成熟，绝不是一个一般的小女娃子；她极其固执，难以说服。但这样下去断乎不可。

三年不吃井中水，没见井水能过沿！天玫一向做事不含糊，也算是个敢作敢为的女汉子。解铃还须系铃人，她得“下命令”让班超必须做通她的工作，彻底扭转她那固执的想法。这小姑娘的根本错误是把感恩和崇拜当作了爱。

第二天晚饭时，石梅说："昨天要不是厝尔金那么闹了一下，我们还真把她忽略了。她已经是一个大姑娘了，她有一些想法和看法是很正常的，但由于她的思维常是直线的，把自己心里想的，看成是真的事实，这就使她产生了一些误判。大家不要怪她。只要把事情说明白了，她会恍然大悟的。班超找她谈谈就行了。还有，别人来了这么久，也该回去看看，她不是一直惦记她那个老妈吗?"

天玫并不谈昨晚与厝尔金谈话的事，而是说："我看厝尔金说得对，先结婚后领证是不好，而且班超芷君又不好意思开腔，他们俩的事就放一放。但我和欧阳这喜酒还是要办。对厝尔金，我同意大姐的意见。她逃婚到咱这儿这么久了，她家里还有老妈，她老妈到现在也不知道她到哪儿去了，如果他们报警寻人，这事就麻烦了。但送她回去，那里情况不明，未必安全，我们要叫厝尔金衣锦还乡。第一，她不是说她家乡满山遍野都是野玫瑰吗？那里有玫瑰生长的良好自然条件。我们协助她回去先注册成立一个公司，组织彝民大量种植高品质玫瑰，建立一个初加工玫瑰干燥厂，回收玫瑰，产品就运给我们即将建立的芳香油厂。那里需要大量的玫瑰。工厂工人就在本地招工，经济地位改变了，社会地位也会改变，谁还敢欺负她？你们再看厝尔金脖子上那个石珠项链，那是她们当地的花岗岩磨成的，她家乡的石材可比大石垭的好。当然，所有这些事，要由班超和芷君在芷君出国前协助她安排好。另外，厝尔金还要带一套电大材料，要她好好学习，用知识武装自己。大哥，您看这样行不行？您不同意，我这个'马歇尔计划'就全白说了。"

班超说："这任务对她来说太重了。好多事，她都不懂。"

天玫说："天下没有考场外的举人，不懂就学，这女娃子聪明，能学会，再说还有我们大家帮忙。"

厝尔金学习好、聪明，这一点大家印象深刻。她到七星小学，石梅给她开单课，辅导她学习初中课程；英语学习，她也进步很快，这尤其使天玫对她另眼相看，常常单独教她读英语文学作品，学习英语对话。久思见了，就安排她给小学低年级学生做“小先生”，辅导小朋友算术、语文。

所以天玫对厝尔金的评价是真心的，她真的认为，只要有“考场”，这个聪慧无比的女娃子，她就敢考那个“举人”。

放她出去，让她独当一面，她一定能行！

柴心对厝尔金印象极好。她说：“至于回凉山，只有他的救命恩人班超才能做好这个工作。班超不是马上回体院吗？叫班超先把她带回成都，从那儿回凉山就好走了。厝尔金最听班老师的话，班超去做做说服工作吧。你们在成都期间，可以先安排厝尔金到一个合适的公司去见习管理，了解公司相关知识，包括公司的组成、人力资源的管理等，同时给她布置一些政治经济学的入门书，她接受能力强，学得快；以后在凉山办公司，还可以边干边学。大家不都说她冰雪聪明吗？我相信，她学得出来，她能行。何况到凉山办公司，大哥还要给她聘派有经验的业务人员协助她。”

柴心的好心建议都一一被采纳了。班超和天玫安排厝尔金在成都参加了一个电大班，学习了一年多，便于她回家后继续学习；同时，让她在石敢当公司当了一个实习文员，学习办公司的知识。

柴心对厝尔金的喜爱是真心的。后来她对姑妈说：“我到中国去，认识了厝尔金，她是我的好朋友，是我另一个愉快的收获。”

（八）

天玫、芷君到久思屋里，向他详细说明了他们的安排，特别是对厝尔金的安排。久思说：“这些安排我都同意。但关于厝尔金我要多说几句。你们这样安排，有没有排斥厝尔金的潜在用意？相处了这么久，你们对她有多少了解？对于厝尔金，我们还是从她熟悉的他们的民族史诗说起。我知道，她把他们的民族史诗当作他们的‘圣经’，是她的精神力量的源泉，她认为它适用于任何时间和地点。其实，这正是诗歌的特性，特别是长篇史诗的特性。诗歌是一种时间艺术，也是一种以语言为中介的间接艺术。它既可以描写当时的时间，也可以超越诗歌时间界限，而对它的欣赏和理解，当然就更不必拘于某一时间。显然厝尔金懂得这一点。虽然诗歌在次要特点上也兼有空间艺术的特点，但从根本上说，在读者阅读感受上，它主要是一种时间艺术。十八世纪德国启蒙主义者莱辛在著名的《拉奥孔——论诗和画的界限》一书中指出绘画凭借线条和颜色，描绘那些固定和定型的物体，而诗歌则是通过语言和声音，叙述和描写事物的流动变化，即那些持续于时间的事物，也即表现空间在时间流程中的延展，借助于语言文字恣意表现不相连属的空间，在对空间境界、方位、角度、距离的选择和变换方面，有着绘画无法比拟的自由度，还可以表现声音、触觉、嗅觉、感觉等无法凭空间直接展示的内容，并且对外物与内心的碰撞、交叉以至融合、渗透，或相离、相反等情况，可以充分发挥想象，以情感为驱动，驰骋于千古，率性而为，就如刘勰《文心雕龙·神思》所言'寂然凝虑，思接千载，悄焉动容，视通万里'。这就是为什么厝尔金可以肆意引用他们史诗的原因。而且我认为，她充分运用了诗歌无时间限制这一特点，引用很有创意；也因此，诗的歌者，特别是史诗的传唱者，也即它的阅读者，完全可以在诗歌的理解上延伸时间的长度，加上自己的理解，甚至把它融入史诗本身，而成为它的创作者。所以史诗是在传唱中丰富起来的。厝尔金长期受民族史诗的熏陶，本人又极有诗歌的理解天赋，所以她总是将创世民族故事传说的时间任意改变，让诗歌的时间自由流动，成为她理解和解释现实生活的'圣经'。这个年龄不大的小姑娘，已经是她们民族创世史诗的参与者，不经意间成为一个自然生成的小'活佛'。所以，你们不要像对待一般的中学生那样看待她，而要多给她关心和指导，多一些好奇和欣赏。不是讲教育要'因材施教'吗？要更多看到她所具有的有民族特点的文明的一面，不可因它的缺点而忽视了它。特别是天玫，你完全忽略了一个歌者特有的敏感的感情因素，简单地指责她的无知和虚妄，这是不对的。教育学就是人学，因材施教就是它的'宪法'。这一点天玫要多想一想。教师要像教师的样子，我们教育学生，就像花农养花，石匠刻摩崖。这提醒我们，咱们'教咕咕'都应该学学教育学和心理学。"

天玫、芷君似乎有所醒悟：厝尔金对他们民族史诗的理解和运用，正体现了诗歌时间性的延展，是她无师自通的聪明之处；我们应该对她有更细致的关心和教育。她们不能不承认，大哥的观点是对的。

她们把这个意见对厝尔金谈了，厝尔金高兴得差点哭了。她说班老师什么都向她说了。她明白了。“你们放心，我回去一定要为我们彝乡做点好事，给乡亲们做点好事。我要向你们证明，我没白在大石垭学那么久。”

（九）

这天晚上，柴久思和石梅夫妇把欧阳一干人等，加上厝尔金，召集到他们房间，说：“大家挤着坐。不久大家就各奔东西了，有几句话，我得说一下。先说芷君，你去了英国，就住在柴心家。要好好学，学成了，以后可有大用场……”

没等久思说下去，班超插了一嘴：“还是住老詹那儿好，以后回不回来就说不定了！”

芷君毫不含糊：“这可是你说的！没听说过‘一语成谶’么？”

石梅急忙制止：“别扯闲条了，听大哥说！”

久思接着说：“我现在要议论的正是这个。我知道班超和芷君很铁，雷打不散。但是这几年发生了太多的事，我不得不啰嗦几句。芷君对詹姆斯印象很好，我看得出来，詹姆斯也在拼命追芷君，但是芷君心明如镜，她把他看作最可靠的好朋友。一个年轻人，除了爱情和丈夫，还有最要好的异性朋友，这是很幸福的事。一个女孩子被大家喜欢，是值得骄傲的，班超你不骄傲吗？”

芷君说：“他才不呢！上次他见我跟老詹打电话，差点把我蹬了！”

班超忙说：“忠不忠看行动嘛！是谁在‘把你蹬了’之后拼命把你从精神病院救出来的呀？”

久思说：“你们的感情是在共同劳动和危难中建立起来的。要珍惜。还有厝尔金，你得好好听听。你把班老师看作胡老师，把感恩看作感情，你对班老师是崇敬，是崇拜，你把他想象成你的神祇。你对班老师言听计从，认定班老师就是你的真命天子。这是你单方面的美好想象。班老师关心你，那是一个正直青年人朴素的阶级感情和一个老师的责任心。你不愿意承认班老师真正的爱情始终在钱芷君老师那里。这种想法是不对的。”

班超这时说：“厝尔金，从我见到你，我就非常同情你，由衷地想保护你；后来，我越来对你越有好感，但那始终是阶级感情，是师生感情，你一定要明白这一点。”

厝尔金低着头，什么话也不说。

久思大哥接着说：“还有柴心，我也得对你啰嗦几句，可爱的妹妹!”

听到大哥第一次叫自己妹妹，柴心心里咯噔一跳，只觉热血沸腾!

“我可得说你几句。你在不了解他们的复杂的感情经历的情况下，纯粹从表面现象做文章，甚至拉郎配，这可能是西方人的思维方式。这一点，你倒是和詹姆斯是一对。好在，你的判断并不是现实。噢，这里，我还想听听厝尔金的想法。”

厝尔金直接说：“我明白了。请你们相信一个唱诗人的智慧！回成都，我要按彝族风俗帮芷君老师办好婚礼，报答班老师！我要把《劝酒歌》唱到天亮。还有，我回到家乡办厂，要依靠本地会做生意的能人。我想好了。我请的第一个‘能人’就是那个跑牛匠帕索。他不是要用两百元买我吗？我回去先把玫瑰种起来，再把采石厂办起来，让帕索跑营销。这一点我同芷君姐商量过，芷君姐要我把能人用起来。”

厝尔金是个聪明人，她完全明白了实情。她一旦认清了事实，思想便变得很敞亮。

（十）

天玫、班超、芷君、厝尔金一行，把柴心送到双流机场，依依作别。柴心一再啰嗦："天玫姐，尽快来伦敦，大哥给你的光荣任务，你要快点完成噢！"

一行人回到成都，班超先安排厝尔金在体院女生宿舍住下，并对她的学习和实习作了妥善的安排。

第二天上午，她非要去他家看看，说回到成都，不能连叔叔阿姨的面都不见。

她一到家，挽起袖子就擦地板。她的办法是把拖布拧干，双膝跪地，双手按着拖布一推一拉。班超制止不了，就由她了，反正她闲不住。

妈妈杨薪回来了，看见一个女孩跪着用手擦地板，马上问："班超，这是谁呀？"

"我请的小保姆，是个彝民，您叫她小厝就是。"

"怎么跪着拖地板？快起来！"

"妈，您别管，这样才拖得干净！"

厝尔金说："阿姨你好！"却并未站起来。"我小时候在黑彝家都是这样擦地板。那时候，哪一点没弄干净，管家一脚就踹过来了。"

班超说："你擦就是。可别把我们家当成黑彝奴隶主了！"

他们的眼神流露着自然、亲切和熟稔的神情。

此后，每晚，厝尔金并不马上回体院女生宿舍，而是找到一家西藏饭店当服务员，有时就为包间客人唱《劝酒歌》，大受欢迎，她的工资也就高了。

一次，班超请同学会餐时她被发现了。

她只好对班超交代。她嗫嚅着说："我总要带点生活费回去吧，我总要给我老妈买件衣服回去吧，我总要给小时候的玩伴买个帕子回去吧。"但她还是被班超制止了。

她在家里，给班超收拾房间，洗衣服，还严禁他吃面食。

杨薪都看在眼里，很喜欢这个小鬼。

（十一）

一天晚饭后，杨薪对班超说：“你和芷君商量一下，在她出国前最好把该办的事办了。”

班超唯唯称诺。

班超把芷君请进自己的房间，突兀地说：“这间屋当新房怎么样?”

芷君一点也不含糊：“你可想清楚，那个姓班的必须入赘钱家，就是必须倒插门!”

“什么意思?”

“就是要你这个大活人作彩礼!”

芷君口气渐变，款款言道：“你不是前几年就和欧阳哥在我们家把新房修好了吗？在那里成家，我心里踏实。我出门在外要好几年，心里也要有个对家的念想啊!”

班超突然一个大步跨过去，不由分说把芷君横着抱了起来，咬牙切齿地说：“钱大小姐！老子愿意入赘!”

“别忙，你还有个任务：要做好阿米子的工作……这个我可帮不上忙!”

班超用的是天玫的办法：有话直说！因为阿米子唯班超的话是听！她要知道的就是“胡老师”究竟怎么想的。她一直觉得嫁给“胡老师”是梦。只要“胡老师”说他要娶的是钱老师，她就什么也不想了。“嫁给胡老师”，那是她们那群小娃子们幼时共同的幻想，在现实中或许是根本不可能的！当班超向她直接说明，他只能把她当作一个阶级小姐妹、一个好学生时，厝尔金就大彻大悟了。班老师是真心对自己好，他是如此相信自己，把他的私事都告诉了自己；班老师把自己当亲妹妹，当值得信任的好学生，这是自己最大的幸福！她要祝福他们，听他们的话，回凉山作一番大事业!

班超、芷君在家里办了一个简朴快乐的婚礼。

欧阳远面向连绵的群山，告慰那个把儿子班超交给自己的老战友：我没有辜负你的信任，你的儿子班超已经长大成人，已经结婚成家；老战友，你可以放心了！

（十二）

由于有雄厚的资金，南姜县花农芳香油厂开始筹建。柴久思一干人等早已充分考虑了芷君所传达的吕涛工程师的意见，但他们不甘心，还是坚持把上海化工厂的吕涛吕工程师请到了大石垭，对在大石垭或南姜建立玫瑰精油厂的整个生产环节作了调查研究和评估。

听说吕工到了大石垭，芷君匆匆赶回大石垭。

吕工一行认为在本地建厂基本不可行。第一，这里产出的大产量的玫瑰花的含香味素比较低，多属于观赏性品种，只有少量的苦水玫瑰含香量高，是提炼玫瑰精油极好的品种，但南姜的气候、土壤、温度和湿度条件不适合大面积引种苦水玫瑰，而建厂出油，需要大量这种玫瑰花。当然可以从全国收集，在各地建初加工玫瑰干燥厂，但这样就会提高成本。上海芳香油厂精油产品竞争不过保加利亚的产品，原因主要是缺乏大面积的像苦水玫瑰这样优质的花种且初加工成本太高。第二，南姜地处偏僻，交通极不便利，不通火车，公路路况不好，这都会加大成本。这样，投资越多，亏损越大。

这一席话给大家谋划已久、雄心勃勃的建玫瑰精油厂的计划泼了一盆实实在在的冷水，让大家无可辩驳。

这时只听芷君大声说："我想起来了！这简直是向我们伸来的上帝之手！你们还记得汝成吗？他给我说过，他们老家是永登县，苦水玫瑰就产在永登。他们那里最适合种植苦水玫瑰，只要有人收购，就可以大面积种植。如果我们在那里建厂，岂不比在南姜好？还有就是永登县城在兰州西边，离兰州只有一百一十公里，交通非常方便，我们可以把主要工程出油厂建在永登，同时，在南姜大力推种眉山那种优质花种，建设玫瑰花干燥初加工厂，向永登运。这也加强了我们南姜的传统产业。我可以推迟出国时间，咱们多去几个人，请吕工也一起去，约汝成到他们家乡考察。他爸爸汝言局长在家乡地位很高，如果能请他给我们搭个桥，一切皆有可能。大家若觉得这条路好走，我可以明天就给汝成打电话——我还真有点想他了呢——叫汝成约他爸一同到永登。你们看怎么样？”

首先是欧阳非常支持，他报名一定要同芷君一起去会汝成，当然也要带上谈判专家天玫。

“还是叫大哥说说吧！”

久思说：“吕工的论证很重要，咱们不能为建厂而建厂，赔本赚吆喝，投资方赔本，地方也赚不了钱。我看芷君说的办法可以调研一下。如果地方支持，有足够的优质花源，工厂不一定非要建在大石垭或南姜，可以考虑去苦水乡。在当地调研之后，芷君、天玫、欧阳你们安排一下，如果你们集体意见一致，就可以定下来，这也许是一次成功之旅。”

（十三）

当他们三人，同吕工组成“专家考察团”到达永登同汝言父子会合的时候，汝成一下扑过来紧紧抱着欧阳，兴高采烈地说：“你怎么没变呀，还是那个样！再见到你，真是太高兴了！”

芷君在旁说道：“喂，汝成，怎么回事呀，把姐姐晾在一边，见面理也不理！”

汝成松开欧阳，刚扭过身，芷君就过来给汝成一个熊抱。“胖弟弟，你没把弟妹带来呀，在家看宝宝吧？我们这次来，可是要办件大事，你和吕叔叔要帮忙啊！”

汝成回过身对大家说：“我和汝局长大人已经商量了，芷君姐的事就是我的事，你们决定好了要办，我就辞职，带媳妇回老家，立即参加你们的团队。芷君姐说的计划完全可行！有大资本家投资建厂，谁不欢迎？脑子叫山西驴子踢了？只要你们看中了我们的苦水玫瑰，要多少有多少！厂子可以建在我们老家苦水乡，也可建在永登，也可以建在兰州。我爸接到芷君姐的电话，当晚就同永登通了话，他们愿意划地入股，欢迎外资建厂，并且愿意向你们提供一切方便！我老爸明年就退休了，他一下来，马上到厂给你们当保安！”

天玫说：“胖弟弟，咱们可是在法庭上硬碰硬打过官司的。你说汝叔叔明年一下来就到工厂来，军中无戏言，说话要算话！”

晚上自然是大会餐。第二天，他们在汝言的引导下先坐着县委的车跑了几个乡，看了苦水玫瑰的种植田，又同县委管经济开发的副书记和县长进行了会谈。吕工对花的质量非常满意，对大面积种植也很有信心。他说：“只要地方支持，资金到位，在这里建厂完全可行，比在南姜好，甚至比在上海还有优势。有资金保证，从国外进口最新最先进的提炼设备，又有苦水玫瑰作花源保证，这里生产出来的精油，完全可以和保加利亚竞争，甚至攻下他们的传统市场。我看你们可以定下来了。但这么大的事，你们能做主吗？你们是不是还要请示一下你们的总裁？这可是涉及几百上千万的投资。”

芷君说：“事不宜迟，我出国在即，不赞成请示来请示去。大哥说了，咱们集体定了就算数。天玫、欧阳哥，你们说个意见，表个态嘛。”

欧阳说：“好吧，我说个意见。临行前大哥作了交代，也就是授权由咱们集体定。那就办！明天芷君先回去，我和吕工、天玫留下，同汝成一起，同政府有关部门协商，先订个意向协议，请大哥代表投资方先拨款两百万元作为启动资金。芷君回去把详情给大哥说一下。”

汝言及在场的一个县府官员见这几个年轻人三下五除二就能调动两百万元的资金，感到他们是言必信、行必果的干实事的实业家。现在的年轻人啊！

（十四）

一年后，永登玫瑰精油总厂建立起来了。吕工是厂长兼总工程师，预留一个主管行政及营销副厂长的位置，等汝言办好退休手续立即上任，汝成则担任厂办主任。同时开始招聘工作人员，吕工负责对人员进行业务培训。

同时，大石垭也扩大苦水玫瑰和眉山玫瑰的种植面积，为厂里提供足够的花源。

（十五）

大石垭大理石板材厂也在积极筹备之中。

在筹办会上，石敢当让久思把大家的设想作个安民告示。久思郑重其事地对来开会的一群当地做石活的能工巧匠和应聘而来的技术人员说："说是要办大理石厂，这可不是那么简单的事。大家必须先了解一下大理石是什么东西，它的特性和将来我们可能要生产的产品品类。"大哥喝了口水，看大家专心致志地在听，便接着像讲课一样地讲道："大理石泛指方解石、石灰岩、白云岩等，主要成分是碳酸钙。大理石是地壳中原有的岩石经过地壳内高温高压作用形成的变质岩，以中国云南大理市点苍山所产的具有绚丽色泽与花纹的石材为上品，故而得名。相对于花岗石而言，大理石一般性质比较软，是天然建筑装饰石材的一大门类，具有装饰功能，可以加工成建筑石材或工艺品。大理石主要用于加工成各种型材、板材，做建筑物的墙面、地面、台、柱，是家具镶嵌的珍贵材料，还常用于纪念性建筑物如碑、塔、雕像等的材料。大理石还可以雕刻成工艺美术品、文具、灯具、器皿等实用艺术品。大理石的质感柔和，外表美观庄重，格调高雅，花色繁多，是装饰豪华建筑的理想材料，也是艺术雕刻的传统材料。老一代石匠最了解大理石这个特点，他们做了很多工艺作品。但这与咱们要办的大理石厂不能相提并论。第一，咱们要生产建筑石材，同时也要生产各种生活装饰品、应用品和工艺品，这就还要购置切割机，先进的水割机、研磨机、雕刻机等，因此还要进行培训，把农民变成能工巧匠。这需要很大一笔投资，首先要请一批专家工程师来作地质探查，了解藏量和材质，这才能确定咱们的生产规模。第二，要从少、慢、差、费的手工开采中解放出来，去德国购买最先进的大理石采矿机，接着要办深加工厂，这也要买进口的机械。如果我们经营得好，仅板材一项，半年就能收回成本。现在全国都在建房建楼，需要大量的装修板材。欧阳你们做个投资计划，马上上报姑妈。”

欧阳听到这儿直摇头，说：“用不着什么上报，大哥决定就行了。我看大哥说的这一套可行，肯定能赚钱，姑妈高兴还来不及呢！她老人家巴不得大哥马上接手，干个子丑寅卯出来！”

就这样，采石厂在石敢当的领导下，在一干人众的全力支持下，三下五除二，就轰轰烈烈地办起来了。

（十六）

柴久思、石梅又当花农，又当教师。他们赞助协办的几所小学和中学都走入了正轨。石敢当的大理石厂日进斗金。这里的花农们，家家住进了小洋楼。

如火如荼的改革开放大潮席卷着整个中国。一个村带动了一个乡，一个乡带动了一个县。柴久思带领的乡镇企业成为全县经济发展的典型。同时，柴久思策划和组织投资的公路建设、工厂建设使整个地区的面貌发生了改观。考虑到他的贡献，县政协推荐他和石梅为县政协委员，说三十多年来他和石梅坚守农村教学岗位，任劳任怨、积极肯干，做一个好教师，默默地为社会主义教育事业作着贡献云云。

但他们婉辞了。他们觉得这些表扬文不对题。因为那是他们应该做，也有条件做的。柴久思说，他现在事情太多，无暇他顾。县上设备最好的七星二小、三小和七星中学建立起来了，学校一律交由县教育局统一管理。

柴久思和石梅的工作重心放在本乡本土的中小学教育发展上，坚守在大石垭七星小学和镇上中学的教学岗位上。

欧阳钦在汹涌的改革大潮的推动之下，在天玫的催促下，辞离了大学外文系，去七星中学当了校长。久思他们认为，在大学教基础英语，不如在这里更能发挥他的作用，因为农村中小学的英语教学水平亟待提高。而且，在这里还可以发挥他的行政管理才能。柴久思还给了他一个兼职：了解和督导他们襄助的这几个中小学的情况。他一边参与和推动当地农村教育事业的发展，一面协助久思管理那个日渐庞大的公司。

而且欧阳乐于返乡，还在于，那个天玫，使他一日不见，如隔三秋。天玫更是改变主意比翻书还快，原来主张他留在大学，现在却像寒号鸟一样催吵着："教授，动作快点，离开你这颗金针菜，我们办不成九大碗了！"

与此同时，欧阳召回了钱文，作为自己的助手，负责七星中学行政后勤一应事务。

石敢当负责管理玫瑰园和石材厂，班超则负责全面协调和经济开发。

但几年后，柴久思和欧阳钦发现他们培养的中学毕业生大学升学率不到百分之三十。而老牌子的南姜中学的升学率也达不到五成。久思了解到成都的四、七、九、十二等重点中学的大学升学率高达百分八十五以上。他到这几个中学作了调查研究。这些重点中学的校园建设硬件还不如南姜的七星中学，问题出在师资水平和教学方法上。他马上同县教育局联系，说明他们公司愿意出资，集中力量把南姜中学打造成达到成都那几所重点中学水准的中学。一是提供较高工资补贴和住房，招聘水平高、教学经验丰富的教师；二是重视升学率，提高升学率。柴久思知道，上大学可以改变这些农村娃的命运，否则，为国家培养人才云云，统是说漂亮话，是自欺欺人之谈。

当教育局诚心聘任柴久思为南姜县的教育局局长时，他坚决拒绝了。他说他是大石垭七星小学的校长；校长都跑了，那些孩子谁管？

柴久思对公司及相关教育工作都作了妥善安排，大家各司其职，他自己则一心一意当好这所农村小学的校长和教师。

他和石梅都感到，当一个农村教师是非常快乐的事。

此后柴久思出资兴建了各种校名的中小学，又对多所中小学进行了资助，而且派欧阳钦进行调研，了解这些学校的办学情况和升学率。他的一个主要想法是，不能花钱打水漂，要把资金用在实处，出效果，出质量。

他始终记着出资兴学初期，他拜访退休老校长许琦时，许校长说的话："办学和办工厂本质上是一样的，要精工细作，出优质产品。

只投资，不管理，重数量，轻质量，是不能提高我国的教育水平的。民间向教育投资，对于像中国这样的教育大国是非常重要的。大学，要盖大楼，但更要出大师，就是要出质量。这一点，中小学同理。你们肯在农村中小学教育上花钱，这与你长期在农小任教的经历有关，那时你们遇到的最大困难是硬件太差，于是你们大力改善硬件条件，但是软件呢？教学管理呢？师资力量呢？教学水平呢？学生学习质量呢？我建议你在办学软件上多下功夫。”

还有赵楷行老教授讲的：“教育质量以至科学发展的原点在哪里？不在大学——即使是重点大学，不，不是；而是在小学，小学！小学教育将最终决定国家是否强盛。”

柴久思一直把二老的话作为自己办学的指导方针。在他的努力下，钱没有白花。他坚持在办农村小学上下功夫，同时，对他捐建和资助的中小学，坚持要求对教学质量有监督权。如果没有教学质量，那漂亮的校园，不过是个花瓶，是个摆设。这成了柴久思的办学指导思想。柴久思及他手下的年轻的办学元老，不仅个个是合格的教师，而且是办学的专家，他的代表，欧阳这个教学“督察”，就是其中之一。

Goddess* 攻克伦敦 十八

(一)

书归前传。

柴心和海淘副董事长接机，欢迎柴久思的“特命全权大使”石天玫小姐大驾光临。

到伦敦当天晚上，柴心和天玫就去姑妈家，粗线条地把她们在大石垭的议论和大哥的基本态度作了介绍，说：“详细情况，过几天开董事会我们再介绍。”天玫说：“您还是先欣赏一下我们带给您的礼物吧。”

天玫把从南姜带来的姜糖和花椒交给柴枫，又说：“您知道蜀绣吧。它和苏绣、湘绣、粤绣并称中国四大绣品。这块蜀绣，是块旗袍料，送给汤佳，她年轻，身材适合穿旗袍，她穿上一定非常漂亮，请您转交给她。”

第二天她同海叔作了详谈，进一步了解了公司的全面情况。

三五天来，她同姑妈就公司运转，及她了解到的胡丕、汤佳的问题作了认真的讨论。天玫强调，胡丕、汤佳四次转移公司财产，此事在公司内部已经发酵，激起大家强烈不满，都认为这已涉嫌犯罪，应予开除并报警。她说她在电话中同大哥谈了，他交代说，要相信姑妈会妥善处理，不要干预，更不能报警。只要把钱转回来，此事即

* Goddess：女神。

作罢。

“我这次来，主要是宣读大哥的决定，即同意回归柴氏，接受父亲遗嘱，但不参加公司工作。”

天玫暂未传达大哥关于姑妈仍任董事长的意见。天玫是在观察姑妈对胡丕二人的处理和“盗款”是否转回。

三天后，她从海叔处得知四次转款皆已转回，胡、汤二人已辞职，到深圳他们自己的独资工厂去了。

天玫立即用电报向柴久思作了报告，并听取了他的指示。

二人商议之后，认为开会时机成熟了。她找到柴枫，建议召开董事会扩大会议。

（二）

会议由海董通知和主持。

海董通知的有公司所有董事、公司全体高层主管、遗嘱执行律师等。时间是后天的上午。

提前两天通知开会，这在公司操作上很少有；又不说开会内容，传闻会有一个神秘人物作重大宣布，这吊足了大家的胃口。

开会时间到了。海淘主持会议，他说今天会议有两项议题，一是董事长总结公司整体运转和进展情况及公司总部下一阶段的工作部署；二是请已故老董事长之子、柴氏接班人柴久思先生的代表石天玫女士发表重要讲话。

“现在先请柴枫董事长讲话。”

柴枫谈的大多是业务。

之后，柴枫目光转向天玫，说：“我先向大家报告一个重要的好消息，老董事长的亲儿子、他的遗嘱的主要受益人柴久思已经找到，他是中国四川南姜县的一名光荣的小学教师。现在请柴氏集团的创立者、已故老董事长的唯一嫡传柴久思先生的代表，他的妻妹石天玫女士讲话。”

柴枫也不清楚天玫会说什么，她真的拿不准，因而略显紧张。

大家齐刷刷地把目光集中在天玫身上。天玫不顾柴心的反对，拒绝了她的化妆，有意穿着她在七星小学上课的服装。那是二十世纪六十年代至八十年代从农村妇女到知识女性普遍穿的一种三颗扣的名叫“春秋衫”的化纤小翻领外装，它是仿照部队女战士服装设计的。在外国人看来那是既简陋土气，又千篇一律。但天玫要展示的是她的本色，而不是弄巧成拙的化妆术。她要用语言征服他们。

她在大家面前沉稳地站起来。

这时，大家看到的是一个成熟稳重、身材健美、气宇不凡的四川农村教师。奇怪的是她在这样一个世界知名的大企业的董事会上，竟然毫不怯场。这个人能讲什么呢？就凭她那四川方言，我们也听不懂啊。

天玫先用普通话开头，她说：“各位先生女士，听说本公司连保洁员都要说英语，我如果讲中文，好多人恐怕听不懂，比如我说一句我们家乡俗得不能再俗的方言‘乌龟打屁——冲壳子’，意思是吹牛，你们听得懂吗？”

在座的这些在英国无比优雅环境中熏陶出来的上层白领绅士淑女们，只这一句话，便惊得三魂掉了两魂，面面相觑，个个无不睁大了眼睛。

“好吧。入乡随俗，我还是说英语吧。”

英语是她的拿手戏，她的长项，她得好好显摆一下，让这些“老外”瞧瞧咱四川农村小学教师的水平。

她一开口，会议室立刻雅静无声，室内流动着一种好奇、神秘的气氛。

天玫用流利的英语说道：“我现在宣读老董事长之子、柴氏集团的唯一继承人、我的姐夫柴久思先生的委托函：‘兹委托石天玫全权代表我，向柴氏集团说明我的意见。柴久思。’下面是他的签名和手印。此件已交柴枫董事长过目。”

她接着说：“现在我讲的每一句都代表了柴任之之子柴久思的意旨。此刻我没有自己的思想和见解。我只是他的传声筒。我现在讲的每一句话都为柴久思先生负责，都可以作为他的呈堂供证。在他的父亲老董事长的遗嘱中，柴久思先生获得柴氏全部财产百分之五十五的份额。但是，大哥柴久思先生是一个伟大的哲学家，他参透了金钱与人生的孽缘。他说他可以认祖归宗，可以回归柴氏，承认遗嘱，因为他不能不遵守孝道。他同时也认为这是为了实现父亲认祖归宗、落叶归根的遗愿。但他又不同意接受那大笔的遗产，认为那是父亲对他的无名的馈赠；他认为柴氏的财产是其父辈毕生努力的成果，他没有资格窃取。这部分财产应由公司董事会经营和使用。同时，他决不担任柴氏集团的法人代表和董事长。他说，如果柴氏集团认为他这个柴氏后人发表一点个人意见于公司发展有益的话，他愿意授权我发表以下意见。”

说到这里，她停顿了一下，扫瞄了大家一眼。她看到大家颇像鲁迅小说《药》里所写，“颈项都伸得很长，仿佛许多鸭，被无形的手捏住了的，向上提着”。

她接着说：“下面就是柴久思先生的建议，我代为发布。第一，他说，为了公司的持续发展和稳定性，我赞成并竭诚支持姑妈柴枫女士继续担任董事长。大家应该明白，现任董事长柴枫女士是我父亲的亲妹妹，我的亲姑妈，是柴家上一代唯一在世的亲人；柴氏是家族企业，父亲去世了，姑妈任董事长，天经地义。第二，鉴于父亲去世后，法人还未及更换，我同时建议柴枫女士担任公司法人代表，并立即更名。第三，海淘先生多年追随董事长，为公司鞠躬尽瘁，无比忠诚，是现代企业精神的象征，是我们所有员工学习的榜样，我坚决支持父亲生前所任命的海淘副董事长继续担任原职，不过要加上‘常务’两个字，就是说，今后不论设几个副董事长，他都是常务副董事长，或称第一副董事长，直到终老。第四，中国目前实行的改革开放的伟大实践，不仅有利于中国的快速发展，也有利于外国投资，因此，我建议柴氏对中国投资，这也是老董事长的遗愿。我愿意在这方面打个前站，使柴氏为中国的经济建设作贡献。我等待着柴氏的授权。第五点，柴心小姐马上大学毕业了，她毕业后，欢迎她进入公司，完成父亲未竟的事业，继姑妈柴枫女士之后担任公司法人和董事长。第六，董事长之子胡丕夫妇在深圳所开公司是最早进入中国的外资公司之一，其主营项目是通信设备，包括半导体、无线电、电子通信设备等，这都是中国急需的很有前景的高技术产业，他们的厂原设在中国台湾的台中市，在技术上已领先于中国大陆，他们愿把这一高技术产业移入大陆，是对中国改革开放的支持，是对中国现代化建设的支持。我建议柴氏向胡丕的通信设备公司进行大额度投资，并授命胡丕夫妇全权管理和运营。先生们，女士们！英国伟大作家莎士比亚的有一句名言：'没有一种遗产能像诚信那样照亮我们一生。'我乐于把它改为：'没有一种财富能像诚信那样照亮我们一生。'我愿意以此与大家共勉。先生们，女士们，以上就是我转达的柴久思先生的意见。这次可不是乌龟打屁——冲壳子。请诸位指教。"

她一讲完，掌声四起。下面立即议论纷纷，众人无不惊异于她那自信、优雅、美丽的仪态和那优美流利的英文，亦更服膺于她讲话中表现的巨大智慧和非同凡响的气派及严密的逻辑，也更为柴久思的崇高人格所震撼。

这是中国大陆的农村小学教师吗？这简直是从天而降的goddess！——在座的柴心和海董从内心发出对天玫的赞誉。

但她在讲话中显然略去了她在大石垭讲的大哥本人不在柴氏领取工资、福利、奖金和分成这个内容。因为天玫本人对此改变了想法：你看看姑妈他们，还有那些白领们，他们过的是什么日子？大哥怎么就不可以过一过有钱的日子？

这时，柴枫异常激动地站了起来。她没有想到柴久思对她会作出如此建议，她深深地感动了。

她激动地说："我听了石小姐刚才的演讲，我难以掩饰我的感动。柴久思是我的亲侄子，他的父亲就是我的哥哥，这层血缘关系是难以割断的。我责无旁贷，应该为柴氏的发展作更大的努力。我完全赞同和支持久思先生的以上意见。但我要强调，老董事长的遗嘱是不能更改的。柴久思已是柴氏名副其实最大的股东。股权法和公司法都说明柴久思是担任法人代表和董事长最合适的人选。由于他不愿放弃小学教师的职责，不能到公司视事，这个董事长我同意暂任。但是法人代表是不能指定的，资本后面是责任。法人代表非柴久思莫属。至于石小姐所谈第四点，董事会立即授权柴久思代表柴氏在中国发展业务，他有权提出拨款，并自主使用这些拨款。”

听到这里，天玫赶紧插嘴道：“我可能没把大哥久思的意思传达清楚。他是说，他有权提出投资建议并执行批准后的建议，但资金要由董事会批拨，他不谋求个人调动公司资金的权力。”

天玫此去，完全落实了久思的构想，柴氏集团从此会在团结、安定、有序的正常发展中逐步前进。他既恢复了父子关系，又远离了财产的负担，他以他那种仁、义、礼、智、信、诚、和的儒学理念，与人为善的品行和不为私的公德，艺术而有效地避免了一场豪门内斗。这也正是其父柴任之求之不得的。

（三）

在伦敦这些日子，天玫忙于了解公司情况，同员工们多有交谈。大家知道了她的身份，自然无不热情相待。

她拒绝了柴心自愿给她当导游参观英伦三岛名胜古迹的好意，却办了一件她感兴趣的处心积虑要管的“闲事”。

她从芷君那里要到詹姆斯的住址，找到了詹姆斯，稍作寒暄，便直奔主题。她说：“我是无事不登三宝殿。”她以她惯有的三寸不烂之舌，拐弯抹角地直把柴心的好处说了个天花乱坠，并建议他们成为好友。她说，旧时中国有种职业，叫“媒婆”。詹姆斯不懂这两个汉字的意思。天玫说：“我现在就是媒婆。”

詹姆斯知道天玫英语极好，但他宁愿说汉语，他不愿意失去任何一次学习汉语的机会。

天玫等着他的回答。只听詹姆斯说了几句极绅士又极不得要领的话：“美丽的玫瑰小姐，你在柴氏董事会上的演讲是一个重大新闻，加上你的尊容，都被登在《泰晤士报》上，全伦敦都知道你的美丽。你刚才的推荐也极为美丽，但是，你不觉得这是一件很奇怪的事情吗?”

听到此言，天玫显然不满，她觉得詹姆斯不阴不阳、顾左右而言他的回答是对她的怠慢、搪塞和不敬。她立即恢复了“农村大姑”的本色：“你就不能好好说人话吗！鼻孔里插大葱，人五人六的——装什么象（像）啊！老实说，柴心要是真跟了你，那才是一朵苦水玫瑰大红袍插在了水牛粪上!”

听到天玫说的这些民间俗语，他稍一迟疑，说道：“你说的话我听不懂。”

但天玫认定这家伙是听懂了的。

在英伦，要想当一个绅士，就要学会“装象”。

她转而和颜悦色地说：“这都是表扬你的，说你像大象一样高贵，水牛一样壮实，是说你高贵了不起，别人都配不上你!”

她咖啡也没喝，转身径自走了。

这时她突然听到詹姆斯在身后喊了一声：“喂，天玫小姐，你刚才讲的，鸭子给鹅作翻译，呱呱叫!”

“这家伙，学汉语入迷了，什么都能来两句。还不是芷君教的!”天玫不禁笑了。

但天玫对柴心的介绍已经起了作用。此后，詹姆斯和柴心真成了要好的朋友，以至于后来詹姆斯、柴心、芷君在一起的时候，詹姆斯已不回避他和柴心的亲昵了，甚至他俩还拿班超、芷君开玩笑。

是的，这就是传说中年轻人之间的纯真友谊。

（四）

天玫任务完成了，便打点行装，准备打道回府。但姑妈柴枫和柴心死活不放，说这里需要她，劝她留下任职。

柴心甚至口无遮拦，乱说起来：“你在你们那个穷乡僻壤呆了小半辈子了，就不愿意到资本主义社会的花花世界里尝个鲜吗？说真的，天玫姐，这里工作需要你，公司总不能天天打电话给柴老板吧？哪怕你工作几年再回去都行，或者干脆把欧阳哥也调来，妇唱夫随，何乐而不为？”

天玫敬谢不敏。

倒是副董海叔的话使她难忘。海叔说：“天玫小姐，你是柴久思先生的特命全权大使，不能说走就走。公司的高、中、低三层员工都对你有极其良好的印象，非常喜欢你，他们甚至向我打听你是否仍待字闺中。他们也希望你留下来，公司高层应该有这种年轻的新生力量。你在公司发表演讲之前，同他们面谈，除了谈工作，还毫不见外地向他们说明了久思一家的遭遇，这是对他们的极大的信任和尊重。他们真的很喜欢你。他们希望领导层有一个中国大陆来的领导，这将大大有利于公司在大陆的发展。”

天玫十分感动，她衷心感谢大家对她的挽留。但她说，现在柴氏运转良好，他们会配合公司在国内的发展，倒是国内的摊子刚铺开，更需要人。

她在公司一干人众的热烈欢送下，上了那架庞大无比的喷气式客机。

迟到的新生活 十九

（一）

久思和天玫一同回到成都，协调成立农村边穷地区教育基金会有关事宜。

天玫刚落座，任碧荷突然兴冲冲地找来，说今天上午接到通知，袖珍曹操因认真改造表现好，获两次减刑，共半年，提前于后天释放。

任碧荷对天玫说："妹子，我想去接他，但他要是并不欢迎我怎么办？你能不能陪我去，好说话一些。"

天玫说："这是好事啊。我马上同久思大哥联系一下。"

电话接通了，她一直认真听着大哥的讲话，足足有三四分钟。

然后天玫对任碧荷说："大哥说要亲自去接他。你等了曹梦得三年半，你们俩有什么打算没有？"

任碧荷不开腔。

天玫又问："你每月要去两次，他没说什么吗？"

任碧荷说："他每次都说，他不能一错再错，劝我早点找个合适对象把个人问题解决了。我不知道他的意思是什么。"

"那你的意思呢？"

"他是我的恩人，我从小就喜欢他，当然想跟他，以后好好报答他。但我又想，这其实很自私，所谓报答，也只是满足个人的愿望，是从自我着想。他现在膝下无子，后继无人。我也不能再为他生儿育女，这不是耽误人家吗？这不是恩将仇报吗？妹子，我真不知道怎么办。”

天玫直来直去地问：“你只回答我，你愿不愿意嫁给她？不是报恩，是真心喜欢他。”

“我从小就喜欢他，我一直就等着这一天。”

天玫说：“明白了，你不用管了，剩下的我来讲。”

任碧荷问天玫：“梦得上大学时，是不是人缘不好啊？怎么给起了个大奸臣曹操的外号？多不好听呀。”

天玫这次颇费了些口舌向她作了解释，实则是给她灌心灵鸡汤——此时的任碧荷，需要的是鼓励，是勇气。

天玫言道：“曹操曹孟德，在历史上本来是个英雄人物，都是叫《三国演义》给写坏了。鲁迅曾经说，我们讲到曹操，很容易就联想到《三国演义》，更而想起戏台上那一位花面的奸臣，但这不是观察曹操的真正方法。其实，‘曹操是一个很有本事的人，至少是一个英雄’。郭沫若也替曹操作了公正评价。他说：‘曹操对于民族的贡献是应该作高度评价的，他应该被称为一位民族英雄。’他们都认为曹操不仅是三国豪杰中第一流的政治家、军事家和诗人，而且是中国封建统治阶级中为数不多的杰出人物之一。但封建文人往往用朝代兴替的正统观念，站在刘氏才是朝廷正宗的立场上，把曹操善于运用时机和计策提升自己的政治地位、改变三国政治格局的做法，说成是奸雄所为，把他画成大白脸。实际上他是三国时期的大政治家、大军事家，始终以统一中国为己任，把统一中国当作自己的最高政治使命。他结束了汉末以来长期存在的豪族混战局面，并且从中国的西北边疆排除了游牧民族的威胁，保卫了黄河平原的城市和农村，恢复了黄河南北的封建秩序，替后来的西晋统一铺平了道路。说他是中国统一道路上的大英雄也不为过。当时同学们说曹梦得是袖珍曹操，就是小号的曹操，那是说他有雄才大略，是夸他呢！走着瞧吧，你那个曹梦得以后必是一个了不起的人，你们的好日子在后面呢！”

天玫的这碗心灵鸡汤不仅使任碧荷心里十分熨帖，增加了对曹梦得的好感和信赖，也使她更觉得天玫是个处处使人暖心的好朋友。

柴久思带上天玫、任碧荷一起去接人。

（二）

曹梦得手里提着个帆布包，刚从大门出来，就看见柴久思一行三人在汽车旁等他。任碧荷快步过去接过帆布包，柴久思和天玫热情地同他握了手。

任碧荷问曹梦得："这包里装的什么？"

"都是里面常用的东西。"

任碧荷顺手一甩，把帆布包扔进了监狱高墙下面的污水沟里，不容他多说，把他让进了车。任碧荷拿出一瓶可乐递给曹梦得。

天玫挪开了话题，说："曹哥，个人生活怎么安排，想好了没有？"

曹梦得沉默着低头不语。

天玫没那个耐心等："曹操，你哑巴啦？"天玫一着急就叫出了他的绰号。但她直中有曲，没把"袖珍"二字说出来。当时班上给他起"袖珍曹操"的外号，不就是拿他短小精干开玩笑吗？现在他在任碧荷面前自惭形秽，对"袖珍"二字会不会有点忌讳呢？所以天玫避开了这两个字。

曹梦得嗫嚅地显得有点口吃："我觉得我还是回监狱工厂好一些。监狱领导说我改造得好，在监狱工厂给我安排了个班长职务，监管犯人，一起劳动，是有正式编制、正式工资的那种。像我们这种从里面出来的，到社会上很难找工作。我对不起碧荷，也配不上她。"

柴久思听了，请司机停了车，说："梦得你下来一下。"

他把曹梦得拉到旁边对他说："你怎么想的瞒不了我，你还在想着那个该死的'传宗接代'是不是？"

"不全是。我对不起人家，我这个状况，也配不上人家。她应该有更好的对象、更好的生活。这点，她探监时，我多次对她说过。我以后找个带男孩的二婚，凑合着过，比啥都好。"

"难道你对任碧荷没有感情吗？"

"我对她的感情多年来没有变。但有感情又怎样？你以为像我们这样，以后会幸福吗？任碧荷会幸福吗？”

“那么你对她有多少了解呢？你知道她为了今天的幸福付出了多少代价吗？当初，你无情地拒绝了她，她为治母亲的病，卖身嫁了人，但心里想的是你，结婚两年没让他男人碰过她，也就是说，他们从未行过周公之礼！为此，她被她男人打瞎了眼！——曹梦得！人家现在还是一个未婚女！这么多年，她心里始终想着你。她想的是，她不可能找到像你那样的了，那就宁愿自己过。知道你的消息后，她一心一意等着你！不过，你没说错，像你现在这个窝囊样，你的确配不上她！”

这时，天玫下车走了过来。她已经猜到曹梦得的想法和他们谈话的内容。她对曹梦得说：“曹哥，我同任姐相处这么久，我们已经是无话不说的好姊妹。不管你怎么想，她从上中学时期就喜欢你，从来没有变过。她也想过，你爱人跑了，你还可以再找个年纪小点的，说不定还能给你留个后。但是，她不放心，她担心你又遇人不淑再遭罪。她说，只有她才能使你幸福。没孩子，以后可以抱个孩子，只要两个人过得好，才是最好。曹哥，我觉得任姐说得对。我和欧阳也没孩子，双方老人，姐姐、姐夫，从来没有催问过，甚至找医生看看的话都没说过。我和欧阳都认为，两口子能好好过，是最大的幸福。传宗接代是老观念。曹哥，你要还抱着它不放，那就比农村老大娘还落后了。最主要的是，你错过了自己的真爱，会后悔一辈子！”

曹梦得听了久思、天玫这些话，内心非常感动，眼睛湿润了。又沉默了片刻，他低头小声地说，他觉得自己没脸让任碧荷听见他思想深处的真心话：“碧荷等了我这么久，我真的对不起她。我原来是想过留后的事，但我现在百分百听信你们的话。我想明白了，两个相亲相爱的人生活在一起才是最幸福的。我已经害了她半辈子，也失去了自己日思夜想的幸福，我不能一错再错。只要碧荷不嫌弃我，我愿意用后半辈子的老命努力做事，让碧荷过上好日子！这要看她的态度了。我等着。”

天玫还是那么快人快语：“等，等，等了好久了，还等什么！准备一下，早点去扯证。大哥房子都给你们准备好了，一室一厅，打扫一下，买点用的，马上就能住。而且，大哥说你工作需要，按你的级别，给你配电话。这条件不比你在学校当处长时候的条件差。”

（三）

班超对任命这个刑满释放人员到石材厂当副经理，主管一个分公司的财务，颇有微词，认为还是先用外聘人员为宜，把曹梦得放下去当个仓库保管员试用一段时间再说。

柴久思对他耐心说道：“这实际上涉及对人的看法和如何用人。我幼时在教会学校读书时，老师给我们讲过耶稣和撒旦的故事。撒旦是《圣经》中的魔鬼，耶稣是上帝的圣子，以人形降临人世间，受难后死而复生成为神。撒旦则因为反叛上帝而堕落成魔鬼。耶稣和撒旦的关系是人和魔鬼的关系，也可以说是上帝和魔鬼的关系。

“有一天，一个小孩子遇见撒旦。撒旦对他说：‘想要糖果吗？你把你妈妈的心拿来给我，我就给你糖果。’那个孩子就真的跑回家拿了他妈妈的心，捧着就去找撒旦。在路上，小孩摔了一跤，那颗心咕噜咕噜地滚到一边，孩子赶紧去捡。这时，那颗心说话了，它无比关爱地问：‘孩子，你摔痛了吗？’

“我虽在教会学校读过书，熟读《圣经》，但解放后我受到的马克思主义的系统教育使我成为一个彻底的唯物主义者，我当然不信仰《圣经》，也不信里面的故事，但不能否认这个故事对我们的启发。人民和社会就好比是这个孩子的母亲。孩子做了错事，受伤害的母亲仍然把爱的关心给予孩子，尽管这孩子身上有魔鬼撒旦的一面。曹梦得因撒旦的诱惑犯了罪错，但我们拯救他的最好方法除了惩戒就是信任他、关心他。用我们惯常的语言，就是‘关心人，爱护人，做好深入细致的思想工作’。曹梦得在监狱关了三年半。我们不可忽视监狱监管、改造、教育人的强大力量。他获两次减刑，其中一次减刑还有个精彩的故事。他是轻刑犯人，任碧荷可以经常来看望他，给他送东西，他本人又是大学老师，狱方管教对他监视较松，于是有犯人便想请他让任碧荷带一根木工铁凿进来，说是室内有人的水泥床上有凸起的石块，影响睡觉，给狱警反映，没人理睬，想把它凿掉。曹梦得很快悄悄获悉是几个死刑犯妄图用偷运进来的铁凿打洞越狱。他们许给曹梦得的好处是，他们一旦越狱成功，出去后，就送给他喜欢的那个女人两根金条。曹梦得立刻感到问题的严重性。以袖珍曹操的聪明机智，他的判断是：第一，他若照做，便是同犯；第二，若不照做，必遭报复。监狱中发生的不明死伤的案例还少吗？第三，马上检举报告，但口说无凭：拿凿子凿平睡床有罪吗？越狱，证据呢？不了了之的结果是他必遭最重的报复，甚至被暗中虐杀。但公安管教的正面教育对他起了决定作用。他避开了本狱区的管教，设法直接找到监狱最高领导、典狱长公孙忌，说有绝密信息报告。公孙忌听了，感到此事重大，立即召集主要领导研究了处理方案：第一，此事要绝对保密；第二，要保证证人曹梦得的人身安全；第三，要取证。第三点是关键，有了证据才能除去这一隐患。怎样取证？老谋深算的公孙忌岂是等闲人物？他立即对曹梦得面授机宜，要他将计就计。曹梦得依计而行，费尽口舌。千不同意、万无奈何的任碧荷——这个为救命之恩什么事都愿为曹梦得去做的痴心女人，背着天玫违规偷偷把铁凿带给曹梦得。那几个亡命徒打洞打了三天，在眼看到越狱计划已成功一半的第四天夜里，狱警如飞将军自天而降，把他们一网打尽。监狱一次重大越狱事件被阻止了。典狱长公孙忌记二等功一次，主要管教三人记三等功一次，曹梦得立功获减刑四个月。他第二次减刑是因为除劳动外，给犯人讲文化课，写黑板报，写宣传文章，立功减刑两个月。典狱长谈到曹梦得之所以有此表现，有两个因素在起作用：一是对他深爱的那个女人任碧荷的痛悔和报答心理，促使他认真改造，表现好，以求早日团聚；二是党的多年教育使他的基本是非觉悟未全泯灭，对监狱改造无抵触，能接受。这次入狱是对他人生最大的教训。相信他出来能换个人样，重新做人。班超，你想过没有，曹梦得当年犯贪污罪，以他的智商，他何尝不知是铤而走险？如果他的思想没改造过来，越狱犯人的那两根金条不是更有诱惑力？再铤而走险一次又如何？他可以立即报答他喜欢的那个女人啊！他没有！所谓用人不疑，把这个公司的财务大权交给他主管，我觉得比交给任何人都放心。倒是你的思想方法，总是像小厝尔金那样，直线型的，是应该再改改的。今后，我考虑让芷君和你都离开学校，到成都总公司，主管各公司财务和人力资源。过一段时间，把曹梦得从分公司调上来任副总，协助你们。责任大，任务重，你不懂的，以后多向芷君学。中小学教育这一块，我、石梅、欧阳钦、天玫都不能离开教学第一线。但也不能放过天玫，她要担任总公司董事长，并兼任各下属公司董事长，还要主管教育基金，由我监管配合。这样，你要负更大的责任，要不断提高自己的水平才行。”

班超说：“我还是回乡下学校教体育，这工作对我脾气，我喜欢这个工作。天玫、芷君姐俩留在成都就行了。”

柴久思答道：“工作布局已经这样，就不动了。永登的芳香油厂由吕工和汝局长负责；成都的总公司及教育发展由欧阳、你和天玫负责，曹梦得辅助。现在我们最大的任务是广揽人才。这两年，有大量的电视大学毕业生，他们学业踏实，知识丰富，又有生活实践经验，是社会的宝贵人才，我们要大量吸收他们进入公司管理层，工资要高于同等公司。这样，公司就办活了。欧阳钦在中学，我和你大嫂，就可以像原来那样全心全意扎根在大石垭，安心当我们的‘教咕咕’了。”

（四）

袖珍曹操命犯血光之灾。他出狱没几天，灾星凶神恶煞地找上了门。他上班的第三天晚上十点，任碧荷拉开曹梦得房门，正准备骑自行车回职工宿舍。突然一个黑影趁她开门的一刹那，闪进了房门。这人进门后，“啪”的一声，关死了房门，把他们二人反锁在房内。只见他手拿一把西瓜刀，压低嗓门对曹梦得说道：“曹梦得，你这个警察的奸细！今天我叫你们两个死个明白。那次越狱，知道事由的全都落了难。我拜把大哥眼看就要逃出鬼门关，却被你出卖了——你以为他不知道吗？他本来安排在里面要你的命，哪晓得你提前出来了。他临刑前让其他兄弟的探监人给我带了话，要我讨你的命债！”

他正待对曹梦得挥刀，却被曹梦得双手连腰死死卡住双臂。曹梦得同时对任碧荷大喊：“快报警!!”

任碧荷冲过去，拿起电话机大喊：“警察快来，杀人啦!”然后，她拿起花盆向凶手头上砸去。凶手狠命一挣，甩开了曹梦得，对着任碧荷腰上就是一刀。任碧荷大声喊：“你跑不了！警察马上就来收拾你!”曹梦得这三年多的重体力活，把筋骨练得十分结实有劲，抡起一把凳子与凶手打了过来。凶手怕警察赶到，便抽身开门拔脚逃命。

曹梦得背起任碧荷就往医院跑。医生很快诊断了伤情，推进手术室做手术。

这时曹梦得才想起刚才报警的事。

“警察来了找谁呀？趁你手术，我得回去一下，给警察说一声。”

任碧荷答道：“不用了。报警电话根本没打通，再说，我也不知道怎么打电话报警。我大喊警察救命，那是吓唬人。我急着拿花盆砸他。再多打一会电话，你命就没了!”

凶手捅破了任碧荷的脾脏，由于送医及时，命保住了。在她住院期间，曹梦得无微不至，日夜全程陪护，尽到了一个准丈夫的责任。他俩同时感受到爱情的无比甜蜜和温暖。

后来天玫看到了任碧荷肚皮上的长长的伤口，这个无所不通的小大姐同任碧荷说了一句玩笑话：“哟，大姐，你没生小孩，倒先长了妊娠纹。”

但任碧荷并不感到可笑，因为她压根不知道什么是妊娠纹。

不久，他们办了婚礼。这次，任碧荷一分钱都没花，曹梦得把任碧荷每月两次，每次五元，共三年半，整整四十二个月的一笔“巨款”，用于婚礼，绰绰有余。

这是两个人最金贵的迟到了的幸福。

那个凶手很快就被警察抓住，受到了应有的惩罚。

（五）

任碧荷去财会室要路过一个建筑工地，时时看到一个十四五岁的瘦骨嶙峋的半大小伙子同另外三个成年大汉合抬一块条形预制板。

她想："这是谁家孩子，这么小，不去上学，跑到这儿做苦力，不怕把腰压坏了么？这样的家长！"她起码看见他七八次在做这种活路。半个多月过去了，她无意间又看到他抬预制板，似乎腰更弯了。

她还注意到别人中午吃盒饭，而他啃干馒头就开水，连泡菜都没有。她想过去问一下，却见他刚吃了，就拿个铁锨去打扫地上的碎砖乱石，显然是怕抬预制板时硌了脚。脚崴了还怎么上工？这时大家都坐在砖头上休息摆龙门阵，并没人理他。这引起她的好奇。

任碧荷回到办公室，喊烧开水的阿姨把他喊过来，请他坐下，给他倒了开水，问他：十几了？为什么不上学？为什么干这种成年人才能干的活？为什么中午连盒饭都不吃？问了那么多，这孩子却不说话。

又坐了一会，他说："该上工了。谢谢经理！"他显然管坐办公室的都叫经理，就像旧时百姓管警察都叫老总一样。她觉得这孩子有点好笑，还是第一次有人喊她这个会计叫经理。

第二天，她给他买了两个盒饭，喊他过来吃，他却说自己带有馒头。任碧荷这次什么也不问了，只说："你把盒饭吃了，馒头晚上吃。盒饭不吃要馊的。"

他说："我没钱给你。"

一句话，差点把任碧荷的眼泪说出来。

"孩子，你吃吧，送给你的，不收你钱。"说着把两个盒饭放在他面前。他看了看她，又看了看盒饭。"那就谢谢经理了。"只片刻，两盒饭，秋风扫落叶一般被吃得干干净净。然后，他又喝了任"经理"倒给他的开水。

他看了看墙上的挂钟，说："还有八分钟才上班，我给经理画张肖像吧，就算我付的盒饭钱。你有纸吗，比本子大一点的？"

任碧荷把纸笔拿给他。他看了看钟，说："还有七分钟，够了。

请您坐好，不要动。”

任碧荷虽然把笔纸拿给他让他画，但只是为了让他多休息一会，并不相信他几分钟就能画个人像。

奇迹发生了，在任碧荷看来就是奇迹！那眼睛，那轮廓，那头发，真的蛮像，而且越看越像！她不禁有点喜欢这个小苦力了，急忙问：“你怎么会画画？跟谁学的——怎么学的？”但他已经站起来，匆匆上班去了。

第二天，第三天，都这样，她给他买盒饭，他给她画肖像，不同的侧面，不同的姿势。

但这少年的工作并未减轻，还是一天天抬预制板、搬砖，还要把一匹一匹的整砖甩到二楼师傅手上。这又要有力气，又要有技术。看来，这小伙干苦力有些时日了。

任碧荷心想，得给他换个工种，否则，仅甩砖这一项，就能毁掉他画画的手。但工地上哪样活不是靠卖力气吃饭？她没办法。而且，他绝口不回答她的问题。这么久了，她除了知道他画画得好，其余什么都不清楚。就连他多大，她也说不准。这个神秘的小伙子！

曹梦得有一次晚上回到家，见任碧荷手上拿着一卷纸，打开一看，竟是任碧荷的肖像。他问是怎么回事。任碧荷说是出钱请画家画的肖像画。曹梦得说：“别说，画得还真传神。不知道你还有这么个爱好。据我所知，画家画这样一张肖像画，收费可不低啊。”

“那当然，两个盒饭一张。你要不要也来一张？”

“我可没这个雅兴！你是越画越好看，我是越画越丑。而且，我明天出差。三五天才能回来。”

这些画引起了曹梦得的注意。那笔法怎么似曾相识呢？他夜里翻来覆去睡不着，悄悄起床到客厅仔细端详这些画。

他终于忍不住把任碧荷叫醒，说有件事请她帮忙。任碧荷打着哈欠说：“都几点了？什么事非要夜里两点说！”曹梦得说：“没啥大事，我明天不是一早就走吗，怕忘了。请你把报上这篇五百字的文章让他抄一遍，这次我送三个盒饭，晚上还可以接着吃！”任碧荷说：“就这么个事，什么时候抄不行，非要半夜鸡叫，你是周扒皮么？”

第二天中午，任碧荷又把这小工喊到财会室，叫他抄写报纸，报酬是三个盒饭。那小工高兴地说：“真的？还有这好事，连晚饭都有了！真的谢谢阿姨！”

他不喊“经理”了。小工认认真真地抄写了那五百字，唯恐写得不好，对不起那三个盒饭。

（六）

说是出差三五天，第三天曹梦得就赶回来了。他迫不及待地从碧荷那儿要来那五百字，仔仔细细地反复端详着。

任碧荷不解，说：“里面是密电码吗？”

“你说对了！里面就是有密电码，只有我才知道！”

曹梦得说：“你务必再帮我个忙，你问一下，他姓什么，叫什么。你跟他熟，好问。我去了，怕惊了他，也怕引起他反感，把事搞坏了。”

任碧荷一下警醒了：“你究竟想说什么？你是不是要我问他是不是姓曹？他的父亲是不是叫曹梦得？”

“大好人任碧荷！你这么同情喜欢的这个小工，有可能就是你的继子！你看他小时候的这篇作文。”

任碧荷看了，惊异地说：“这两篇的字迹真有点像！但是，他怎么会打小工呢？为什么他什么也不愿说？他妈呢，怎么不管他？——不过，仅凭字迹，还不能确定。现在小孩们都学同一种字帖，字迹相似，没什么奇怪的。”

曹梦得答道：“但是每个人的字迹都有它的特殊之处，不会与别人完全相同，这就像世界上决不会有两个相同的指纹。笔迹能反映书写动作习惯特征、运笔特征、笔画搭配特征等，这些都习惯成自然，很难改变和伪装的，有经验的人，从中可以看出这个人字迹的特点。对于经常能见到他的字迹的人来说尤其如此。我是他爸，从小教他写字，他的字我能看错吗？算了，我看不用麻烦你了。明天我俩一起去。”

第二天，他们到了财会室，曹梦得坐在桌子旁等着，任碧荷去找人。

这小工却不愿去，说是在上班，少了一个人，他们那个组三个人没法抬预制板，工头要扣他工资的，说不定会赶他走。他可不能因为一两个盒饭把工作丢了。

他恐惧那饿肚子的日子。

任碧荷不由分说抓住他的细胳膊就往办公室走。这小工一看桌子旁那个人，怔住了。

但他拿不准。

只听任碧荷厉声喝道："你老实交代，你是不是曹继祖!"这一断喝，把小工叫懵了！他不自觉地答道："我是。阿姨，怎么啦？你怎么这样凶哟?"

"你仔细看看，这个人是谁?"

他嗫嚅着怯怯地说："他，他是我爸!"

曹梦得早把儿子认出来了，几步奔过去，把儿子抱住："曹继祖，儿子，我就是你爸!"

"你不是判了无期吗？怎么出来了?"

"谁说的?"

"我妈说的。"

曹梦得妻子唐婉在他判刑之后离婚携子去了深圳，在华强公司下属一个电子配件厂当文员，与经理产生了感情。经理和她都说自己无婚史，更无子女。她把曹继祖弄到民工小学，住在集体宿舍，平时不准回家。唐婉不知她只是一个小三，接着怀孕生子，难产，大出血而死。那男人抱着小孩走了。曹继祖来家找他妈，被那男人赶了出去，说唐婉是个单身女人，从来没说过有孩子。这样，曹继祖因无钱交学费，离开了学校，在社会上流浪，自然常饿肚子，吃尽了苦头。四川也回不去——她妈不是说他爸犯了重罪判了无期吗？这时一个包工头承揽了成都的一个工程，招体力工人，他找包工头软磨硬泡，说只要一半工资，这样才到了四川。

孩子说着，并无半点难受，更毫无诉苦之意，但那两个大人早已涕泪横流。

这时，任碧荷擦了眼泪说："孩子，你爸不是无期，他表现好，才三年多就回来了。别再喊我经理、阿姨了，我现在是你妈！咱马上把这苦力辞了！咱去上学，以后去上美术学院！”

曹梦得说：“好儿子，你受苦了！任阿姨说的是真的，她就是你妈。”

曹继祖本就亲近任碧荷，喊她妈，心理上没有一点抗拒。

柴久思和天玫等一大家人得知了这个消息，都为袖珍曹操父子庆幸，说一定要把他们一家接过来，在大石垭，为他们摆一桌喜酒。

（七）

一片一片的玫瑰田，在川北温和的阳光下闪着大红色的光彩，流溢着醉人的芳香；它们的主人们享受着花农所能得到的所有幸福。这天傍晚，在夕阳之下，欧阳钦和天玫来到那个他们游过泳的大池塘——现在已经成了一个大型采石场了。他们站在石崖最高处，远眺着覆盖着火红玫瑰和深绿色稻秧的大石垭的广袤田野。天玫说：“我大学一年级借的第一本书是马雅可夫斯基的诗集，里面有一首‘楼梯体’诗《好》，我很喜欢它明快的节奏和那种热烈的情绪，特别是这几句：

我们
可以
　　活到一百岁
　　　　而且永不衰老
我们的朝气
　要年年，
　　　不断增长
铁锤和诗句呵
　赞美这
　　　　青春的大地

他们手牵手向山下那片玫瑰田走去。

二十 风雪夜归人

（一）

山腰上正飘着浓密的大雪，照《水浒传》“林教头风雪山神庙”里的写法，是“那雪正下得紧”。

这时，一个陌生的大汉背着一个大背包，在鹅毛大雪中深一脚浅一脚地跋涉在大雪覆盖了的山路上。他下午六点下了长途汽车，在大雪里走了两三个小时。

前面就是厝尔金的家。他得先休息一下，再赶往五六里外的那个小学校。明天一早就去看望阿约尔呷双眼近盲的老妈妈。

（二）

厝尔金在大石垭这些日子，无时无刻不思念着她的老妈妈，还有那荒凉的一个又一个的石坡和起伏连绵的浅绿色的美丽的草原。

芷君在出国留学之前，决心放下手头的所有工作，坚决要同班超一起把厝尔金送回凉山雷波，那个遥远的地方，那个厝尔金日思夜想的故乡和她的老妈妈。他们一定要安排好厝尔金的工作和学习，要不，怎么放心把她放回去？

班超、芷君、厝尔金一行，在厝尔金的带领下，来到她的故乡。她们第一个要看望的就是厝尔金的妈妈。班超一行三人先到了厝尔金的家。

这是一个什么样的家啊。四面土墙，窗子都没有，屋子里摆满了杂物，房门旁边归拢着一大堆土豆，这显然就是主人的口粮了；屋中间是一个火塘，那是她煮水烧饭的地方。屋子黑乎乎的，唯房顶上有两块玻璃，使房间有了些许的亮光。厝尔金妈妈说，胡老师回北京前专门找到厝尔金的家，看到她家房子漏雨，又黑乎乎的，就转身回校，从他房间的窗子上，下了两块大玻璃，用报纸把窗户糊好，回来又爬上房，在房顶上安了这两块玻璃，并补了漏。临行前，他还把自己用的棉被褥子洗净整理好，送到她家来，说："你看你这铺笼罩盖还能用吗?"

说到这里，厝尔金妈妈说："孩子，胡老师真是好人啊!"

厝尔金感动得快哭了。

这时厝尔金又把她逃出去在大石垭的经历对老妈描述了一番。

厝尔金妈妈对班超、芷君二人说："厝尔金这个胆子天大的女娃子，真是命好，总是能遇到贵人。对你们，一个谢字说不完。我请你们吃顿彝家饭吧。"

接着她用竿子挑下挂在房梁上的黑乎乎的一块腊肉。彝民百姓人家，秋天里卖了苞谷土豆，买些肥猪肉熏了制成黑乎乎的猪肉，逢年过节割一块下来打牙祭。一年也就吃那么几次。厝尔金帮妈妈收拾着。吊锅上煮制彝族的美食砣砣肉，下面火塘里烧土豆。

屋子里立时黑烟呛人。

就在这时，只听外面苞谷地边上有人喊："厝尔金妈妈在吗?"

这时厝尔金突然如惊弓之鸟，激灵灵猛然向门外一扭头，只一声尖叫从嗓子眼里喊了出来："妈呀！胡老师的声音！没错，是他！胡老师从北京回来了!"

班超和芷君似乎比厝尔金还着急，没等厝尔金放下手中的活，一个箭步先冲出去了！他们的好奇与厝尔金的惊喜正好相等！他们要见识一下这个被厝尔金形容为天神的胡老师究竟是何等神圣。果然！正像她给他们灌输的印象那样，一个高高大大又斯斯文文的北京满族镶黄旗大少爷！一开口就知道这是个地道的京片子。他们三个人正所谓王八看绿豆，大眼瞪小眼！都奇怪得说不出话来。

这时只见厝尔金冲了出来，一下子站在胡志扬面前，脸也兴奋得一地桃花红艳艳，只顾言道：“胡老师，您从北京回来啦！——我是厝尔金！”

一切令人如此的喜出望外。

他们万万想不到的是胡老师回来了，胡志扬从北京回来了。

带着他家那套四合院半年的高价租金和押金回来了。

胡志扬忘不了彝乡的父老乡亲们，忘不了他教过的那些学生们，忘不了一个又一个可爱的厝尔金们，忘不了阿约尔呷双眼近盲的老妈妈，忘不了好友阿约尔呷的临终嘱托！

胡老师真的出现在厝尔金面前，厝尔金迷惑了：难道他真的是她魂牵梦绕的她的天神胡老师吗？

“胡老师，我是厝尔金！”

“噢，几年没见，你变成一个大姑娘了！”他实则是想说：“几年没见，你变成一个漂亮的大姑娘了。”

实际上，这一年，厝尔金已经虚岁二十了。

厝尔金忙不迭地把胡老师介绍给班超和芷君，并简约地几句话说明了他们三人的来意和伟大计划。

班超他们早已经从厝尔金那里点点滴滴逐渐了解了胡志扬来她们彝乡的主要原因就是为了履行他对同室好友阿约尔呷的承诺：毕业回乡看望他可怜的双眼近盲的老妈妈，回乡去教那些渴望知识的孩子们，给他们以知识，引导他们走向光明。

胡志扬打开他从北京带来的土特产灌肠、京八件、驴打滚、果脯等，这一大家子人一边吃，一边说，一直畅谈到后半夜。芷君、厝尔金就留在厝尔金家，班超则同胡志扬一同去了学校。

胡志扬在屋中间烧了个旺旺的大火塘，两人挤着睡下了。

（三）

第二天，班超、芷君参观厝尔金时时挂在嘴边的那个胡老师所在的圣洁的“庙堂”，她上学的这所学校。在教室，厝尔金指着第二排中间的课桌说：“我六年级时就坐这儿。”这时芷君突然发现在这张课桌的四个角上都刻了一个“胡”字。厝尔金承认这是她刻的。芷君立时确定这是厝尔金少女时代崇仰敬爱胡老师的证据，因为她想起了厝尔金讲过的她们彝族的创世史诗《勒俄特依》中所说四位天神在创造天地的时候，向地下抛了四块压地石的故事。胡老师在这位史诗传人的心目中就是那创世的压地石呀。而且，重要的是，她认为长篇叙事史诗中的每一句话都是巫语和谶言，无比灵验，她深信不疑。比如她经历的那些日子，班超老师救了她，而他们偏偏又必须分离，这是因为真正的胡老师，她生命的“压地石”在原地等她。这一定在《勒俄特依》史诗中有所预言，而预言在实现以前是不能被参破的。她一定会这样想。芷君不由得为自己的这个猜想而感动。深受现代文明熏陶的坚定的唯物主义者钱芷君也不由得对此心有戚戚焉。

（四）

他们一行离开了学校，但不知道厝尔金到哪儿去了。厝尔金自行离开大家，回到家，换上了那套柴心给买的高级彝装，高高兴兴又来到学校。走近胡老师的房门，她感到心跳急促，脸也发烧了。她轻轻敲了敲胡老师的门。胡志扬应声开门，却没看出这个彝族神话中的姑娘是谁。在他迟疑之时，厝尔金轻声叫了声：“胡老师。”胡志扬这才认出是厝尔金。胡志扬连忙说：“厝尔金，快进来。几年没见，真长大了！”

厝尔金说：“胡老师，你就不问问这身衣服是哪儿来的吗？”

她把她如何逃婚，又如遇到班超、柴心，如何到了大石垭，以及在大石垭的学习和生活一五一十说了一遍。胡志扬目不转睛地看着这个他从小教过的彝族美少女，兴趣满满地听着她的款款描述，心里充满了好奇，又为她的幸运感到由衷的高兴。他原本就对厝尔金有好感，特别喜欢这个冰雪聪明、心智成熟的好学生，现在更是想不到，她已经出落成一个美丽的大姑娘了。

厝尔金见胡老师很欣赏自己，越发感到自己换新衣服来是对的。

她时不时在房里走来走去，有意无意显示着她身材的美。胡志扬称赞地说："这衣服穿在你身上，再美不过了。我见过不少黑彝家的女主人和小姐，她们穿的衣服很华贵，怎么没你穿上这么好看呢？也许是人熟了的关系吧。你平时就穿上它吧，多好啊！"

厝尔金脱口而出："我才舍不得呢……"

说罢，厝尔金挽起袖子，给胡志扬打扫房舍，收拾包裹、书桌、床铺。胡志扬说："你把衣服搞脏了。我自己可以来。"但厝尔金哪里听他的。收拾好后，又点起煤油炉子给他做饭。

（五）

两人一边吃饭一边说着久思、天玫他们的计划。厝尔金说："胡老师，我们马上就要办公司了，你别再把我当小丫头了。"

她把他们研究的开发建设计划详细同胡志扬说了。胡志扬说："我这次回来，主要是把咱彝乡的教育办好，让更多的孩子有学上。这是阿约尔呷对我的嘱托。我带的钱不多，但用在这方面，还是能做些事情的。但我也对你说的投资计划很感兴趣，我可是财会专业毕业的！"

天黑了下来，胡志扬直把厝尔金送到家门口。厝尔金站在家门口，看着胡志扬向山下学校走去。

（六）

这下好办了。班超和芷君把他们的开发计划一五一十向胡志扬作了详细说明，并说首先要向当地教育投资，改变彝乡的教育状况，而且所有项目的开发均请大学财会专业出身的胡老师参加和把关。

他们认定：仅凭胡老师这个满族贵裔放弃大城市生活，带着他的"家产"再次回到彝乡，践行对老同学阿约尔呷的承诺，到他家乡办学，投身于乡村教育事业这一点，他本人就值得十倍的信赖；就凭他践行对老同学阿约尔呷的承诺看护他的老妈妈这一点，就值得百倍的信赖。他们宣布了总公司的决定：项到款到。

所谓项到款到，首先是项目。他们一行四人调研了这里开发花岗岩石材的条件和可能性，调研了这里满山遍野的玫瑰花的扩大生产的可能性，讨论了建立玫瑰花收购和建设玫瑰花初加工工厂的可行性，当然，不用说，也研究了支持当地教育事业的具体办法。最重要的，是决定了，由厝尔金和胡老师全面负责拟造财务计划。后一项，胡老师可是天上掉下来的现成的财务总监和管理大员。所需款项，由他们二人共同签字生效，而且保证胡老师以教育为主业。

把公司，把开发，把厝尔金交给胡老师，不仅是一百个放心，而且是整个大石垭的幸运！

当然，班超和芷君也少不了要如实呈现和大肆渲染厝尔金对胡老师一往情深，那对神一样的崇拜和热爱。班超更是快人快语："老胡！厝尔金从上学到现在，十几年了，她是把你当作她生命中的真神，她生活的图腾，她可望而不可即的希望，她的光明和向往，彝族神话里的压地石。这是一个冰雪聪明、善解人意、忠恳待人、有着很高彝族文化修养的，像女巫一样纯洁、善良、美丽的好姑娘。她的文化水平远远高于她的学历，她不仅普通话好，有表达才能，而且英语好，这点你也比不了。老胡，你可别装假老练，伤害这个小姑娘哦。"

把胡志扬脸都说红了。他说："这恐怕不好，我比她大十多岁呢。我配不上她。"

芷君说："胡老师，你这是什么意思啊？年龄？厝尔金从来没想过这一点，这不是障碍！"

班超又接着说："再说，我们走了，把这么漂亮的一个大姑娘留在大凉山里当老总，我们也不放心，她如果被别人抢了婚怎么办？遭绑架了怎么办？被人卖了怎么办？公司没了老总，公司怎么办？我们不是逼婚，我们是讨厌你们这些北京来的大爷那尿样。我可告诉你，厝尔金是我们的亲妹妹，今后你要是有半点对不起她，我对你可是白刀子进，红刀子出！"

一番话把胡志扬说笑了："那你们就先别走嘛……"

芷君抿嘴一笑："想得美！这还要看厝尔金的真实意思，是把你当作神，当作老师，还是把你当作什么别的！就是你愿意，我们还要考察你呢，比如，这些年，你要了几个女朋友？结婚了没有？有小孩没有？是不是在北京真有个四合院？你的经济来源是什么？难道就是民办教师那二十五元工资吗？以后未必还要我妹养你这个吃软饭的吗？”

胡志扬骂道：“两个老家伙！你们把厝尔金往哪儿引呐！这实际上正是你俩的真实想法。奇怪的是厝尔金怎么没跟你们学坏！”

班超绕了回来：“别闹了。老胡，厝尔金交给你了。希望你们携手合作，把这里的开发搞好。办好事时，给我来个信，大石垭老小一大家子人都要来，也要看看你们把公司办成什么样。还要参观一下你的办学成果，这可是我们总司令柴久思大人最关心的！”

（七）

班超、芷君、胡志扬、厝尔金等一行到山上去察看田土地形，了解广种玫瑰及开采石矿的可能性。他们看见半山腰上有个破旧的矮屋，想顺便到彝民老乡家看看，了解一下他们的生活和生产。

“老乡，家里有人吗？”班超敲了敲门。

里面出来一个形容猥琐的彝民老乡。厝尔金一眼就看出，他竟是那个跑牛匠帕索。但帕索并没认出她。帕索见是几个穿着干净的汉人，不禁怯怯懦懦地说：“各……各位领导……”但在厝尔金眼里，他那样子，分明是在说：“老……老爷，屋里请……”

胡志扬觉得此人似曾相识，便说：“老乡，我们喝口水，可以进来吗？”

屋里黑洞洞的。床角坐着一个三十几岁的女人，旁边有个小女孩，看起来只有两三岁，两个人偎拥在一床破棉被里御寒。那个女人竟然还穿着单衣。屋里没一样像样的家什。喝水？暖水瓶都没有！帕索说：“坐，坐……”坐哪儿？他们只好席地而坐了。

班超问那女人：“大嫂，这周围没上学的孩子多不？”

那女人木讷地看着芷君不开腔。帕索说：“少吃没穿的，上什么学哟。”

厝尔金厉声说道：“你不是那个跑牛匠帕索吗？我是厝尔金。你们家怎么穷成这个样子！这是你懒的！”

接着厝尔金语气和缓下来，试探着说：“如果有拿工资的活你愿意干吗？”

帕索嘴动了动却什么也没说，显然他没听清楚。

厝尔金又说了一遍。这次他听清了，半信半疑地答道：“愿意，愿意。”

“那你明天就到胡老师学校去上班，具体工作你听我们安排。现在先发你两百元工资，去给大嫂和孩子买点穿的盖的。以后我们在这里要办公司办学校，还希望你多协助、多出力、多支持。我知道你是个能人，你只要勤劳做事，你们就能过上好日子。”

他们走出帕索家，班超直夸厝尔金：“这小丫头做事像模像样的，是个大经理办事的架势。帕索是我们招聘的第一个职工，现在正好先给胡老师学校帮忙做事，以后事情还多，还真的需要这么一个见过世面的跑牛匠。”

但厝尔金此刻想的不是工作，她想的是——

她对班超、芷君说：“如果当年我没逃婚，班超老师没收留我，那么现在跟孩子偎拥在一床破棉被里的那个女人就是我……”

（八）

一个月后，安排好了这里的方方面面的工作，班超和芷君就要走了。厝尔金和胡老师并排站在那里为他们送行。

厝尔金双眼饱含泪水，一句话也说不出来。

胡志扬握着班超的手，压低声音对他们二人长话短说：“至于我身边这位，愿二位一切放心。……后会有期！”

他们目送班超和芷君，见他们渐行渐远，消失在大凉山弯曲的小路尽头。

作者后记

这部小说从写作到出版虽不足四年，但最初酝酿此作，则在二十世纪八十年代初。现在的《花农》已与当初的构思有很大不同，但写教师认真坚持从教的思想未曾稍改。小说描写当代知识分子间的友谊和爱情、纯善的人性美与和谐美及忠实于社会主义教育事业的可贵品质。书名《花农》寓意教师像花农爱花那样培育学生，呵护友谊与爱情，珍爱自己从事的教育事业。写作中，作者始终重视情节的构思和人物的描写。阿·托尔斯泰说过："没有情节的戏是思想和见解的坟墓。"没有情节，人物也就没有生命力，思想也会惨白。情节无趣，首先会失去读者。希望本书有一点文学可读性，吸引更多的青年读者拿起纸质本。

作者在四川大学中文系毕生从教，向来主张学生成才之路是多读多写。本人勉力为之，一边搞研究，一边搞创作。这本书算是我的又一次创作实践。希望读者批评指正。

最后，我衷心将此书献给同我度过金婚的夫人曹培渝女士，感谢她对我在完成此书时给予的支持和协助。